KB239988

DONGSUH MYSTERY BOOKS 51

THE BEAST MUST DIE

야수는 죽어야 한다

니콜라스 블레이크/현재훈 옮김

동서문화사

옮긴이 현재훈
고려대 철학과 졸업. 1959년 단편 《분노》가 〈사상계〉 신인상에 당선되어 문단에 나온 뒤 단편 《환》《여름밤의 법열》《기만자》 장편 《밤》《십자로》《대석가》를 발표. 옮긴책에 엘러리 퀸 《재앙의 거리》 등이 있다.

DONGSUH MYSTERY BOOKS 51
야수는 죽어야 한다
니콜라스 블레이크 지음/현재훈 옮김
초판 발행/1977년 12월 1일
중판 발행/2003년 3월 1일
발행인 고정일/발행처 동서문화사
창업 1956. 12. 12. 등록 16-345(윤)
서울강남구신사동 540-22 ☎ 546-0331~6 (FAX) 545-0331
www.epascal.co.kr

*

이 책의 출판권은 동서문화사(동판)가 소유합니다.
의장권 제호권 편집권은 저작권 법에 의해 보호를 받는 출판물이므로
무단전재와 무단복제를 금합니다.

편찬·필름·제작 일체 「동판」 자본으로 이루어짐에 따라
출판권 소유권자 「동판」에서 제조출판판매 세무일체를 전담합니다.
사업자등록번호 211-90-02201
ISBN 89-497-0136-7 04840
ISBN 89-497-0081-6 (세트)

야수는 죽어야 한다
차례

야수는 죽어야 한다　블레이크

브룩밴드장의 비극　브래머

아일린과 도니에게

등장인물

필릭스 레인 (프랭크 케언즈) 추리소설 작가.

마티 필릭스의 아들.

조지 래터리 자동차 수리 공장 경영자.

바이올렛 조지의 아내.

래터리 노부인. 조지의 어머니.

필 조지의 아들.

리나 로슨 영화배우. 바이올렛의 여동생.

해리슨 카팩스 자동차 수리 공장의 공동 경영자.

로더 해리슨의 아내.

슐리버넘 장군 퇴역 군인.

나이젤 스트렌지웨이즈 사립 탐정.

조지아 나이젤의 아내.

브랜트 런던 경찰청의 경감.

제1부 필릭스 레인의 일기

1937년 6월 20일.

나는 한 사나이를 죽이려 하고 있다. 그 사나이의 이름도, 주소도, 얼굴이 어떻게 생겼는지도 전혀 모른다. 하지만 반드시 찾아내어 그를 죽여야만 한다……

관대한 독자로서는 이 멜로드라마 같은 서두를 너그럽게 보아 주시지 않으면 안 된다. 이것은 내 탐정소설의 서두와도 닮고 있는 게 아닐까. 다만 이 이야기는 출판을 목적으로 쓴 것이 아니며 '관대한 독자'라는 호칭도 의례상의 습관에 지나지 않는다. 아니 한낱 습관이라고 잘라 말할 수만은 없을는지도 모른다. 나는 세상에서 말하는 '범죄'를 실행하려 하고 있다. 무릇 어떠한 범죄자라도 공범자가 없을 경우는 은밀한 이야기의 말벗을 필요로 한다. 범죄에 따르는 고독과 오싹하는 서스펜스와 소외감은 너무나도 힘겨워 도저히 혼자 감당할 수 있는 게 아니다. 범죄자가 범행에 대하여 저도 모르게 그만 입을 놀리게 되는 것은, 어차피 시간 문제이다. 비록 그의 의지가 무쇠처럼 단단하다 할지라도 그의 초자아──조심스럽거나 소심하거나 자

부심이 강한 자도 한결같이 조롱거리로 만들어 범죄자로 하여금 그만
본의 아닌 말을 하게 하든가, 지나친 자신감을 갖도록 하든가, 불리
한 증거를 남기게 하든가, 도발자(挑發者)의 역할을 담당케 하는 저
내면의 엄격한 도덕적인 면이 그를 배신하게 된다. 어떠한 법이나 질
서의 힘도 한 조각의 양심도 갖지 못한 인간에 대해서는 무력하다.
그러나 우리들 모든 인간의 가슴에는 보상의 충동이 존재한다. 그것
은 성문 안의 배신자라고도 할 죄에 대한 의식이다. 우리들은 자신의
내부인 부실한 것에 의하여 배신당한다. 말이 죄의 고백을 거부하더
라도 무의식적 행위가 그것을 고백하고 만다. 범죄자가 범행 현장으
로 되돌아오는 것은 그 때문이다. 그리하여 나는 이 일기를 쓰고 있
는 것이다. 내 상상의 독자이며 거짓 독자인 내 동류이고 내 형제이
기도 한 당신은 나의 고해 신부의 역할도 맡게 되는 것이다. 나는 무
슨 일이든지 숨기는 일이 없이 당신에게 모든 걸 털어놓을 작정이다.
나를 교수대에서 구할 자가 있다면 그것은 당신 말고는 없는 것이다.

　신경 쇠약 증세를 나타낸 나에게 요양하라고 제임스가 빌려 준 이
방갈로에 앉아 있으면서 나는 살인의 현장을 떠올리는 데 아무런 고
통도 느끼지 않는다(오오, 너그러우신 독자시여, 나는 미치광이는 아
니다. 그런 생각은 지금 당장 머리에서 쫓아내 달라. 나는 일찍이 없
었을만큼 정신이 맑다. 죄는 비록 깊다 할지라도 결코 미치지는 않았
다). 저녁놀로 물들어 반짝이는 골든 곳이며, 오글쪼글한 비단의 주
름살 같기도 한 물굽이가 이는 작은 파도며, 100피트 아래에서 작은
거룻배 떼를 품에 안고 있는 느릿하게 구부러진 '카츠브의 팔' 등을
창문에서 바라보고 있으면, 사실 아무런 고통도 없이 자신이 사람을
죽이는 장면을 떠올릴 수가 있다. 나에게 마티에 대해서 속삭여 오기
때문이다. 마티가 살아 있으면, 그와 나는 골든 곳으로 피크닉을 가
기로 되어 있었다. 마티는 자기가 자랑스럽게 여기는 새빨간 수영복

을 입고 물보라를 일으키면서 바다에 뛰어들고 있으리라. '오늘은 마티의 일곱 번째 생일이다!' 나는 마티에게 7살이 되면, 요트 조종을 가르쳐 주겠다고 약속했으니까.

마티는 나의 아들이다. 여섯 달 전의 어느 저녁나절, 마티는 우리 집 앞에서 길을 건너려 하고 있었다. 마을까지 캔디를 사러 갔다가 돌아오는 길이었다. 마티에게 있어서 그 일은 모퉁이를 돌아오는 몸이 오그라들 것만 같이 밝은 헤드라이트 빛과 악몽 같은 한순간과 모든 것을 영원히 암흑으로 바꾸어 버리는 충격밖에 아무것도 아니었으리라. 마티는 길가 도랑으로 나가떨어졌다. 내가 미처 달려가 보기도 전에 이미 마티는 숨을 거두고 말았다. 캔디 봉지는 길바닥에 흩어져 있었다. 나는 캔디를 줍기 시작했던 일을 기억하고 있다. 그것 말고는 아무것도 할 일이 없는 듯한 느낌이 들었기 때문이었다. 이윽고 나는 피가 묻은 캔디를 하나 발견했다. 그 뒤, 나는 오랫동안 병을 앓았다. 뇌의 열병이니 신경 쇠약이니 하고 여러 가지로 일컬어졌지만, 살아갈 희망을 잃었다는 것이 참된 진상이었다. 마티는 나의 모든 것이었다. 아내 테사는 마티를 낳다가 세상을 떠나 버렸기 때문이다.

마티를 치어 죽인 자동차는 멈추지 않았다. 경찰은 그 자동차를 찾아내지 못했다. 시체가 그만큼 튕겨나가고 굉장히 상처를 입었던 것으로 미루어 보아, 앞이 똑바로 내다보이지 않는 모퉁이를 돌 때 50마일의 속력을 내고 있었던 게 틀림없다는 이야기였다. 내가 찾아내어 죽이지 않으면 안 되는 것은 그 차를 운전하고 있었던 사나이다.

오늘은 이미 더 이상 쓸 수 있을 것 같지 않다.

6월 21일.

독자여, 나는 당신에게 모든 것을 숨기지 않고 털어놓겠다고 약속해 두었으면서도 벌써 그 약속을 깨고 말았다. 그러나 그것은 내가 완전히 회복되어 그 일에 맞닥뜨릴 수 있게끔 되기까지는 나 자신에게조차 숨겨 두지 않으면 안 될 일인 것이다. '그것은 과연 나의 책임이었던 것일까?' 나는 마티를 어째서 마을에까지 혼자서 가도록 했던 것일까?

무엇을 숨기랴. 이로써 겨우 막혔던 가슴이 뚫렸다. 이 일을 쓰지 않으면 안 될 쓰라림이 펜 끝으로 종이를 찔러 찢어 버리고 말 정도였다. 심하게 쑤셔대는 상처에서 화살촉을 잡아뽑았을 때와도 같이, 나는 정신을 잃을 만큼의 고통을 느끼고 있다. 하지만 고통 그 자체가 하나의 구원인 것이다. 그러면 나를 야금야금 말라 죽이고 있는 이 가시를 살펴보도록 하자.

만일 마티에게 군것질할 3펜스의 돈을 주지 않았더라면, 그날 저녁 내가 따라가던가 티그 부인을 함께 보냈더라면 마티는 지금 살아 있을는지도 모른다. 파도 위를 달리거나, 카츠브의 뾰족 내밀어진 끄트머리에서 왕새우를 낚거나, 저 커다란 노오란 꽃 사이를 누비듯이 하여 산사태가 난 곳을 기어내리고 있었으리라. 그런데 그 꽃의 이름은 무엇이었더라? 마티는 언제나 사물의 이름을 알고 싶어했지만, 나 혼자가 되고 만 지금은 그 꽃의 이름을 알아보았자 아무 소용없는 듯한 느낌이 든다.

나는 마티를 독립심이 강한 아이로 키우고 싶었다. 테사가 세상을 떠났을 때 나는 그의 응석을 너무 지나치게 받아 주게 될 위험을 깨달았다. 그러므로 자신의 일은 자기가 하도록 길들이려고 애썼다. 얼마쯤 염려는 되더라도 못 본 척하지 않으면 안 되었다. 그래서 마티는 그때까지 헤아릴 수 없을 만큼 혼자서 마을에 찾아가곤 했으며, 오전 동안 내가 일을 하고 있을 때는 곧잘 마을 아이들과 놀고 있었다. 길을 건널 때에는 어린 나름대로 신중했었고, 그 길은 자동차 같은 건 좀처럼 지나다니지 않았다. 저 모퉁이를 돌아서 악마가 돌진

해 올 것이라고 누가 상상이나 했겠는가? 아마도 그 차를 운전하던 녀석은 함께 있는 여자에게 신나게 달려 보이려고 했던가, 또는 술에 취해 있었으리라. 게다가 그 녀석은 차를 세우고 고통을 견딜 만큼의 용기가 없었던 것이다.

사랑하는 테사, 이것은 나의 책임일까? 당신 역시 내가 마티를 그저 귀엽게만 키우는 일은 바라지 않았을 테지? 당신은 굉장히 독립심이 강한 여자였으니까. 아니다. 나의 이성은 당신의 방식이 옳았었다고 대답한다. 그렇지만 찢어진 캔디 봉지를 움켜잡고 있었던 그 손은 언제까지나 나의 머리에서 떠나지 않는다. 그것은 나를 탓하지는 않지만, 한시도 나의 마음을 편케 해주지 않는다. 그것은 얌전히 따라붙어 떨어지지 않는 유령이다. 나는 나만의 손으로 이 복수를 해내 보이겠다.

검시관은 나의 '부주의'를 지적하는 듯한 의견을 무어라고 말했었다. 요양소에 있는 동안은 신문을 보여 주지도 않았다. 내가 알고 있는 것은 어디의 누구인지도 모를 단수 또는 복수인 인간에 대해서 고살죄의 판결이 내려진 일뿐이었다. 고살! 어린아이를 죽였는데도! 비록 범인이 잡혔다 할지라도 기껏해야 몇 년인가의 금고형이 고작이며, 그 녀석은 다시 바깥 세상으로 되돌아와 폭주를 되풀이하리라. 물론 운전 면허가 완전히 취소되지 않고 끝났을 때의 이야기지만, 당국은 과연 거기까지 엄격히 해주었을까?

나는 어떤 일이 있어도 그 녀석을 찾아내어 앞으로는 그런 일이 없도록 이 세상에서 말살하지 않으면 안 된다. 그 녀석을 죽인 인간은 사회의 은인으로서 꽃다발을 증정받아 마땅할 것이다(어디서였는지는 생각나지 않지만, 이런 표현을 읽은 기억이 있다). 아니, 자기 자만 따위는 버리자. 내가 이제부터 하려고 하는 일은 추상적인 정의 따위와는 아무런 관계도 없다.

그러나 검시관이 뭐라고 말했는지, 역시 마음에 걸린다. 어쩌면 건강이 완전히 회복된 지금, 이웃 사람들이 어떤 쑥덕공론을 하고 있을까 꺼림칙하면서도 여기에 계속 머물러 있었던 것은 그 탓이리라. 저것 봐, 저기 가는 게 어린이를 죽게 만든 사나이라고 검시관이 말했어. 아아, 이웃 사람들도 검시관도 모두 죽어 버려라! 그들은 머지않아 나를 살인자라고 부르게 될지도 모르지만, 그것이 대체 어쨌다는 건가.

내일모레, 나는 집에 돌아간다. 이것은 정해진 일이다. 오늘 밤 티그 부인에게 편지를 써서 오두막집의 청소를 해 두도록 일러 두자. 나는 이미 마티의 죽음에 얽힌 최악의 사태를 똑바로 바라보았다. 그리하여 이제 나 자신에게는 아무런 잘못도 없었다고 믿고 있다. 치료는 끝났다. 지금은 나에게 남겨진 유일한 사업에 뒷걱정없이 온 정열을 다 기울일 수가 있다.

6월 22일

오늘 오후, 제임스가 '나를 살펴보러' 잠깐 들렀다. 그는 좋은 녀석이다. 내가 완전히 원기를 되찾고 있는 걸 보고서 놀라는 듯했다. 그의 방갈로에서의 생활이 건강에 좋았기 때문이었다고 나는 대답했다. 사는 보람을 찾아냈기 때문이라고는 말할 수 없다. 그런 말을 한다면 이것저것 귀찮은 질문을 받게 되리라. 적어도 그 중의 하나에 나 자신은 대답할 수가 없다. "언제 X를 죽일 결심을 하셨습니까?"("언제부터 내가 좋아졌지요?"라는 질문을 닮고 있다.)라는 질문이 그것인데, 납득이 갈 대답을 해주기 위해서는 대논문(大論文)이 필요하다. 게다가 스스로 살인자라고 칭하는 이는 연인들과는 달라서 자기의 일을 그다지 지껄이고 싶어하지 않는다. 하기야 이 일기는 그 반대의 일을 증명하고 있지만, 그들이 지껄이기 시작하는 건 일이 끝나고 난 뒤이다. 더구나 그때에는 어리석게도 필요 이상으로 지껄여 댄다!

그럼, 내 모습 없는 고해 신부님이시여, 슬슬 나 자신의 특징——나이, 키, 몸무게, 눈빛, 살인자로서의 자격 등에 대해 알아야 할 때가 온 것 같다. 나는 35살, 키는 5피트 8인치, 눈은 갈색, 여느 때의 표정은 음울한 속에도 마음의 따뜻함을 지니고 있다. 헛간에 사는 부엉이 같다는 것이 세상을 떠난 테사의 평이었다. 머리털은 무슨 변덕인지 아직 잿빛이 되어 있지는 않다. 이름은 프랭크 케언즈, 한때는 노동부에서 자리를 차지하고 있었지만 (굳이 '일하고 있었다'고는 하지 않겠다) 5년 전에 유산이 굴러들어온 것과 천성적인 게으름 탓으로 사표를 내고 오래전부터 테사와 함께 살고 싶다고 마음먹고 있었던 시골의 오두막집에 틀어박혔다. 시인의 말을 빌리자면, '그도 언젠가는 죽지 않으면 안 되었다(왕비의 죽음에 즈음해서 하는 맥베드의 말)'이다. 정원 손질과 요트 놀이만으로는 아무리 게으름뱅이인 나도 심심했으므로 필릭스 레인이라는 필명을 사용하여 탐정소설을 쓰기 시작했다. 우연히도 그것이 좋은 평을 얻어 깜짝 놀랄 만한 큰돈이 굴러들어왔지만, 탐정소설이 온전한 문학이라고는 생각되지 않았으므로 '필릭스 레인'은 어디까지나 본이름을 숨겨 왔다. 나의 출판사도 지은이의 정체를 밝히지 않을 것을 약속하고 있다. 처음에는 그들도 지은이가 졸작이 자기에게 결부되는 것을 바라지 않는 것이리라 생각하고 썩 반갑지 않았던 모양인데, 이윽고 이 비밀스러운 방식을 완전히 마음에 들어했다. "이건 좋은 선전이 되겠는걸, 이 수수께끼의 작가라는 선전방법은." 그들은 출판업자에게 흔히 있는 단순함으로 그렇게 믿었으며, 그 캐치프레이즈를 이용하여 대대적인 선전을 시작했다. 하긴 나의 '굉장히 늘어나는 독자(출판사의 선전 문구)' 가운데 몇 사람이나 '필릭스 레인'의 정체를 알고 싶어하는지, 나로서는 크게 관심 있는 바이지만.

그러나 '펠릭스 레인'을 헐뜯는 일은 그만두자. 그는 가까운 장래에 크게 쓸모가 있을 것이므로. 그리고 이웃 사람들로부터 하루 종일 책상 앞에 앉아 대체 무얼 쓰고 있느냐는 질문을 받았을 때 나는 워즈워드의 전기를 집필하고 있다고 대답했다는 일도 덧붙여 두지 않으면 안 되겠다. 워즈워드에 대해서라면 잘 알고 있지만, 그의 전기를 쓸 정도라면 오히려 50킬로그램의 진한 수프를 마시는 편이 낫다는 게 숨김없는 내 심정이다.

나의 살인자로서의 자격은 아무리 좋게 보아도 처량하기 이를 데 없다. '펠릭스 레인'으로서는 법의학, 형법, 경찰의 수사 절차 따위를 조금은 알고 있다. 그러나 권총을 쏜 일은 고사하고 쥐 한 마리 독살한 일조차 없다. 범죄학을 연구해 보아 안 일이지만, 사람을 죽이더라도 태연할 수 있는 것은 장군들, 해리 스트리트의 전문가들(의사를 가리킴), 그리고 탄광주쯤이리라. 그러나 이것으로는 아마추어 살인자에게 있어 불공평한 일일지도 모른다. 나의 성격에 대해서는 이 일기를 읽어 나가노라면 잘 알게 될 것이다. 나로서는 몹시 열등한 성격이라고 생각하고 있지만, 이것은 나쁘게 닳고 닳은 인간의 자기 기만인지도 모른다……

이 일기를 읽을 기회가 없는 독자시여, 나의 건방진 수다를 용서해 주기 바란다. 인간은 흐르는 얼음덩이 위에서나 또는 어둠 속에서 혼자 헤매고 있을 때 혼잣말을 하지 않을 수가 없는 법이다. 내일 나는 집에 돌아간다. 티그 부인이 내가 시킨 대로 마티의 장난감을 모조리 버려 주었으면 좋을 텐데.

6월 23일

오두막집은 전과 조금도 달라져 있지 않았다. 달라져 있지 않은 게 당연하다. 설마하니 벽이 울고 있었던 건 아닐 테니까. 그것이 인간의 되지 못한 건방진 마음의 전형이다. 자기의 보잘 것 없는 고통에 의해 자연의 모습이 완전히 달라지기를 기대하는 이 감상적인 지나친 믿음이라는 것이. 물론 오두막집은 전과 마찬가지이다. 거기 있었던 생활이 없어져 버린 것을 빼고는. 그 모퉁이에는 사고가 난 뒤 위험 표지가 세워졌지만, 이미 때는 늦었다.

티그 부인은 완전히 침울해져 있었다. 그녀에게도 큰 충격이었으리라. 그러나 어쩌면 그녀의 수군거리는 목소리는 나에게 조심을 하고 있을 뿐일지도 모른다. 다시 한 번 되읽어 보면 이 얼마나 짓궂은 문장인가. 자신 이외의 누군가가 마티를 좋아하고 있었던 일이며, 그의 일생에 관련되었던 모든 일들을 질투하고 있는 것이다. 어럽쇼, 나도 아들을 독차지하고 싶은 아버지 가운데 하나가 되어 가고 있었던 것일까? 만일 그렇다면 나에게는 의심할 여지없이 살인을 저지를 자격이 있다.

…………여기까지 썼을 때, 티그 부인이 들어왔다. 용기를 내어 불만을 말하러 온 마음약한 인간이 제대 앞에서 돌아오는 성체 배령자처럼 그 커다란 붉은 얼굴에 변명 비슷한, 그러면서도 단호한 표정을 떠올리고서.

"저로서는 어쩔 수 없었습니다" 하고 그녀는 말했다. "도저히 그럴 수는……" 그리고는 난처하게도 엉엉 울음을 터뜨리고 말았다.

"어쩔 수 없었다니, 무엇을?" 하고 나는 물었다.

"모두 버려 버리는 일 말입니다"라고 그녀는 훌쩍거리면서 대답하고는 테이블 위에 열쇠를 던지더니 방 밖으로 뛰어나갔다. 그것은 마티의 장난감 상자 열쇠였다.

나는 2층에 있는 마티의 방으로 가서 장난감 상자를 열었다. 지금 해 버리지 않는다면 영원히 할 수 없으리라. 한참 동안 아무 생각도 않고 그것들을 바라보고 있었다. 차고 모형, 기관차, 한쪽 눈이 떨어진 낡은 테디 베어. 이 세 가지가 마티가 아끼던 것이었다. 코벤트리 패트모어(영국의 시인 1832~96)의 시구가 떠올랐다.

> 그는 놓았다, 손이 닿는 곳에
> 숫자따기 상자와 빨간 줄이 든 돌을,
> 바닷가에서 닳아빠진 유리 조각과
> 예닐곱 개의 조개껍질을,
> 블루벨 꽃을 꽂은 병과
> 두 개의 프랑스 동전을,
> 아담하게 늘어놓고
> 그의 슬픈 마음이여, 평안하라고.

티그 부인의 말이 옳았다. 상처를 아물지 않게 하는 무엇인가가 필요했던 것이다. 이 장난감은 마을의 묘지에 있는 묘비보다도 좋은 추억이 된다. 그것들은 나를 잠들지 않게 하리라. 그리하여 이윽고 누군가의 죽음에, 이 장난감이 되는 것이다.

6월 24일

오늘 아침 엘더 형사부장과 이야기를 했다. 만일 서퍼(영국의 대중소설가. 1888~1937)라면 14스토운(1스토운은 14파운드)의 뼈와 근육에 겨우 1밀리그램쯤의 골이 담겨 있다고 그에 대하여 썼으리라. 흐리터분하고 거만한 눈——머리 나쁜 인간이 권력을 가지면 늘 이런 눈초리가 된다. 경관과 만날 때마다 '로드니 호'에 의해 침몰되기 바로 전의 소형 범선에라도 타고 있는 듯이 정신적인 마비 상태에 빠지고 마는 것은 무슨 까닭일까? 아마 공포심이 옮겨진 것 뿐인지도 모른다. 경찰관은 늘 방어 태세를 하고 있다. '상류층'에 대해서는 까딱 잘못했다가는 굉장히 불유쾌한 대우를 받게 되기 때문에, '하류층'에 대해서는 그들에게 있어 불구대천의 적으로 보여도 할 수 없는 '법과 질서'의 대표적인 입장에 있는 까닭이다.

아니나 다를까, 엘더도 점잔을 빼며 입을 다물고 있었다. 그는 오른쪽 귀불을 긁적거리면서 상대방 머리 위의 6인치쯤 되는 곳의 벽을 바라보는 버릇이 있고, 이것이 또 굉장히 신경 쓰였다. 수사는 아직도 계속되고 있다고 한다. 온갖 방면을 수소문하고 많은 정보를 분석했지만, 아직 단서는 잡히지 않았다고 한다. 물론 이것은 경찰이 막다른 벽에 부닥쳤지만 그 사실을 인정하고 싶지 않다는 의미이다. 그렇다면 내가 나아갈 길은 똑바로 열려져 있다. 다만 오직 전진이 있을 뿐이다. 반가운 사태이다.

맥주 한 잔을 대접했더니, 엘더의 혓바닥이 얼마쯤 매끄러워졌다. 이른바 '수사' 경과의 일부를 알아 낼 수가 있었다. 경찰의 방식은 확실히 철저한 것이었다. BBC방송을 통해 사고 목격자에게 호소를 하는 한편, 주(州) 안에 있는 자동차 수리 공장을 하나도 남김없이 방문하여 맡겨진 자동차의 움푹해진 흙받이며 범퍼며 망가진 라디에이터 등에 대해 탐문 수사를 실시했던 모양이다. 자동차 소유자들도 광범위하게 교묘히 조사되었고, 사고 당시 자동차의 알리바이도 확인되었다. 그리고 뺑소니 범인이 지나갔다고 추정되는 마을 주변의 큰길을 따라, 한 집 한 집 탐문 수사도 실시되었다. 길가의 주유소 경영자며 자동차협회 회원들도 조사받았다고 한다. 그날 저녁에는 자동차의 장거리 주행 테스트가 실시되고 있었던 모양으로, 범인은 루트에서 벗어난 운전자 가운데 한 사람이 아닐까 하는 게 경찰의 의견이었다. 그 녀석이 늦어진 시간을 벌충하기 위해 있는 속력을 다 내어 달리고 있었던 게 틀림없을 것이나, 다음 검문 장소에 도착한 차로서

망가진 것은 한 대도 없었다고 한다. 그들은 또 계원에게서 알아낸, 이 검문 장소와 하나 앞의 검문 장소 사이의 소요 시간을 바탕으로 어느 운전자도 우리 마을을 지나게 되는 우회로를 택했을 리 없다는 것도 조사했다. 여기에 빠져나갈 구멍이 있을지도 모르지만, 만일 있다면 경찰이 그걸 깨닫지 못한다는 일은 있을 수 없다고 생각된다.

이만큼의 정보를 알아냄에 있어, 나의 태도가 너무나도 냉정하고 꼬치꼬치 캐묻는 것으로 보이지 않았기를 빌겠다. 상심에 잠긴 아버지가 이런 일을 이것저것 캐물을 수가 있을까? 하지만 엘더가 여러 가지 병적 심리의 온갖 현상에 특히 민감한 사나이라고는 생각되지 않는다. 그러나 그것은 정신을 차릴 수 없을 만큼의 어려운 문제이다. 경찰이 온 조직을 동원하여서도 실패한 일을 과연 내가 잘 해낼 수 있을까? 마른풀 더미에서 바늘을 찾아낸다는 속담도 있다!

잠깐, 기다려라! 나라면 바늘을 숨기고 싶을 때, 마른풀 더미에는 숨기지 않는다. 오히려 바늘 무더기에 숨기리라. 그런데 엘더는 비록 마티가 아무리 가볍더라도 충돌할 때의 충격으로 자동차 앞쪽에 무슨 상처가 났을 것이라고 단언했다. 그 상처를 숨기는 가장 좋은 방법은 같은 장소에 좀더 큰 상처를 만드는 일이다. 만일 내가 어린이를 치어서 자동차의 흙받이가 움푹 우그러져 그것을 숨기려고 할 때에는 일부러 사고를 꾸민다. 즉 문기둥이나 나무에라도 차를 부딪치리라. 그렇게 하면 처음의 충돌에서 난 흔적은 자취도 없이 사라진다.

우리들이 조사하지 않으면 안 되었던 것은, 그날 밤 그러한 사고를 일으킨 차가 있었느냐 없었느냐이다. 내일 아침 엘더에게 전화하여 그 점을 확인해 보자.

6월 25일
도리가 없다. 경찰도 실수없이 그 점을 조사하고 있었다. 전화의 말투로 판단하건대, 피해자의 유족에 대한 엘더의 마음 씀씀이는 아무래도 참된 것인 모양이다. 경찰이 하는 일에 외부로부터의 지시는 불필요하다고 그는 정중한 말투로 거절했다. 이 구역에서 생긴 모든 자동차 사고는, 그의 표현을 빌리자면 그 '진실성'을 입증하기 위해 조사되었다고 한다. 잘난 체하는 어리석은 사나이다.

정말이지 속이 뒤집힐 것만 같다. 대체 어디에서부터 손을 대어야만 좋을까? 손을 조금 뻗치기만 하면 목표하는 사나이에게 부딪친다는 생각은 너무나도 달콤했다. 그것은 살인자가 빠지는 과대망상의 제1단계였을 게 틀림없다. 오늘 아침 엘더와 전화로 이야기한 뒤, 나는 짜증과 실망에 사로잡혔다. 정원 손질 말고는 아무것도 할 일이 없다. 온갖 일이 마티를 연상시킨다. 그 중에서도 저 아주 하찮은 장미에 대한 일이……

마티가 아직 아장아장 걸음마를 하고 있었을 무렵, 내가 테이블을 꾸밀 꽃을 꺾으러 나가면 곧잘 나를 따라 뜰을 걸어다니곤 했다. 어느 날 나는 품평회에 대비하여 귀중히 여기고 있었던 희한한 장미———진홍빛의 아리따운 '밤'이 스무 송이쯤 마티에 의해 꺾여 버리고 만 것을 발견했다. 마티는 나의 일을 도와 주고 있었던 셈이로구나 하고 곧 깨닫기는 했지만, 그래도 몹시 그를 나무랐다. 나 자신 너무나도 어른스럽지 못했다고 생각한다. 마티는 그 뒤 몇 시간이나 마음이 편치 않았으리라. 신뢰와 순진성은 그와 같이 상실되어 가는 것이다. 그 마티는 이제 죽고 말았다. 그러므로 그 점은 아무래도 좋다. 하지만 그날 그를 꾸짖은 일을 나는 깊이 뉘우치고 있다. 아마 마티는 이 세상이 끝나는 듯한 느낌이 들었으리라, 아아, 이럴 수가…… 나는 완전히 마음이 약해지고 말았다. 그 어린 마티의 말과 행동들을 하나하나 여기에 엮어낼 것만 같다. 하지만 그것이 뭐가 나쁜가? 왜 좋지 않은가. 이렇듯 잔디를 바라보고 있노라면 잔디깎는 기계로 두

토막이 난 지렁이가 본디 상태로 돌아가려고 몸을 꿈틀거리는 것을 보고서 마티가 한 말이 생각난다.

"보세요, 파파. 지렁이가 가지를 치고 있어요."

나는 꽤나 멋진 말을 한다고 감탄했었다. 그만한 비유의 재능이 있다면, 그애는 시인이 되었을지도 모른다.

이러한 센티멘털한 생각에 사로잡히게 된 계기는, 이날 아침 무심코 뜰로 나섰을 때 장미꽃이 한 포기 남김없이 잘려져 있는 걸 발견했기 때문이었다. 순간, 나의 심장은 멎었다(내가 스릴러 소설에서 흔히 쓰는 표현이다). 순간 '지난 여섯 달은 나쁜 꿈이었겠지, 마티는 살아 있는 거야'라는 생각이 떠올랐다. 아마도 마을의 어린아이가 와서 장난을 한 것이리라. 하지만 나는 몹시 화가 났고 온갖 것이 나에게 짓궂게만 대하고 있는 것처럼 느껴졌다. 바르고 자비로운 신이라면, 하다못해 두서너 포기는 남겨 두어도 좋을 게 아닌가. 나는 이 '만행'을 보고해야만 했지만 번거로우므로 그만두었다.

나의 울음 소리에는 어딘가 견딜 수 없으리만큼 작희적(作戱的)인 느낌이 뒤따른다. 티그 부인에게 질문받지 않아야만 할 텐데.

내일 밤쯤 술집을 기웃거려 정보를 얻어듣기로 하자. 이런 식으로 언제까지나 집에 틀어박혀 침울해 하고 있을 수만은 없다. 잠자기 전에 잠시 피터즈한테 들러 한 잔 하기로 할까.

6월 26일

본심을 숨기는 일에는 일종의 독특한 스릴이 있다. 마치 주머니 안에 폭탄을 숨기고 있어서 바지 주머니의 밸브를 누르면 자기 자신과 더불어 20야드 안의 모든 것이 산산조각 나 버린다는, 누군가의 소설에 나오는 그 사나이의 심정과도 비슷하다. 나는 테사와 은밀히 약혼하고 있었을 때에도 그것을 느꼈다. 가슴에 간직한 위험으로서 사랑할 만한 다이너마이트의 비밀. 그리하여 어젯밤 피터즈와 이야기하고 있는 동안에 또다시 그 감각을 맛보았다. 그는 좋은 녀석이지만, 아마도 어린아이의 탄생이며 관절염이며 인플루엔자보다 더 드라마틱한 것을 만난 경험은 없으리라. 만일 그의 방에 앉아서 그의 화이트 라벨을 마시고 있는 게 미래의 살인자인 줄 안다면 그는 대체 뭐라고 말할까 하는 것만 나는 쭉 생각하고 있었다. 마침내 그것을 이야기해 버리고 싶은 충동이 견딜 수 없으리만큼 심해졌다. 정말이지 조심하지 않으면 안 된다. 이것은 장난이 아니니까. 설마 피터즈가 진실로 받아들이지는 않으리라 여겨지지만, 그에 의해 다시 요양소로 돌려보내지게 된다면 곤란하다. 하물며 '요감시(要監視)' 인물이라도 되면 큰일이다.

대담하게 피터즈에게 물어 보고, 검시할 때 마티의 죽음은 오직 나의 책임이라는 의견이 나오지 않았음을 알고서 한숨 돌렸다. 그런데도 아직 가슴에 얼마쯤 걸리는 일이 있다. 마을 사람들의 얼굴빛을 나도 모르게 곁눈질하면서 나의 일을 어떻게들 여기고 있을까 생각하고 마는 것이다. 이를테면 마을 교회의 오르가니스트인 미망인 앤더슨 부인인데, 오늘 아침 나를 피하려고 일부러 큰길 건너쪽으로 건너간 것은 어째서였을까? 그녀는 언제나 마티를 귀여워해 주었다. 딸기잼과 저 기묘한 마름모꼴의 젤라틴 과자, 그리고 내가 보고 있지 않는다고 여겨질 때 살며시 끌어안는 포옹으로 마티를 완전히 응석꾸러기로 만들었다고 해도 좋을 정도였다. 이 포옹은 마티도 나와 마찬가지로 달갑지 않게 여기고 있었다. 그 가엾은 여자에게는 자식이 없었으며, 앤더슨의 죽음에 의해 비탄의 구렁텅이에 빠져 있었던 것이다. 나는 구질구질한 동정을 받기보다는 오히려 그녀에게 찔려 죽는 편이 더 낫다.

외부와 단절된——정신적으로이지만——생활을 보내고 있는 인간이 대개 그렇듯이 나도 다른 사람이 자신을 어떻게 여기고 있을까 하는 일에 대해서 지나칠만큼 민감하다. 세상의 관심을 끌고 싶은 건 아니면서도 세평에 아주 신경 쓰는 편인 것이다. 그다지 좋은 성격이라고는 할 수 없다. 과자를 먹고 싶긴 하지만 없어지는 게 아까운 것과 마찬가지로 이웃으로부터 호감은 받고 싶지만 본질적으로는 그들로부터 벗어나 있고 싶은 것이다. 그러나 앞에서도 말했던 것처럼, 나의 인품이 좋다느니 뭐니 하고 싶은 생각은 없다.

'말안장 집'에 쳐들어가, 당당히 세론(世論)과 맞서 보기로 하자, 그리고 아마도 엘더가 손님들로부터 탐문을 했으리라고는 생각되지만, 어쩌면 무엇인가 단서를 잡을 수 있을지도 모른다.

26일의 계속.

이 두 시간 동안에 맥주를 약 10파인트(1파인트는 1갈론의 8분의 1)나 마셨으나 도무지 취기가 돌지 않는다. 너무나 깊어 부분적인 마취로서는 효과가 없는 상처도 있는 모양이다. 모두들 아주 친절했다. 어쨌든 이 경우 나는 악역이 아닌 것이다.

"정말 너무했어. 그런 녀석들은 교수형에 처해도 속이 풀리지 않아"라고 그들은 말해 주었다.

"정말이지, 가엾은 일이었어. 아주 좋은 아이였는데 말일세. 정말 자동차라는 것은 시골에선 염병 귀신이나 마찬가지야. 내 길이라면 자동차 통행 금지를 시키겠어." 양치기 버네트 영감이 하는 말이었다.

버트 커즌즈, 마을에서 제일가는 '지식인'이 말했다.

"길에는 희생자가 따르기 마련이지요, 자연도태라는 겁니다. 당신에게 실례된 말을 하려는 건 아니지만, 적자생존의 원리——라는 거지요, 그뿐입니까, 이번의 충격적인 사고에는 모두들 동정하고 있어요."

"적자생존이라고? 그렇다면 당신은 여기서 무얼하고 있소, 버트? 뚱뚱보 생존이라고나 하시지." 젊은 조가 목청을 돋구었다. 이 조금 아슬아슬한 농담은 무시되었다.

그들은 모두 훌륭한 이들이다. 죽음에 대한 사고방식은 건방지거나 우습거나 감상적이지 않다. 죽음이라는 것에 올바르게 현실적으로 대처하고 있을 따름이다. 그들의 자식들 역시 늘 위험 상태에 놓여져 있는 것이다.

자식들을 위해서 보모나 강화 유리나 고급 음식에 돈을 쓸 만큼의 여유는 없다. 그러므로 자기네 자식과 마찬가지로 독립된 자연스러운 생활을 마티에게 시키고 있었던 일로 나를 비난할 생각 같은 건 그들에게 조금도 없는 것이다. 나는 좀더 빨리 그 일을 깨달아도 좋았다. 그러나 유감스럽게도 그들은 다른 점에서는 도움이 되지 않았다. 그것은 테드 버네트의 말에 요약되어 있었다.

"범인을 찾아낸다면, 우리들의 오른손 손가락을 주어도 아깝지 않을 정도이지. 사고가 있은 뒤 마을을 빠져나가는 자동차를 한 대인가 두 대 보긴 했지만, 사고가 일어난 줄을 몰랐기 때문에 특히 유심히 보지는 않았어. 그리고 헤드라이트가 눈부셔서 자동차 번호고 뭐고 보일 게 뭐야. 이것은 아무래도 경찰이 할 일이지. 다만 저 엘더인지 뭔지 하는 작자가 좀더 시간을 쪼개어……."

그런 뒤, 우리 형사부장의 유능한 여가 활동, 주로 정사 방면에 대해 이것저것 중상이 있었다. '사자와 새끼양' 집에서도 '왕관 집'에서도 사정은 똑같았다. 선의는 넘칠 정도였지만, 정보는 하나도 없었다. 결국 술집 순례로는 아무것도 얻는 바가 없었다. 그렇다면 완전히 방침을 바꾸지 않으면 안 된다. 하지만 어떠한 방법이 있을까? 오늘 밤은 피로하여 이제 아무것도 생각할 수 없다.

6월 27일

오늘은 사일렌스터 쪽으로 긴 길을 걸어 보았다. 마티와 함께 장난감 글라이더를 날린 일이 있는 등성이를 지났다. 마티는 글라이더에 굉장히 열중했었다. 자동차 사고로 죽지 않았다면 비행기 사고로 죽게 되었을지도 모른다. 마치 자기 의지의 힘으로 글라이더를 날게 하여 영원히 공중에 머물러 있게 할 수 있기라도 한 것처럼 무어라 말할 수 없이 엄숙하고 긴장된 표정으로 글라이더를 지켜보며 서 있었던 마티를 나는 평생 잊을 수가 없으리라. 이 지방 곳곳에 마티의 기념비가 있다. 이 고장에 머물러 있는 한 나의 상처는 언제까지나 아물지 않으리라. 그것은 오히려 내가 바라는 바이다.

누군가 나를 쫓아내고 싶어하는 자가 있는 모양이다. 창문 아래 꽃밭의 흰 백합과 담배가 어젯밤 한 포기도 남김없이 뿌리째 뽑혀 작은 길에 버려져 있었다. 어젯밤이라기보다 이른 아침의 사건인지도 모른다. 한밤중에 돌아왔을 때에는 아무 일 없었으니까. 마을의 개구쟁이 녀석들이라면 두 번씩이나 이런 짓을 하지는 않으리라. 이 사건의 밑바닥에 숨은 악의가 얼마쯤 마음에 걸린다. 하지만 협박에 굴복할 나는 아니다.

바로 지금 터무니없는 생각이 떠올랐다. 나에게는 누군가 위험한 적이 있어 그 녀석이 일부러 마티를 죽였으며, 지금 또 내가 사랑하는 모든 것을 파괴하고 있는 게 아닐까? 어리석은 망상이다. 외톨이로 있으면 이렇게도 머리가 쉽사리 이상해지고 마는가 보다. 하지만 이런 상태가 너무 오래 계속되면, 그러는 사이 아침에 잠이 깨어 창밖을 보는 게 무서워질지도 모른다.

오늘은 서둘러 걸었으므로 두뇌의 회전이 그 속도를 따라가지 못하여 그 때문에 몇 시간 동안은 저 쉴새없는 마음의 아픔에서 해방되어 있었다. 지금도 머리가 맑기 때문에, 가공의 독자들의 허락을 얻어

종이 위에서 생각해 보기로 하겠다. 어떠한 새로운 방침을 채택해야만 할까? 여러 명제와 추리를 조목별로 나누어 보는 게 좋을 것 같다. 이런 식으로——

1. 경찰과 똑같은 방법을 시도해 본들 무의미하다. 그들 쪽이 훨씬 여러 가지 수단을 많이 가지고 있으나, 그러면서도 어쩐지 실패로 끝난 것 같으므로.

그렇다면 나는 자신의 특색을 살리지 않으면 안 된다. 탐정작가로서 범죄자의 심리를 상상하는 능력이 바로 그것이다.

2. 만일 내가 어린아이를 치어 자동차가 망가졌다면, 본능적으로 자동차의 파손된 곳이 발견될 염려가 있는 주요 도로를 피해 빨리 수리 공장으로 달려가리라. 그러나 경찰에 의하면, 수리 공장을 남김없이 조사했고 사고 뒤 여러 날 동안에 걸쳐 수리하러 들어온 자동차에는 모두 알리바이가 있었다고 한다. 물론 이점에 대하여, 경찰이 속고 있다는 일도 가능하지 않은 것은 아니다. 그러나 가령 속고 있다 하더라도 나로서는 그것을 밝혀낼 수단이 없다.

여기서 끌어내어지는 결론은, ①자동차는 아무 데도 파손되지 않았다는 것이다. 그러나 전문가는 거의 있을 수 없는 일이라고 말하고 있다. 또는 ②범인은 그대로 자기 차고로 자동차를 몰고 가서는 사건이 일어난 뒤로 차고에 자물쇠를 채우고 있다는 것이다. 그러나 그럴 가능성은 아주 적다. 또는 ③범인이 자기의 손으로 은밀히 파손된 부분을 수리했다는 것이다. 이것이 가장 가능성이 많을 것으로 여겨진다.

3. 범인이 자기 스스로 차를 수리했다고 가정하자. 그로써 무엇인가 범인에 대한 단서가 떠오르는가?

그렇다. 그는 자동차에 대해 상세히 알고 게다가 필요한 공구를 자유롭게 쓸 수 있는 사람이 아니면 안 된다. 그러나 흙받이가 조금 우그러졌을 정도일지라도 망치로 두들겨 펴야만 하고, 그런 짓을 한다면 죽은 사람도 깨어날 만큼 소란스러운 소리가 나리라. 그렇다, 그야말로 '흔적'이다. 사고의 흔적을 이튿날 아침까지 남기지 않도록, 수리는 그날 밤 안으로 끝나지 않으면 안 된다. 그러나 밤중에 망치를 사용하던가 하면, 이웃 사람들이 잠을 깨어 이상함을 느끼는 게 당연하다.

4. 그러므로 그는 그날 밤 망치를 사용하지 않았다.

그러나 자동차가 집의 차고에 있었든 수리 공장에 있었든, 비록 이튿날 아침까지 수리를 미룰 수 있었다 할지라도 아침부터 쾅쾅 망치질을 했다면 사람의 관심을 끌었으리라.

5. 결국 그는 전혀 망치를 사용하지 않았다.

그러나 무슨 방법으로든 수리가 실시되었음은 틀림없다. 나는 얼마나 멍텅구리였을까? 비록 조금 우그러진 데를 고치더라도 흙받이를 떼어내지 않으면 안 된다. 그래서 만일 이미 끌어 낸 결론대로 범인은 수리를 하는 데 있어 소리를 낼 수가 없었다고 한다면, 당연히 파손된 부분을 떼어내고 새로운 예비 부품을 바꾸어 달았을 것이다.

6. 범인이 새로운 흙받이, 어쩌면 그것에다 범퍼와 헤드라이트의
   어느 쪽이든가 또는 그 양쪽을 모두 바꾸어 파손된 부분을 없애
   버렸다고 가정하자. 그것은 무엇을 의미하는가?

적어도 범인은 우수한 기계공으로서 부품을 자유로이 손에 넣을 수
있는 입장에 있는 것이 된다. 바꾸어 말하면 수리 공장에서 일하고
있는 녀석임에 틀림없다. 아니, 그보다도 '수리 공장 경영자라야만
한다'. 영업용 부품이 어디에 쓰였는지 아무도 모르는 채 사라진 사
실을 감추어 둘 수 있는 건 경영자뿐이기 때문이다.

그것이다! 나는 마침내 단서를 잡은 듯싶었다. 내가 찾는 상대는
수리 공장 경영자다. 더구나 필요한 부품이 제대로 갖추어져 있다고
한다면, 상당히 능률적인 공장이리라. 그러나 그다지 큰 공장은 아닐
것이다. 큰 공장이라면 부품을 체크하는 것은 경영자가 아니면 사무
원이거나 공장장일 테니까. 어쩌면 범인은 큰 공장의 공장장이거나
사무원일지도 모른다. 이것으로써 또다시 아무래도 범위가 넓어질 것
같다.

자동차 그 자체와 파손된 성질에 대해서 무엇인가 추론의 여지는
없는 것일까? 운전하는 이의 입장에서 본다면, 마티는 왼쪽에서 오
른쪽으로 길을 가로질러 건너고 있었다. 그리하여 마티의 몸은 길 왼
쪽 도랑으로 나가떨어졌다. 그렇다면 파손된 것은 차체의 왼쪽이리
라. 하물며 차가 충돌을 피하기 위해 오른쪽으로 핸들을 꺾었다고 한
다면 더욱더 그렇게 생각된다. 왼쪽 흙받이거나 범퍼거나 헤드라이
트, 헤드라이트, 거기에 무엇인가 있을 것 같다. 생각해 보라. 생각
해야 하는 것이다.

알았다! 길가에 유리 파편이 흩어져 있지는 않았다. 충돌하여 가
장 깨어지기 힘든 것은 어떤 종류의 헤드라이트일까? 키가 낮은 고

속 스포츠카에 흔히 있는 쇠그물로 덮인 것이다. 더구나 그 모퉁이를 그러한 속도로 급히 돌아 길에서 튀어나가지 않았을 정도이므로, 차대가 낮은 고속차(그것도 숙련된 이가 운전하는)였을 게 틀림없다.

결론——범인은 숙련된 저돌적인 운전자로서 우수한 수리 공장의 경영자이거나 공장장이며, 헤드라이트를 쇠그물로 감싼 스포츠카의 소유자라고 생각된다. 그것도 어쩌면 번쩍번쩍 빛나는 새 차이리라. 그렇지 않으면 본디 있었던 왼쪽 흙받이와 새로 단 것의 차이가 한눈에 드러나기 때문이다. 하기야 새로운 흙받이에 상처를 내던가 더럽혀서 얼마쯤 헌 것으로 보이도록 꾸밀 수 있을지도 모르지만. 그리고 또 한 가지, 그의 수리공장은 꽤나 구석진 곳의 사람 사는 집과 꽤 멀리 떨어진 장소에 있거나 아니면 강력한 등, 그것도 불빛이 앞만 비치는 등을 가지고 있었으리라. 그렇지 않으면 밤중의 수리 작업이 발각될 염려가 있기 때문이다. 그뿐 아니라 그는 그날 밤 자동차에서 떼어낸 부품을 처리하기 위해 다시 한번 외출했을 게 틀림없으며, 바로 근처에 증거품을 버릴 수 있는 강이나 덤불이 있을 것이다. 공장의 폐품 더미에 증거품을 쌓아두는 위험은 저지르지 않았으리라.

아아, 벌써 한밤중이 되고 말았다. 슬슬 잠을 자지 않으면 안 된다. 계획의 실마리를 잡고 보니, 마치 다시 태어난 듯한 기분이다.

6월 28일

절망. 하룻밤 지나고 보니 모든 것이 얼마나 허무하게 생각되는지 모르겠다. 생각해 보면, 나는 모든 자동차의 헤드라이트가 쇠그물로 덮여져 있는지 어떤지조차도 모른다. 라디에이터는 또 모르겠지만, 헤드라이트는 어떨까? 하긴 이것은 간단히 확인될 수 있는 일이다. 그러나 나의 추리가 기적적으로 사실을 알아맞추고 있다 하더라도 범인과의 거리가 조금도 줄어든 것은 아니다. 스포츠카를 가지고 있는 수리 공장 주인은 아마 몇천 명이나 되리라. 사고는 저녁때인 6시 20분쯤에 일어났다. 새로운 부품을 바꿔 달고 헌 부품을 버리는데 넉넉잡아 3시간 걸렸다고 하더라도, 날이 밝기까지는 아직 10시간이나 남아 있었던 셈이므로 범인의 공장이 지름 300마일 안의 어딘가에 있어도 이상할 건 없다. 실제로는 좀더 가까운 장소에 있을지도 모른다. 자동차에 사고 흔적을 남긴 채 도중에서 멈춰서 가솔린을 넣는 것은 위험하기 때문이다. 그러나 비록 지름 백 마일 안이라고 가정하더라도, 그 범위 안에 대체 수리 공장이 몇 군데나 있을까? 그곳을 하나하나 방문하여 경영자에게 스포츠카를 가지고 있는지 없는지 묻고 다닌단 말인가? 만일 상대가 가지고 있다고 대답한다면? 생각만으로도 진절머리가 나도록 끝이 없다. 나는 범인에 대한 증오 때문에 상식의 바탕을 잃고 있는 게 틀림없다.

아마도 이 일이 내가 의기소침한 가장 큰 원인은 아니리라. 오늘 아침에 익명의 편지 한 통이 날아들었다. 사람들이 잠들어 고요한 동안 어떤 이가 우편함에 던져넣고 간 모양이다. 아마 나의 꽃을 망쳐놓은 사람과 똑같은 미치광이거나 비열한 녀석의 짓이리라. 아무래도 마음에 걸려 견딜 수가 없다. 이것이 그 편지이다. 싸구려 종이, 활자체의 대문자, 상투적인 수법이다.

마티를 죽인 것은 너다. 1월 3일의 사건이 있은 뒤로 이 마을에서 얼굴을 들고 다닐 수 있는 너의 신경을 의심한다. 아직도 깨닫지 못하는가? 우리들은 이 마을에 네가 있는 것을 바라지 않는다. 머지않아 네가 마을에 돌아온 것을 후회할 불쾌한 일이 생기게 되리라. 너의 머리에는 마티의 피가 묻어 있다.

교육을 받은 사람이 쓴 문장 같다. 아니면 '우리들'이라고 했으니까

한 사람이 아닌 것일까. 아아, 테사, 나는 어떻게 하면 좋겠소?

6월 29일.

사물은 가장 나쁜 사태가 있은 뒤에는 반드시 좋아지는 법이다! 추적은 시작되었다! 이 새로운 날을 그저 흔해빠진 말들로 맞이하는 것을 용서해 주기 바란다. 오늘 아침에 나는 차를 끌어냈다. 여전히 기분이 몹시 울적해 있었으므로, 옥스퍼드에 가서 마이클을 만나려고 생각했던 것이다. 사이렌스티에서부터 옥스퍼드 가도로의 지름길을 택했다. 처음으로 지나가는 좁은 산길이었다. 비가 오고 난 뒤라, 눈에 보이는 모든 것이 햇빛 속에서 싱싱하게 빛나고 있었다. 오른쪽 고원 지대에 눈이 팔려 있을 때──나무딸기를 짓이긴 듯한 빛깔을 띤 클로버 들판이 눈부시게 이어져 있었다──차가 물구덩이로 뛰어들었다.

차는 물구덩이 건너편 가장자리까지 느릿느릿 움직여 가더니 멎었다. 나는 보닛 속이 어떤 모양으로 되어 있는지 전혀 모른다. 하지만 차가 멈추었을 때에는 기분이 좋아질 때까지 잠시 내버려 두면, 대개는 다시 움직여 준다. 내가 차에서 내려 옷에 튄 물을 털고 있으려니까──물구덩이로 뛰어들었을 때 많은 물이 부채꼴로 튀어올라 머리 위로부터 쏟아졌던 것이다──농장의 나무 울타리에 기대어 서 있던 한 사나이가 말을 걸어 왔다. 마치 샤워라도 한 것 같다고 우리들은 농담을 주고 받았다. 이윽고 그 사나이는 지난 겨울 어느 날 밤에도 여기서 아주 똑같은 일이 일어났었다고 말했다. 나는 맞장구를 치기 위하여, 무심코 그것이 며칠이었느냐고 물었다. 이 질문은 일종의 영감이라고나 해야 할 것이다. 사나이는 장모가 찾아온 날이 언제, 양이 병에 걸린 날이 언제, 라디오가 고장난 날은 언제였다는 식으로 머릿속의 달력을 이리저리 넘겨 보고 난 뒤 말했다.

"1월 3일입니다. 그래, 1월 3일이었소. 틀림없어요. 그때는 벌써 해가 저물었었지"

그때, 그런식으로 전혀 아무런 관계가 없는 글귀가 마음에 떠올라오는 일이 흔히 있는 법인데, 나는 내 마음의 눈이 '새끼양의 피로서 씻기고'라는 말을 응시하고 있음을 발견했다. 지금 생각난 거지만, 그것은 가는 도중의 메더디스트 교회 앞 포스터에서 본 글귀였다. 벽에 씌어진 문자에는 몇 가지 뜻이 있다(구약 다니엘서 제5장 참조). 다음 순간 '피'라고 하는 말이 어제 받은 익명의 편지 '너의 머리에는 마티의 피가 묻어 있다'와 결부되고 있었다. 순식간에 안개가 걷히고 나의 의식에는 '차에 묻은 마티의 피를 씻어 없애기 위해' 물구덩이 속으로 달려들어가는 살인자의 모습이 역력히 눈앞에 떠올라왔다.

되도록 무관심한 체 꾸미고 그 사나이에게 다음의 질문을 했을 때, 나는 입 안이 바짝 타고 있었다.

"혹시 정확한 시간을 기억하고 있지 않소? 그 사나이가 물구덩이에 뛰어든 시간 말이오."

사나이는 꽤 신중했다. 모든 것이 그 대답 하나에 달려 있다. 사실 이 표현처럼 흔해 빠지고도 딱 들어맞는 것은 없다. 이윽고 그는 말했다.

"7시보다는 일렀소. 15분이나 10분 전쯤이었을 거요. 그래, 7시 15분 전쯤이었던 것 같소."

이것도 흔한 말투이지만, 그때의 내 얼굴은 볼 만한 것이었으리라. 상대편이 자못 이상스러운 얼굴을 지었으므로 나는 힘있게 말했다.

"역시, 그 녀석은 틀림없이 내 친구였을 거야! 우리집을 나와 길을 잃고 코츠월드(글로스터셔의 구릉 지대)의 어딘가에서 물구덩이에 뛰어들었다고 말했으니까."

이 연막 전술 뒤에서, 나의 두뇌는 재빠른 계산을 하고 있었다. 집을 나서서 거기까지는 30분 남짓 걸렸다. 좀더 속력을 낼 수 있는 차를 타고, 게다가 잘 알고 있는 길이라 멈추어서 지도를 볼 필요가 없다고 한다면, 범인 X는 사고가 발생한 6시 30분부터 6시 45분 사이에 이 지점에 이를 수가 있을 것이다. 25분 동안에 17마일 남짓을 평균 시속 40마일로 달리는 것은 스포츠카라면 문제없는 속도이다. 나는 또 하나의 질문에 모든 것을 걸었다.

"그것은 차대가 낮은 고속차가 아니었소? 차 종류나 넘버는 생각나지 않습니까?"

"물구덩이에 뛰어들어왔을 때는 굉장한 속력이었지요. 다만 차 종류에 대해서는 잘 모르겠소. 아무튼 어두웠고 게다가 헤드라이트가 눈부셔서 말이오. 멀리서부터 보이고 있었지요. 넘버도 기억하지 못해요. 머리글자는 CAD였었지만"

"틀림없어!" 하고 나는 말했다(CAD는 글로스터셔의 새로운 등록 문자이다. 이것으로 범위는 훨씬 좁혀졌다). 나는 생각하고 있었다. ——헤드라이트가 켜져 있는데도 맹렬한 속도로 물구덩이에 뛰어드는 것은 미치광이뿐이리라. 다만 물을 밀어올려 자동차의 앞부분에서 핏자국을 씻어 버리려고 한다면 별문제이지만. 내가 물구덩이에 차를 들이박았던 것은 경치에 눈이 팔려 있었기 때문이었으나, 어두운 밤길을 달리며 경치를 바라보는 사람은 없다. 나는 왜 이제까지 계산에서 피를 완전히 제외하고 있었던 것일까? X가 돌아가는 도중에 차를 멈추기를 명령받는다면 틀림없이 핏자국이 발각되었을 것이고, 그 편이 흙받이가 우그러진 것보다도 훨씬 설명하기 곤란했으리라. 한편, 차를 세우고 헝겊으로 핏자국을 닦아 내는 것은 아주 위험하다. ——피투성이 헝겊이라는 것은 그리 쉽사리 처분할 수 있는 '물건'이 아니다. 그보다 훨씬 간단한 것은 물구덩이에 맹렬한 속도로 차를 몰아넣어 나머지 일은 물에 맡기는 것이다. 그는 아마 핏자국이 완전히 씻겼는지 어떤지를 확인하기 위해 차를 멈추었으리라.

나는 사나이가 햇볕에 그을린 주름살투성이의 얼굴에 의아스러운 표정을 떠올리며 말을 걸어 오고 있음을 깨달았다.

"굉장한 미인이었어요. 네, 그렇잖습니까?"

순간 나는 X의 차 이야기라고 생각했다. 이윽고 그것이 X 자신 즉 미녀의 이야기라는 것을 깨닫고 멈칫했다. 어찌된 일인지 나는 한 번도 찾고 있는 상대가 여자일지도 모른다고는 생각지 않았기 때문이었다.

"친구에게 그런 동행이 있었는 줄은 몰랐는걸."

나는 어물어물하면서 급한 순간을 넘겼다.

"그렇고 말고요"라고 사나이는 말했다. (오오, 고마워라!). 그러면 차에는 남녀 두 사람이 타고 있었던 것이다. 생각했던 대로 그는 여자에게 신나는 장면을 보여 주려고 했던 모양이다. 나는 그 사나이의 입에서 '내 친구'의 인상을 알아내려고 했지만 그다지 수확이 없었다.

"옷차림이 단정한 큰 몸집의 사나이인데, 말투는 공손했지요. 함께 탄 여자 쪽은 연신 조바심을 내고 있더군요. 그런 식으로 물구덩이에 뛰어들었으니 무서워하는 것도 무리는 아니지만 말이오. '빨리 서둘러요, 조지. 이런 곳에 밤새도록 있고 싶지는 않아요'라고 몇 번이나 되풀이 말하고 있었소. 그런데 남자 쪽은 도무지 서두르는 빛이 없었소. 지금의 당신처럼 흙받이에 기대어서서 상냥하게 지껄이고 있었지요"

"흙받이에 기대서 있었다고요? 여기서 말인가요?"

나는 자신의 행운에 기뻐 어쩔 줄을 모르면서 물었다.

"그렇다니까요."

나는 왼쪽 앞부분인 흙받이에 기대서 있었다. X의 차가 그곳이 망

가져 있을 게 틀림없다고 내가 계산하고 있었던 부분이다. X는 나와 지금 이야기하고 있는 사나이의 눈에서 파손된 부분을 숨기기 위해 거기에 기대서 있었던 것이다. 나는 다시 몇 가지인가 조심스럽게 질문을 거듭했지만, 범인과 그의 차에 대해서 더 이상 아무것도 알아낼 수가 없었다. 나는 어찌 할 바를 몰랐다. 이야기의 다음 실마리를 끌어내기 위해 허풍스러운 말투로 말해 보았다——

"그래, 조지란 녀석을 혼내 주어야지. 정말 아주 형편없는 녀석이야, 마누라가 있으면서도. 대체 상대 여자는 누구였을까?"

이 농담이 광맥을 찾아냈다. 사나이는 머리를 긁적거리면서 말했다.

"그것이 말입니다, 나는 그녀의 이름을 알고 있었지만 아무래도 생각이 나지 않는군요. 지난 주일에 그녀의 영화를 보았는데도 말이오. 첼트넘에서 말입니다. 속옷 바람으로 나왔는데, 그 속옷도 겨우 형식적으로 걸치고 있을 뿐이었지요."

"그것은 영화 속의 이야기입니까?"

"그렇소. 속옷 바람이었지요. 어머니가 눈을 둥그렇게 떴어요. 뭐라는 이름이었더라? 나 좀 봐요! 어머니!"

농가에서 한 여자가 모습을 나타냈다.

"지난 주일에 본 영화의 제목이 무엇이었지요? 왜, 처음에 본 것 말입니다."

"동시상영 영화 말이니? 그것이라면 '하녀의 무릎'이지 않느냐."

"참, '하녀의 무릎'이었지. 그리고 그 젊은 여자가 하녀인 폴리 역을 했는데, 깜짝 놀랄 만큼 대담하게 무릎을 드러내 보였지요."

"정말 미치광이 짓이지 뭐요. 우리 집 가피도 남의 집살이를 하고 있지만, 레이스 속옷 따위는 가지고 있지도 않거니와 저 폴리처럼 암내나는 고양이 마냥 엉덩이를 흔들 틈도 없다우. 그런 짓을 한다면 혼을 내주겠지만 말이에요." 여자가 말했다.

"그날 밤 내 친구가 데리고 있던 여자가 그 영화에서 폴리 역을 한 여배우란 말이지요?"

"분명히 그렇다고는 하지 않겠어요. 그 남자분에게 곤욕을 치르게 하고 싶지는 않으니까요, 하하하! 차에 타고 있던 여자는 내내 얼굴을 돌리고 있었지요. 얼굴을 보이면 입장이 난처했던 모양이오. 남자가 차 안의 등을 켜자 몹시 화를 냈거든요. '불을 꺼요, 조지' 하면서. 그때 흘긋 얼굴이 보였던 거지요. 그래서 영화에서 폴리를 보았을 때 나는 어머니에게 말했었지. '저봐요, 저 사람은 물구덩이가 있는 데서 멎은 차에 탔던 여자가 아니에요!'라고요. 그랬지요, 어머니?"

"암, 그렇고말고."

그리고 나서 곧 이 일은 아무에게도 지껄이지 않는 편이 몸을 위해서 좋을 거라는 의미의 협박 비슷한 말을 남기고 나는 이 모자와 헤어졌다. 만일 그들이 지껄인다 하더라도 머릿속에 있는 것은 두 남녀에 대한 옳지 못한 관계뿐이리라. 나는 교묘한 말로 그렇게 믿도록 해 둔 셈이었다. 결국 폴리로 분장한 여배우의 이름은 두 사람 다 생각해내지 못했으므로 나는 곧장 첼트넘에 가서 조사했다. '하녀의 무릎'은 브리티시 영화사 작품이었다. 그것은 제목만으로도 쉽게 짐작이 갔다. 값싸고 속되고 음란한, 브리티시 영화사가 즐겨 택하는 소재인 것이다. 여자 이름은 리나 로슨으로서, 이른바 '병아리 스타(정말이지 얼마나 천박스러운 말일까!)'였다. 그 영화는 이번 주일에 글로스터셔에서 상영되고 있었다. 내일 찾아가서 그녀의 얼굴을 실컷 보고 오도록 하자.

경찰의 손길이 증인인 저 모자에게까지 미치지 못했던 것도 이상할 것은 없다. 그들의 농장은 한낮에도 그다지 차가 다니지 않는 길가의 아주 외떨어진 곳에 있다. 그 주일에는 그들의 라디오가 고장나 있었으므로 BBC방송의 '호소'를 들을 수도 없었다. 게다가 어쨌든 20마일 가까이나 떨어진 장소에서 생긴 사고를 그 자동차에 탄 두 사람과 결부시키는 일은 불가능했으리라.

X에 대한 새로운 자료──그의 세례명은 조지이다. 그의 자동차에는 글로스터셔의 등록 기호가 붙어 있다. 길가의 냇물에 패어 생긴 물구덩이가 있는 곳을 알고 있었던 점을 아울러 생각할 때(지도로 그것을 찾아낼 만한 틈은 없었을 것이다), 이것은 그가 글로스터셔에 살고 있다는 강력한 뒷받침이 될 것이다. 그리고 리나 로슨은 그의 '급소'이다. 나는 이 급소라는 말을 진심으로 말하고 있는 것이다. 여자는 그 농장의 사나이가 물구덩이가 있는 곳에서 말을 걸었을 때, 틀림없이 두려워하고 있었다. "빨리 서둘러요" 하고 조지에게 재촉했으며, 얼굴을 보이지 않으려 애쓰고 있었다. 나의 다음 계획은 그녀에게 접근하는 일이다. 강압적으로 나가면 그녀는 틀림없이 굴복하리라.

6월 30일

오늘 밤 리나 로슨을 보았다. 솔직히 말해서 굉장히 귀여운 여자였다. 그녀와 만나는 일이 즐겁기까지 하다. 그렇긴 하나 정말 형편없는 영화였다! 아침 식사 뒤에 오랜 시간을 들여, 이 주(州)의 자동차 수리 공장 소유자로서 G로 시작하는 이름을 가진 이를 한 사람도 남김없이 조사했다. 결국 10명 남짓한 리스트가 작성되었다. 이 리스트를 바라보며 그 중의 한 사람을 죽이게 되리라 생각하니, 묘한 느낌이 든다.

작전 계획이 머리에 떠오르기 시작했다. 그러나 대강 뼈대가 설 때까지는 여기에 쓰지 않기로 하겠다. '필릭스 레인'이 마침내 도움이 되리라. 그렇긴 하지만 클라이맥스인 살인은 물론이거니와 희생자에게 이르기까지 밟아야만 할 지루하고도 우스꽝스러운 순서가 이렇듯 많을 줄이야. 에베레스트 등반대의 조직과도 버금가는 번거로움이다.

7월 2일

인간 지능——비록 수준 이상의 지능이라도——의 미덥지 못한 점에 대한 흥미로운 예가 있다. 나는 요 이틀 동안 절대로 안전한 살인 계획을 세우기 위하여 머리를 짜내 왔는데 오늘 밤에 이르러 겨우 그럴 필요가 없다는 것을 깨달았다. 즉 이러한 것들이다——나 자신(그리고 어쩌면 리나 로슨도) 말고는 누구도 마티를 죽인 것이 '조지'임을 아는 사람이 없으므로, 내가 조지를 죽일 동기는 아무도 알 턱이 없다. 물론 법률적으로는 상황 증거가 유죄를 증명하고 있는 한 반드시 피의자의 동기가 입증되어야 할 필요는 없다. 그러나 현실적으로 동기다운 것이 존재하지 않을 때 유죄를 결정짓는 것은 범행의 직접적인 목격뿐이다.

조지와 리나가 '필릭스 레인'과 살해된 어린아이의 아버지 프랭크 케언즈를 결부시키지 않는다고 한다면, 나와 조지를 결부시키는 '고리'에는 아무도 눈치챌 만한 까닭이 없다. 마티의 죽음에 관련해서는 내 사진이 한 번도 신문에 나지 않았다. 그 점은 충분히 조심했거니와, 티그 부인도 신문기자에게는 아무것도 지껄이지 않았다. 그러므로 프랭크 케언즈와 필릭스 레인이 같은 인물임을 알고 있는 것은, 반드시 비밀을 지키겠다고 맹세한 나의 책을 펴낸 출판업자들 뿐이다. 아주 큰 실수라도 하지 않는 한 나는 '필릭스 레인'으로서 리나 로슨과 알게 되고, 그녀를 통해서 조지에게 접근하여 그를 죽이는 것만으로 충분한 것이다. 만일 리나 로슨이나 조지가 나의 탐정소설을 읽고 있고, 나의 출판사가 선전하고 있는 '수수께끼의 작가'라는 문구

——'필릭스 레인은 누구인가?'와 같은 글귀——를 알고 있다 하더라도, 그것은 선전을 위한 연출이며 나의 본디 이름도 필릭스 레인이라고 대답해 두면 된다. 오직 한 가지 위험은 내가 필릭스 레인으로 꾸미고 리나와 함께 있는 장면을 누군가 아는 사람에게 들키는 일이지만, 그러한 사태는 쉽게 피할 수 있으리라. 우선 저 미인인 '병아리 스타'와 알게 되기 전에 턱수염을 기르도록 하자.

조지는 마티의 죽음에 대한 비밀을 무덤까지 가져가게 되고(거기서 무모한 운전의 잔혹성에 대해 영원히 반성토록 하는 게 좋을 것이다), 그와 동시에 나의 '범행' 동기도 같은 무덤에 매장되고 마는 것이다. 위험이 있다면 리나 로슨뿐이다. 그녀도 죽일 필요가 생길지 모르지만, 죽이지 않고 넘어갈 수 있다면 더욱 좋다. 하기야 현재로서는 그녀의 죽음이 세상의 손실이 된다고 생각될 이유는 아무것도 없지만.

가공의 고해 신부님이시여. 당신은 내 몸의 안전을 바라는 내 태도를 비난하시겠습니까? 마티를 죽인 범인을 죽이겠다는 생각이 한 달 전에 처음으로 머리에 떠올랐을 때, 나는 내 자신이 살아남으리라고는 생각하지 않았다. 하지만 살인의 결의가 강해짐에 따라 살고자 하는 결의도 강해졌다. 그것들은 떼어놓기 어려운 쌍둥이처럼 함께 성장해 왔던 것이다. 조지가 마티를 살해했으면서도 지금까지 아무런 벌도 받지 않고 태평하게 지내고 있는 것처럼 나도 이 살인죄를 추궁받지 않을 수 있다면……. 그것은 오직 나의 복수심 덕분이다.

조지——지금은 그를 오래 전부터 알고 있는 사람처럼 생각된다. 나는 마치 애인처럼 조마조마하게 기대로 마음을 두근거리면서 그와 만날 날을 간절히 바라고 있다. 그러면서도 그가 마티를 죽인 범인이라는 확증은 없다. 다만 물구덩이에서의 그의 수상쩍은 행동과, 절대로 틀림없다는 나의 예감에 기댈 뿐이다. 그러나 어떤 방법으로 그것을 증명할 것인가? 과연 입증하는 일이 가능할까?

아무튼 좋다. 쓸데없는 걱정은 말자. 잊어선 안 되는 것은 조지이든 X이든 누구이든 나는 어떤 벌도 받지 않고 그를 죽일 수 있다는 것이다. 너무 잔재주를 부리든가 이성을 잃지 말고 사고사로 꾸며 보이지 않으면 안 된다. 살며시 독약을 먹인다던가, 복잡한 알리바이를 준비한다던가 하는 등 쓸데없는 일을 생각해서는 안 된다. 그와 나란히 벼랑가를 걷고 있을 때, 또는 길을 가로지를 때 살짝 밀어 버리는 것 같은 방법이 좋다. 나에게 그를 죽일 동기가 있음을 알고 있는 사람은 아무도 없으므로, 그것이 사고라는 걸 의심할 사람도 있을 턱이 없다.

그러나 어떤 의미에서는 이런 방법을 택하지 않으면 안 되는 일이 유감스럽기도 하다. 나는 나 자신에게 그를 괴롭히고 고통을 느끼게 하는 만족을 줄 것을 약속했다. 순간적인 죽음은 그에게 너무나도 호강스럽다. 천천히 시간을 들여서 야금야금 태워 죽이거나, 개미떼가 벌거벗은 몸뚱이를 물어뜯는 것을 바라보고 싶다. 아니면 고통으로 몸을 빳빳이 만들고 새우처럼 꼬부리게 하는 스트리키닌이 있다. 아아, 나는 그를 지옥 속으로 떨어뜨리고 싶은 것이다.

여기까지 썼을 때, 티그 부인이 들어왔다.

"책을 쓰고 계시는 건가요?" 하고 그녀는 말했다. "기분을 풀 일이 있어서 다행이로군요."

나는 정답게 대답했다.

"그렇소, 참으로 다행이오."

티그 부인도 그녀 나름으로 마티를 사랑하고 있었다. 그녀가 내 책상 위의 원고를 기웃거리지 않게 된 지도 벌써 오래이다. 전에는 가짜인 워즈워드 전기 노트를 일부러 책상 위에 펼쳐놓기도 했었던 것이다. 그것이 그녀를 책상에서 멀리하게 만들었다.

"저도 재미있는 책을 읽기 좋아하지요"라고 그녀는 말한 일이 있었다. "나리님이 쓰고 계시는 것 같은 고급스러운 책은 질색이에요. 그런 것을 읽으면 배가 살살 아프지 뭐예요. 남편은 굉장한 독서가였었는데——셰익스피어, 단트(단테의 잘못), 메리 콜레리(영국의 여류 대중작가)——등등 무엇이든지 읽었지요. 저에게도 책을 읽히려고 했답니다. 좀더 현명해지지 않으면 안 된다고 말하면서요. '내버려 둬요, 나에 대해서는' 하고 나는 말해주었지요. '책벌레는 한 집에 한 마리만으로 충분하잖아요. 단트를 읽는다고 배가 부를 것도 아닌데'라고요."

그런데도 나는 탐정소설 원고에는 반드시 쇠를 채우기로 하고 있었으며 이 일기도 그렇게 하고 있다. 하기야 만일 외부의 누군가에게 발견되었다 하더라도 '필릭스 레인'의 신작 스릴러 소설의 원고라고 생각할 터이지만.

7월 3일

오후에 슐리버넘 장군이 별안간 모습을 나타냈다. 영웅시체(英雄詩體)의 이행연구(二行聯句)에 대한 길다란 이야기로 나를 끌어넣었다. 훌륭한 인물이다. 장군들은 모두 지성이 있고 마음 착하고 매력적이며 지식도 풍부하지만, 대령쯤 되면 으레 지루하고 소령들에 이르러서는 거의 대부분 이야기 상대도 되지 않는데 그것은 대체 어떤 까닭에서일까? 이것은 한 번 '인간 관찰 여사(女史)'에게 연구를 부탁해 볼 만한 테마이다.

이 집에 있으면 마티의 일이 생각나 가슴이 아프므로, 머지않아 긴 휴가를 얻어 여행을 떠날 작정이라고 장군에게 털어놓았다. 그는 그 정직해 보이는 파란 눈으로 나에게 매우 날카로운 눈짓을 보내더니 이렇게 말했다.

"설마 어리석은 짓을 할 마음은 아닐 테지?"

"어리석은 짓이라니요?" 나는 너무도 어처구니가 없어 되물었다. 순간 나의 비밀을 눈치챘음에 틀림없다고 생각했다. 거의 비난에 가까운 울림이 깃들어 있었기 때문이다.

"으음…… 술, 여자, 유람, 항해, 곰 사냥──그런 것은 어느 것이나 하나같이 쓸모가 없어. 일만이 가장 좋은 묘약이지."

장군이 하고 싶었던 말이 그것뿐임을 알고 나는 마음이 놓인 나머지 이 노인에 대해 굉장한 애정을 느꼈다. 이를테면 나의 비밀을 깨닫지 못한 것에 대한 사례로서 무언가를 털어놓고 싶은 충동에 사로잡히기조차 했다. 이것은 나에게 있어 흥미로운 반응이었다. 그래서 나는 익명의 편지와 꽃밭을 망친 사건에 대해 장군에게 이야기를 했다.

"정말인가?" 하고 그는 말했다. "정말이지, 괘씸하군. 나는 그와 같은 방식이 딱 질색이란 말일세. 내가 온화한 사람이라는 것은 자네도 알고 있을 테지. 짐승을 쏘는 일마저 좋아하지를 않네. 물론 군대에 있을 무렵에는 사냥도 좀 했지. 주로 호랑이 사냥이었지만, 그것도 아득한 옛날, 인도 시절의 일일세. 호랑이는 아름다운 동물로서 참으로 우아하다네. 그것을 쏘는 일이 마음에 걸렸으므로 나는 잠시 동안만 했을 뿐, 곧 그만두고 말았네. 즉 내가 하고 싶은 말이란, 익명의 편지 따위를 쓰는 녀석이라면 나라도 태연히 쏘아 죽일 수가 있으리라는 걸세. 엘더에게는 벌써 보고했겠지?"

나는 아직 말하지 않았다고 대답했다. 장군의 눈에 자못 기쁜 듯한 심술궂은 광채가 떠올랐다. 그는 익명의 편지와 망쳐진 화단을 보여 달라고 하며 이것저것 물었다.

"그는 아침 일찍 나타날 테지?" 하고 그는 주위를 노려보면서 말했다. 이윽고 한 그루의 능금나무에 눈길을 멈추고 나에게 아주 무책

임한 눈짓을 보내왔다.

"어떨까, 저 위에 가만히 앉아서 기다려 보면? 담요와 물병과 총을 가지고 말일세. 그 녀석이 어딘가에서 모습을 나타냈을 때 쏘아 버리는 거야. 좋아, 내게 맡기게."

잠시 뒤, 나는 그가 코끼리 사냥용 총을 가지고 능금나무 가지에 앉아, 익명의 편지를 쓴 녀석을 향해 그것을 쏘아댈 작정인 것을 알았다.

"안 돼요, 그건 안 됩니다. 그 녀석이 죽고 맙니다."

장군은 조금도 동요하지 않았다.

"알겠나, 여보게" 하고 그는 말했다. "잘못되더라도 자네에게 폐가 될 만한 일은 않겠네. 그 녀석을 겁주려는 것 뿐이야. 그런 녀석일수록 겁쟁이인 법이지. 한번 겁을 주어 놓으면 두 번 다시 장난을 못할 거야. 그러는 편이 수고도 덜게 되고 경찰의 도움도 받지 않을 수 있단 말일세."

나는 단호하게 그런 일을 하면 곤란하다고 다짐을 받아 두지 않으면 안 되었다. 돌아갈 때 장군은 말했다.

"자네의 말이 옳을지도 모르네. 상대편이 여자일 수도 있으니까. 여자를 쏘는건 내 성미에 맞지 않네. 게다가 여자는 수효가 많기 때문에 옆얼굴을 보기만 해서는 사람을 잘못 볼지도 모르지. 어쨌든 기운을 내게나, 케언즈, 여자라는 말로 인해 문득 생각이 나네만, 자네에게 필요한 것은 여자야. 그러나 방정맞은 여자는 안 돼. 마음씨 착하고 현명한 여자가 좋지. 자네의 시중을 알뜰히 들어 주고, 동시에 자네 쪽에서도 시중을 들어 줄 마음이 드는 그런 여자 말일세. 인간에게는 싸울 상대가 필요해. 홀아비 생활을 하고 있는 사나이는 자칫 자신의 생활에 만족을 느낀다고 생각하기 쉽네. 하지만 싸울 상대가 없으면 이윽고 자기 자신과 싸움을 하게 되지.

그러면 어떻게 되겠나? 마침내는 자살을 하거나 아니면 정신병원에 가게 돼. 둘 다 안이한 탈출구로서 좋지 않네. 양심은 모든 인간을 겁쟁이로 만들지. 그렇다고 해서 어린애를 죽게 한 일로 자네를 탓하고 있다고 지레짐작하면 곤란하네. 그럴 필요는 없다네. 여보게, 아무튼 그런 일을 이것저것 생각하는 것은 위험해. 고독한 인간은 악마의 좋은 먹이란 말일세. 어쨌든 우리 집에도 좀 놀러 오게나. 올해는 나무딸기가 풍작이라네. 어제도 실컷 따 먹었지. 그럼, 실례하겠네."

그 노인은 마치 바늘처럼 육감이 날카롭다. 전혀 두서가 없는 것 같으면서도 느닷없이 핵심을 찔러 오는 저 연극조의 군인 말투가 무섭다. 그것은 아마도 그늘에 숨어서 무능한 동료들을 기습하여 패주시키기 위한 속임수이리라. 또는 자기 방위를 위한 위장일지도 모른다. '이윽고 자기 자신과 싸움을 하게 된다'고? 어쨌든 그건 아직 이르다. 그전에 해치우지 않으면 안 될 싸움과 호랑이와 익명의 협박자보다 큰 사냥감이 기다리고 있다.

7월 5일

오늘 아침 또 익명의 편지가 날아들었다. 불쾌하기 이를 데 없다. 대사업에 온 마음을 기울여야만 할 이 중요한 때에 협박자에게 정신이 흩어져 있을 수는 없다. 그러나 이 문제를 경찰에 맡기는 것도 마음 내키지 않는다. 누구의 짓인지 알기만 한다면, 이 우스꽝스러운 신경전도 마음에 걸리지 않게 되리라. 오늘 저녁은 일찍 잠자리에 들어 자명종 시계를 4시에 맞추어 두기로 하자. 그것으로 충분히 늦지는 않으리라. 그리고 자동차로 켐블까지 가서 런던 행 첫차를 타자. 출판업자인 홀트와 점심 식사 약속이 있다.

7월 6일.

오늘 아침은 운이 없었다. 익명의 협박자가 나타나지 않았던 것이다. 그 대신 런던에서 유익한 하루를 보냈다. 나는 홀트에게 영화 촬영소를 무대로 삼아 새로운 탐정소설을 쓰고 싶다고 이야기했다. 그러자 그는 브리티시 리가르 영화사——리나 로슨이 일하고 있는 회사이다——의 캘러헌이라는 사나이에게로 소개장을 써 주었다. 홀트는 나의 턱수염을 조금 놀려댔다. 아직 지저분하고 깔끔하지 못한 아무렇게나 자란 수염 정도로, 모양이 아주 사나웠으므로 무리도 아니다. 나는 변장을 위해서라고 얼버무려 두었다. 필릭스 레인으로서 촬영소를 견학하고 다닐 작정인데, 취재가 꽤 오래 걸릴 것 같으므로 프랭크 케언즈로 알아차릴 위험이 있기 때문이라고, 아무튼 옥스퍼드 시절이나 관리 시절의 친지와 마주칠지도 모르기 때문이었다.

홀트는 자기 출판사의 유행 작가를 보는 출판업자 특유의 조금 격정스러운, 귀중한 물건이라도 보는 듯한 눈초리로 나를 보면서 나의 조심스러운 태도에 전적으로 찬성했다. 마치 내가 언제 고집을 부리거나 서커스에서 달아날지도 모르는 변덕스러운 구경거리 동물이기나 한 것처럼.

잠을 좀 자 두기로 하자. 오늘밤도 또 자명종 시계를 4시에 맞추었다. 어떤 물고기가 그물에 걸릴 것인지.

7월 8일

어제는 수확이 없었지만, 오늘 아침에 바늘이 있는 파리가 거실에 뛰어들어왔다. 그러나 이건 또 어떠한 파리일까! 백발 머리에 발을 질질 끄는 동면 중인 것 같은 파리이다. 참, 사람을 웃기는군. 나는 틈나는 대로 '이런 편지를 쓸 만한 사람은 대체 누구일까' 하고 생각해 보았다. 여느 협박장을 쓰는 인종이라면 변질자같은 무식자이던가

(나의 협박자는 결코 그렇지 않았다), 겉은 '멀쩡'하지만 속에 이상함을 간직한 인간 중 어느 쪽이다. 나는 목사며 교장이며 여자 우편국장이며——또는 피터즈와 슐리버넘 장군에 이르기까지 모두 용의자로 꼽고 있었다. 가장 그렇지 않아 보이는 사람이 범인이다. 아무래도 탐정소설 작가의 두뇌 구조로서는 그렇게 생각되는 모양이다. 물론 현실로는 당연하기 이를 데 없는 일이지만, 가장 그럴듯한 사람이 범인이었다.

오늘 아침 4시 반이 지난 바로 뒤에, 뜰의 샛문 고리쇠가 달그락 울렸다. 어슴푸레한 밝음 속에서 샛길을 걸어오는 사람 그림자가 보였다. 처음에는 용기를 내려 하고 있는 것인지, 아니면 눈에 띄는 것을 겁내고 있는지 느릿하고 머뭇거리는 발걸음이었다. 그러나 이윽고 별안간 마치 쥐를 물고 달리는 고양이처럼 재빠르게 종종걸음으로 달리기 시작했다.

그것은 여자라는 것을 알았다. 더구나 티그 부인을 몹시 닮아 있었다.

나는 급히 아래층으로 내려갔다. 현관문에 쇠를 채우지 않고 두었으므로, 봉투가 우편함에 떨어지는 순간 홱 문을 열었다. 티그 부인은 아니었다. 앤더슨 부인이었다. 벌써부터 알았어야만 했던 것이다. 그녀가 거리에서 나를 피했던 일, 고독한 과부 생활, 마티에게 기울이고 있었던 채워지지 않는 모성 본능, 잔잔한 성품에 악의가 없고, 이렇다할 뚜렷한 것도 없는 할머니. 그녀이리라고는 꿈에도 생각지 못했었다.

매우 애처로운 광경이 벌어졌다. 나는 꽤나 지독한 말을 내뱉은 듯한 느낌이 든다. 나에게서 많은 잠을 빼앗았던 만큼 내가 화를 내리라는 것을 그녀도 예상하고 있었으리라. 하지만 그녀의 편지에 들어 있었던 가시는 상상 이상으로 깊이 찔려 있었던 모양이다. 나는 얼음과 같은 노여움을 느끼며 한껏 심하게 대해 주었다. 그녀에게는 마치 여자 손님으로 만원인 밤 열차의 객실에서 오랜 여행을 하고 난 뒤처럼 어딘지 단정치 못하고 갑갑한 듯한 분위기가 있었다. 그것이 나의 노여움과 혐오에 기름을 부었다. 그녀는 한마디도 하지 않고 지금 막 개운치 않은 잠에서 깨어난 사람처럼 눈을 깜박이면서 서 있었다. 그리고는 잠시 뒤 울기 시작했다. 가냘프고 이 세상의 불행을 혼자 짊어진 듯한 울음 소리였다. 그런 종류의 반응은 더욱 더 사람을 고집스럽게 만드는 법이다. 자신을 채찍질하여 질책과 자기 혐오를 매몰시키기 위해 차례로 잔혹한 말을 퍼붓게 되는 것이다. 나는 결코 용서하지 않았다. 그러나 그러한 자신을 자랑스럽게 여기는 건 아니다. 마침내 그녀는 홱 등을 돌리고는 한 마디도 않고 가 버렸다. 나는 또 이런 일을 되풀이한다면 경찰에 고발하겠다고 소리질렀다. 나는 얼마쯤 이성을 잃고 있었던 모양이다. 정말이지 아주 부끄러운 일이다. 그러나 나와 마티에 대해서 그런 것을 쓴 그녀도 나쁘다.

아아, 하느님. 나는 죽어버리고 싶습니다.

7월 9일

내일은 짐을 챙겨 이 집을 나간다. 프랭크 케언즈는 사라져 없어지는 것이다. 그리하여 필릭스 레인이, 내가 메이더 베일에 빌려 둔 가구 딸린 아파트로 옮겨간다. 내가 가져가는 마티의 애꾸눈 테디 베어(장난감 곰)——유일한 유품이다——를 빼고는 두 사람을 결부시키는 건 아무것도 없다(없기를 빈다). 준비가 모두 빈틈없이 이루어졌으리라고 생각된다. 돈. 티그 부인에게 우편물을 보내 달라기 위한 임시 주소, 그녀에게는 잠시 런던에 머물다가 여행을 떠난다고 말해 두었다. 오두막집 관리는 그녀에게 맡겼다. 앞으로 다시 그 집에 돌아갈 일이 있을지 어떨지는 모르지만. 아마 팔려고 내놓아야만 될 테지만, 어쩐지 그리고 싶은 마음이 일지 않는다. 마티가 행복한 나날을 보낸 집이었기 때문이리라. 하지만 나는 어떻게 해야 좋을까. 일이 끝난 다음에, 일을 끝낸 살인자는 그 뒤 무엇을 할까? 또 탐정소설을 쓰기 시작해야 하는가? 그것도 기운 빠지는 일이다. 아무튼 그때까지는 쓸데없는 생각을 하지 말자.

바야흐로 사태는 나의 손에서 벗어나 혼자 걷기 시작한 느낌이 든다. 나같이 마음 약한 인간으로서는 그럴 수밖에 없다. 즉 행동을 개시하지 않을 수 없는 상황을 미리 만들어 두는 일이다. '배수의 진을 친다'던가 '루비콘 강을 건넌다'라는 등의 오래 써먹은 대사에 숨겨진 진리가 이것이리라. 줄리어스 시저는 얼마쯤 신경질적인 인간이었던 게 아닐까——햄릿과 같은 성격이라고나 할까. 참으로 위대한 행동인이란 대개 그런 데가 있다. T.E. 로렌스(아라비아의 로렌스라고 일컬어지는 군인, 저술가)가 좋은 보기이다.

리나와 조지의 연관이 막다른 골목이라고는 생각하고 싶지 않다. 다시 처음부터 재출발한다는 것은 생각만 해도 진저리가 난다. 우선 해야 할 일만도 산더미처럼 쌓여 있다. 먼저 필릭스 레인이라는 인물을 만들어 내지 않으면 안 된다——그 부모, 특징, 경력 등. 나는 필릭스 레인으로 완전히 변신하지 않으면 안 된다. 아니면 리나나 조지에게 수상하게 여겨질 염려가 있다. 필릭스 레인으로서의 대사를 완전히 암기할 무렵에는 나의 턱수염도 제법 의젓한 것이 되리라. 그것을 기다렸다가 브리티시 리가르 영화사로 찾아가자. 그때까지는 이 일기를 중단하기로 하겠다. 리나에게 말을 걸 대사도 잘 생각해 두었다.

그녀는 나의 턱수염이 마음에 든다고 생각할까——헉슬리(영국의 소설가, 평론가. 1894~1963)의 작품 속에 나오는 인물 가운데 한 사람이 수염의 미약적(媚藥的) 효능을 예방하고 있지만, 과연 그것이 옳은지 이제 곧 알게 될 것이다.

7월 20일

태어나서 처음으로 촬영소라는 곳에 갔다. 촬영소에서 일할 정도라면 차라리 지옥이나 정신병원에서 일하는 편이 낫겠다. 열기와 소란과 인공적인 부자연스러움. 모든 것이 이차원의 악몽과도 같다. 인간까지도 세트처럼 얄팍하고 비현실적으로 보인다. 그리하여 쉴새없이 무엇인가에 발이 걸린다. 전기 코드나 아니면 하루 종일 한가한 시간을 주체 못하여 딩굴고 있는 어느 엑스트라의 발에라도 걸리는 것이다. 그들은 단테의 지옥 변두리에 사는 망자(亡者)와도 같은 이들이다.

하지만 어쨌든 처음부터 시작하는 편이 좋으리라. 나는 홀트가 소개장을 써 준 캘러헌이라는 사나이의 마중을 받았다. 몹시 파리하고 비쩍 마른 초췌하다고 해도 좋을 만한 얼굴의 사나이인데, 눈에는 기묘하게도 열띤 광채가 있었다. 테 안경을 쓰고 회색의 둥그런 칼라가 달린 점퍼, 플란넬 바지. 참으로 지저분해 보이는데도 신경은 팔팔하다. 무대에서 연기되는 영화사 높은 양반들의 영락없는 캐리커처이다. 분명히 손가락 끝까지 능률주의로 무장되어 있다(그의 손가락 끝은 거의 선명한 황색으로 물들어져 있었다. 직접 담배를 말기 때문인데, 한 대 피우면서 벌써 다음 것을 말기 시작하는 식으로 분주하게 움직이고 있었다).

"그런데 무언가 특히 보고 싶은 것이라도? 아니면 쓰레기 더미를 한 바퀴 빙 돌아보시겠습니까?" 그는 말했다.

나는 대충 모두 견학하고 싶다고 대답했다. 그것이 어떠한 일인지 알았을 때는 이미 후회한들 소용이 없었다. 대체 몇 시간이나 걸릴까. 캘러헌이 끊임없이 전문적인 이야기를 늘어놓았으므로 이윽고 내 머리는 우편국의 압지처럼 되어 버렸다. 수염 덕분으로 내가 철저하게 이해하지 못한 것을 상대가 눈치채지 않아야만 할 텐데. 틀림없이 내가 죽으면 '카메라 앵글'이라든가 '몽타주'(무슨 뜻인지 모르지만)와 같은 글씨가 심장에 씌어져 있으리라. 캘러헌의 가장 좋은 점은 의심할 나위 없이 구석구석까지 빈틈없이 안내해 주는 세밀한 마음 씀씀이였다. 처음 한동안은 얼마쯤 상대의 설명을 이해할 수 있었던 나도 30분 동안 전기 코드에 발이 걸려 넘어지고 아크 등에 눈이 부시고 바삐 움직이는 스탭들에게 눈총을 받는 동안 곧 이야기를 오른쪽 귀에서 왼쪽 귀로 흘려 보내게 되고 말았다. 덧붙여 말한다면, 여기서 쓰여지는 말에 비한다면 사공이나 특무상사의 말은 아주 순수한 언어로 들릴 것이다. 나는 쉴새없이 리나 로슨의 모습을 찾고 있었는데, 더욱더 넌지시 되어 가는 대화 속에서 그녀의 이름을 들먹거리기가 어려워졌다.

그런데 잠시 쉬고 나서 가벼운 점심 식사를 할 때, 캘러헌 쪽에서 계기를 만들어 주었다. 우리는 탐정소설에 대해서, 뛰어난 탐정소설을 영화화하는 일의 어려움에 대해서 이야기를 나누었다. 그는 나의 소설을 두 권쯤 읽고 있었지만, 작자에 대해서는 전혀 흥미를 나타내지 않았다. 나는 여러 가지로 꽤 까다로운 질문을 나누지 않으면 안 되리라고 각오하고는 있었으나, 캘러헌은 창작의 테크닉에 대한 일 말고는 전혀 무관심이었다. 물론 홀트는 내가 신작 스릴러의 무대와 세부를 취재하러 간 것이라고 그에게 말했을 것이다. 잠시 뒤 캘러헌은 어째서 브리티시 리가르를 취재 대상으로 택했느냐고 물었다. 나는 그 기회를 놓치지 않고 최근 브리티시 리가르의 '하녀의 무릎'을 보았기 때문이라고 대답했다.

"아아, 그것 말씀입니까? 그런 졸작을 만든 영화사로부터는 일찌감치 달아나고 싶으실 텐데요." 그는 말했다.

"자기 회사를 그런 식으로 말해도 괜찮습니까?"

"말도 안 됩니다. 속옷이나 천박한 유머를 내세우는 영화가 어디 좋겠습니까. 그런 것은 영화가 아닙니다."

"그 여배우, 이름이 뭐더라, 참, 로슨이라고 했지. 그 아가씨는 나쁘지 않았지요. 활기가 있어서 좋더군요."

"아아, 그 아가씨라면 지금 웨인버그가 지도하고 있습니다."

캘러헌은 우울한 듯한 말투로 말했다. "물론 다리부터 위쪽을 말이지요. 좀더 걷어올리라는 식인 셈입니다. 뭐, 속옷을 거는 '못'으로서는 나무랄 데 없지만 말입니다. 물론 본인은 히로인의 재출현이라고 굳게 믿고 있답니다. 그들은 모두 그렇지만……."

"변덕스럽다는 말씀입니까?"

"뭐, 머리가 좀 모자라는 편이지요."

"영화 스타란 아이들처럼 떼만 쓰고 있는 줄로 알고 있었는데요" 하고 나는 교묘하게 화제를 끌어냈다.

"그런 일은 충분히 알고 있습니다. 확실히 로슨도 전에는 몹시 거만했지요. 그런데 요즘은 얌전해졌어요. 아주 기운이 없고 고분고분해졌답니다."

"그건 또 어째서입니까?"

"모르겠어요. 아마 연애라도 하고 있는 거겠지요. 전번에도 신경 쇠약이 되어 버려서——그게 언제쯤이었더라?——참 그렇지, 이해 1월이었어요. 덕분에 촬영중인 영화가 2주일이나 중단되고 말았었지요. 주연 여배우가 방 한구석에서 훌쩍훌쩍 울고 있으니, 정말이지 두 손 들 수밖에요."

"그렇게 심했었나요?" 나는 애써 목소리를 억누르며 물었다. 1월에 '신경 쇠약'이 되었다. 또 하나 강력한 상황 증거가 발견된 것이다. 캘러헌은 주체할 수 없으리만큼 대규모적인 고발을 행하고 있는 삼류 예언자와도 같은 느낌의 열띤 광채가 번뜩거리는 눈으로 나를 응시했다. 그러나 그것은 이 세계 인간 특유의, 백 퍼센트 능률주의의 나타남일지도 몰랐다. 그는 말했다.

"심한 정도가 아니었지요. 모두들 짜증이 나서, 마침내 웨인버그도 1주일쯤 쉬는 게 어떠냐고 권했을 정도였지요. 물론 지금은 완전히 좋아졌지만."

"그녀는 오늘 여기에 와 있습니까?"

"아니오, 로케이션 촬영을 나갔습니다. 그녀에게 모션을 걸려는 생각이라도 있으십니까?"

캘러헌은 다정하게 나에게 눈을 끔벅여 보였다. 나는 그 같은 좋지 않은 속셈이 있어서가 아니라고 대답했다. 신작 스릴러를 위하여 전형적인 여배우에 대해 연구하고 싶으며, 그리고 이 작품을 영화화하기 쉽게 만들——이를테면 히치콕의 영화같이——계획이다, 그 여주인공에 리나 로슨이 안성맞춤일는지도 모른다고, 캘러헌이 그 말을 있는 그대로 고스란히 믿었는지 어떤지는 모른다. 그는 조금 의아스러운 듯이 나를 보았다. 그러나 그가 나의 동기를 직업적인 것으로 생각하든 에로틱한 것으로 생각하든 그런 것은 아무래도 좋다. 나는 내일 다시 촬영소를 찾아와 캘러헌에게 그녀를 소개받기로 약속했다. 나는 우스꽝스러울 만큼 가슴을 죄고 있다. 그녀 같은 타입과는 이제까지 전혀 관련을 가진 일이 없었기 때문이다.

7월 21일

첫대면은 끝났다. 이 무슨 시련인가! 처음에는 어떻게 말을 걸어야 좋을지도 몰랐다. 그러나 말을 걸 필요 같은 건 없었다. 그녀는 마지못해 손을 내밀어 악수를 하며 턱수염에 조금 무관심한 눈짓을 한 번 던졌다. 흡사 판단을 삼가겠다는 느낌의 눈짓을. 별안간 캘러헌과 나를 상대로 플라타노프라는 인물에 대해 긴 이야기를 시작했다.

"정말 너무한 사람이에요, 그 플라타노프는!" 하고 그녀는 말했다. "어젯밤만 해도 나를 네 번이나 전화로 깨웠단 말이에요. 대체 나는 어떻게 하면 좋지요? 두 분에게 묻고 싶어요. 그야 물론 추켜 주는 것은 기분 나쁘지 않지만 뒤를 줄줄 따라다니며 전화 공세를 하는 일은 싫어요. 전 웨인버그에게 이대로 나가면 미칠 것만 같다고 말해 주었지요. 정말 뻔뻔스러운 사나이에요. 오늘 아침에는 글쎄 역에까지 나타났지 뭐예요. 다행히도 정말은 5분전에 발차하는 열차를 9시 10분 출발이라고 알려 주었기 때문에 열차를 놓치지 않으려고 정신없이 플랫폼을 달려오는 모습이 보였어요. 그것도 무지무지한 속도로. 그 사나이의 얼굴은 마치 악몽 같기만 해요. 이제 그에게 말할 건 아무것도 남아 있지 않은데."

"물론 아무것도 말할 건 없지."

캘러헌이 맞장구를 쳤다.

"저는 웨인버그에게 몇 번이나 말했어요. 대사관에 전화를 걸어서 그 사나이를 나라 밖으로 추방해야만 한다고요. 이 나라는 우리 두 사람을 함께 둘 만큼 넓지 않으니까 그가 나가지 않으면 내 쪽에서 나가겠다고요. 하지만 유대인이란 단결심이 너무 강해서 골치예요. 솔직히 말해서 고무 곤봉이며 단종(斷種)에는 반대이지만, 그래도 히틀러 쪽이 낫다고 생각해요. 그런데 제가 언제나 말하고 있는 일이지만……."

그녀는 그리고 나서도 잠시 수다를 떨었다. 처음 만난 내가 무슨 이야기인지 알아들을 거라고 무조건 작정하고 있는 그녀의 말솜씨에는 어딘지 모르게 애교가 있었다. 물론 나는 그 뻔뻔스러운 플라타노프인지 하는 사나이가 백인 노예 상인인지 탤런트를 스카우트하는 자인지 소련 비밀 경찰의 첩자인지 아니면 한낱 열광적인 팬인지 알지도 못하거니와, 아마 앞으로도 알 기회는 없을 것이다. 이 믿기 어려우리만큼 비현실적인 세계에서는 모든 게 이런 식인 것이다. 요컨대 어디까지가 영화이고 어디부터가 현실인지 모르겠다. 그러나 이렇게 리나 혼자서 하는 연기는 나에게 그녀를 낱낱이 관찰할 기회를 주었다. 확실히 그녀는 매력적이라고 할 만한 속된 활기로 넘쳐 있었다. 그런데 캘러헌의 말처럼 '아주 기운이 없고 고분고분해졌다'고 한다면, 전에는 어지간히 속을 썩였으리라. 나는 그녀가 영화의 '폴리' 그대로라는 데 얼마쯤 놀랐다. 하긴 그렇지 않았다면 물구덩이 있는 데서 만난 사나이가 그녀라는 것을 눈치채지 못했을 것이다. 위를 향한 코, 커다란 입, 이마 위로 파도처럼 솟아올라 있는 풍부한 블론드 머리, 파아란 눈——그녀의 얼굴은 입을 빼고는 매우 섬세하여 장난꾸러기 같은 표정과 기묘한 대조를 이루고 있었다. 그러나 이런 것을 자세히 쓰는 것은 무의미하다. 내 경험으로는, 책 속에서 모습을 설명한 문장으로서 구체적인 이미지를 상기시키는 것은 단 한 번도 만나 본 예가 없다. 그녀를 보고 있노라면 무언가 마음에 걸리는 일을 가지고 있는 사람이라고는 아무도 꿈엔들 생각하지 않으리라. 사실은 그렇지 않을는지도 모르지만. 아니, 나는 그 가능성을 인정하고 싶지 않다.

나는 그녀의 수다를 들으면서 이렇게 생각했다. '여기에 있는 것이 살아 있는 마티의 모습을 마지막으로 본 두 명 중의 한 사람이다'라고. 하지만 그녀에게서 증오도 원한도 느끼지 않았다. 다만 불타는 듯한 호기심과 좀더 많은 것을 알고 싶다는 초조감을 느꼈을 뿐이다. 잠시 뒤에 그녀는 나에게 말을 걸어왔다.

"이번에는 당신 이야기를 말씀해 주세요, 웨인 씨."

"레인 씨야" 하고 캘러헌이 바로잡아 주었다.

"당신은 작가시라고요? 전 작가를 아주 좋아해요, 휴 월포올을 알고 계세요? 그는 훌륭한 작가라고 생각해요, 하지만 당신 쪽이 그보다 작가라는 이미지에 더 어울리는 것 같아요."

"글쎄, 어느 쪽으로도 말할 수 있는 미묘한 문제로군요" 하고 나는 그녀의 정면 공격에 조금 압도된 형태로 대답했다. 내 눈길은 그녀의 입에 빨리듯이 끌려가 있었다. 그녀는 상대편이 이야기하기 시작하면 무엇을 말하려는지 예측해 보려는 듯 그 입을 연신 벌리는 것이었다. 아주 매력적인 버릇이다. 캘러헌이 '머리가 좀 모자란다'고 말한 의미가 나로서는 이해되지 않았다. 가볍기는 할지언정 바보는 아니다.

내가 어쩔 줄 모르며 무언가 재치있는 말을 하려 하고 있을 때 누가 그녀의 이름을 불렀다. 그녀는 촬영장으로 돌아가지 않으면 안 되었다. 절망. 나는 모든 것이 손바닥에서 흘러나가 버리는 것을 보았다. 그래서 용기를 내어 가까운 시일 안에 함께 식사를 하는 게 어떠냐고 권하면서, 그녀의 기호를 헤아려 '아이비' 근처에서라고 덧붙였다. '새끼양이 담쟁이(ivy)를 먹는다'는 수수께끼는 아니지만, 이것이 주문처럼 효험이 있었다. 그녀는 눈 앞에 있는 것이 자신의 분방한 자아(自我)의 연장이 아니라 나인 것을 비로소 깨달은 것처럼 나를 응시하며 말했다. "네, 기꺼이, 토요일쯤이 어떨까요?" 그것으로 이야기는 결정되었다. 캘러헌이 의미깊은 눈초리로 나를 보았고, 그로써 회견은 끝났다. 얼음이——리나에 대해서는 이 말은 어울리지 않을지도 모르지만——깨졌던 것이다. 그러나 이제 어떻게 앞으로 나아가야 좋을까? 자동차와 고살(故殺)로 넌지시 화제를 끌어간다? 그것은 너무나도 속이 들여다보이는 일이다.

7월 24일

어쨌든 무슨 말을 듣든간에 이 살인은 매우 비용이 많이 들 것 같다. 리나의 비위를 맞추기 위한 정력의 소모와 굴욕의 낭비는 별도로 하더라도, 실제로 드는 돈 문제가 있다. 이 여자는 놀랄 만한 식욕을 지니고 있다. 1월의 뜻하지 않았던 사고도 그녀의 식욕을 그다지 줄게 하지는 않았던 것 같다. 물론 나는 탄약이나 독약, 또는 그 양쪽을 위해서 일정한 금액을 모아 둘 작정이다. 조지에 대해서 그렇듯 치졸하고도 위험한 방법을 택할 작정은 아니지만, 그래도 조지에 이르는 길은 5파운드 지폐로 뒤덮일 것 같다.

너그럽기는 하지만 아마도 총명하실 독자여, 당신은 내가 지금 기분좋게 이 글을 쓰고 있다는 것을 벌써 눈치채고 있으리라. 바로 그대로, 상상하신 대로이다. 나는 차츰 기운을 되찾고 있다.

나는 올바른 방향으로 나아가고 있는 것 같다.

그녀가 오늘 '아이비'에 나타났다. 흰빛이 조금섞인 화려한 검은 드레스를 입고, 귀엽고 조그마한 베일을 눈 위에 늘어뜨리고 있었다. 요리와 칭찬을 다 함께 받아 내려는 속셈인 모양이다. 나는 그녀를 잔뜩 추켜 주었다. 아니, 비비꼬는 표현일랑 이제 그만두자. 정말은 그녀를 추켜세우는 데 아무런 저항감도 느끼지 않았다. 왜냐하면 그녀는 꽤 매력적이었고, 나 자신이 주책없이 마음 약해지지 않는 한 취미와 실제의 이익을 겸하더라도 손해는 없기 때문이다. 그녀는 그 요리집에서 식사하고 있던 두 명의 유명한 여배우를 나에게 가리켜 보이며 "둘 다 아주 아름답지요?" 하고 물었으므로, 나는 "그다지 못생기지는 않았군요" 하고 무뚝뚝한 대답을 해주고 나서, 그렇지만 리나 로슨의 발밑에도 따라오지 못한다는 것을 은근히 풍겼다. 그리고 내가 어떤 베스트셀러 작가를 가리켜 주자, 그녀는 그 작가보다 나의 작품이 훨씬 좋다고 대답했다. 이로써 피장파장이 되어 화기애애한 분위기가 이루어졌다.

그러는 동안 문득 깨닫고 보니, 나는 그녀에게 나 자신에 대해 이야기하고 있었다. 물론 필릭스에 대해서이지만 젊었을 때의 여러 가지 고생담, 여행, 물려받은 유산, 저서의 많은 인세 등등(이것은 신상담의 중요한 부분이었다. 그녀에게 내 은행예금의 잔고를 알려 주어서 나쁠 까닭은 없다. '턱수염이 시원찮다면 돈의 위력으로'라는 셈이다). 물론 나의 실제 경력에 되도록 이야기가 가깝도록 해 두었다. 필요없는 꾸밈은 무의미하다. 지금 당장 어떻게 해야 한다는 조급한 심정으로——혼자 사노라면 말벗이 필요하다. 이것은 아주 기분좋은 일이다——라고 지껄여대고 있으려니까 별안간 저 쪽에서 실마리를 풀어 왔으므로 나는 그것을 물고늘어졌다. 그녀가 오랫동안 런던에서 살고 있느냐고 물었던 것이다. 나는 대답했다.

"네, 말하자면 왔다갔다하는 셈입니다. 저는 여기서 일하기를 좋아하지요. 그러나 정말은 시골 쪽이 더 좋아요——아마 시골뜨기라서 그런가 봅니다. 나는 글로스터셔 태생이지요."

"글로스터셔라고요? 어머, 그러세요." 그녀는 거의 속삭이는 듯한 목소리로 물었다.

나는 그녀의 손을 바라보고 있었다. 손은 얼굴보다도 웅변적이다. 하물며 상대는 여배우이다. 오른손의 손톱이——빨갛게 매니큐어가 칠해져 있다——와락 손바닥으로 파고드는 게 보였다. 뿐만 아니라 문제는 그녀가 그 뿐으로 화제를 끊어 버리고 만 일이었다. 분명히 그녀는 '사고'가 일어난 뒤 얼마 있지 않아 우리 마을 근처에서 모습이 목격되었고, '조지'가 글로스터셔에 살고 있는 것도 거의 틀림없다. 독자여, 아시겠습니까? 만일 아무것도 숨길 필요가 없다면 "어머나, 글로스터셔의 어디쯤이지요? 거기에 친구가 한 사람 있는데……." 와 같은 말이 이어지는 게 당연하리라. 물론 그녀가 숨기고 싶어하는 건 조지와의 정사뿐일지도 모른다. 하지만 과연 그럴까? 그녀 같은 여자들은 요즘 세상에 그런 일로 죄책감을 품든가 당황하지는 않는다. 글로스터셔라고 듣기만 하고도 별안간 입을 다물고 만 것은, 마티를 죽인 차에 그녀가 타고 있었기 때문이라고밖에 생각되지 않는다.

"네" 하고 나는 말을 이었다. "사이렌스터에 가까운 작은 마을이지요. 언제나 거기에 돌아갈 작정으로 있지만, 좀처럼 뜻대로 되지 않습니다."

아무래도 마을 이름까지 끄집어 낼 용기는 없었다. 그녀가 겁을 내어 얼씬거리지도 않게 되고 말지도 모르기 때문이었다. 그녀의 콧구멍이 좁혀지며 순간, 그 눈에 경계하는 듯한 표정이 떠올랐다. 그래서 나는 화제를 바꾸었다.

그러자 그녀는 더욱 수다스러워졌다. 사람이란 마음이 놓이면 혓바닥이 매끄러워지는 모양이다.

기묘하게도 나는 그녀가 순간적이나마 본심을 엿보이게 해준 일에 감사와 친근감을 느끼고, 이쯤에서 좀 즐겨 보자는 느낌이 들었다. 나에게 영화배우와 이야기를 나누든가 슬그머니 눈길을 마주치는 일이 있을 줄은 꿈에도 생각지 못했었다. 두 사람 다 꽤 마셨다.

얼마 뒤 그녀는 나의 세례명을 물었다.

"필릭스"라고 나는 대답했다.

"필릭스?" 그녀는 나에게 보이도록 혀끝을 움직거렸다. 이러한 것을 가리켜 '애교가 있다'고 하리라. "그럼, 이제부터 당신을 '풋시'라고 불러도 좋아요(psussy는 고양이를 말하는데, 고양이의 이름에는 필릭스라는 이름이 많다)?"

"그것은 사양하고 싶소. 그렇잖으면 앞으로 당신과 사귀는 것을 그만두겠소."

"그럼, 또 만나고 싶다는 말씀인가요?"

"솔직히 말한다면, 요다음 만날 때까지 오랫동안 기다릴 수조차 없을 정도요” 하고 나는 말했다.

비극적인 아이러니를 입에 올릴 기회가 위험하리만큼 많아졌다. 그것이 버릇이 되어 버린다면 곤란하다. 이러한 농담 비슷한 말을 주고받는 것이 그 뒤에도 얼마 동안 계속되었는데, 그것들을 여기에 늘어놓아 쑥스러운 생각을 할 것까지는 없으리라. 다음 화요일에 함께 저녁 식사를 하기로 했다.

7월 27일

리나는 겉보기보다 바보가 아니다——라고나 할까, 그녀같이 겉보기에 일반적으로 그렇게 여겨지고 있는 만큼 바보는 아니다. 오늘 밤에도 그녀에게 놀란 일이 있었다. 함께 연극을 보고 나서의 일이었다. 그녀는 잠자기 전에 한 잔 하는 게 어떻겠냐고 하며 나를 이끌었다. 나는 그녀의 아파트까지 바래다 주었던 것이다. 그녀는 벽난로 곁에 서서 생각에 잠겨 있더니 별안간 내 쪽을 돌아보며 느닷없이 말했다.

“대체 어떻게 할 셈이지요?”

“무엇을?”

“나를 끌어내어 돈을 쓰고 있는 일 말이에요. 무슨 속셈이 있지요?”

나는 이제부터 쓰려 하고 있는 책의 아이디어를 얻기 위해서라는 둥, 영화화하기에 알맞은 소설을 쓰고 싶다는 둥 하며 어물어물 대답했다.

“그래, 그것을 언제 쓰기 시작하지요?”

“쓰기 시작한다고?”

“그래요, 당신은 그 책에 대해서 아직 한 마디도 말해 주지 않았어요. 어쨌든 내 역할은 무엇이지요? 펜 청소부 같은 건가요? 실물을 보여 줄 때까지는 그런 책이니 뭐니 하는 것을 믿지 못하겠어요."

순간 나는 입도 놀릴 수 없게 되었다. 그녀가 나의 목적을 꿰뚫어 본 것이 틀림없다고 생각했다. 그녀를 지그시 바라보고 있는 동안, 그 눈에서 불안과 불신과 위구심 같은 것을 보았다. 하지만 그것도 안 보이게 되고 말았다. 그렇지만 나는 굉장히 당황했던 모양으로, 그만 다음과 같이 지껄이고 말았다.

"정말 책을 쓰기 위해서만은 아니었소. 아니, 책을 위해서라는 것은 거짓말이오. 당신이 출연한 영화를 보고서 나는 첫눈에 반해 버렸어. 얼마나 아름다운 여자인가, 이런 미인은 지금껏 일찍이……."

잠시 당황했던 덕분으로 나의 말투는 어쩔 줄 모르는 내성적인 연인의 그것처럼 울린 게 틀림없다. 그녀는 코를 찡긋해 보이고는 이제까지와는 다른 표정을 떠올리며 고개를 들었다.

"그랬었군요. 과연……알았어요……그래서?" 하고 그녀는 말했다.

그녀의 어깨가 내 쪽으로 쓰러져 왔다. 나는 그녀에게 키스했다. 나는 유다처럼 느끼지 않으면 안 되었던 것일까? 어쨌든 그런 심정은 아니었다. 첫째, 그렇게 될 리가 없다. 이것은 일종의 상거래로서, 서로 주고받는 관계이다. 둘 다 그것에 의해 어떠한 이익을 얻는다. 나는 조지가 탐나고 리나는 돈이 탐난다. 물론 지금에 와서는, 그녀가 책 문제를 들고 나온 것은 수줍어하는 연인에게 본심을 털어놓게 하기 위한 작전이었음을 나도 알고 있다. 그녀는 책이란 구실에 지나지 않음을 처음부터 알고 내게 본심을 털어놓도록 했던 것이다. 다만 그녀는 책이 어떤 구실인가 하는 점에 대해 잘못 해석하고 있었다. 정말 그 편이 훨씬 편리하다. 그녀에게 사랑을 느낀다는 건 나의 복수에 대한 자극제였다.

이윽고 그녀가 말했다.

"그 수염은 깎아 버리는 편이 좋겠어요, 풋시 아저씨. 난 수염에는 익숙하지 않아요."

"이제 곧 익숙해질 거요. 깎아 버릴 수는 없어. 이것은 변장이니까. 사실대로 말한다면, 나는 경찰에 쫓기고 있는 살인범이라오."

리나는 귀여운 웃음 소리를 내었다.

"당신은 정말이지 지독한 거짓말쟁이군요! 파리 한 마리 죽이지 못하는 주제에. 그렇지요, 풋시 아저씨?"

"풋시 아저씨라!……"

그런 뒤 그녀는 말했다.

"정말 이상해요, 당신이 좋아지다니, 와이즈뮬러 같은 늠름한 남자도 아닌데……. 아마도 당신이 나를 볼 때 때때로 나타내 보이는 마치 내가 그곳에 없는 듯한, 또는 환히 비쳐 보이는 듯한 그 눈초리 때문일 거예요."

그렇게 말하는 그녀 자신 투명하고(투명하다는 것과 속이 빤히 들여다보인다는 것은 스펠링이 똑같음) 아주 조그마한 위선자가 아닌가! 그러나 귀여운 여자이다. 그녀와 편을 짜면 틀림없이 위선 경주에서 우승할 수 있으리라.

7월 29일

어젯밤 그녀는 내 아파트에서 저녁 식사를 들었다. 아주 불쾌한 일이 생겼다. 그러나 다행히도 나중에는 원만히 수습되었다. 하긴 이 말다툼이 없었다면, 그녀의 입에서 조지에 대해 듣지 못했을지도 모른다. 그것은 어쨌든, 앞으로는 충분히 주의하지 않으면 안 되겠다. 이 게임에서는 나의 실수가 치명적인 것이었다.

나는 그녀에게로 등을 돌리고 마실 것을 만들기 위해 찬장을 뒤적거리고 있었다. 그녀는 그 기관총 같은 혼자서의 연기를 계속하면서 방 안을 거닐고 있었다.

"그랬더니 웨인버그가 커다란 목소리로 나에게 소리쳤던 거예요. '대체 자기 자신을 뭘로 알고 있는 거야. 여배우인가, 아니면 뱀장어 박제인가? 그런 막대기 같은 모습으로 걸어 다니라고 당신에게 돈을 지불하고 있는 건 아니란 말이야. 대체 어떻게 된 거야? 사랑이라도 하고 있는 거야?' 그래서 나도 쏘아 주었지요. 상대는 당신이 아니니까 그렇게 화끈 달아오르지 않아도 좋다고. 풋시 아저씨, 당신은 아주 귀엽고 조그만 방에 살고 있군요. 어머나. 장난감 곰이잖아요!"

나는 펄쩍 뛸 듯이 깜짝 놀랐다. 하지만 벌써 때는 늦었다. 그녀는 벽난로 위에 장식해둔 마티의 테디 베어를 안고 침실에서 나오는 참이었다. 치우는 일을 깜빡 잊고 있었던 것이다. 어떤 까닭으로 나는 온 몸이 화끈 달아올랐다.

"이리 줘!"라고 하면서 나는 그것을 잡아뺐다.

"어머나! 그렇게 거칠게 잡아채지 않아도 좋잖아요! 귀여운 필릭스 도련님은 인형을 가지고 계시는군요. 정말 오래 살면 여러 가지 재미있는 일이 있나 보지요?" 그녀는 테디 베어에게 얼굴을 찡그려 보였다. "그랬었군, 네가 나의 라이벌이었구나!"

"바보같은 말은 하지 마. 자아, 이리 줘!"

"어머나, 장난감을 갖고 노는 게 부끄러워요?"

"이 녀석은 내 조카의 것이었어. 그 조카는 죽고 말았지. 나는 그 애를 몹시 귀여워하고 있었어. 자아, 부탁이니까 돌려 줘."

"어머나, 그랬었군요."

그녀의 얼굴빛이 홱 바뀌었다. 가슴이 심하게 물결치고 있었다. 무서운 표정이었지만 그것이 또 아주 매력적이었다. 나는 그녀가 내 얼굴을 할퀴지나 않을까 하고 생각했다.

"그랬었군요, 나 같은 여자는 당신 조카의 장난감 곰을 만져서는 안 된다는 거로군요, 내가 만지면 더러워진다고 말하고 싶겠지요, 당신은 나와 만나는 일을 부끄러워하고 있었군요? 자요, 돌려주겠어요, 이까짓 것!"

그녀는 테디 베어를 내 발아래 마룻바닥에 거칠게 팽개쳤다. 몸 안에서 무언가가 끌어올랐다. 나는 격렬하게 그녀의 따귀를 한 대 때렸다. 그녀가 덤벼들었으므로 격투가 되었다. 그녀는 마치 덫에 걸린 짐승처럼 사나웠다. 드레스가 찢어지고 어깨가 드러났다. 나는 너무나도 화가 나서 이 수라장에 혐오를 느낄 여유마저 없었다. 잠시 뒤 그녀가 몸에서 힘을 쭉 빼며 비명을 질렀다.

"당신은 나를 죽일 셈이로군요."

그 말을 계기로, 우리들은 키스로 옮아갔다. 그녀의 볼은 발갛게 달아올라 있었으나, 그런데도 나의 손자국이 뚜렷하게 볼에 남아 있었다. 나중에 그녀는 말했다.

"하지만 사실은 역시 나와 만나는 일을 수치스럽게 생각하고 있었지요? 나를 품위없고 가벼운 여자라고 말이에요."

"어쨌든 당신은 싸움의 요령을 알고 있어."

"아니에요, 진지한 이야기를 하고 싶어요, 나를 당신 가족에게 소개해 주지도 않고……. 부모님이 반대하는 거지요? 알고 있어요."

"가족 같은 건 없어. 가족 문제라면 당신도 역시 나를 가족에게 소개할 생각은 없지 않소, 그런 건 아무래도 좋잖아. 지금 이대로 있는 편이 훨씬 행복해."

"정말 조심성이 많은 사람이군요! 내가 결혼하자고 할까봐 겁내

고 있는 거지요?" 별안간 그녀의 눈이 빛났다. "그렇지, 좋은 생각
이 났어. 조지가 어떤 얼굴을 할지……."

"조지! 조지라니, 누구야?"

"걱정하지 않아도 좋아요, 그런 일은. 질투하며 나에게 덤벼들지
않아도 좋아요. 조지는 한낱 그러니까 그는 나의 언니 남편이지
요."

"그러니 어쨌다는 거야(보다시피 나는 말투에 대한 연구도 하고 있
었다)?"

"아무것도 아니에요."

"숨기지 마. 조지하고는 어떤 관계지?"

"당신은 정말 질투가 많군요. 시샘이 많은 풋시 아저씨, 꼭 알고
싶다면 말하지요. 조지는 옛날에 나를 졸졸 따라다닌 일이 있어요.
난……."

"옛날이라고?"

"네, 그래요. 나는 가정의 파괴자가 되기는 싫다고 대답했어요. 하
긴 바이올렛은 자기 쪽에서 스스로 나서서 속아 넘어가는 듯한 데
가 있지만."

"요즘은 그하고 만나지 않나? 아니면 그가 여전히 당신에게 귀찮
게 따라붙고 있소?"

"아니오" 하고 그녀는 기묘하게도 굳어진 조용한 목소리로 대답했
다. "그와는 만나고 있지 않아요. 벌써 꽤 오랫동안."

나는 그녀의 몸이 굳어지는 것을 살갗으로 느꼈다. 이윽고 그녀는
노골적인 목소리를 내어 웃으면서 그 긴장을 늦추었다.

"차라리 이렇게 하면 어떨까요? 그러면 조지에게 보란 듯이 보여
줄 수 있는데. 그래요, 주말에 둘이서 함께 가지 않겠어요?"

"가다니, 어디를?"

"세븐브리지요, 조지와 바이올렛은 거기서 살고 있어요. 글로스터 셔의 세븐브리지예요."

"하지만 내가 느닷없이……"

"상관없어요. 설마 그가 당신을 잡아먹지는 않을 거예요. 그는 어엿한 기혼자거든요. 적어도 세상에서는 그렇게 통하고 있어요."

"그러면 뭣하러 가지?"

그녀는 진지한 얼굴로 나를 지켜보았다.

"필릭스, 당신은 나를 사랑하고 있어요? 좋아요, 그렇게 겁먹은 얼굴을 하지 않아도. 당신을 꽁꽁 묶지는 않을 테니까요. 이것저것 귀찮게 묻지 않고 무슨 일이든 할 만큼 내가 좋지는 않다는 거지요?"

"물론 그럴 리는 없지."

"그렇다면 나는 그곳으로 돌아가고 싶은 이유가 있어요. 그래서 누군가에게 함께 가달라고 하고 싶은 거지요. 당신이 가 준다면 그보다 더 좋은 일은 없을 거예요."

그녀의 목소리는 얼마쯤 쉬어 불안하게 들렸다. 아마 그녀는 모든 것을 나에게 털어놓고 싶었을 게 틀림없다. 조지에 대한 일, 머리에 늘어붙어 떨어지지 않는 사고에 대한 일. 그러나 나는 그녀를 설득시켜 모든 것을 털어놓게 할 자신이 없었다. 그리고 현재의 내 도덕 기준으로 보아도 그것은 좀 비열한 행위라고 할 수 있었다. 그리고 또한 당장 억지로 고백시킬 필요가 없었던 까닭도 있다. 그녀의 말투에서는 사건을 밝은 빛 아래로 끌어내 모조리 드러내고 싶다는 결의가 느껴지는 것만 같았다. 그것은 조지 탓이 아니라 그녀가 이 몇 달 동안 그것으로부터 도망쳐 왔던 공포 탓이었다.

나는 이 일기의 첫머리에서 범행 현장으로 되돌아가지 않을 수 없는 살인범의 심리에 대해 어떻게 썼던가. 그녀가 마티를 죽이지는 않앗다. 그러나 누가 죽었는지를 알고 있다. 그녀는 현장에 있었기 때문이다. 그 순간의 잊기 어려운 무서운 기억에서 도망치고 싶어서 그녀는 나에게 구원을 청하고 있는 것이다. 바로 나에게! 이 얼마나 얄궂은 운명인가!

나는 말했다.

"알았어. 토요일에 내 자동차로 데리고 가 주지. 그런데 조지의 직업은? 어떤 일을 하고 있지?" 나는 애써 무관심한 목소리를 꾸며 명랑하게 말했다.

"자동차 수리 공장을 경영하고 있어요. 다른 사람과 함께 '래터리 앤드 카팩스'라는 이름의. 조지 래터리가 그의 이름에요. 당신이 함께 가 주겠다니 기뻐요. 그가 마음에 들지 어떨지는 모르지만……조지는 당신과 같은 타입이 아닌걸요."

자동차 수리공장. 그녀는 모르지만, 물론 나는 조지를 아주 좋아하게 되리라. 조지 래터리.

7월 31일

세븐브리지. 난 오늘 오후 리나를 차에 태우고 이곳에 나타났다. 그전에 헌 차를 팔고 새 차로 바꾸었다. 글로스터셔의 등록 번호가 달려 있는 차를 타는 것은 아무래도 바람직한 일이 못 되었기 때문이다. 이래서 난 드디어 적의 진지로 들어갔다. 이제부터가 적과의 지혜 겨루기이다. 얼굴이 알려져 있을 위험은 거의 없으리라. 세븐브리지는 같은 글로스터셔이면서도 우리 마을과는 반대쪽 끄트머리에 있었고, 턱수염 덕분으로 인상도 완전히 달라졌다. 다만 문제는 래터리로 향한 확고한 발판을 어떻게 구축하고, 그 구축한 발판을 어떻게 확보하느냐 하는 일이다. 지금은 리나만이 조지의 집으로 찾아가고, 나는 '낚시꾼 집'에 묵고 있다. 래터리의 집에는 서서히 나를 데려가도록 하는 게 가장 좋은 방법이라고 리나는 생각했다. 나는 우선 그녀를 차에 태워 준 '친절한 친구'로 되어 있다. 나는 래터리네 집 앞에서 그녀와 그녀의 슈트케이스를 차에서 내려 주었다. 그녀는 이 방문을 편지로 알리지 않았다고 했는데, 그것은 그녀가 와서 머무르는 것을 조지가 거절하리라고 생각했기 때문이었을까? 있을 만한 일이다. 리나와 둘이서 나누어 갖고 있는 비밀을 생각한다면 심하게 신경질적이 되어 있으리라는 것도 충분히 생각할 수 있다. 말하자면 그녀가 다시 그와 얼굴을 마주쳤을 때, 사고에 대한 일을 생각해 내어 흥분하게 될까 겁내고 있을지도 모르는 것이다.

나는 짐을 풀고 난 뒤, 이 마을에서 가장 우수한 자동차 수리 공장이 어디냐고 호텔 구두닦이에게 물어 보았다.

"그야 래터리 앤드 카팩스지요" 하고 그는 대답했다.

"그것은 강 옆에 있는 수리 공장일 테지?"

"네, 맞아요. 강을 등지고 있습니다. 다리를 조금 못 미처서 중심지를 훨씬 벗어난 곳이지요."

조지 래터리에게 불리한 사실이 또 두 가지 드러났다. 나는 사고로 파손된 부품의 스페어가 늘 상비되어 있을 정도이므로 상당히 우수한 수리 공장일 게 틀림없다고 계산하고 있었다. 더구나 그것은 강을 등지고 있다고 한다. 그 강이야말로 파손된 부품이 사라진 장소이다. 그가 그런 식으로 하여 떼어 낸 부품을 감추었으리라는 것은 처음부터 알고 있었다….

마침 그때 리나에게서 전화가 걸려 왔다. 래터리네 집으로 식사를 하러 와 주기 바란다는 연락이었다. 나는 내 자신에게 정나미가 떨어질 정도로 흥분했다. 조지와의 첫 대면을 눈 앞에 두었을 뿐인데 벌써 이런 기분이 된다면, 드디어 그를 죽일 때는 대체 어떠한 기분일까? 한편으로는 침착하리라고 생각되기도 한다. 목표물의 사람됨을 알면 그에 대한 경멸이 생겨날 것이다. 게다가 나는 조지 래터리를 증오에 찬 매서운 눈으로 관찰하게 될 것이다. 천천히 시간을 들여서 그를 죽이기 전에 먼저 모멸과 증오를 키우는 것이다. 기생충처럼 그에게 들러붙어서 야금야금 죽도록 만드는 것이다. 식사 자리에서 리나가 너무 친근한 태도를 보이지 않기를 빈다.

드디어 전투 개시다.

8월 1일

불쾌한 사나이. 참으로 정나미 떨어지는 녀석이다. 이로써 한시름 놓았다. 지금에 이르러 깨달은 것이지만, 나는 조지가 호감이 가는 사나이라면 어쩔까 하고 적잖이 겁내고 있었다. 하지만 이미 그 걱정은 없어졌다. 그는 그러한 사나이가 아니었다. 그를 죽이더라도 양심의 가책 같은 건 전혀 느끼지 않으리라. 방으로 한 걸음 들어선 순간, 아직 상대가 한 마디도 하기 전에 나는 그것을 느꼈다. 그는 벽난로 곁에 서서 담배를 피우고 있었다. 담배를 집게손가락과 가운뎃손가락 사이에 끼고 팔꿈치를 들어올려 수평으로 한, 참으로 불쾌해 보이도록 거드름 피우는 자세――'이 집 주인은 나로다' 하는 태도, 골목대장이나 된 듯한 태도로 오만하게 나를 훑어보고 나서 서서히 다가왔다.

나는 그의 아내와 어머니에게 소개되고, 아주 맛없는 칵테일을 대접받았다. 그런 뒤 조지는 내가 나타나기 전까지 이야기하고 있었던 화제를 다시 입에 올렸다. 손님을 대접하려는 생각은 도무지 없는 듯, 천성적으로 예의라고는 모르는 것 같았다. 덕분에 그를 차분히 관찰할 수 있었다. 나는 사형 집행인이 발판이 떨어질 것에 대비하여 사형수를 재듯이 그를 재었다. 이 녀석은 몸이 무거우니까 그다지 아래까지 떨어뜨릴 필요는 없으리라. 살집이 좋고 몸집이 큰 사나이, 뒤통수는 벼랑처럼 깎여 있고 거기서부터 좁다란 이마에 걸쳐 비탈이 져 있다. 기병대를 흉내낸 콧수염을 기르고 있었으나, 교만스러운 두툼한 입술을 감추지는 못했다. 나이는 40대 중반쯤으로 생각되었다.

나의 묘사대로라면 이 얼굴은 만화가 되고 말리라. 아마 여성이라면──이를테면 그의 아내──꽤 호남자로 볼지도 모른다. 확실히 내 눈은 편견에 넘쳐 있다. 그렇긴 하나 민감한 인간이라면 구역질을 느끼지 않을 수 없는 둔중하고도 건방진 느낌이 그에게 깃들어 있다.

독무대의 연기를 끝내더니, 그는 보라는 듯이 시계를 보면서 말했다.

"오늘도 또 늦는군."

아무도 말이 없었다.

"하인들에게 주의해 두었소, 바이(바이올렛의 애칭)? 저녁 식사가 날마다 늦어지고 있어."

"네, 잘 일러 두었어요" 하고 그의 아내가 대답했다. 바이올렛 래터리는 리나를 세탁하고 헹구어서 생기를 잃게 한 듯한 애처로우리만큼 온순하게 생긴 여자였다.

"흥" 하고 조지가 말했다. "그들은 당신 따위는 문제삼고 있지도 않는 모양이로군. 역시 내 입으로 주의해 둘 필요가 있을 것 같아."

"그런 일만은 하시지 말아요, 여보"라고 바이올렛은 당황하여 말했다. 그리고 얼굴을 붉히더니 살그머니 미소를 지으며 말했다. "하인들이 그만두겠다면 난처해요." 그녀는 나와 시선이 마주치자 다시 애처롭게 얼굴을 붉혔다.

물론 그것은 그녀가 스스로 초래한 일의 결과였다. 조지는 가까이 있는 사람의 그와 같은 복종에 의하여 더욱더 심술부리는 타입의 인간인 것이다. 그는 시대 착오를 하고 있는 것이다. 그와 같은 철면피인 폭군 타입은 유인원 시대라면 또 모르지만(그리고 엘리자베드 왕조 시대이기만 해도 수완있는 선장이나 노예 감독쯤은 되어 있었으리라) 전쟁이라도 일어나지 않고는 활약할 여지가 없는 문명 시대에 있어 그러한 유치하고 난폭한 권력은 가족을 괴롭히는 일밖에 못하여 마침내 운동 부족에 빠져 나쁘게 비틀어지고 마는 것이 고작이다.

증오는 이상하리만큼 관찰안을 날카롭게 만든다. 나는 이미 오랜 세월에 걸쳐 사귀어 온 친지 이상으로 조지의 사람됨을 잘 알고 있는 듯한 느낌이 든다. 나는 무례하지 않을 정도로 조지를 관찰하면서 생각하고 있었다. (이 사나이가 마티를 죽였다. 순식간에 마티를 치어 죽인 것이다. 나에게 남겨진 유일한 사랑의 대상인 마티는, 이런 녀석이 떼지어 있는 것보다도 더 가치있는 목숨을 이 녀석에 의해 꺾이고 말았다)라고.

그러나 걱정마라, 마티, 이 녀석도 머지않아 죽을 테니까.

저녁 식사 때는 바이올렛 래터리가 내 오른쪽 옆, 리나가 맞은쪽, 래터리 노부인이 왼쪽 옆에 자리잡고 앉았다. 조지는 끊임없이 리나와 나를 번갈아 가면서 보고 있었다. 아마 우리들의 관계를 헤아려 보고 있는 것이리라. 질투심을 불태우고 있었다고는 생각되지 않는다. 그는 여자가 자기 아닌 다른 남자를 좋아하리라고는 꿈에도 생각지 않는 자신에 찬 사내인 것이다. 그렇긴 하나 리나가 필릭스 레인이라는 저 묘한 사나이를 어쩔 셈일까 하고 명백히 궁금하게 여기고 있는 듯했다. 마치 오빠가 누이동생을 대하는 듯한, 아무렇지도 않은 것 같으면서도 어딘가 보호자인 체하는 태도로 리나를 대하고 있었다. "조지는 옛날에 나를 졸졸 따라다닌 일이 있어요"라고 리나는 나의 아파트에서 이야기했었다. 그러나 과연 졸졸 따라다니기만 했던 것일까? 리나에 대한 그의 자못 무례한 태도에는 어떤 친밀성을 연상시키는 것이 있다. 식사하는 도중에 그는 말했다.

"그래? 당신도 푸들 컬이 마음에 든단 말이지, 리나?"

그는 몸을 내밀어 리나의 뒷머리에 굽실굽실 물결치는 컬 쪽으로 도전적인 시선을 흘끗 던졌다.

"정말이지, 여자란 유행의 노예야. 그렇지 않습니까, 레인 씨? 파리에서 찾아온 여자 같은 사나이가 거기에서는 대머리가 유행이라고 하면, 여자들은 곧 모두 머리털을 깎아 버릴 기세이니 말입니다."

둘레에 시무룩함과 나프탈렌 냄새를 희미하게 풍기며 내 옆에 앉아 있던 래터리 노부인이 말했다.

"내가 젊었을 때에는 머리란 여자의 명예로 생각되었다우. 저 우스꽝스러운 이튼 머리(여성의 단발)인지 뭔지가 유행하지 않게 되어 나는 속이 다 후련했어요."

"아니, 젊은 사람들의 편을 드는 거예요, 어머니? 대체 세상이 어떻게 되려는 걸까?" 하고 조지가 말했다.

"젊은 사람들은 자신이 자기 편을 들겠지요. 모조리 그렇지는 않다 하더라도."

래터리 노부인은 똑바로 앞을 바라보면서 그렇게 말했는데, 나는 그 뒷말이 바이올렛에 대한 빈정거림이라는 인상을 받았다. 게다가 그녀는 조지가 래터리 집안보다도 신분이 낮은 곳에서 며느리를 맞았다고 생각하는 모양이었다. 사실이 그렇기는 했지만. 그녀는 일종의 귀부인인 체하는 너그러운 태도로 바이올렛과 리나를 대하고 있었다. 어쨌든 그다지 인상이 좋지 않은 할머니였다.

저녁 식사가 끝나자 여자들(조지라면 틀림없이 이런 표현법을 쓰리라)은 포트 와인을 마시고 있는 그와 나를 남겨 두고 나갔다. 그는 분명 어쩔 줄 모르고 있었다. 나를 어떻게 다뤄야 좋을지 갈팡질팡하고 있었던 것이다.

그는 이런 경우에 누구나 취하는 탐색을 넌지시 해왔다.

"요크셔 여자와 오르가니스트의 이야기를 들은 일이 있습니까?"라고 물으면서 그는 제법 친근하게 내 쪽으로 의자를 당겼다. 나는 그 이야기에 귀를 기울이며 되도록 그럴듯하게 웃었다. 이리하여 교활한 하마와도 같은 방식으로 어색함을 깨뜨리자, 그는 홱 바뀌어 나의 신상에 대해 이것저것 알아내려고 했다. 내 쪽은 이미 필릭스 레인에 대한 이야기를 줄줄 외고 있을 정도였으므로, 그 점에 대해서는 전혀 문제가 없었다.

"리나에게서 책을 쓰고 계시다고 들었습니다만" 하고 그는 말했다.

"네, 탐정소설이지요."

그는 얼마쯤 마음을 놓은 모양이었다.

"아아, 스릴러 소설 말입니까? 그렇다면 이야기가 다르지. 이런 말을 하면 어떻게 생각하실지 모르겠습니다만, 실은 리나가 집에 소설가를 데려온다고 들었을 때 나는 조금 경계했었지요. 고상한 블룸즈버리 인종(런던 주택가의 이름. 학자나 문인들이 주로 산다)이라도 데려오는 줄 알고 말입니다. 나로서는 그런 사람들에게 볼일이 없으니까요. 그런데 돈벌이가 됩니까, 소설쟁이라는 직업은?"

"네, 꽤 돈벌이가 되지요. 물론 얼마쯤의 재산이 있습니다. 그러나 한 권 쓰면 300파운드에서 500파운드쯤은 생기지요."

"그거 굉장한데! 베스트셀러겠군요?" 그는 거의 존경하는 눈으로 나를 보았다.

"거기까지는 되지 못합니다. 그럭저럭 팔려 나가는 정도이지요."

그는 나에게서 잠시 눈길을 뗐다. 그리고 와인 한 모금을 마시고 나서 아주 태평스러운 말투로 물었다.

"리나와는 오래 전부터 아십니까?"

"아니오. 아직 일주일 남짓밖에 안 되었지요. 영화에 맞는 소설을 쓰려고……."

"꽤 좋은 아가씨지요. 활기가 있고."

"네, 남자가 열중하게 되는 그런 타입이지요"라고 나는 넌지시 말했다. 순간, 마치 품안에서 살모사라도 발견한 것처럼 조지는 움찔한 듯한 표정을 떠올렸다. 잡담 같은 이야기는 태연히 지껄이지만, 집안 '여자들'에 대한 경박한 품평은 이야기가 또 다른가 보다. 그는 몹시 굳어진 말투로 여자들 있는 데로 가자고 나를 이끌었다.

지금은 여기까지밖에 쓸 수가 없다. 이제부터 내 장래의 희생자 및 그 가족과 드라이브를 떠난다.

8월 2일

어제 오후 우리들——리나, 조지, 그의 아들인 12살쯤 된 초등학생 필, 그리고 나——이 현관에서 밖으로 나갔을 때, 확실히 리나가 순간 흠칫하며 우뚝 서 버렸다. 나는 그 광경을 몇 번이나 돌이켜보며 단단히 마음에 새겼다. 그때는 거기에 깃든 의미를 깨달을 틈도 없으리만큼 눈 깜박할 순간의 사건이었다. 겉으로는 아무 일도 없었다. 우리들은 햇빛이 넘치는 층계 위로 나섰다. 리나가 아주 짧은 한순간 멈추어서며 "저 차로……." 하고 말했다. 그녀의 바로 뒤에 있던 조지가 "그건 무슨 뜻이지?"라고 되물었다. 내가 그의 목소리에서 불안과 위협의 여운을 눈치챈 것은 단순한 상상에 지나지 않는 일일까? 대답하는 리나의 목소리에서는 희미한 혼란이 느껴졌다.

"아직도 저 낡은 차를 가지고 있어요?"

"낡은 차라고? 난 저 차가 마음에 들어. 아직 1만 킬로미터도 달리지 않는걸. 대체 나를 뭘로 알고 있는 거야. 나는 백만장자가 아니란 말야."

이 주고받는 말에 어쩌면 숨겨진 의미 같은 건 없을지도 모른다. 그것이 나에게 있어 답답한 점이다. 우리들은 차에 올라탔다. 조지와 리나가 앞에, 필과 내가 뒷좌석에 앉았다. 필이 거칠게 문을 닫자, 조지가 돌아보고 화가 치미는 듯이 소리쳤다.

"문을 세게 닫으면 안 된다고 몇 번 말해야 알겠니? 좀더 조용히 닫을 수는 없어?"

"죄송해요, 아버지"라고 필은 원망스러운 듯이 말했다. 물론 조지는 떠나기 전부터 기분이 그다지 좋지 않았을는지도 모른다. 그러나 리나가 한 말이라고나 할까, 넌지시 풍겨 준 일로 동요되어 화풀이로 필을 꾸짖은 게 아닐까 하는 느낌이 든다.

조지가 하는 운전은 확실히 기세 당당한 데가 있었다. 어제 오후의 운전 솜씨가 특히 무모했었다는 것은 아니지만, 마치 소방차처럼 일방 통행권이 주어지기라도 한 듯이 일요일이라 혼잡한 자동차 사이를 제멋대로 헤치며 나아갔다. 세 대씩 옆으로 늘어서서 달리고 있는 자전거가 몇 대나 눈에 띄었다. 조지는 예상과는 달리 그들에게 욕설을 퍼붓지 않았지만, 그 대신 아슬아슬하게 앞지르기를 서슴지 않았고 별안간 자전거 앞으로 쑥 나서고는 했다. 그들을 혼내 주거나 저희들끼리 부딪치게 하려는 속셈이 분명했다. 도중에 그는 어깨 너머로 말을 걸어 왔다.

"이 부근을 알고 있습니까, 레인 씨?"

"아니오. 그러나 전부터 이리로 와 보고 싶다고는 생각했었지요. 저는 소야즈 클로스 태생입니다. 이 주의 반대쪽 끝에 있는……." 나는 대답했다.

"그렇습니까. 거기는 조그만 마을이지요. 한 번인가 두 번 지난 일이 있어요."

이 녀석은 굉장한 배짱을 지니고 있다. 나는 그의 옆얼굴을 찬찬히 살펴보고 있었는데, 그는 마티를 죽인 마을의 이름을 끄집어내는데도 얼굴의 근육 하나 움직이지 않았다. 이런 상태에서 과연 그의 꼬리를 잡을 수가 있을까? 리나는 무릎 위에서 두 손을 단단히 움켜쥔 채 꼼짝도 하지 않고 똑바로 앞을 바라보고 있었다. 나는 '소야즈 클로스'라는 이름을 끄집어냄으로써 커다란 위험을 저질렀다. 그에게 의심을 품게 만들거나 한낱 호기심에서 조사를 하게 한다면 어떻게 될 것인가? 지난 50년 동안 소야즈 클로스에 레인이라는 집은 존재하지 않았던 일이 금방 탄로나고 말 것이다. 차에서 내렸을 때, 리나는 나의 눈길을 피하는 듯한 태도를 보였다. 그녀는 15분 전부터——즉 내가 소야즈 클로스라는 이름을 끄집어내고부터 한 마디도 입을 열지 않았는데, 그것은 그녀로서는 매우 드문 일이었다. 그러나 이것도 명백한 증거라고는 하기 어렵다.

자동차에서 내리자, 나는 조지에게 차의 특징을 보여 달라고 부탁했다. 물론 이것은 증거를 찾기 위한 구실이었다. 그러나 슬프게도 아마추어의 눈으로는 흙받이나 범퍼가 최근에 새로 바뀌어진 흔적을 발견할 수 없었다. 사고가 일어난 지 이미 반년이나 지났으니 그것도 당연한 일이리라. 흔적은 엷어지고 말았다. 유일한 단서는 조지와 리나의 머릿속에 남아 있다. 어쩌면 리나뿐일지도 모른다. 아마 조지는 사고 같은 건 말끔하게 잊어버리고 있으리라. 사람을 죽인 일이 언제까지나 가슴의 응어리가 되어 남아 있는 그런 타입의 사나이는 아닌 것 같다.

문제는 어떻게 하여 그 단서를 잡느냐는 것이다. 게다가 무엇보다도 가장 중요한 일은 이곳에 머무를 그럴듯한 구실을 어떻게 생각해내느냐 하는 일이었다. 리나는 내일 런던으로 돌아갈 예정이었다. 오늘 오후쯤 돌파구가 찾아지리라. 래터리의 집에서 모두 함께 테니스를 치기로 되어 있다.

8월 3일

문제가 해결되었다. 나는 한 달 동안 이곳에 머물기로 되었다. 조지에게 초대받은 형식으로, 한 달이면 충분하다. 어떻게 해서 그렇게 되었는지 자초지종을 처음부터 써 두는 편이 좋으리라.

테니스코트에 가 보았더니 초대된 이들이 아직 한 사람도 와 있지 않았으므로, 조지의 제안으로 그와 내가 한편이 되고 리나와 필이 한편이 되어 연습 시합을 하기로 되었다. 잠시 코트에서 기다리고 나서, 조지는 집 안 어딘가에 있는 필을 부르기 시작했다. 그러자 바이올렛이 달려나와서 조지를 한옆으로 불렀다. 그녀는 "······하고 싶지 않은가 봐요"라고 나직한 목소리로 속삭이고 있었다.

"그 녀석은 대체 왜 그래? 요즘 어떻게 된 것 아냐, 하고 싶지 않다고? 그런 버릇없는 짓은 용서하지 않는다고 해. 2층에 틀어박혀 심술이 나 있다고! 난 용서 못해." 조지는 버럭 소리를 질렀다.

"그애는 조금 겁내고 있어요, 조지. 글쎄, 오늘 아침에 당신이 성적표 일로 그토록 야단을 쳤으니까요."

"못난 소리 작작해 둬. 그 녀석, 이번 학기에는 정말 형편없었어. 캘러더즈 선생께서도 능력은 있지만 정신을 바짝 차려 공부하지 않으면 내년에 럭비 학교에 합격하기는 어렵다고 말했지 않아. 당신은 그 녀석이 장학생이 되기를 바라지 않는 거야?"

"그야 물론 바라지요, 하지만 당신······."

"그렇다면 누구든 그 녀석에게 노력하도록 말해 줄 필요가 있어. 학교에서 빈둥빈둥 놀기만 하고 헛되이 돈을 쓰는 건 질색이니까. 그 녀석은 너무 응석을 부리고 있어."

"몹시 역정이 나셨나 보군요" 하고 리나가 관심있는 척 꾸미고서 그를 바라보며 옆에서 끼어들었다.

"쓸데없는 참견은 말아 줘, 리나."

조지는 아주 험악하게 말했다.

나는 더 이상 그 꼴불견인 다툼을 보고 있을 수가 없었다. 게다가 아버지가 이런 분위기인 곳에 아들을 끌어내어 오려고 하는 걸 보니 필이 좀 가엾은 듯한 느낌이 들었다. 그래서 내가 필을 테니스코트로 불러내는 역할을 맡고 나섰다. 조지는 분명 뜻밖이라는 표정을 지어 보였으나, 내가 나서는 데 반대하지는 않았다.

필은 자기 침실에 틀어박혀 있었다. 처음에는 형편없이 고집을 부렸지만 둘이서 이야기하는 동안——사실은 아버지가 말하듯이 나쁜 아이는 아닌 것이다——이윽고 모든 것을 털어놓고 이야기해 주었다. 지난 학기에는 그다지 게으름을 피운 것은 아니었으나 클라스에 그에 대해 사사건건 짓궂은 짓을 하는 학생이 있어서, 그 일에 신경이 쓰인 나머지 (어째서 신경이 쓰이는지 저로서는 모르겠으나) 공부에 정신을 집중하지 못했다는 것이었다. 그 일을 고백하며 필은 눈물 짓고 있었다. 이치에 맞지 않는 이야기지만, 그의 태도에서 나는 장미를 꺾은 마티를 호되게 꾸짖었던 날의 일이 생각났다. 그래서 그야말로 무심코 "너만 좋다면 방학 동안 공부를 좀 도와 주마. 하루에 2시간쯤 하면 뒤떨어진 것을 따라갈 수 있을 테니까"라고 말해 버렸다.

필이 더듬거리면서 고맙다고 말했을 때, 비로소 이것은 세븐브리지에 머무를 좋은 구실이 되겠다고 생각했다. 이것이야말로 악한 일을 하기 위해 착한 일을 베푸는 좋은 보기였다. 만일 조지를 죽이는 일이 악한 일이라고 한다면 말이다. 나는 조지가 테니스 시합에 이겨서 기분이 좋아질 때까지 기다렸다가 이 아이디어를 제안했다. 이 고장이 마음에 들었으므로 2, 3주일 동안 머무르며 시골의 한가한 생활

속에서 새 작품의 집필을 시작하고 싶다. 그 동안에 필의 공부를 좀 도와 주고 싶은데 어떻게 생각하느냐고. 조지는 좀처럼 응낙을 하지 않으나, 이윽고 나의 제안에 찬성하며 차라리 자기 집에 묵는 게 어떠냐고까지 말했다. 나는 정중히 거절했다. 사실은 그도 거절을 받아 속으로는 안도의 숨을 내쉬었던 게 아닐까. 래터리네에 한 달이나 머무른다는 것은 어떤 일이 있어도 싫다. 신세진 사람을 죽이는 일이 마음에 켕겨서가 아니다. 쉴새없는 집안 싸움에 맞닥뜨릴 일이 너무도 따분한 기분이 들기 때문이었다. 게다가 조지에게 살금살금 꽁무니를 쫓기어 이 일기가 발견될 위험도 있을 것이다. 날마다 필의 공부 상대를 하고 있으면, 이곳에서 필요로 하고 있는 발판을 확보하는 일이 어렵지 않으리라.

그렇게 이야기가 정해지고 나서 나는 잠시 테니스 시합을 구경했다. 조지의 공동 경영자인 해리슨 카팩스가 바이올렛과 한편이 되고 조지와 카팩스 부인이 한편이 되어 싸웠다. 카팩스 부인은 머리털이 검어 집시 같은 느낌을 주는 어쩐지 호색적인 타입의 몸집이 큰 여자였다. 어쩌면 조지가 기분이 좋아진 까닭의 하나는 그녀 때문일지도 모른다는 인상을 나는 받았다. 한 번 그녀에게 공을 건넬 때 그의 손가락이 필요 이상으로 길게 상대의 손가락에 겹쳐지고, 그녀는 그녀대로 한두 번 조지에게 교태 어린 눈길을 보내는 것을 나는 똑똑히 이 눈으로 보았다. 그것도 이상할 것은 없었다. 그녀의 남편은 울적하고 빼빼마른 아무 매력이 없는 인물이었기 때문이다.

리나가 다가와서 내 옆에 앉았다. 그곳은 다른 이들에게서 꽤 떨어져 있었다. 테니스복을 입은 그녀는 황홀하리만큼 매력적이었다. 옷이 그녀의 유연한 움직임에 잘 어울리는 데다 그녀는 그 옷에 알맞은 여학생 같은 사랑스러움을 연기할 줄 알고 있었던 것이다.

"아주 귀여운데"라고 나는 말했다.

"그런 입에 침도 바르지 않은 거짓말은 카팩스 부인에게나 하세요"라고 그녀는 대답했지만, 속마음으로는 싫지 않은 것 같았다.

"아니, 그녀 쪽은 조지에게 맡기겠어."

"조지에게? 바보 같은 소리 말아요." 물어뜯을 듯한 대답이 돌아왔다. 이윽고 그녀는 기분을 돌리고 말했다. "여기 와서 당신과는 거의 만나지 못했어요. 아무튼 당신은 마치 기억 상실증에 걸리거나 소화불량이라도 일으킨 것처럼, 마음이 딴 데 가 있고 공허한 눈초리를 하고 있는걸요, 뭐."

"그것은 나의 예술가 기질이 빚어내는 나쁜 버릇이야."

"이따금은 그런 꿈속에서 빠져나와 여자에게 키스라도 해주는 거예요." 그녀는 나에게 쓰러져 오듯이 하며 귓가에서 속삭였다. "런던으로 돌아갈 때까지 기다리라는 법이 있는 건 아니잖아요, 풋시 아저씨."

내가 열성적인 살인자가 못 된다는 말은 누구에게서도 듣고 싶지 않다. 나는 조지를 상대로 하는 온갖 준비에 열중한 나머지 리나에 대한 애정을 완전히 잊고 있었다. 나는 이곳에 머물 이유를 그녀에게 설명하려 했다. 그녀가 토라지지나 않을까 걱정되었던 것이다. 10명 남짓한 사람들이 보고 있다는 것을 깨닫게 하는 것은 그녀를 얌전히 만들기보다는 오히려 자극할 가능성이 있었기 때문이다. 그런데 기묘하게도 리나는 내 이야기를 아주 조용히 받아들였다. 오히려 너무나도 조용했다. 나는 뭔가 그 뒤에 숨겨진 것이 있을지도 모른다는 의심까지 했던 것이다. 내 차례가 돌아왔으므로 그녀 곁을 떠날 때 그녀의 입가가 반쯤은 놀리는 듯, 반쯤은 도전하는 듯이 일그러졌다. 시합 중간쯤에 그녀가 바이올렛과 무엇인지 이야기하고 있음을 알았다. 코트에서 돌아나올 때, 그녀가 조지에게 말하는 것이 들렸다(물론 나는 주의깊게 귀를 기울이고 있었던 것이다.)

"조지, 당신의 아름다운 처제가 얼마 동안 댁에 머무르는 것을 어떻게 생각하지요? 마침 영화를 한 편 찍고 난 참이에요, 그러니까 2, 3주일 이곳에 있으면서 소박한 시골의 공기를 마시고 싶은데, 괜찮겠지요?"

"그건 또 꽤나 갑작스러운 이야기로군." 그는 예의 타산적인, 노예를 흥정하는 듯한 눈초리로 그녀를 바라보면서 말했다. "그야 바이만 좋다고 하면 우리들은 아무 상관없지. 어째서 별안간 마음이 달라졌지?"

"풋시의 얼굴을 보지 못하면 쓸쓸해서 몸이 마를 거라고 생각돼요, 하지만 이것은 절대 비밀이에요!"

"필릭스 레인 씨, 고양이 필릭스, 그래서 풋시인 셈인가?" 조지는 아주 큰 소리로 웃었다. "그거 좋군. 풋시라! 참으로 썩 어울려. 네트 위에서 공놀이를 하며 장난치고 있는 거처럼 말이지. 그렇지만 리나……"

그는 내가 듣고 있다는 것을 깨닫지 못했다. 하긴 그때 나의 얼굴을 보지 않은 게 다행이었을지도 모른다. 나는 그의 이 농담을 결코 잊지 않으리라. 그러나 리나는 대체 무슨 속셈일까? 설마 나와 조지를 싸움붙일 속셈은 아니리라고 여겨지지만. 아니면 나는 그녀에 대해 변명할 여지가 없으리만큼 크게 잘못된 생각을 하고 있었던 것일까?

8월 5일

언제나처럼 오전 동안은 필의 공부를 돌보아 주었다. 그는 아주 머리가 좋은 소년인데——대체 어떤 핏줄을 이어받고 있는지——오늘 아침에는 그다지 컨디션이 좋지 않았다. 몇 가지 징후, 필의 주의력이 산만한 일이며, 나와 엇갈려서 급히 방에서 나간 바이올렛의 붉어진 눈 등으로 판단하건대, 래터리네 집에서 한바탕 소동이 벌어진 게 틀림없었다. 라틴어 강의 도중에 필은 별안간 나에게 결혼했느냐고 물었다. "아니, 왜 그런 걸 묻지?" 하고 나는 되물었다. 필을 뺀 래터리 집안 사람들에게 얼굴빛 하나 변치 않고 태연히 거짓말을 하면서도, 이상하게 필에게 거짓말을 하는 일이 꺼림칙했다.

"결혼이란 좋은 것이라고 생각하세요?"라고 그는 예의바르고 긴장된, 나직이 억누른 목소리로 물었다. 외아들에게서 흔히 볼 수 있는 나이에 비해 조숙한 말씀씨였다.

"응, 그렇게 생각하지. 어쨌든 본디는 좋은 것이었을 거야."

"네, 저도 그렇게 생각합니다. 훌륭한 사람들에게 있어서는. 하지만 저는 절대로 결혼 같은 건 하지 않겠어요. 결혼은 사람을 아주 불행하게 만듭니다. 저는 그것이 걱정스러워서……."

"애정은 때때로 사람을 불행하게 만들지. 이런 표현은 잘못된 것이라고 생각될지도 모르지만, 실은 사실이란다."

"아아, 애정이라고요." 그는 순간 입을 다물었다. 이윽고 깊이 숨을 들이마시고 단숨에 말했다.

"파파는 때로 마마를 때려요."

나는 어떻게 대답해야 좋을지 몰랐다. 그는 필사적으로 위안을 찾고 있었다. 감정이 예민한 어린이라면 모두 그러하지만, 그는 부모가 서로 화합하지 못하는 그 사이에 끼어서 천 갈래 만 갈래로 마음이 흩뜨려져 있었다. 그 자신이 생각할 때 화산 중턱에 살고 있는 것처럼 한시도 마음 편할 날이 없는 것이다. 나는 필에게 위로의 말을 해주려고 했으나, 그때 쓸데없는 간섭은 하지 말라고 명령하는 내부의 목소리가 들렸다. 그런 일에 관련을 하다가 마음의 망설임이 생기게 되면 곤란하다. 나는 그런 이야기를 하기보다는 라틴어 공부를 계속하자고 조금 쌀쌀하게 말했다. 자못 비겁한 짓이었다. 나는 필의 표정에 자신의 배신이 투영되는 것을 보았다.

8월 6일

오후, 래터리 앤드 카팩스 수리 공장을 한 바퀴 돌아보았다. 조지에게는 책을 쓸 때 도움이 될지도 모른다고 속이고서——nihil Subhumanum a me alienum puto(不等 인간의 일은 무슨 일이든 나에게 인연이 없지 않다.——악당 조지를 염두에 두고 로마의 희극시인 테렌티우스의 말을 인용한 것임)는 탐정소설가의 모토이다. 물론 조지에게 대놓고 그렇게 말하지는 않았지만, 이것저것 실없는 질문을 하여 조지를 우쭐하게 만드는 한편, 공장에 그들이 다루고 있는 자동차의 예비 부품이 전부 갖추어져 있음을 확인했다. 흙받이나 범퍼에 대해서는 특히 새삼스럽게 질문하지 않았다. 변장한 경관이 아닐까 의심받을 염려가 있었기 때문이다. 그는 자택에 차고가 있는데도 불구하고 이따금 밤에 차를 이곳에 두는 일이 있다는 것을 나는 이미 알아내고 있었다.

그리고 우리들은 공장 뒤로 돌아갔다. 거기에는 좁은 빈터가 있고 폐품이 산처럼 쌓여져 있었으며, 그 너머로 세반 강이 흐르고 있었다. 나는 고철 더미를 내 눈으로 확인해 보고 싶었다. 그러나 조지를 파손된 흙받이를 이런 곳에 버려둘 만큼 허술한 사나이로 생각했던 건 아니다. 어쨌든 나는 그를 붙들어 놓기 위해 말을 걸었다.

"몹시 지저분하군요, 이 폐품 더미는."

"어떻게 하라는 거요, 청소 연맹처럼 구덩이를 파서 파묻으라는 건가요?"

조지는 몹시 흥분하고 있었다. 그같이 혼자 잘난 체하는 사나이는 때때로 이상하게 짜증을 내는 일이 있다. 나는 문득 모험을 해보고 싶은 느낌이 들었다.

"차라리 강에 버리는 것이 좋지 않소? 그렇게는 하지 않소? 그러면 어쨌든 눈 앞에서는 사라져 없어지니까요."

잠시 사이를 두고 그는 대답했다. 나는 걷잡을 수 없을 만큼 떨리기 시작하여, 그에게 동요를 보이지 않기 위해 강기슭 쪽으로 걸어가지 않으면 안 되었다.

"여보시오, 무슨 소리를 하고 있는 거요! 그런 일을 하면 읍의회 전체를 적으로 돌리게 되오. 가만 있자, 강에 버리라고! 하긴 그것도 좋은 생각이야. 카팩스에게 의논해 보지요." 그는 이미 내 곁까지 와 있었다. "어쨌든 기슭은 얕아서 안 될 거요. 저것을 보시오!"

그렇게 말하지 않아도 나는 이미 강을 보고 있었다. 강바닥이 보였다. 그러나 20야드쯤 왼쪽으로 떨어져 있는 곳에 매어 놓은 밑이 납작한 폐선(廢船)도 동시에 보고 있었다. (과연 네 말대로다, 조지. 기슭에서 가까운 곳은 너무 얕아서 아무것도 숨길 수가 없겠어. 하지만 저 배를 강 복판까지 저어 나가면 간단히 증거를 없앨 수 있겠지.)

"이 근처의 강폭이 이렇듯 넓은 줄은 몰랐군요" 하고 나는 말했다. "배를 타고 조금 달려 보고 싶군. 여기서 요트를 빌릴 수 있습니까?"

"글쎄요" 하고 그는 관심없다는 듯 대답했다. "요트는 한가한 놀이라서 내 취미에는 맞지 않아요. 로프를 쥐고서 앉아 있는 건 말이오."

"바람이 센 날 한 번 요트 타러 같이 나가야겠군. 도저히 '한가하다'고 말할 수는 없을걸요."

나는 보고 싶은 것들을 모두 보았다. 고철 더미는 그야말로 고철에 지나지 않았다. 더할 나위 없이 눈에 거슬렸다. 그리하여 그 장소를 떠날 때, 한 마리의 쥐가 쪼르르 달려 나와 숨는 것을 확실히 본 듯한 느낌이 들었다. 고철 더미에 강이 끼었다면 쥐의 천국일 것이 틀림없다. 공장에 돌아와서 허리슨 카팩스를 만났다. 내가 넌지시 돛단배를 타고 싶다고 했더니, 그는 아들이 12피트짜리 요트를 한 척 갖고 있지만 주말에만 타는 모양이니 꼭 빌려 줄 것이라고 말했다. 때때로 강에 나가 보는 것은 조지와 얼굴을 마주치고 있는 나에게 있어 좋은 기분 전환이 될 것이다. 필에게도 요트 조종법을 가르쳐 주고 싶다.

8월 7일

오늘 오후 하마터면 조지 래터리를 죽일 뻔했다. 그야말로 머리카락 하나 차이의 순간이었다. 기진맥진하여 축 늘어질 것만 같다. 아무런 감동도 없다. 감동 대신 쑤시는 듯한 허무감이 있을 뿐이다. 마치 사형을 모면한 건 그가 아니라 나인 것처럼. 아니, 사형은 중지된 것이 아니라 잠시 연기되었을 뿐이다. 게다가 그것은 어린아이 장난과 똑같을 만큼 간단했다. 나의 기회도, 그가 살아 있는 일도, 그런 기회가 또다시 찾아올까? 벌써 한밤중을 지난 지 오래이건만 나는 오늘의 사건을 몇 번이고 되풀이하며 되새겨 보고 있다. 일기에 쓰면 그 일을 머리에서 몰아내고 조금은 잠들 수 있을지도 모른다.

오늘 오후 우리 다섯 사람——리나, 바이올렛, 필, 조지, 그리고 나——은 코츠월드로 드라이브를 하였다. 바이벨리 방면에서 경치를 바라본 뒤, 야외에서 다과회를 열 예정이었다. 조지는 바이벨리 마을이 마치 자기의 영지라도 되는 것처럼 그 일대를 안내해 주었으며, 나도 바이벨리 방문은 이것이 열 몇 번째라는 것을 눈치채이지 않도록 했다. 그리고 구릉 지대로 올라갔다. 리나와 필과 나는 뒷자석에 앉아 있었다. 리나는 줄곧 애정이 담긴 태도를 보이고 있었고, 자동차에서 내리자 나의 팔을 잡고서 바짝 몸을 붙이며 걷기 시작했다.

그것이 조지의 마음에 거슬렸는지 어쨌는지는 모른다. 어쨌든 그는 무슨 일 때문인지 기분이 상한 모양이었다. 왜냐하면 숲 가장자리에 담요를 펴고 바이올렛이 나에게 덤불의 모기를 쫓을 불을 피워 달라고 부탁했을 때, 몹시 기분 나쁜 소동이 벌어졌기 때문이었다.

우선 조지가 작은 나뭇가지 주워 오는 일을 싫어했다. 리나가 "몸을 좀 움직이면 몸무게가 줄 텐데" 하고 그를 놀렸다. 그것이 비위를 건드렸던 모양이다. 조지는 분명 마음 속으로 화가 치미는 것을 억누르면서 필에게로 창 끝을 돌려, 학교에서 보이스카우트에 들어 있으니 모두에게 불 피우는 법을 가르쳐 주는 게 어떠냐고 말했다. 삭정이는 눅눅해 있고 게다가 필은 손재주가 없었다. 첫째, 그는 불 피우는 법을 몰랐다. 조지는 마구 소리지르며 그를 비웃었고, 한편 가엾은 필은 서투른 손짓으로 삭정이를 만지작거리고 성냥을 몇 개비나 그어 대면서 열심히 후후 불고 있었다. 차츰 얼굴이 뻘개지고 두 손이 애처로울 만큼 떨리기 시작했다. 보란듯이 떠벌리는 조지의 구박에는 가슴이 메슥거렸다. 이런 상태가 꽤 계속되고 나서 바이올렛이 참다못해 참견을 했다. 그러자 그것이 불에 기름을 부은 결과가 되었다. 조지는 그녀에게로 창 끝을 돌려 애당초 불을 피우라고 한 것은 당신인데 이제 와서 참견을 하느냐, 불도 피우지 못하는 녀석은 아무 쓸모없는 천치라고 소리지르기 시작했다. 필은 마침내 폭발하였다. 어머니에 대한 이 까닭 없는 공격을 듣더니 그는 벌떡 일어나서 조지에게 항의했다.

"그렇다면 아버지가 하면 좋잖아요, 그렇게 잘한다면."

이 도전적인 말은 점점 오그라들어 툴툴거리는 중얼거림으로 바뀌었다. 필은 마지막까지 당당히 해낼 용기가 없었던 것이다. 하지만 조지는 그 말을 놓치지 않았다. 그는 필의 귀를 때려 땅에 쓰러지게 했다. 어린이를 들볶아서 반항하도록 만들고 그런 끝에 때려서 쓰러뜨리는, 조지의 이 방식은 무어라 말할 수 없을 만큼 심한 것이었다. 나는 그렇게 되기 전에 말리는 용기를 갖지 못했던 자신에게 화가 나서 견딜 수가 없었다. 나는 벌떡 일어섰다. 틀림없이 속으로 생각하고 있는 일을 털어놓고 조지를 쓰러뜨릴 작정이었으리라(그로써 조지를 죽일 계획을 포함한 모든 것이 물거품이 되어 버릴 참이었다). 그러나 리나가 한 발 먼저 끼어들며 마치 아무 일도 없었던 것처럼 차가운 투로 말했다.

"둘이서 경치를 둘러보고 오세요. 5분 지나면 차 준비가 될 거예요. 어서 갔다 오세요, 조지."

그녀가 응석하는 듯한 눈초리로 지그시 조지를 바라보자, 그는 양처럼 순순히 나와 함께 걷기 시작했다.

그렇다, 우리들은 경치를 바라보러 갔다. 희한한 조망이었다. 숲의 한귀퉁이를 돌아 모두들의 눈이 미치지 않는 곳까지 이르렀을 때, 처음으로 눈 안에 들어온 것은 채석장터의 100피트 가까이나 되는 절벽이었다. 설명하면 길어지지만, 모든 건 30초 안에 일어난 사건이었음에 틀림없다. 나는 조지로부터 조금 떨어져 서 있었다. 한 포기의 야생 난초를 발견하고 좀더 가까이에서 보려고 생각했던 것이다. 거기는 채석장의 벼랑 끝이었다. 난초, 발 밑의 벼랑, 잡초며 클로버며 갓이 향긋한 냄새를 풍기고 있었다. 주위의 굽이치는 듯한 구름의 이어짐, 그리고 거기 조지가 있었다. 두툼한 입술을 콧수염 아래 시무룩하니 내밀고 바이올렛과 가엾은 필 소년이 즐거워야 할 여름의 오후를 망쳐 놓은 사나이. 마티를 죽인 범인. 나는 그 모든 것을 보았고 동시에 벼랑 가장자리에 있는 토끼 구멍을 보았다. 그리하여 조지를 죽이기 위해 어떻게 하면 좋을지를 똑똑히 알았다.

나는 이쪽에 와서 내려다보지 않겠느냐고 조지에게 말을 걸었다. 그는 나 있는 쪽으로 다가왔다. 눈 아래의 채석장 분쇄기에 그의 관심이 끌리도록 했다. 그가 벼랑 가장자리의 아슬아슬한 곳에 선다. 이윽고 나는 걸어간다. 그 순간 토끼 구멍에 걸려서 조지의 다리에 격렬하게 쓰러지며 부딪쳐 그를 벼랑 위에서 아래로 떨어뜨린다. 나머지는 벼랑의 높이와 그의 몸무게가 결말지어 줄 것이다. 이것이야말로 완전 살인이었다. 때마침 어떤 사람에게 목격된다 해도 아무런 문제가 없다. 발을 미끄러뜨려서 조지에게 부딪친 일을 숨길 생각이란 처음부터 털끝만큼도 없었다. 나에게 그를 죽일 동기가 있음을 알고 있는 이는 아무도 없으므로 사고라는 것을 의심할 이도 없을 것이다.

조지는 바야흐로 5야드밖에 떨어져 있지 않았다. "무엇이 보이오?" 라고 하면서 그는 더욱 내 쪽으로 다가왔다. 그때 나는 치명적인 잘못을 저질렀다. 하기야 그때는 잘못인 줄 알지도 못했지만. 나는 일종의 허세를 부리는 인간이 되어 있었던 모양이다. 올 수 있으면 와 보라는 투로 그에게 말하고 만 것이다.

"채석장이 있소. 무지무지한 절벽이오. 와 보구료."

그는 별안간 멈춰서면서 말했다.

"나는 싫소. 사양하겠소. 높은 곳은 질색이니까. 현기증이 나거든……."

그 한 마디로 모든 것은 출발점으로 되돌아가고 말았다.

8월 10일

어젯밤 래터리네 집에서 파티가 있었다. 두 가지 하찮은 사건이 조지의 일면을 명백히 했다. 그와 같은 마음이 비뚤어진 인간에게 '명백히 했다'는 말이 어울릴지 어떨지는 의문이지만.

식사를 한 뒤에 우리들은 '사아디인즈(빽빽이 들어찼다는 의미)'라는 아주 에로틱한 놀이를 시작했다. 그 놀이법은 먼저 누군가가 어디에 숨는데, 숨는 장소는 좁으면 좁을수록 좋다. 그를 발견한 사람은 누구든지 옆으로 파고든다. 이것을 되풀이하는 동안 그 숨은 장소는 캘커타의 지하 감옥(갇힌 포로의 대부분이 하룻밤 동안에 질식사한 일로 유명한 비좁은 감방)과 바빌로니아의 미치광이 잔치를 합쳐 놓은 것 같은 모습을 나타내기 시작한다. 맨 첫번째 숨은 사람은 로터 카팩스 부인이었다. 마침 내가 비가 가득 든 벽장에 숨어 있는 그녀를 곧 발견했다.

벽장 속은 캄캄했으므로 내가 옆에 앉자마자 그녀가 나직한 목소리로 말을 걸어 왔다.

"어머나 조지, 이렇게 빨리 찾아 주다니, 기뻐요. 내가 이래봬도 어지간히 매력적인가 보지요, 틀림없이."

나는 그녀의 말투로 미루어 미리 조지에게 숨을 곳을 가르쳐 주었으리라고 추측했다. 이윽고 그녀는 내 손을 잡아 자기의 허리에 돌리고 나의 어깨에 얼굴을 기대어 왔다. 그리고 곧 자신이 굉장한 잘못을 저질렀음을 깨달았다. 그러나 그런 대로 그녀는 태연히 행동하며, 당황해서 나의 팔을 밀어젖히는 짓은 하지 않았다. 곧 이어 누군가가 나의 발을 밟아가며 마구 밀고 들어와 카팩스 부인을 사이에 끼고 갑갑한 듯이 쭈그리고 앉았다.

"오오, 로더일 테지?" 하고 그는 속삭였다.

"네."

"그럼, 조지가 최초로 당신을 발견한 셈인가?"

"조지가 아니에요, 레인 씨예요."

나 다음으로 들어온 것은 허리슨 카팩스였다. 그가 나를 조지라고 이미 작정하고서 말했던 것이 흥미를 끈다. 그는 흔히 있는 만족할 대로 만족한 남편들 가운데 한 사람이리라. 조지 자신은 세 번째로 나타났다. 그는 먼저 온 사람이 있는 걸 그다지 좋게 여기지 않는 모양이었다. 그것은 어쨌든 '사아디인즈'를 다시 한 번 하려 했을 때, 그는 무언가 다른 놀이를 하자고 우겼다(이런 식으로 한낱 놀이에도 골목대장 짓을 하지 않고는 직성이 풀리지 않는 사나이였다). 그리하여 그는 바닥에 둥그렇게 진(陣)을 치고 앉아서 서로 쿠션을 던져 대는 몹시 거칠고 소란스러운 게임을 제안했다. 그는 굉장히 단단한 쿠션을 골라, 소가 울부짖는 듯한 굵은 목소리로 웃어대며 설치기 시작했다. 한 번은 일부러 있는 힘을 다하여 내 얼굴에 쿠션을 내던졌다. 나는 옆으로 쓰러졌다. 쿠션이 눈에 맞아서 한순간 눈이 보이지 않게 되고 말았기 때문이었다. 조지는 그 공허하게 울리는 목소리로 껄껄 소리내어 웃으며 "호되게 혼을 내주었군!" 하고 외쳤다.

"너무하잖아요"라고 리나가 말했다. "남의 눈을 맞히다니 어쩔 셈이에요! 큰 몸집의 호걸이 자기의 완력을 자랑하는 건가요."

조지는 자못 염려스럽다는 듯이 내 어깨를 토닥거리며 말했다.

"가엾은 풋시, 미안하오, 미안해. 악의가 있어서 그런 건 아니오."

나는 화가 치밀었다. 특히 남 앞에서 돼먹지 않는 별명으로 불린 일이 비위에 거슬렸다. 그래서 한껏 빈정거리며 쏘아붙였다.

"괜찮소, 생쥐 씨. 당신은 자기 힘이 세다는 걸 모를 뿐이오, 그렇지 않소?"

조지는 이 농담을 웃으며 받아들일 위인이 아니었다. 이로써 조잡스러운 말을 함부로 입에 올리지 못할 것이다. 그는 더욱더 리나와 나 사이를 질투하고 있는 게 아닐까 하는 느낌이 들었다. 이 추측이 맞는지 어떤지는 알 수 없다. 아마 우리들 사이를 헤아릴 수가 없어서 당혹을 느끼고 있을 뿐인지도 모른다.

8월 11일

오늘 리나에게서, 왜 지금의 숙소를 나와 이달 말까지 래터리네 집에서 보내지 않느냐고 질문을 받았다. 나는 그런 일은 조지가 환영하지 않을 거라고 대답했다.

"어머나, 그는 신경쓰지 않을 거예요."

"어떻게 알지?"

"벌써 그에게 물어 보았는걸요." 그녀는 잠시 진지한 표정으로 나를 지켜보더니 덧붙였다. "아무 걱정하지 않아도 돼요. 이미 조지하고는 손을 끊었으니까."

"그럼, 전에는 무슨 일이 있었다는 건가?"

"네 그랬어요!" 하고 그녀는 별안간 소리치기 시작했다. "나는 그의 애인이었어요. 이 말을 듣고서 싫어졌다면 냉큼 짐을 챙겨 돌아가세요!"

그녀는 눈물을 짓고 있었다. 나는 그녀를 위로해 주지 않을 수 없었다. 잠시 있다가 그녀는 말했다.

"그럼, 와 주시겠지요?"

나는 조지만 정말로 괜찮다고 하면 가겠다고 대답했다. 가는 게 어리석은 짓일지도 모른다고 생각했지만, 리나에게 거스르기는 어려웠다. 일기를 엄중하게 숨겨 두지 않으면 안 된다. 적의 본거지에 들어가면 이점(利點)은 크다. 조지를 죽이기 위해서 입으로 사고라고 하기는 쉽지만, 누가 보든지 '사고'로 밖에 생각되지 않는 방법을 생각해 내는 것은 쉬운 일이 아니다. 이를테면 자동차인데, 차에 대한 나의 빈약한 지식으로서는 그의 차에 무슨 장치를 해 놓는 일 같은 건 생각지도 못할 일이다. 기계에 의한 사고를 연출하는 일은 나에 한에선 전혀 불가능하다. 그 점에 있어 그의 집에 살고 있으면 영감이 생길지도 모른다. 사고는 아무리 빈틈없이 배려되어 있는 가정에서도 일어난다고 한다. 하물며 그의 가정은 아무리 좋게 보려 해도 구석구석 눈길이 미쳐 있다고는 생각할 수 없다. 그리고 리나와 한집에 산다는 것도 바람직한 일 가운데 하나다. 하긴 그녀 때문에 나의 결의가 무디어지는 일이 있어서는 난처하지만, 이미 사랑이니 애정이니 하고 있을 수는 없다──나는 외톨이고 앞으로도 외톨이임을 관철시키지 않으면 안 된다.

8월 12일

카팩스의 아들로부터 요트를 빌려, 강에서 기분 좋은 오후를 보냈다. 요전에 왔을 때 대강은 짐작하고 있었던 일이지만──그러나 그 때는 바람이 약했으므로 확신하기까지에는 이르지 못했다──이 요트는 조금 바람이 부는 방향으로 흐르는 버릇이 있었다. 바람이 세게 부는 날은 꽤나 다루기 힘들 것이다. 머지않아 필을 끌어내어 데려와 주지 않으면 안 된다. 그는 요트가 타고 싶어 견딜 수 없는 모양이지만, 나는 하루하루 미뤄 오고 있다. 아마 마티가 살아 있다면, 이 달이 요트 타는 방법을 가르쳐 주기로 되어 있었던 탓이리라. 그렇다면 더더욱 필을 데리고 가 주어야지. 추억이라는 건 아무리 있어도 많지 않은 법이다.

나는 오늘 밤, 과연 이런 상태로 얼마나 계속되어 나갈 것인가 생각하고 있었다. 조지와 얼굴을 마주 대하고 나서는, 거울에 비치는 내 표정의 평정함에 놀랄 만큼 격렬하고 끈질기게 온몸으로 그를 미워하고 있다. 이렇듯 온몸과 마음으로 그를 미워하면서도 나는 특별히 의식하여 자신을 억누르거나 나의 참된 마음을 숨기려고 애쓰고 있는 것도 아니며, 한시라도 빨리 끝장을 내어버리려고 초조해 하고 있는 것도 아니다. 또한 결과를 무서워하고 있는 것도 아니며, 좋은 방법이 발견되지 않는 것에 절망하고 있지도 않다. 그러면서도 한편으로는 결행의 시기를 자꾸만 늦추고 있는 것 역시 사실이다.

아마도 이런 식으로밖에 설명할 수 없으리라. 흔히 연인이 수줍어서라기보다는 사랑을 성취함에 있어서 달콤한 기대를 오래 끌기 위해 우물쭈물하는 태도를 나타내는 것과 마찬가지로, 증오를 불태우는 인간은 자기의 증오를 한껏 맛보며 아무것도 모르는 희생자를 은밀히 조롱거리로 삼아 즐기고 나서 증오를 완성시키는 실제 행위에 착수하는 것이다. 이것은 얼마쯤 억지로 갖다 붙이는 설명처럼 들릴지도 모른다. 그러므로 가공의 고해 신부인 이 일기에만 적을 뿐, 아무에게도 이야기할 생각은 없다. 그러나 나는 이것이 틀림없는 사실이라고 믿고 있다. 이런 이야기를 쓰면 나는 신경증에 걸린 비정상적인 인간, 지독한 사디스트라는 낙인이 찍힐지도 모른다. 그러나 조지와 함께 있을 때 느끼는 감정은 그러한 이야기로밖에는 달리 설명할 도리가 없다.

오랜 동안에 걸친 햄릿의 '우유부단'도 이것으로 설명이 될 수 있지 않을까? 그것이 복수의 기대를 오래 끌며, 달콤하면서도 위험하고 결코 싫증나는 일이 없는 증오의 미주(美酒)를 한 방울씩 남김없이 맛보고 싶은 햄릿의 소망 때문이라는 설을 주장한 학자가 일찍이 한 사람이라도 있었을까? 아마도 없을 것이다. 조지를 없애 버리고 났을 때, 이 테마로 햄릿론을 쓰는 일은 나에게 있어 기분 좋은 아이러니가 되리라. 내 두뇌를 가지고서라면 틀림없이 걸작이 나올 것이다! 햄릿은 결코 우유부단하고 겁쟁이며 변덕스러운 신경통 환자가 아니었다. 그는 증오의 천재, 증오를 희한한 예술로까지 높인 사나이였다. 오뇌로 하루 하루를 보내면서, 정말은 원수의 육체를 뼈까지 씹고 있었던 것이다. 종막에서의 왕의 죽음은 알맹이를 모조리 빨리고 난 빈 껍질의 유기(遺棄)에 지나지 않았던 것이다.

8월 14일.
비극적 아이러니라는 말은, 누군지 참으로 잘 표현한 말이다! 어젯밤 식탁에서 실로 색다른 화제가 거론되었다. 어떻게 하여 시작되었는지, 누가 맨 먼저 말을 꺼냈는지는 모르지만, 어쨌든 그것은 '죽일 권리'에 대한 심포지움과도 같은 것이었다. 안락사 문제가 이야기의 시작이었던 것 같다. 의사는 전혀 가망이 없는 환자라도 "환자의 고통을 돌보지 않고 살려 두도록 노력해야만 할 것인가?" 라는 의문이 나왔다.

"의사라고요!" 래터리 노부인이 묵직한 납덩어리 같은 목소리로 외쳤다. "도둑들이에요, 의사란 모두. 사기꾼이지요. 눈꼽만큼도 믿을 수 없어요. 저 인도인을 보세요——이름이 뭐였더라? ——왜, 아내를 난도질하여 토막낸 시체를 다리 아래에 숨긴 사나이가 있지 않았어요?"

"백 랙스턴 말이세요, 어머니? 정말 색다른 사건이었지요, 그것은." 조지가 말했다.

래터리 노부인이 쉰 목소리로 웃었다. 나는 그녀와 조지 사이에 눈짓이 교환되는 것을 상상했다. 바이올렛이 얼굴을 붉혔다. 어색한 순간이었다. 그녀가 머뭇거리며 입을 열었다.

"아무래도 살 가망이 없는 병자라면, 의사에게 빨리 고통을 끝나게 해 달라고 부탁할 권리가 있어도 좋으리라 생각되는데요. 그렇게 생각하지 않으세요, 레인 씨? 왜냐하면 동물에게는 현재 안락사를 행하고 있잖아요?"

"의사라고? 흥, 바보 같으니! 나는 태어나서 지금까지 하루도 병을 앓아 본 일이 없어요. 병이란 반쯤은 신경의 작용이에요." 래터리 노부인이 말했다.

조지가 사양하듯이 웃었다.

"알겠느냐, 조지? 너만 해도 그 따위 강장제인지 뭔지는 그만 먹는 편이 건강에 좋을 거야. 너처럼 건강하고 체격좋은 사나이가 물감을 탄 물병을 얻기 위해 의사에게 돈을 치르다니. 그것도 엄청난 값이잖니! 정말이지, 요즘 젊은이는 어떻게 되어 있는 게 아닐까. 모두들 우울증 환자야."

"우울증 환자란 뭐지요?" 하고 필이 물었다. 우리들은 모두 필이 있다는 걸 잊고 있었던 것이다. 그는 아주 최근에 와서야 겨우 어른들과 함께 늦은 저녁 식사를 할 수 있게 되어 있었다. 조지가 어른 말에 쓸데없는 참견을 하지 말라고 꾸짖을 것만 같았으므로, 나는 앞질러 말했다.

"정말은 병에 걸리지도 않았으면서 자신이 병자인 척하고 싶어하는 사람을 말한단다."

필은 의아한 듯한 표정을 지었다. 아마도 자기 스스로 좋아서 배탈을 일으키는 사람이 있다는 게 이해되지 않는 것이리라. 잠시 동안 이런 식으로 이야기가 계속되었다. 조지도 그의 어머니도 남의 이야기에는 귀를 기울이지 않고 자기 생각만을 뒤쫓고 있었다, '생각'이라는 말이 거기에 알맞다면. 나는 이같이 자기 중심적인 이야기 전개에 얼마쯤 기분이 상했으므로 조금 짓궂은 장난이라도 해주려는 생각이 들어, 누구에게라고 할 것 없이 상냥하게 말했다.

"그러나 육체적·정신적으로 불치의 병에 걸린 사람은 빼고라도 사회적인 불치의 병——즉 가까이 있는 사람 모두에게 해를 끼치는 듯한 인간 말입니다만——에 대해 이렇게 말하는 것은 어떨까요? 그런 인간은 죽여 버려도 괜찮다고 생각되지 않습니까?"

순간 흥미에 찬 침묵이 흘렀다. 이윽고 여러 사람이 한꺼번에 입을 열었다.

"어쩐지 싫은 이야기가 되어 버렸군요."(이것은 바이올렛의 말. 마른침을 삼키면서 여주인 역할을 맡고 있었는데, 자칫하다가는 히스테리를 일으킬 위험성을 내포하고 있었다.)

"하지만 수효가 너무 많아요——다시 말해서 어느 정도부터 시작해야 좋지요?"(이것은 리나. 마치 처음으로 보는 듯한 눈으로 오랫동안 내 얼굴을 지켜보고 있었다——아니면 이것도 나의 지레짐작이었을까?)

"원, 말도 안 되는 소리. 위험한 사상이에요, 그것은."(래터리 노부인의 말. 분명히 충격을 받고 있었다. 아마도 이것이 오직 하나의 제대로 된 반응이었는지도 모른다.)

조지는 눈썹 하나 까딱하지 않았다. 그는 틀림없이 내가 아무렇게나 쏜 이 화살이 자기를 겨냥하고 있는 것이라고는 꿈에도 생각지 않고 있는 모양이었다.

"당신의 필릭스는 정말 잔인한 사나이로군, 리나" 하고 그는 말했다.

나와 단둘만 있을 때에는 절대로 이런 종류의 농담을 입에 올리지 않는 게 조지가 지닌 비열한 정신의 본보기인 것인데, 달리 사람이 있을 때조차도 그는 슬쩍 돌려서 공격한다. 즉 리나 뒤에 숨어서 나를 저격하려는 것이다.

리나는 그에게 전혀 관심을 두지 않았다. 여전히 빨간 입술 한끝을 실룩이면서, 저 생각에 잠긴 듯한 의심 많은 표정으로 나를 지켜보고 있었다.

"하지만 필릭스, 당신은 진심으로 하시는 말이에요?"라고 마침내 그녀는 진지한 얼굴로 물었다.

"진심이라니, 무엇이?"

"사회적인 병, 당신이 말한 그 인간을 말살하는 이야기 말이에요."

"여자란 모두 이런 식이라니까! 일일이 실제의 예에 적용시켜 보지 않으면 직성이 풀리지 않으니 말이야" 하고 조지가 참견했다.

"그렇고 말고, 나는 진심이오, 그런 사람은 살 자격이 없소." 그리고 나는 농담 비슷하게 덧붙였다. "하긴 그런 녀석을 죽이더라도 자기가 사형을 당하지 않는다면 말이지만."

여기서 래터리 노부인이 공세로 나왔다.

"그러면 당신은 자유사상가로군요, 레인 씨? 게다가 무신론자가 아닌지 모르겠는데요?"

나는 달래듯이 말했다.

"천만의 말씀입니다, 부인. 저는 아주 보수적인 인간입니다. 그런데 부인께서는 살인이 정당화될 만한 상황이——전쟁 말고도——있다고 생각하십니까?"

"전쟁의 경우는 명예 문제이지요. 사람을 죽이더라도 명예에 관련될 때에는 살인이라고 하지 않습니다, 레인 씨."

노부인은 아주 고리타분한 의견을 꽤 당당한 태도로 늘어놓았다. 점잔을 뺀 얼굴, 유난히 높은 코가 한순간 로마의 귀부인을 연상시켰다.

"명예에 관련될 때라고요? 그것은 부인의 명예입니까, 아니면 타인의 명예입니까?" 하고 나는 물었다.

"바이올렛." 래터리 노부인은 무솔리니를 능가하는 굵은 목소리로 말했다. "남자분들에게는 여기서 와인을 드시도록 하고 우리는 물러갈까? 필, 문을 열어요. 그런 곳에 멍하니 서 있으면 안 돼."

조지는 포트와인을 들며 별안간 말이 많아졌다. 아마도 입장이 난처하고 싫은 화제가 끝나서 한숨 돌린 것이리라.

"정말 굉장한 여자이지요, 우리 어머니는?" 하고 그는 말했다. "아버지가 에바쇼트 백작의 먼 친척뻘이었다는 사실이 한시도 머리에서 떠나지 않는 겁니다. 내가 장사하는 일에도 아직까지 못마땅해 할 정도니까요. 그러나 먹고 살려면 도리가 없지요. 가엾게도 주식 폭락으로 무일푼이 되어 버렸지요. 그러니까 아무튼 내가 없으면 양로원에 들어갈 수밖에 도리가 없었을 거요. 너그럽게 보아 주기 바라오. 물론 지금 세상에 귀족 같은 것은 아무런 의미도 없지. 다행히도 나는 그런 속물이 아니오. 인간은 시대와 더불어 바뀌지 않으면 안 되지요. 그렇잖소? 그러나 어머니가 한사코 프라이드에 매달려 계시는 그것 또한 나름대로 훌륭하다고 생각하지요. 높은 신분에는 의무가 따른다고나 할까요? 이 말로써 문득 생각이 났는데, 공작과 애꾸눈 하녀의 이야기를 알고 계시오?"

"아니, 모릅니다." 나는 구역질과 싸우면서 대답했다.

8월 15일

오늘 아침 또 필을 뱃놀이에 끌어냈다. 강한 바람이 이윽고 비로 바뀌었다. 요트 놀이에는 맞지 않는 날씨였다. 필은 그다지 손재주가 있는 편은 아니지만, 이해력이 빠르고 민감한 사람에게 특유한 용기──위험에 매력을 느끼고 그것에 사로잡히는 경향──를 가지고 있었다. 그러므로 그는 아버지를 죽일 방법을 나에게 가르쳐 주었다.

물론 의식적으로 한 이야기는 아니었다. 문득 입에 올린 천진스러운 말이 힌트가 되었던 것이다. 필이 키를 잡은 바로 뒤에 몹시 짓궂은 돌풍이 불어와 하마터면 뱃전에 물벼락을 맞을 뻔했다. 그는 가르쳐 준 대로 뱃머리를 바람이 불어오는 방향으로 돌리고 흥분하여 눈을 빛내면서 웃는 얼굴로 내 쪽을 돌아보았다.

"굉장히 재미있어요, 필릭스."

"그래? 지금 솜씨는 아주 훌륭했다. 아버지에게 보여 주고 싶었지. 조심해! 어깨 너머로 잘 봐야 해. 바람이 불어오는 방향을 보고 있으면 강풍이 오는 것을 알 수 있으니까 말이야."

필은 아주 즐거운 것 같았다. 조지는 아들을 겁쟁이라고 생각하고 있었다. 아니면 그렇게 생각하는 척하고 있는 것인지. 필 같은 아이들은 냉담한 아버지의 눈에 자기를 인식시키고, 어버이의 생각이 잘못되었음을 증명하려고 극단적이리만큼 마음을 쓰는 법이다.

"그래요"라고 그는 외쳤다. "저어, 나중에 파파를 함께 오게 할 수 있다고 생각하세요?" 그러다가는 별안간 곧 낙담한 얼굴이 되어 "역시 틀렸어, 잊고 있었어. 파파는 오지 않을 거야. 왜냐하면 헤엄을 칠 줄 모르는걸, 뭐" 하고 말했다.

"헤엄을 못 친다고?"

나는 되물었다.

그 말은 나의 마음 속에서 몇 번이나 되풀이되며 울려퍼졌다. 몇 마일이나 떨어진 곳에서 들려오는 듯하면서도, 정말은 자기 존재의 비밀스러운 핵심에서부터 더욱더 소리 높게 외쳐댄다. 흡사 마취를 당했을 때 들려오는 목소리와도 같았다. 그리고 맹렬하게 뛰는 내 가슴의 두근거림도 바로 그러했다. 우리의 갇힌 복수심이 빠져나갈 구멍을 찾아 몸부림치고 있는 소리라고나 할까.

오늘밤은 이쯤에서 그만두자. 신중히 생각하고 또 생각해야만 된다. 내일은 계획을 꾸며 보자. 그것은 간단하고도 절대로 실패가 없는 계획이다. 벌써 내 눈앞에서 그것이 구체적인 형태를 갖추기 시작하고 있다.

8월 16일

그렇다. 이것이라면 실패할 리가 없다. 문제는 단 한 가지, 조지를 강으로 꾀어 내는 게 어려울 뿐이다. 그러나 이것도 기회를 보아 그를 조금만 놀려 주면 잘될 것이다. 요트에 일단 태우고 나면, 이미 그는 죽은 것이나 다름없다.

어제처럼 바람이 강한 날을 기다리지 않으면 안 된다. 남서풍이 좋다. 이 부근에서 가장 많은 방향의 바람이다. 반 마일쯤 강을 거슬러

올라가 방향을 바꾸어 순풍으로 달린다. 그때가 기다리고 기다렸던 기회이다. 돛의 아래쪽 가로대를 좌현으로 돌리고 달린다. 돌풍을 기다렸다가 느닷없이 배가 흔들리도록 한다. 이때 키를 아래로 내려가게 해 둘 것이므로, 요트는 틀림없이 뒤집히게 된다. '그리고 조지는 헤엄을 치지 못하는 것이다'.

처음에는 이렇게 내 손으로 요트를 전복시키려고 생각했다. 그러나 이 근처 강둑에서는 대개 낚시꾼이 낚싯줄을 드리우고 있다. 그 가운데 한 사람이 마침 '사고'를 목격하고 요트에 대한 지식이 얼마쯤 있다면, 왜 나 같은 능숙한 요트맨이 요트를 뒤집히게 했는가 라는 귀찮은 질문을 받지 않는다고 할 수도 없다. 그보다는 사고의 순간에 조지로 하여금 키를 잡게 해 두는 편이 훨씬 납득시키기 쉽다!

나는 그 선(線)에서 계획을 세웠다. 요트를 타고 달리기 시작하면 조지에게 키를 잡게 하고, 나는 큰 돛과 삼각돛 쪽을 맡는다. 돌풍이 다가옴과 동시에 조지에게 키를 위로 보내라고 외친다. 그러면 큰 돛 가장자리 뒤쪽에서 바람을 받아 돛 아랫가로대는 무서운 기세로 왼쪽으로 선회한다. 요트의 머릿짓을 멎게 하려면 키를 강하게 아래로 내릴 수밖에 없다.

그러나 조지는 그것을 알 까닭이 없고, 내가 그에게서 키를 빼앗을 틈도 없이 요트는 뒤집히고 만다는 계산이다. 다만 요트를 달리기 시작할 때에 잊지 말고 수하용골(垂下龍骨)을 끌어올려 두어야만 한다. 이것은 아주 당연한 일이고, 그렇게 함으로써 요트가 뒤집힐 확률이 두 갑절이나 확실해진다. 조지는 강물 속으로 나가떨어지리라. 잘만 되면 돛 아랫가로대의 충돌로 정신을 잃고서. 그가 요트 쪽으로 다가가 배 허리에 매달리는 일이 있어서는 안 된다. 나는 돛의 아래로 들어가거나 돛의 밧줄에 얽혀 있다가 가까스로 물에 빠진 조지를 살리러 갔을 때에는 벌써 때가 늦었다는 식으로 이끌어 갈 필요가 있다. 그리고 요트가 뒤집혔을 때 둑의 낚시꾼들에게 너무 가까워도 안 된다.

이것은 완전 살인이며 의문의 여지가 없는 사고이다. 고작해야 이토록 바람 부는 위험한 날 조지에게 키를 잡게 한 일로 검시관에게 비난을 받는 정도이리라.

검시관! 아뿔사, 나는 이 뜻하지 않은 장해를 빠뜨리고 있었다. 검시를 할 때에 이르면 거의 틀림없이 나의 본명이 드러날 것이다. 조지와 함께 타고 있었던 차로 조지가 치어 죽인 어린아이의 아버지가 나라는 사실도 리나에게 알려지고 말리라. 그녀는 여러 가지 사실을 생각해 보며 요트 사고가 사실은 조작된 것이 아닐까 하고 의심하지는 않을까? 어떻게든 그녀를 속이지 않으면 안 된다. 그녀는 그 비밀을 가슴에 간직해 둘 만큼 나를 사랑하고 있을까? 이것은 비열한 수법이다. 이런 식으로 리나를 이용하는 것은. 그러나 왜 그런 일에 신경을 써야만 하는 것일까? 잊어선 안 되는 것은 마티의 일, 길 한가운데서 옴츠리고 있던 마티의 가엾은 모습, 게다가 찢어진 캔디 봉지뿐이다. 그의 죽음과 비교한다면 다른 인간의 심정 같은 건 아무것도 아니다.

물에 빠졌을 때의 괴로움은 굉장히 심하다고 한다. 얼마나 고소한 일인가. 나는 만족스럽다. 조지의 폐가 터지고 머리 꼭대기서부터 고통의 외침 소리를 지르며 두 손은 가슴에 느껴지는 거대한 물의 무게를 뿌리치려고 헛되이 허공을 잡아뜯는다. 그때 그에게 마티의 일을 생각나게 해주고 싶다. 그의 옆으로 헤엄쳐 가서 '마티 케언즈'라고 귀에다 대고 외쳐 줄까? 아니, 물에 빠져 죽기 직전의 온갖 생각에 그를 내맡기는 편이 안전하다. 그 같은 생각만으로도 마티의 원한은 충분히 풀릴 테니까.

8월 17일

오늘 점심 식사 때에 조지를 꾀어낼 먹이를 뿌려 놓았다. 카팩스 부부가 함께 자리하고 있었다. 가엾게도 바이올렛은 애써 로더 카팩스와 조지의 연극을 모르는 척하고 있었다. 그것을 보고 조지에 대한 나의 반감은 더욱더 불타올랐다. 나는 필이 일류 요트맨이 될 수 있을 것 같다는 이야기를 했다. 조지의 표정에서는 어리석은 자랑과 무례한 의심이 서로 엇갈리며 일어나는 것을 읽을 수 있었다. 그는 마지못해 그애에게도 잘할 수 있는 일이 있어서 기쁘다느니, 이제부터는 휴일마다 뜰에서 멍하니 있는 걸 보지 않아도 되겠다느니 하는 말을 입에 올렸다.

"그러지 말고 당신도 한 번 요트를 타 보지 않겠소?" 하고 나는 말했다.

"당신의 저 장난감 같은 작은 배에 타란 말이오? 목숨이 아까워서 그건 안 되지!" 그는 얼마쯤 일부러 그러는 듯이 웃었다.

"하지만 아주 안전하답니다. 만일 당신이 그런 걸 걱정하고 있다면 말이지만, 실로 우스운 이야기요"라고 나는 누구에게라고 할 것 없이 말을 이었다. "많은 사람들이 작은 배라면 무서워하면서도 길을 건널 때마다 자동차에 치일 위험이 있다는 일은 도무지 생각도 않으니까 말이오."

조지는 나의 마지막 말을 듣더니, 그렇게 생각하고 보아서인지 눈을 내리깐 것 같았다. 그것이 그가 나타낸 반응의 전부였다. 바이올렛이 끼어들었다.

"어머나, 조지는 '무서워'할 리가 없어요. 다만 조금……."

그녀는 가장 서투른 말을 해 버린 모양이다. 조지는 분명히 아내의 그 말에 화를 내고 있었다. 아마 그녀는 조지가 헤엄을 치지 못한다고 말하려고 했던 것이리라. 그러나 그는 사람을 자못 깔보듯이 바이올렛의 목소리를 흉내내며 말했다.

"아니오, 조지는 무서워하지 않아요. 손바닥만한 배가 무섭다는 건 아니에요."

"그거 참, 잘 되었구료. 그럼, 언제 함께 가겠소? 틀림없이 요트가 마음에 들 거라고 생각하오만." 나는 시치미를 뗀 얼굴로 말했다.

그것으로 이야기는 결정되었다. 나는 흥분으로 숨이 막힐 것만 같았다. 방 안의 다른 일들은 모두 보잘 것 없고 나와는 인연이 없는 듯한 느낌이 들었다──카팩스와 이야기하고 있는 리나도, 어딘지 안전부절못하는 바이올렛의 태도도, 조지의 눈앞에서 타락에 빠져드는 웃음을 떠올리고 있는 로더도, 눈앞에 놓인 문고기의 내력을 모르겠다는 듯 시무룩한 얼굴로 그것을 찔러대며 이따금 쟁과 같은 눈썹 아래로 조지와 로더에게 힐끗힐끗 날카로운 눈길을 던지고 있는 래터리 노부인도, 나는 팽팽한 철사처럼 떨리는 몸의 긴장을 일부러 누그러뜨리기 위해 가만히 앉아 있지 않으면 안 되었다. 나는 언제까지나 창 밖을 바라보고 있었다. 이윽고 창틀 속에 들어앉은 잿빛 집과 나무가 흐릿하니 흐려지며 하나로 녹아들어, 맑은 햇살 속에서 나무 아래로 흐르는 강물같이 아른아른 흔들리며 움직이는 얼룩무늬를 그려냈다. 나는 아득히 멀리에서 들려오는 듯한 목소리에 별안간 몽상에서 현실로 돌아왔다. 그것은 로더 카팩스가 나에게 말을 걸고 있는 목소리였다.

"필의 공부를 돌보아 주지 않는 날에는 하루를 어떻게 보내고 계세요, 레인 씨?"

어떻게 대답할까 생각하고 있으려니까 조지가 옆에서 끼어들었다.

"아아, 그는 2층에 꼼짝 않고 앉아서 살인 계획을 짜고 있지."

나는 내 자신의 스릴러 소설 속에서 심장의 피가 한꺼번에 거꾸로 흐르는 듯하다는 표현을 곧잘 사용해 왔다. 그러나 그 표현이 얼마나 정확한지 실감되었던 일은 이제까지 한 번도 없었다. 조지의 말은 내가 마치 흰 고기처럼 창백해지는 것을 느끼게 만들었다. 또 사실 그런 얼굴빛이었을 게 틀림없다. 나는 몇 시간으로 여겨질 만큼 오랫동안 걷잡을 수 없이 입술을 와들와들 떨며 그를 말끄러미 지켜보고 있었다. 조지가 소설 속의 살인을 말하고 있음을 깨달은 것은 겨우 로더가 "어머나, 새로운 책을 쓰고 계시는군요" 라고 말했을 때였다. 아니다. 조지는 정말로 소설에 대해서 말했던 것일까? 무엇인가를 발견하거나 또는 눈치채었다고는 생각할 수 없는 것일까? 아니다, 그런 걱정은 우스꽝스럽다. 그때는 안도감이 너무나도 컸으므로, 이런 심한 충격을 준 조지에 대해 시비조가 되어 완전히 화를 냈을 정도였다. 나는 말했다.

"그렇고말고요, 나는 지금 희한한 살인을 쓰고 있습니다. 아마 나의 걸작이 될 겁니다."

"그는 그 일이라면 아주 비밀주의이지" 라고 조지가 말했다. "문에 쇠를 채우고, 입을 꼭 다문다는 식으로 말이오. 물론 스릴러 소설을 쓰고 있다는 것은 그의 주장이지 증거는 아무것도 없어요. 원고를 내보여 준다면 또 몰라도. 당신은 그렇게 생각하지 않소, 로더? 그러면 그가 지명수배된 사나이거나 소설가로 꾸민 천재 범죄자 따위가 아닌 걸 알고서 우리들도 마음놓을 수 있단 말씀이지."

"나는……."

"그래요, 저녁 식사 뒤에 원고의 일부를 읽어 줘요, 필릭스" 라고 리나가 말했다. "우리들은 모두 빙 둘러앉아 살인자의 단검이 찔리는 순간 비명의 합창을 지르겠어요."

나는 멍청해졌다. 이 아이디어는 난로의 불처럼 퍼져 나갔다.

"부탁이에요."

"그렇소, 꼭 읽어 들려주시오."

"괜찮지 않소, 필릭스, 꽁무니 빼지 말고 시원스럽게 발표하시지."

나는 되도록 차분한 어조로 말하려 했으나, 유감스럽게도 허둥지둥하는 암탉 같은 목소리가 되어 나온 것만 같다.

"아니, 유감스럽지만 그것은 할 수 없소. 집필중인 원고를 남에게 보이는 것을 싫어하거든요, 나의 이상한 버릇이라서."

"심술궂은 소리는 마시오, 필릭스. 어떨까, 만일 부끄러움쟁이인 지은이가 우물쭈물한다면 내가 대신 읽어 주어도 좋소. 제1장만 읽고 범인을 맞춘 자가 건 돈을 모두 차지하는 게 어떨까요? 한 사람이 1실링씩 걸어 놓고서 말이오. 범인은 제1장에 등장할 테지요? 지금 곧 2층으로 가서 원고를 가져오겠소."

"그런 짓을 하면 곤란하오. 절대로 사양하겠소. 원고를 살며시 도둑질해 보다니, 될 말이오?" 나의 목소리는 희미하게 갈라져 있었다.

조지의 바보 같은 싱글거리는 웃음에 발끈하여, 나는 그를 무서운 얼굴로 노려보았다.

"당신도 개인적인 편지를 훔쳐 보면 싫을 테지요? 그러니까 내 것은 내버려 둬 주시오. 이렇게 말해도 모를 만큼 머리가 바보인가요?"

물론 조지는 나를 성나게 만들고서 즐기고 있었다.

"과연 그렇군! 개인적인 편지란 말이지요? 즉 러브레터일 테지. 사랑의 불빛을 등경 아래 숨겨 놓았단 말이로군."

조지는 이 빈정거림이 어지간히 마음에 든 모양인지 큰 소리로 웃었다(신약 성서 마태오 복음 제5장 "……등불을 켜서 등경 아래 두지 아니하고……."에 비유한 것).

"조심하지 않으면 리나가 질투할 거요. 그녀는 성이 나면 무서우니까."

나는 자제심을 되찾고 냉정한 말투로 말하려고 필사적이었다.

"아니오, 러브레터가 아니오, 조지. 당신의 그 같은 일방적으로 사물을 보는 사고방식은 정말 좋지 않소."

다시 무언가에 움직여져 나는 이렇게 덧붙여 말했다.

"어쨌든 원고는 읽지 않겠소, 조지. 만일 예를 들어 내가 당신을 작품 속에 등장시키고 있다면 당신도 몹시 어색할 게 아니오?"

뜻하지 않게 카팩스가 끼어들었다.

"그러나 자기 자신인 줄 알아차릴 수는 없을 테지요? 조지뿐만이 아니라 누구라도 그럴 겁니다. 물론 주인공으로 되어 있다면 이야기는 다르지만."

상쾌한 아이러니를 품은 말. 카팩스는 이렇듯 공평한 인물이다. 겉으로 보기에는 도저히 그렇게 여겨지지 않는데. 그러나 말할 것도 없이 철면피인 조지는 이 정도의 인물을 모델로 하여 작중 인물을 그릴 수 있느냐 하는 문제로 옮아갔고, 그로 인해 바람은 가라앉았다. 그렇긴 하지만 불쾌하리만큼 살갗이 으슬으슬해지는 바람이었다. 내가 조지의 태도에 화를 내는 나머지 얼마쯤이나마 본심을 엿보이지 않았기를 신에게 빈다. 이 일기를 숨겨 놓은 곳이 안전하면 좋겠는데, 조지가 진심으로 '원고'를 확인하려는 생각이 든다면 제아무리 엄중히 자물쇠를 채우더라도 안전하다고 할 수는 없는 것이 아닐까.

8월 18일

내 가공의 독자이시여, 당신은 살인을 저지르고도 죄를 추궁받지 않는 입장에 놓여진 자기 자신을 상상할 수 있을까? 그 행위——즉 죽이는 일——가 성공하든 또는 계산 밖의 불운에 의해 실패하든 여전히 조금도 의심의 여지없이 사고로 보이지 않으면 안 되는 살인을? 그리고 당신의 손에 의해 살해될 인물과 날마다 같은 지붕 아래에서 살고 있는 상태를 상상할 수 있을까? 그 인물로 말하자면 그 파렴치함을 당신이 익히 알고 있다는 것은 별도로 하고라도 그가 존재하는 일 자체가 둘레의 모든 사람에게 있어 더할 데 없이 짐스럽고 조물주에 대한 모욕인 것이다. 이 증오할 인물과 함께 사는 일이 얼마나 따분한지 살해할 상대와 서로 알게 되는 일이 얼마나 짧은 시일 안에 그에 대한 모멸의 느낌을 키우는 것인지, 당신으로서는 과연 상상할 수 있을까? 그는 이따금 묘한 눈으로 당신을 볼지도 모른다. 그의 눈에는 당신이 멍한 상태로 보이기 때문이다. 그러면 당신은 사람 좋은 듯한 방심한 미소를 돌려 준다. 방심 상태로 꾸며 보이고 실제로는 그야말로 몇 번이나 그를 죽음으로 몰아넣는 바람이며 돛이며 키의 정확한 움직임을 마음에 그리고 있는 것이다.

되도록이면 이러한 일들을 상상한 다음, 이번에는 오직 한 가지 작은 장해로 말미암아 실행이 방해받고 제지되는 자기를 그려 주기 바란다. '양심의 속삭임'이라고 독자는 생각하실지도 모른다. 고매한 마음이지만, 그것은 맞지 않는다. 나는 조지 래터리를 죽이는 일에 맹세코 한 조각 양심의 가책도 느끼지 않는다. 만일 달리 이유가 없다면, 저 사랑스러운 필이라는 어린아이의 생활을 비뚤어지게 하고 상처 주고 있는 일만으로도 그를 죽일 충분한 이유가 되리라. 그는 이미 귀중한 어린이를 하나 죽였다. 지금 또 하나의 어린이를 망쳐 놓은 것을 가만히 보아 넘길 수는 없다. 그러므로 나를 만류하고 있는 것은 결코 양심의 가책이 아니다. 내가 가지고 태어난 겁 많은 성질도 아니다. 그것은 보다 본질적인 장해 즉 날씨 그 자체인 것이다.

나는 지금 여기서 고대의 뱃사람처럼 바람을 부르는 휘파람을 불고 있다. 이제부터 앞으로 며칠 이 상태가 계속될지도 모른다(휘파람을 불어 바람을 부르는 것은 범선의 출현 이래로 오래된 주문이리라. 마치 미개인이 꽹과리를 두들겨 비 오기를 빌거나 농작물의 풍작을 기원하거나 하는 일과 똑같은 일이다). 물론 내가 실제로 휘파람을 분 건 아니지만, 오늘 바람이 불었다. 그러나 유감스럽게도 그것은 너무 강했다. 폭풍에 가까운 남서풍이었다. 그것이 문제인 것이다. 조종이 서투른 요트를 전복시킬 정도의 바람이 부는 날을 고르지 않으면 안 되지만, 그렇다고 해서 서투른 사람을 요트 타러 데리고 나가기에는 부주의하고 사려가 모자란다고 남에게 여겨질 만큼 바람이 지나치게 센 날은 곤란한 것이다. 대체 언제까지 기다려야 그런 알맞은 바람이 불어오게 될까? 언제까지나 여기에 머무를 수는 없다. 다른 일은 어쨌든 리나가 점점 감당할 수 없게 되어 가고 있다. 솔직히 말한다면, 나는 그녀에게 조금 싫증이 나기 시작했다. 다정하고 사랑스러운 그녀를 이런 식으로 말하고 싶지는 않지만, 요즈음 어지간히 생기가 없어진 것처럼 보인다. 얼마쯤 추근추근해져서 내가 생각하고 있는 일에 이것저것 너무 지나치게 마음을 쓰는 것이다. 오늘밤도 그녀는 이렇게 말했다.

"필릭스, 둘이서 어딘가 다른 곳으로 가 버리지 않겠어요? 이곳 사람들에게는 이제 싫증이 났어요. 부탁이니 함께 가줘요, 네?"

그녀는 그 일로 묘하게 흥분해 있었다. 생각해 보면 무리도 아니다. 날마다 조지와 얼굴을 마주 대하며 7개월 전에 어린아이를 친 저녁의 일이 생각난다면, 그녀도 즐거울 리가 없다. 물론 나는 적당한 약속으로 얼버무리지 않으면 안 되었다. 리나의 일로서는 그다지 유쾌한 심정이 아니다. 그러나 여자의 마음을 희롱했다는 비난을 달게 받더라도 그녀와 헤어질 수는 없다. 검시정에서 나의 본이름이 밝혀졌을 때 그녀를 한편으로 만들어 둘 필요가 있기 때문이다.

그녀가 하루라도 빨리 처음 만났을 때와 같이 마음이 억세고 목소리가 잘 울리는 원기 좋은 여자로 되돌아가 주기를 빈다. 그러한 리나라면 속여넘기더라도 훨씬 마음이 편하다. 늦든 빠르든 그녀는 자기가 속아서 내 개인의 어떤 문제를 해결하는 수단으로 이용되었다고 느낄 게 틀림없다. 하긴 그 문제가 무엇이었는지는 깨닫지 못할 테지만.

8월 19일

오늘 래터리 집안의 흥미로운 한 면을 엿보았다. 마침 반쯤 열린 객실 문 앞을 지나갈 때, 반쯤 소리를 죽인 듯한 울음소리가 안에서 들려왔다. 나는 그대로 지나치려고 했다. 이 집에서는 줄곧 그 울음소리에 익숙해졌기 때문이다. 그런데 문득 조지의 어머니가 심상치 않은 명령투로 쉬어빠진 목소리를 지르는 것을 들었다.

"글쎄 필, 그만 울라니까. 너도 래터리 집안의 한 사람임을 잊어서는 안 된다. 너의 할아버지는 남아프리카에서 전사하셨단 말이다. 둘레에 산더미 같은 적의 시체를 남기고서. 그리하여 할아버지께서도 토막토막 찢기다시피하여 돌아가셨다. 그런데도 할아버지는 항복하지 않으셨단다. 할아버지의 일을 생각한다면 부끄러워서 훌쩍훌쩍 울지 못할 게야."

"하지만 너무해요, 저는 분해서……."

"이제 어른이 되면 너도 알게 돼. 아버지는 좀 성미가 급한지는 모르지만, 한집에 주인은 한 사람으로 충분하니까."

"그런 건 아무래도 좋아요, 파파는 약한 사람만 괴롭히는걸요, 마마에게 그렇듯 심하게 할 권리는 없어. 그런 짓은 비겁해요."

"입 닥쳐요! 지금 당장 닥치지 못하겠니! 뭐야, 아버지를 비평하다니!"

"하지만 할머니도 비평했지 않아요, 파파가 그 여자하고 바람을 피우는 것은 이만저만 창피한 일이 아니라고, 나도 들었어요."

"필, 그 이야기는 이제 그만해. 나에게도 다른 누구에게도 이제 그 이야기는 하지 말아라."

래터리 노부인의 목소리는 녹이 슬어 이가 빠진 나이프의 칼날 같았다. 이윽고 그 목소리는 끈질지게 살살 달래는 것으로 바뀌었다. 멋들어진 변신이었다.

"애야, 필. 어제 들은 일은 고스란히 잊겠다고 할머니에게 약속해 다오. 너는 이런 어른의 문제로 마음을 괴롭히기에는 아직 너무 어리니까 말이야. 알겠니, 나에게 약속해 주겠지?"

"잊어 버린다는 약속은 못해요."

"나를 속이려고 하면 안 돼, 필. 내가 하는 말을 잘 알고 있으면서."

"할 수 없군요. 약속하겠어요."

"좋아. 그런데 저 벽에 걸려 있는 할아버지의 칼이 보이지? 저걸 내려라."

"하지만……"

"시키는 대로 해……. 됐어, 그것을 이리 다오. 한 가지 할머니가 너에게 부탁할 일이 있다. 거기에 무릎을 꿇고 이 검을 받들며, 비록 어떠한 일이 있더라도 래터리 집안의 명예를 지키고 그 이름을 욕되게 하지 않겠다고 이 검에 맹세해. 무슨 일이 생기더라도 말이야. 알겠니?"

나는 이미 참을 수 없었다. 조지와 저 할멈 둘이서 필을 미치광이로 만들고 있다. 나는 성큼성큼 방 안으로 들어가서 말했다.

"아니, 필. 그런 무서운 무기를 가지고 뭘 하고 있지? 조심하도록 해. 그런 것을 떨어뜨리든가 하면 발가락이 잘려. 아니, 래터리 부인, 미처 깨닫지 못했습니다. 필을 데리고 가겠습니다. 공부 시간이니까요."

필은 방금 잠이 깬 몽유병자처럼 내 쪽을 보면서 눈을 깜박이고 있었다. 이윽고 그는 신경질적으로 할머니 쪽을 흘끗 보았다.

"자아, 가자, 필" 하고 나는 말했다.

그는 부르르 몸을 떨고 나더니 앞장을 서서 급히 방을 나섰다. 래터리 노부인은 검을 무릎에 얹은 채 엡스타인(미국의 조각가)의 조상(彫像)처럼 묵직하게 꼼짝도 않고 그 자리에 앉아 있었다. 방을 나갈 때, 나는 등허리에 그녀의 눈길을 느꼈다. 그렇지 않았으면 목숨을 걸고라도 뒤돌아보고 그 눈길을 똑바로 받을 기분은 들지 않았으리라. 조지뿐 아니라 그녀도 빠져 죽게 하고 싶을 정도이다. 그러면 필도 앞날에 얼마쯤 희망을 가질 수 있을 것이다.

8월 20일

놀랄 만한 일이지만 나는 며칠 안으로(날씨만 허락된다면) 살인을 실행한다는 생각을 아무런 저항 없이 받아들이고 있다. 이 일에 대해서는 아무런 감동도 없다. 아주 보통의 인간이 치과에 가기 전에 느끼는 것 같은 저 희미한 불안이 있을 뿐이다. 아마도 이와 같은 계획을 드디어 실행에 옮기는 단계에서는, 비록 훨씬 전부터 전체적인 형태가 이루어져 있었던 계획이라 하더라도 인간의 감각이 완전히 무디어지게 되고 말 것이다. 흥미로운 현상이다. 나는 스스로에게 이렇게 말해 본다. '너는 이제 곧 살인자가 되는 것이다' 그런데 그 말은 '너는 이제 곧 아버지가 되는 것이다'라고 하는 말과 마찬가지로 아주 자연스럽고 침착한 울림 외의 아무것도 아니다.

오늘 아침, 기름을 바꿔넣기 위해 카팩스의 수리 공장으로 차를 가져갔을 때, 그와 한참 동안 살인자에 대해 지껄였다. 카팩스는 꽤 훌륭한 인물인 것 같다. 그가 어떻게 조지 같은 형편없는 사나이와 함께 일을 할 수 있는지 나로서는 이해되지 않는다. 그는 열성적인 탐정소설 애독자로서 소설 속의 살인 기술에 대하여 내게 질문을 퍼부었다. 우리들은 지문(指紋)의 과학이며 소설 속의 살인자인 경우 청산가리, 스트리키닌, 비소 등에 어떤 취할 만한 점이 있느냐 하는 것에 대해 이야기했다. 다시 소설가인 본업으로 돌아간다면, 독물에 대해 대강 공부하지 않으면 안 되리라(조지 살해라는 이 불쾌한 막간극이 끝나면 나는 다시 소설가라는 직업으로 돌아갈 것이라고 아주 냉정하게 마음먹고 있는데, 생각하면 이것도 묘한 이야기다. 마치 웰링턴 장군이 워털루의 승리가 있은 뒤 장난감 납병정 상사로 되돌아가는 것이나 같으리라).

카팩스를 상대로 긴 이야기를 한 뒤 불현듯 수리 공장의 뒤꼍으로 돌아가 보았다. 그러자 기묘한 광경이 눈에 들어왔다. 조지가 폭넓은 등을 내 쪽으로 향하고 마치 포위된 집 안에서 창문을 가로막고 서서 총을 쏘고 있는 듯한 모습으로 서 있는 게 아닌가. 더욱이 '픽' 하는 소리가 들렸다. 나는 조지에게로 다가갔다. 그는 실제로 총을 쏘고 있었던 것이다──공기총을.

"또 한 마리 해치웠군." 내가 옆에 서자 그는 말했다. "아아, 당신이오? 저기 쓰레기 더미에 있는 쥐를 쏘고 있던 참이었지요. 덫이며 독약은 물론 대규모인 쥐 사냥까지 온갖 방법을 시험해 보았으나 도무지 줄어들지를 않는군요. 어젯밤에도 안에 들어가 새 타이어를 갉아먹지 않았겠소."

"아주 좋은 공기총이군요."

"그렇소. 요전번 생일 때 필에게 선물로 준 것이오. 쥐를 한 마리 잡을 때마다 반 페니씩 준다는 약속을 했지요. 어제는 아마도 두 마리를 쏘았었지……어떻소, 당신도 해보겠소? 반 크라운 걸고 말이오. 여섯 발 쏘아 많이 잡는 쪽이 이기는 거요."

그리고 살인자와 그 희생자가 될 인물이 의좋게 나란히 서서 쥐가 득실거리는 쓰레기터를 향해 번갈아 공기총을 쏘아 대는 참으로 재미있는 광경이 벌어졌다. 나는 이 장면을 동업자인 스릴러 작가들에게 제공하고 싶다. 딕슨 카의 제1장 같은 데 꼭 어울리리라. 글래디스 버클레이도 솜씨있게 요리하는지 모른다.

반 크라운은 조지가 차지했다. 둘 다 세 마리씩 잡았는데, 내가 잡은 세 마리째 녀석은 상처를 입혔을 뿐이라고 조지가 우겨댔기 때문이었다. 결국 친구 사이에 반 크라운이 뭐란 말인가?

오늘은 바람의 힘이 조금 수그러졌지만, 여전히 무지무지한 돌풍이 이따금 불어온다. 내일 조지를 죽이지 않는다면 일이 꽤 까다롭게 될 것이다. 그는 토요일 오후에는 대개 외출하므로 더 이상 미루는 것은 형편상 곤란하다. 나와 조지의 관계가 사고로 시작되어 사고로 끝난다는 것도 생각하면 짜릿한 아이러니가 아닐 수 없다.

8월 21일

드디어 오늘이다. 오후가 되면 조지가 요트에 탄다. 나의 긴 여로의 끝——그의 영원한 여행이 시작되는 것이다. 아침 식사 자리에서 그를 요트 놀이로 꾈 때, 나의 목소리는 아주 차분했다. 지금은 연필을 쥔 손이 떨리고 있다. 하늘에는 흰구름이 나타나기 시작하고 나뭇잎은 소란스럽게 햇빛과 희롱하고 있다. 모든 것이 계획대로 진행되리라.

제2부 조작된 사고

조지 래터리는 다른 사람들이 식사 뒤의 커피를 마시고 있는 식당으로 되돌아왔다. 그가 말을 건 둥근 얼굴의 수염을 기른 사나이는 각설탕을 스푼에 얹어 그것이 뜨거운 액체 밑에서 녹는 것을 지그시 지켜보고 있었다.

"여보시오, 필릭스. 나는 두서너 가지 일이 남아 있소. 먼저 가서 요트 준비를 해주지 않겠소? 15분 뒤, 선창에서 만납시다."

"좋고말고요. 그다지 서두를 것도 없지요."

리나 로슨이 말했다.

"유언은 벌써 썼어요, 조지?"

"그것이라니까, 일이라는 건. 그러나 그렇게 노골적으로 말할 용기가 없었지."

"남편의 몸을 조심해 주세요, 필릭스"

바이올렛 래터리가 말했다.

"쓸데없는 소리 마, 바이. 자기 몸 걱정쯤은 스스로도 할 수 있어. 세 살난 어린애도 아니고."

"모르는 사람이 듣는다면 조지와 내가 카누로 대서양을 횡단할 참인 줄 알겠는걸. 염려 없습니다. 조지는 교수형을 당하기 전에는 죽지 않을 겁니다. 내 지시를 지키고 강 복판에서 반란만 일으키지 않는다면." 필릭스 레인이 잔잔한 목소리로 말했다.

조지는 순간 시무룩해졌다. 짙은 콧수염 아래로 불안스러운 듯이 입을 비쭉 내밀었다. 다른 사람에게 이것저것 지시를 받는 것은 생각만 해도 싫었을 게 분명하다.

"걱정하지 마오. 지시는 잘 지킬 테니까. 아직 빠져 죽고 싶지는 않소. 위스키에 타는 물 말고는 질색이니까. 가서 요트 모자를 쓰고 오시오, 필릭스. 15분 뒤에 나도 갈 테니" 그는 말했다.

모두 일어서서 식당을 나왔다. 10분 뒤에 필릭스 레인은 선창 바깥쪽으로 요트를 돌리고 있었다. 그는 숙련된 요트맨답게 세심한 주의를 하며 바닥의 널을 들어올리고 물을 퍼낸 다음 다시 널빤지를 본디대로 깔았다. 그리고 키와 삼각 돛을 달고 난 뒤 자유롭게 움직이는지 어떤지를 확인하기 위해 밧줄을 당겨 보고 나서, 그것을 뱃머리에 내려놓은 채 큰 돛을 달기 시작했다. 먼저 돛의 아랫가로대를 마스트에 죄어 매고 밧줄 끝을 활대의 띠 밧줄에 걸치고서, 바람이 불어오는 쪽으로 배를 돌려 돛을 올렸다. 돛은 센바람을 받아 심하게 펄럭거렸다. 그는 넋을 잃은 듯한 미소를 떠올리면서 다시 돛을 내리고 노와 노 고리를 달고 수하용골을 내리고는 삼각돛의 밧줄을 잠깐 당겨 보고서 조지 래터리를 기다리는 동안 털썩 주저앉아 담배를 한 대 피웠다.

모든 일이 천천히 세심한 주의 아래 준비되었다. 기다리고 기다렸던 순간이 오기 전에 단 한 가지라도 어긋나는 일이 있다면 그야말로 돌이킬 수가 없다. 물은 소리를 내며 선창 앞을 흘러갔다. 상류에는 다리와, 조지가 사고의 증거인 물건을 가라앉혔을 게 틀림없는 수리 공장의 쓰레기터에 면한 언저리의 강이 보이고 있었다. 거의 여덟 달 전인 그 날을 돌이켜보자 세월의 흐름에 따라 이따금 거의 잊어 가고 있었던 저 공포감이 생생히 되살아나서 그만 입 언저리가 팽팽해지고 손에 든 담배가 가느다랗게 떨렸다. 바야흐로 그는 선악을 초월하고 있었다. 선악——그것은 지금 그의 눈앞을 흘러가는 빈깡통이나 빈 아이스크림 상자와 마찬가지로 알맹이 없는 말에 지나지 않았다. 그는 자기의 참된 목적의 둘레를 거짓의 벽으로 에워싸 왔다. 그것이 지금은 움직이기 시작하고 있고, 뛰어넘어 밖으로 나가기에는 이미 늦었다. 그는 강의 흐름에 날리는 티끌과 마찬가지로 피하기 어려운 결말을 향해 확실하게 운반되어 가리라.

어쨌든 가서 닿을 곳은 똑같은 것이다. 순간, 그는 계획이 실패할 가능성에 대해서 생각해 보았다. 그 점에 대해서 그는 완전한 운명론 자였다. 제일선의 병사와도 같이 지금 현재보다 앞의 일은 도무지 염두에도 없었다. 그리고 앞은 모든 게 현실의 일로 생각되지 않고, 그 순간의 격렬하고도 끊임없는 흥분과 마구 뛰는 심장의 고동과 띄엄띄엄 끊기듯 귀를 엄습하는 바람 소리에 지워져 있었다.

그는 선창에 울려 퍼지는 발소리로 몽상에서 깨어났다. 몸집이 큰 조지가 허리에 두 손을 대고 그를 굽어보고 있었다.

"아니, 여보시오! 이런 것에다 나를 태우려는 거요? 아무튼 좋소, 이렇게 된 바에는 마음대로 하시오."

"아니, 거기가 아니오. 복판의 가로대에 앉아 바람이 불어오는 쪽을 향하는 거요."

"자기가 앉고 싶은 곳에도 앉지 못하나? 그러니까 옛날부터 요트를 타는 녀석은 바보라고 생각했었지."

"그러는 편이 안전하오. 배의 균형이 잡히니까."

"안전이라고? 과연! 좋소, 선장님. 배를 움직여 주시오."

필릭스 레인은 삼각 돛을 올리고 이어서 큰 돛을 올렸다. 자기는 고물에 앉아 두 개의 재빠른 움직임으로 왼쪽 삼각돛의 밧줄을 팽팽하게 매고 풀기 쉬운 매듭으로 고정했다. 그리고 큰 돛을 올리자 배는 바람을 받아 미끄러지듯이 선창에서 떠났다. 그들은 강기슭의 목초지를 불어오는 바람을 오른쪽 배허리에 받아 가며, 바람 따라 달리고 있었다. 조지 래터리는 수하용골의 덮개를 발 사이에 끼어 잡고 두 손으로 뱃전을 단단히 움켜잡으며 자기의 공장이 지나쳐 가는 것을 지켜보고 있었다. 강 위에서 공장을 바라보는 건 처음이었다. 그림처럼 아름다운 건물이지만 유지비가 지나치게 든다고 그는 생각했다. 배가 지난 자리에 물거품이 부글부글 소리를 내었고, 뱃머리에 세차게 물이 부딪쳐 온다. 이리하여 미끄러지듯이 나아가면서 컨베이어 벨트에라도 올려놓은 것처럼 뒤쪽으로 지나쳐 가는 집들을 바라보고 있는 것은 정말 한가로운 기분이었다. 조지의 불안은 엷어지기 시작했다. 필릭스가 손에 쥔 돛줄과 키를 쉴새없이 놀리며 끊임없이 어깨 너머로 돌아보는 모습은 꽤나 재미있는 광경이었다. 실은 조종이 자못 어려운 것처럼 꾸며 보이고 있었던 것뿐인데.

조지가 말했다. "요트 타기란 언제나 이상스럽게 여겨지기만 했었소. 그러나 그다지 어렵지 않은 것 같구려."

"그냥 보기에는 쉬워 보일 테지요. 그러나 좀더 있으면⋯⋯. 저기 조망이 트인 곳에 가면 한 번 시험해 보겠소?" 필릭스는 새삼스럽게 말했다.

"나같이 서투른 사람이? 요트가 뒤집혀질 게 걱정되지 않소?" 조지는 명랑하게 웃었다.

"내가 말하는 대로만 하면 염려 없소. 알겠소? "키를 위로"라고 하면 이렇게, "키를 아래로" 하면 그 반대요. 배가 기울어져 있다고 느끼면 언제라도 키를 아래쪽으로 돌리면 되오. 그러면 배는 바람이 불어오는 쪽으로 방향을 바꾸어, 보시오, 이런 식으로 돛에서 바람이 빠져나가지요. 그러나 너무 지나치게 세게 하면 이번에는 위로 키를 돌리는 게 되오."

"코르셋('키를 위로'라는 in stays에는 코르셋을 하고 있다는 의미도 있음)이라구! 농담이 아니오. 볼장다본 남색가도 아닐 테고……."

"……위로 키를 돌리면 배는 속도를 잃고, 다시 바람 부는 쪽으로 향하려고 할 때 옆으로부터 불어오는 강풍에 뒤흔들리게 되지요."

조지는 싱긋 웃었다. 크고 흰 이가 보였다. 순간, 대륙(大陸 ; 유럽 대륙을 가리킴)의 만화에 흔히 나오는 영국 정치가의 얼굴——탐욕스럽고 유머가 없는 자기 만족의 표정이 담긴——로 보였다.

"아주 간단하구먼. 어째서 모두들 어렵다고 하는지 나로서는 모르겠는걸."

필릭스는 화가 무럭무럭 치밀어왔다. 남을 조롱하며 자기 만족에 잠겨 있는 이 덩치만 큰 사나이의 뺨을 한 대 올려붙이고 싶었다. 필릭스는 노여움이 어느 수준에 이르면 그 원인을 직접 공격하지 않고, 이를테면 차를 운전하든가 요트를 조종하고 있을 때 무모하다고밖에 할 수 없는 위험을 무릅쓰고 상대를 떨게 만드는 버릇이 있었다. 지금도 어깨 너머로 돌아보고 강물을 스쳐오는 강풍을 보자 큰 돛의 밧줄을 힘껏 당겼다. 배는 거대한 손으로 마스트를 눌리기라도 한 것처럼 흔들리며 기울어졌다. 그는 난폭하게 키를 아래쪽으로 돌렸다. 바람 불어가는 쪽인 뱃전에서 물줄기가 뛰어들고 배는 바람 불어오는 쪽을 향해 벌떡 세워졌으며, 개가 몸을 떨며 물을 털어 버리듯이 부르르 바람을 떨구었다. 최초의 미친 듯한 기세로 흔들림과 선체의 기울어짐을 느꼈을 때, 조지가 놀라움에 찬 외침 소리를 내었다. 바야흐로 필릭스는 잔인한 기쁨을 씹으며 지켜보았고, 몸집이 큰 사나이는 새파란 얼굴로 아직 허세를 부리기까지는 이르지 못한 불안스러운 표정으로 그의 동정을 살피고 있었다.

"잠깐, 레인. 역시 나는……" 하고 조지가 말을 걸었다.

그러나 필릭스는 한때의 노여움이 사라져 티없는 웃음을 떠올리면서——그리하여 잘 꾸며진 일을 속으로 만족해 하면서——대답했다.

"이런 건 아무것도 아니오. 겁내지 않아도 좋소. 곧바로 들어가 바람을 비스듬히 받고 나아가기 시작하면 아까와 같은 일이 되풀이 일어나지요."

"그렇다면 나는 배에서 내려 걷겠소."

조지는 짧게 불안한 웃음을 띠었다. (이 진드기 같은 녀석, 나를 겁줄 셈이로구나) 하고 그는 생각했다. 누가 벌벌 떨고 있는 눈치 같은 걸 보일 줄 알고. 첫째, 나는 벌벌 떤 일 따위는 한 번도 없다. 거짓말인지 어떤지 누구에게든 물어 보라. "겁내지 않아도 좋소" 라고? 흥!

몇 분 뒤 배는 수문에 이르렀다. 오른쪽 기슭의 수문지기 오두막 앞뜰에는 다알리아, 장미, 접시꽃, 붉은 아마 등이 만발하여 빛깔도 가지가지인 선명한 군복을 입은 군인처럼 정연히 열을 지어 강한 바람에 흔들리고 있었다. 수문지기가 짧은 도기 파이프를 꼬나물고 오두막에서 천천히 나와 두 팔을 벌려 수문을 여닫는 굵은 각목에 대며 윗몸을 뒤로 젖혔다.

"안녕하시오, 래터리 씨. 이 근처에서는 그다지 뵌 일이 없군요. 오늘은 요트를 타기에는 안성맞춤인 날씨입니다."

그들은 요트를 수문 안으로 집어넣었다. 문이 열리고 물이 소리내어 흐르기 시작하자 요트는 자꾸만 흘러가 마침내는 돛대 꼭대기가 수문 위로 1피트쯤 내보일 뿐이었으며, 그들은 녹색의 이끼로 덮인

벽 사이에 갇혔다. 필릭스 레인은 높아져 가는 초조감을 간신히 억누르고 있었다. 이 나무 문 저 너머 반 마일의 사이가 최후의 항정이었다. 그는 한시라도 빨리 거기에 이르러 일을 해치우고, 자기의 계산이 옳았던 것을 증명하고 싶었다. 그의 계산으로는 실패란 있을 수 없었다. 그러나 여차하게 되면──이를테면 조지가 정말은 헤엄칠 수 있다고 한다면 어떻게 되는가? 물은 목장의 목책을 빠져나가는 흥분한 가축 떼처럼 소란스러운 소리를 내며 문짝을 빠져나갔다. 그러나 필릭스가 볼 때, 그것은 졸졸 흐르는 물에 지나지 않았다. 모래시계에서 흘러 떨어지는 모래도 마찬가지였다. 이제 수문 안의 수위는 바깥의 흐름과 같은 높이가 되어 있으리라. 그런데 짜증스럽게도 조지는 아직도 수문지기와 잔소리를 늘어놓으며 필릭스의 고통을 잡아늘리고 있다. 필릭스에게는 흡사 자기의 고통을 조금이라도 뒤로 미루려 하고 있기라도 한 것처럼 생각되었다.

필릭스는 마음 속으로 중얼거렸다. 제기랄, 앞으로 얼마쯤 걸릴까? 이 상태로는 해가 저물 때까지 여기 있게 될 것 같다. 본류로 나가기 전에 바람이 가라앉아 버릴지도 모른다. 그는 살며시 하늘을 쳐다보았다. 구름은 여전히 지평선에서 지평선까지 머리 위를 빠르게 흐르고 있었다. 그는 조지를 빈틈없이 관찰하고 있는 자신을 깨달았다. 손등에 난 검은 털, 팔목의 사마귀, 입으로 담배를 가져갈 때의 오른 팔꿈치의 구부러지는 각도 등등. 그 순간 그에게 있어 조지는 해부 의사의 눈 앞에 놓여진 시체 정도의 의미밖에 없었다. 조지는 이미 어떤 특정된 일을 행하는 대상으로서의 한낱 육체에 지나지 않았다. 그의 마음에는 흥분 이외의 것, 주위가 급회전하고 그 중심에 깊은 잠과 같은, 무어라 형용하기 어려운 평온이 있다는 감각 말고는 아무것도 파고들 여지가 없었다.

분류(奔流)의 기세가 약해지며 출렁이는 소리로 바뀌었다. 수문이 열리기 시작하며 강과 하늘의 조망이 차츰 넓혀져 갔다.

"저기 모퉁이를 돌면 좋은 바람이 불지요"

미끄러지기 시작한 요트를 향해 수문지기가 외쳤다.

조지 래터리가 마주 외쳤다.

"여기까지 오는 도중 심한 바람을 만났소. 레인 씨는 나를 강에 빠뜨리려고 열심이라오"

"레인 씨라면 염려없어요. 솜씨가 좋으니까요. 레인 씨와 함께라면 안전하기 이를 데 없지요."

"그래, 그건 좋은 말이군그래."

조지는 조심스럽게 레인을 흘끗 보았다.

요트는 밀크처럼 매끄럽게 천천히 나아갔다. 이로써, 돛에 바람을 가득 안으면 성급하고도 성미 사나운 말로 바뀐다고는 상상할 수 없게 되었다. 이 언저리에서는 오른쪽의 높은 둑으로 보호되고 있는 것이다. 조지는 다시 담배에 불을 붙이려다가 한 개비째의 성냥불이 바람에 꺼지자 낮은 목소리로 욕설을 퍼부었다. 그는 말했다.

"굉장히 느리군."

필릭스는 대답하지 않았다. 그러면 조지도 역시 요트의 속도가 지나치게 느린 것을 느끼고 있는 걸까? 다시 그의 몸 안에서 강풍이 이는 날의 깃발처럼 흥분이 퍼졌다가는 오므라들곤 했다. 기슭의 버들은 가지를 바람에 나부끼고 있었으나 여기서는 바람이 이마를 부드럽게 쓰다듬을 뿐이었다. 그는 테사와 마티를 생각했고, 어떻게 될지 모를 앞날의 일을 아무런 불안도 없이 생각했다. 잿빛이 감도는 노란빛의 잎을 살랑거리고 있는 버들이 그에게 리나를 생각나게 만들었다. 그러나 그녀가 그 준비에 한 몫을 한, 두 사나이를 태우고 위기를 향해 나아가는 이 배로부터는 그녀가 아득하게 먼 존재처럼 여겨졌다.

그들은 강의 굽이에 이르고 있었다. 조지는 이따금 레인 쪽을 보고 무언가 말하고 싶은 눈치였다. 그러나 필릭스가 한눈도 팔지 않고 열중하는 것에 숨겨진 무엇인가가 조지의 무신경에까지 옮겨져 말을 걸기를 망설이게 하고 있었다. 이 배를 조종하고 있는 필릭스의 모습에는 무언지 이상한 위엄이 풍기고 있었다. 조지는 그것을 깨닫고 희미한 짜증을 느꼈지만, 이윽고 배가 굽이를 돌아 반 마일의 직선 수역에 들어섬과 동시에 그들을 맞이한 강한 남서풍에 마음 속의 이 생각 저 생각이 곧 날아가 버렸다. 앞쪽의 수면이 어둡게 물결치고, 쉴새없이 수면을 스치는 미풍이 곧잘 성난 광풍으로 바뀌어 그 날카로운 발톱으로 수면을 쥐어뜯었다. 이 직선 수역을 곧장 부는 바람은 강의 흐름과 마침 방향이 반대이므로 별안간 생기는 파도가 요트 뱃머리에 격렬하게 때려 부서졌다. 필릭스는 요트의 한쪽에 앉아서 두 발을 반대쪽인 사이드 벤치 끝에 단단히 버티며, 오른쪽 옆달리기(강풍을 옆으로 받으며 달리는 것)로 배를 달리고 있었다. 바람에 등을 돌리려는 고약한 버릇을 가진 요트는 뱃머리를 바람이 불어오는 쪽으로 향하려고 필사적으로 큰 돛의 밧줄과 키를 조작하는 그의 밑에서 폭주마처럼 아래위로 마구 흔들렸다. 쉴새없이 어깨 너머로 돌아보고서는 강풍이 수면에 발톱 자국을 내며 다가올 적마다 그 세기와 방향을 눈어림으로 재었다. 바람이 부는 틈틈이, 만일 이 돌풍이 예정보다 배를 빨리 뒤집어엎든가 하면 얼마나 분할까 하고 엉뚱한 일을 생각하기도 했다. 지금으로서는 그는 오랜 시간에 걸쳐 정성껏 몰아 온 이 사나이를 살려 두는 일에 온 에너지를 집중하고 있었다.

이윽고 그는 요트의 방향을 바꾸기 위해 키를 위로 돌렸다. 배가 바람을 향해 뱃머리를 번쩍 세움과 동시에 오른쪽 삼각돛의 밧줄을 놓아 주었다. 바람이 삼각돛을 포착하여 개가 마음대로 되지 않는 막대기를 흔들어 떨구듯이 그것을 격렬하게 양옆으로 뒤흔들었다. 별안간 소란스러운 소리와 움직임이 생겼다. 배꼬리가 옆으로 미끄러져 물을 휘젓고 작은 파도가 6피트 앞쪽인 기슭에서 부서졌다. 배가 좌현 벌리기(배를 돌리는 것)로 천천히 기슭에서 멀어졌을 때 옆으로 후려치는 강풍이 불어왔다. 그러나 필릭스가 이미 키를 강하게 아래로 돌려 배를 바람과 맞서게 해 놓았으므로, 이윽고 배는 균형을 되찾고 피로한 듯이 큰 돛을 떨면서도 반대 벌리기가 되어 바람이 부는 쪽으로 향했다. 필사적으로 바람이 불어오는 쪽으로 몸을 내밀고 있었던 조지는 배가 위태로우리만큼 기울어지는 것을 느꼈으며 바람이 불어가는 쪽의 뱃전에 부딪쳐서 소리를 내며 흘러가는 물을 보았다. 그는 이를 악물고 휘파람을 불면서 바람과 싸우고 있는 이 수염을 기른 작은 사나이에게 두 번 다시 겁에 질린 얼굴을 보이지 않으리라 결심했다. 작은 나뭇가지처럼 목을 꺾어 놓을 수도 있을 것만 같은 이 사나이에게 지금은 얌전히 따를 수밖에 없는 것이다.

실제로 이 다루기 힘든 요트 조종에 정신을 빼앗기어 필릭스는 조지에 대해서는 거의 돌아볼 틈이 없었다. 그는 이 값싼 자기 만족에 흠뻑 잠겨 있는 약한 자만 괴롭히는 사나이에 대해 자기가 휘두른 유쾌한 힘을 막연하나마 의식하고 있었다. 그리하여 상대편의 숨기려 해도 숨길 수 없는 공포의 표정을 즐기고 있었지만, 그 즐거움도 지금 당장은 바람과 파도에 대한 낮익은 투쟁의 조그마한 부록의 한 부분에 지나지 않았다. 마음의 반은 저편 강기슭에 솟은 퇴락한 호텔 건물이며, 호텔 앞의 조선대(造船臺) 옆에 버려져 있는 용골이 부러진 거룻배며, 기슭으로 지그재그로 달리는 요트의 움직임에도 흩뜨려지지 않는 이상하기만 한 몽환경에 몸을 두고 눈도 깜박이지 않고 찌를 지켜보는 낚시꾼 등을 기억에 새기고 있었다. 지금 조지를 물에 빠뜨리려고 마음먹는다면 간단하다. 아마 저 낚시꾼들은 아무도 눈치채지 못하리라고 그는 생각했다.

그때 깜짝 놀랄 만큼 커다란 소리가 들려왔다. 필릭스가 돌아보니, 두 척의 발동선이 강의 느릿하게 굴곡진 곳을 돌아 각각 두 척씩의 거룻배를 끌고 나란히 달려오는 게 보였다. 그는 주의깊게 눈으로 거리를 재었다. 아직 뒤쪽으로 200야드쯤 떨어져 있었지만, 지금부터 세 번째의 방향 전환을 할 무렵이면 요트에 따라붙을 것 같았다. 그들이 지나갈 때 강기슭과 가까운 쪽의 발동선이나 그 발동선이 끄는 두 척의 거룻배 사이를 짧게 비스듬히 달릴 수가 있겠지만——첫째로 그들의 그늘이 되어 일시적으로 바람이 가로막혀 그 결과 다음의 강풍을 기다리지 않으면 안 되게 되는 위험과, 둘째로 배가 일으키는 파도에 밀려 요트가 코스를 벗어나는 위험과, 셋째로 발동선과 두 척의 거룻배에 연결된 밧줄에 닿을 위험이 있었다. 그것을 피하기 위한 방법은 일단 방향을 바꾸어 뒷바람을 돛에 받으며 그들과 스쳐 지나고 나서 다시 본디의 방향으로 돌리는 일이었다. 그의 이 같은 계산은 조지에 의해 방해되었다. 그가 헛기침을 하고 말했기 때문이었다.

"어떻게 할 셈이오? 저쪽이 점점 가까워지는데."

"뭐, 여유는 많이 있소." 필릭스는 장난기 어린 목소리로 덧붙였다. "엔진을 갖춘 배는 돛단배에 길을 양보하는 법이라오."

"길을 양보한다고? 흥! 그렇게 보이지는 않는걸. 제기랄, 이 강을 자기들 것으로 생각하는 건가. 저런 식으로 두 척이 나란히 오다니, 정말 괘씸하군. 넘버를 적어 두었다가 소유주에게 항의해야지."

조지는 명백히 이제 곧 아무래도 억누를 수 없게 되는 신경의 발작에 가까워지고 있었다. 그리고 사실 뱃머리로 여덟 팔자의 물거품을 헤치면서 그들 쪽으로 다가오는 대형 발동선은 보기에도 무서운 몰골이었다. 그러나 필릭스는 침착하게 다시 한 번 침로(針路)를 바꾸고 발동선의 70야드쯤 앞쪽에서 강을 가로지르기 시작했다. 조지는 얼굴의 땀을 닦으면서 어느 틈엔가 필릭스 쪽으로 다가오더니 눈을 부릅뜨고 그를 노려보았다. 별안간 그는 더 참을 수 없게 되어 고함치기 시작했다.

"대체 어쩔 셈이오, 조심하오! 설마 당신은?"

그러나 그가 말하려던 것이 무엇이었는지 그 목소리는 발동선 한 척에서 울려퍼지는 커다란 사이렌 소리에 지워지고 말았다. 조지의 얼굴이 우스꽝스러우리만큼 떨리는 것을 보고 있는 동안 지금이 계획 밖의 사고를 일으키는 절호의 기회라는 생각이 필릭스의 마음에 번뜩였다. 조지의 공황(恐慌) 상태는 필릭스의 경멸을 받음과 동시에 이 생각으로 그를 꾀어 넣는 역할도 담당했다. 그러나 필릭스는 최초의 계획을 바꾸자는 유혹에 저항했다. 그 계획이 가장 좋은 방법이라는 것을 그는 잘 알고 있었다. 돌다리도 두들겨 보고 건너라고 하지 않는가. 정해진 대본을 따르며, 일시적인 생각의 모험은 피해야 한다. 그러나 다시 한 번 조지의 간을 오싹하게 해 주어도 손해될 일은 없으리라.

발동선은 바야흐로 20야드 거리로 다가와 요트를 기슭 쪽으로 밀어붙이고 있었다. 필릭스가 요트를 조작할 여지는 거의 없었다. 그가 방향을 바꾸자, 요트의 침로는 앞쪽 발동선의 그것과 겹치기 시작했다. 조지가 그의 다리를 붙잡고 늘어지며 귓가에서 외치고 있는 것이 희미하게 느껴졌다.

"바보 자식! 저 배에 부딪치기만 해봐, 당신에게 매달려 떨어지지 않을 테니."

필릭스는 키를 위로 돌리고 큰 돛의 밧줄을 당기기 시작했다. 그 결과 배는 빙그르르 한 바퀴 돌았고, 돛의 아랫가로대는 왼쪽으로 흘러 미노타우로스의 이마를 연상시키는 발동선의 거대한 뱃머리가 겨우 10피트 앞을 스쳐 지나갔다. 대형선의 배허리에 아슬아슬하게 닿으며 바람 부는 쪽으로 흘러가는 요트 속에서 발끈하여 자제심을 잃은 조지가 비틀비틀 일어서서 주먹을 휘두르며 갑판실에 태연히 있는 사나이를 향해 갖은 욕설을 퍼부었다. 다시 고물 가까이 앉아 있던 한 젊은이가 무관심한 눈으로 조지의 몸짓을 바라보고 있었다. 이윽고 발동선이 일으킨 물결이 요트에 밀어닥쳐, 조지는 균형을 잃고 바닥 널빤지 위에 쓰러졌다.

"나라면 두 번 다시 일어나지 않겠소. 이 다음에도 배 안에 쓰러지지 않는다고 장담할 수는 없을 테니까 말이오." 필릭스 레인이 조용하게 말했다.

"개자식! 죽일 놈들이야! 나는……."

"정신차려요. 위험은 전혀 없었소." 필릭스는 훨씬 다정해진 말투로 말했다. "요전 번 필과 함께였을 때도 비슷한 일이 있었소. 그러나 '그는' 끄떡도 하지 않았지."

이어서 또 한 척이 지나쳤다. 선체가 길고 나직한 강철 배로서 갑판 덮개에는 '가연물(可燃物)'이라고 씌어져 있었다. 확실히 필릭스는 상대편을 발끈 달아오르게 하려 꾸미고 있는 것 같았다. 다시 좌현 벌리기로 요트를 바람 불어오는 쪽으로 향하여 두 척의 발동선 항적이 여울처럼 사납게 파도치는 곳을 가로지르려 했을 때, 그가 쌀쌀한 목소리로 분명히 이렇게 말했기 때문이었다.

"멀쩡한 어른이 그렇게 꼴불견인 추태를 부리는 것은 처음 보았소."

조지가 다른 사람에게서 그런 말을 들은 일은 아마도 별로 없었으리라. 그는 꿈틀 몸을 움직이며 자기가 잘못 들은 건 아닌가 하는 듯이 멍한 표정으로 필릭스를 지켜보았다. 그리고 광포한 눈초리로 그를 노려보았다. 그러나 이윽고 무엇인가 생각이 떠오른 모양이다. 홱 눈길을 돌리며 어깨를 움츠리고 살며시 교활해 보이는 웃음을 떠올렸다. 바야흐로 더욱더 신경질이 되어 가는 것은 오히려 필릭스 레인 쪽인 모양으로, 아무런 의미도 없이 배 장식을 만지작거리든가 상대편 쪽으로 불안스러운 눈길을 보내든가 하고 있었다. 한편 조지 쪽은 요트가 침로를 바꿀 때마다 큰 몸집을 배의 반대쪽으로 옮겨가며 휘파람을 불거나 필릭스에게 농담을 하거나 하기 시작했다.

"요트 타기가 아주 즐거워졌소" 하고 그는 말했다.

"그거 참, 잘 되었군요. 그럼, 키를 잡아 보겠소?"

필릭스의 목소리는 메마르고 긴장되어 거의 헐떡이는 목소리에 가까웠다. 그 물음에 대한 대답에 모든 게 걸려 있는 것이다. 그러나 조지는 아무것도 의심하지 않는 모양이었다.

"언제라도" 하고 그는 단순하게 대답했다.

필릭스의 얼굴에 하나의 그림자가, 의혹이라고도, 경악이라고도, 혹은 음흉한 비꼼이라고도 할 만한 표정이 떠올랐다가 사라졌다. 이윽고 입을 열었을 때 그 목소리는 거의 속삭임에 가까웠지만, 그래도 도전적인 여운이 뚜렷이 있었다.

"좋소, 좀더 앞으로 갔다가 반대 방향으로 돌아올 테니, 그때 교대하여 키를 잡아 주시오."

'나는 이리하여 우물쭈물 결행의 때를 연기했다'고 그는 마음 속으로 중얼거렸다. 드디어 이것이 마지막 기회일 게 틀림없다. 일이란 일단 하려고 마음먹으면 빠를수록 좋다. 그러나 그것과 이것은 전혀 이야기가 다르다. 저기 낚시꾼은 어떤 미끼를 쓰고 있는 것일까? 나의 낚싯대에도 미끼는 달려 있다. 조지 래터리를 낚아올리기 위해 준비한 낚싯대이다……

바야흐로 입장은 거꾸로 바뀌어 있었다. 필릭스는 처량하리만큼 신경 과민이 되고, 들떠 있는 태도는 보이지 않았지만 온몸이 빳빳이 굳어져 있었다. 한편 조지는 여느 때의 그 걸쭉한 말버릇과 자신만만한 듯한 교만하고 유치한 태도를 되찾고 있었다. 적어도 토머스 하디 작품 중에 나오는 어디에나 있고 무엇이든지 알고 있는 관찰자의 한 사람이 제3자로서 이 기묘한 뱃놀이에 함께 있었다면, 그의 눈에는 조지의 모습이 그렇게 비쳤으리라. 필릭스는 행동 개시 지점으로 작정해 두었던 곳――오른쪽 기슭의 느릅나무 숲이 표적이었다――을 고물에서 보았다. 이를 악물고 저도 모르게 왼쪽 이물에 접근하는 돌풍을 감시하면서 크게 반원을 그리며 요트를 돌렸다. 여울지는 물이 그를 놀리는 듯한 소리를 내었다. 그는 조지의 눈길을 피하면서 느닷없이 숨찬 목소리로 말을 걸었다.

"자아, 키를 잡아 주시오. 큰 돛의 밧줄은 이대로 단단히 바깥쪽에 끌어당겨 두는 거요. 나는 앞으로 가서 수하용골을 끌어올리겠소. 그러는 편이 물의 저항이 적어져 배가 잘 달릴 거요."

그렇게 말하면서, 그는 순간적으로 바람이 그치고 온갖 소리가 숨을 죽인 듯한 기묘한 인상을 받았다. 그의 결정적인 말에 귀를 기울이고 그 결과를 기다리는 데에는 그 편이 편리하다는 듯이. 자연은 지그시 숨을 죽이고 있는 것만 같았으며, 그 정적 속에서 그 자신의 목소리만이 사막의 감시탑 꼭대기 위에서 울려퍼지는 누군가의 목소리처럼 들렸다. 이윽고 그는 이 놀랄 만한 정적이 바람과 파도 때문이 아니라, 다름 아닌 조지 그 사람에게서 썰렁한 안개처럼 뿜어져나온 것이라고 깨닫기 시작했다. "수하용골이다"라고 그는 자신에게 들려 주었다. 너는 앞으로 가서 수하용골을 끌어올린다고 말했지 않는가. 하지만 여전히 그는 조지의 쏘는 듯한 눈길에 못박히기라도 한 것처럼 배 고물에 앉아 있었다. 그는 억지로 얼굴을 들어 그 눈길을 받아냈다. 조지의 온몸이 동산만하게 부풀어 보였고, 악몽 속의 괴물처럼 무서운 몰골로 다가왔다. 그러나 실제로는 조지가 조용히 배 고물 쪽으로 와서 그의 바로 옆에 앉았을 뿐인 것이었다. 조지의 눈에는 교활하고 노골적으로 드러난 승리의 표정이 있었다. 그는 두툼한 입술을 벌리고 살살 어르는 듯한 목소리로 말했다.

"좋고말고, 작은 친구. 비키시오, 내가 키를 잡지. 그러나 당신의 속셈에는 넘어가지 않소." 그의 목소리는 가시 있는 속삭임으로 바뀌었다.

"속셈? 그건 무슨 뜻이오?" 필릭스는 망연해지며 말했다.

조지는 노여움에 사로잡혀 소리를 질렀다.

"시치미떼지 마시오, 이 더러운 살인자, 진드기 같은 녀석!" 이윽고 그는 다시 조용한 말투로 돌아가 말했다. "오늘 당신의 소중한 일기를 내 변호사한테 우송했소. 점심 식사를 한 뒤, 당신을 먼저 보내어 요트 준비를 시켰을 때 볼일이 있다고 말한 건 그 일이었지. 만일 내가 죽는다면 변호사는 그 일기를 읽어보고 적당한 조치를 하게 되어 있소. 그러니까 당신이 나를 물에 빠뜨리든가 하면 당신은 몹시 골치 아픈 입장에 서게 되는 셈이오, 알겠소?"

필릭스 레인은 얼굴을 돌린 채였다. 노여움을 꾹 참고 무언가 말하려고 했지만 말이 나올 것 같지 않았다. 키를 움켜쥔 손가락의 마디는 완전히 핏기를 잃고 있었다.

"왜 그러시오? 그 거짓말쟁이인 혓바닥이 돌아가지 않게 되었소?" 조지는 아직도 빈정거림을 멈추지 않았다. "그리고 발톱도 잃었을 테지. 그래, 우리들은 풋시 군의 발톱을 모두 뽑아 버린 모양이로군. 누구보다도 머리가 좋다고 스스로 자부했겠지. 우리들보다 훨씬 똑똑하다고. 그런데 당신은 조금 똑똑했을 뿐이야."

"연극은 그만 해 둬" 하고 필릭스는 중얼거렸다.

"건방진 소리를 하면 턱을 부수어 놓을 테다. 아니, 솔직히 말한다면 차라리 턱을 돌려 놓고 싶을 정도이지" 하고 조지는 위협했다.

"그래서 자신이 요트를 조종하여 돌아가려는 거요?"

조지는 무서운 얼굴로 그를 노려보았다. 그리고 싱긋 웃었다.

"과연 그거 좋은 생각이로군. 내가 요트를 조종하여 돌아가기로 하지. 뭍에 올라가면 당신의 턱을 언제라도 부숴뜨릴 수가 있으니까. 그렇잖소?"

그는 필릭스를 밀어젖히고 키를 잡았다. 요트는 바람 부는 쪽을 향해 굽이치듯이 나아갔다. 양기슭이 날아가듯이 뒤로 물러났다. 필릭스는 여전히 큰 돛의 밧줄을 잡고, 돛이 바람에 불리어 위험한 지그재그 항행을 시작하지 않도록 본능적으로 돛 가장자리를 지켜보면서 일종의 허탈 상태에 빠져 있는 것처럼 보였다.

"여보시오, 슬슬 무슨 일이든 시작하는 편이 좋지 않소? 벌써 수문까지 반은 오고 말았소. 아니면 결국 나를 빠뜨리려는 계획은 그만두었나?"

필릭스는 체념과 패배의 표시로 한쪽 어깨를 쳐들었다. 조지는 비웃음을 떠올렸다.

"역시? 그럴 줄 알고 있었지. 그렇다면 겁이 난 게로구먼? 그 썩 어빠진 가느다란 모가지를 꺾이기가 싫겠지. 도대체 당신에게는 계획을 수행하고 그 책임을 질 만한 배짱 따위 없다고 판단하고 있었지. 나는 그것을 믿고 있었던 거요. 어때, 굉장한 심리학자 같지 않소? ……좋소, 당신이 끝내 입을 열지 않을 작정이라면 내가 지껄여 주지."

그렇게 말하고서 그는, 특히 어느 날인가 점심 식사 자리에서 필릭스가 문득 지껄인 말로 그가 쓰고 있는 '탐정소설'이라는 것에 흥미를 가진 일을 설명하기 시작했다. 그래서 그는 어느 날 오후 필릭스가 없는 틈에 2층 객실로 들어가 원고를 숨겨 놓은 장소를 찾는데, 일기에 의해 그 의혹이 근거가 있었던 것이 증명되었다고 그는 이야기했다.

"그런 셈이라……" 하고 그는 마무리지었다. "당신은 이제 독 안의 쥐나 마찬가지요, 이제부터는 얌전히 굴지 않으면 안 되오, 풋시군. 발 밑을 충분히 조심하라구."

"당신으로서는 아무것도 할 수가 없을 거요"

필릭스는 역겹다는 듯이 말했다.

"호오, 그래요? 법률적인 입장은 잘 모르지만, 그 일기가 있으면 살인미수죄는 거의 피할 수 없을걸."

이 '일기'라는 말을 입에 올릴 때마다 조지는 일단 숨결을 누르고, 그리고서 목에 걸린 것이라도 뱉어 내듯이 격렬하게 그 말을 토해 냈다. 명백히 거기에 씌어진 자기의 인물상이 마음에 들지 않는 것이리라. 필릭스의 잠든 듯한 침묵이 그를 성나게 만들었다. 그는 다시 상대편의 욕설을 늘어놓기 시작했다. 그러나 이제까지와는 달리 설치는 말투가 아니라 마치 깊은 잠을 방해하는 이웃집 라디오에 항의할 때의, 놀라고 기가 막혀 툴툴거리는 듯한 말투였다.

조지가 마음 속에 접어 둘 수가 없어 또다시 맹렬하게 화내기 시작했을 때, 필릭스가 그것을 가로막았다.

"그런데 당신은 그 일기를 어떻게 할 작정이오?"

"물론 경찰에 건네 주지. 당연히 그렇게 해야만 하니까. 그러나 그렇게 하면 리나……뿐만 아니라 다른 모든 사람이 피해를 입겠지. 당신에게 돈을 받고 도로 넘겨준다는 방법도 있고, 당신은 부자일 테지? 한 번 가격을 매겨 보지 않겠소? 꽤나 비싼 값을 부를걸."

"바보 같은 소리 마시오" 하고 필릭스는 뜻하지 않은 대답을 내뱉었다. 조지는 움찔 얼굴을 들어 믿어지지 않는다는 듯한 얼굴로 작은 몸집의 사나이를 지켜보았다.

"뭐라고, 대체 뭐라고 했지? 당신은 도대체?"

"바보 같은 소리 말라고 했소, 내 일기를 경찰에 넘길 수 없다는 건 당신도 알고 있을 테지!"

조지는 조심스럽게 상대의 속셈을 살피듯이 필릭스를 보았다. 필릭스는 고물에 후줄근하니 걸터앉아 걸상에 한 팔을 짚고서 큰 돛을 지그시 올려다보고 있었다. 조지는 한순간, 그 크게 바람을 안은 돛에서 무엇인가 뜻하지 않은 것이 자기를 향해 덤벼들 것만 같은 느낌이 들어 필릭스의 눈길을 뒤쫓았다. 필릭스가 말을 이었다.

"당신도 역시 고살(故殺) 용의로 경찰에게 추궁받고 싶지는 않을 테니까 말이야."

조지는 눈을 깜박거렸다. 커다란 얼굴이 온통 붉은 물감을 쏟아 놓은 것처럼 되었다. 믿어지지 않는 일이지만 이 위험한 적인 작은 사나이에 대한 승리가 한창일 때, 육체의 위험이 사라진 안도감으로 가슴을 설레이며 일기를 팔아넘긴 돈을 무엇에 쓸까 즐거운 기대를 하며 그는 그 일기의 내용——필릭스가 가지고 있는 위험한 지식——을 완전히 잊고 있었던 것이다. 그의 손가락이 꿈틀꿈틀 떨렸다. 열 개의 손가락은 상대편의 목을 죄어 대고 눈알을 후벼 내어 옴쭉달싹 못하는 궁지에서 벗어나 선제 공격을 해 온 이 작은 사나이인 악당의 숨통을 끊어주고 싶어서 그야말로 근질근질해 하고 있었다.

"그런 일을 입증할 수 있을 게 뭐야."

그는 무시무시한 기세로 말했다.

필릭스의 목소리는 싸늘했다.

"너는 마티를, 나의 아들을 죽였어. 돈을 주고 일기를 사서 찾을 생각은 털끝만큼도 없어. 협박자들을 의기양양하게 해서는 안 될 테니까. 소원이라면 일기를 경찰에 넘기시지. 고살이라도 형기(刑期)는 길어. 도저히 버티어 낼 수 없을 거야. 가령 버티어 냈다 하더라도 리나가 어차피 자백할걸. 결국 이것은 막힌 수야."

조지의 이마에 힘줄이 불끈 솟았다. 움켜쥔 주먹이 위로 올라가려

했다. 필릭스는 재빨리 말했다.

"나라면 이상한 생각은 하지 않을 텐데. 그렇잖으면 정말로 사고가 생길지도 모르니까. 좀 머리를 식히더라도 손해는 되지 않을걸."

조지 래터리의 입에서 분류처럼 욕설이 튀어나왔다. 그것을 들은 강기슭의 낚시꾼 하나가 꿈에서 깨어났다. '저 녀석, 말벌에게 쏘인 게 틀림없어' 하고 낚시꾼은 생각했다. '올해는 말벌의 풍년이니까. 바로 얼마 전에도 군의 크리켓 팀 선수 하나가 수비를 하고 있다가 말벌에게 쏘였다고 했지. 저 작은 사나이 쪽은 그다지 걱정스러운 얼굴도 하고 있지 않는걸. 조그만 배로 강을 오르내리는 게 대체 무슨 재미가 있을까. 나라면 선실에 맥주를 한 상자 실은 작은 모터보트를 갖고 싶은데.'

"내 집에서 나가. 다시는 발도 들여놓지 마" 하고 조지가 소리질렀다.

"다시 네 모습을 보게 된다면 묵사발이 되도록 때려눕히겠다. 나는."

"짐은 어떻게 하지? 집에 돌아가 짐을 챙겨야 하는데." 필릭스가 조용히 물었다.

"내 집의 문턱은 두 번 다시 넘지 못해. 짐은 리나더러 챙기도록 할 테니." 조지는 교활한 표정을 떠올렸다. "리나. 네가 나에게 접근하기 위해 그녀에게 가까이했다는 걸 알면 그녀는 대체 뭐라고 할까."

"리나를 끌어들이는 일은 그만둬."

필릭스는 조지의 연극에 어느 새 감염되고 있는 자신을 깨닫고 쓴웃음을 지었다. 기진맥진하고 온몸이 상처투성이 같은 기분이었다. 고맙게도 1분만 있으면 수문에 이르고, 거기서 조지를 요트로부터 내려놓을 수가 있다. 그는 강의 굽이에 이르렀을 때 키를 내리고 큰 돛의 밧줄을 감아들였다. 아랫가로대가 오른쪽으로 빙그르르 돌아 배는 침로에서 벗어나 다시 흔들렸다. 이번에는 키를 세게 위로 돌리자, 배가 다시 본디의 침로로 되돌아갔다. 이 조작을 행한 필릭스만이 현실이고, 나머지는 모두 꿈이었다. 왼쪽 뱃머리 저편에 수문지기의 뜰에 촘촘히 피어 햇볕에 빛나고 있는 꽃이 보였다. 그는 우울과 고독을 느꼈다. 리나. 앞날의 일을 생각할 느낌은 들지 않았다. 앞날은 바야흐로 그의 손이 미치지 않는 곳으로 가 버렸다.

"그렇고말고, 네가 얼마나 비열한 배신자인지 리나에게 알려 주겠어. 그로써 너희들의 사이도 끝장이 날걸." 조지의 목소리가 들려 왔다.

"너무 빨리 알리지 말아 주시오" 하고 필릭스는 피로한 말투로 말했다. "아니면 그녀에게 짐을 꾸려 달랄 수도 없잖소. 그렇게 되면 당신이 손수 해야만 될 테니, 귀찮지 않겠소? 산 피해자가 실패한 살인범의 짐을 꾸리다니."

"한가롭게 앉아서 잘도 그런 농담을 하고 있구먼. 아니, 모르겠다."

"알았소. 우리는 둘 다 조금 머리가 지나치게 좋았던 거요. 그런 걸로 해 둡시다. 당신은 마티를 죽였고, 나는 당신을 죽이려다 실패했소. 당신의 판정승이라고 할까."

"제발 부탁이니 잠자코 있어 줘, 이 배은망덕한 녀석! 이제 네 얼굴도 보기 싫어. 이 지긋지긋한 배에서 빨리 내려 줘."

"좋고말고. 자, 수문에 닿았소. 당신은 여기서 내리시오. 거기서 비켜 줘. 나는 큰 돛을 내리지 않으면 안 돼. 짐은 '낚시꾼 집'으로 보내 주면 되오. 그런데 당신 집 방문객 명부에 서명을 하지 않아도 괜찮을까?"

조지는 또다시 몸 안에 끓어오르는 노여움을 뱉기 위하여 입을 벌렸다. 그러나 필릭스가 다가오는 수문지기를 손가락질하면서 말했다.

"남의 눈이 있잖소, 조지."

"요트 놀이는 어떠하셨습니까? 아니, 여기서 내리십니까, 래터리씨?" 하고 수문지기가 물었다.

하지만 조지 래터리는 이미 배에서 기슭으로 기어올라가 수문지기를 밀어 젖히듯하며 한 마디도 않고 잘 가꾸어진 빛깔도 선명한 뜰을 빠져나가서 재빠른 걸음으로 걸어갔다. 커다란 몸집이 탱크처럼 꽃 위에 떠오르고, 맹목적인 노여움에 사로잡혀 화단을 똑바로 가로질러가는 발이 붉은 아마꽃을 무참히 짓밟았다.

수문지기는 입을 딱 벌리며 그의 뒷모습을 지켜보았다. 입에 꼬나문 도기 파이프가 선창의 돌에 떨어져 깨졌다.

"보십시오! 곤란합니다, 나리!" 그는 그제야 성난 듯한 우물쭈물하는 목소리로 말했다. "꽃을 조심해 주셔야지요."

그러나 조지는 어느 개가 짖느냐는 듯한 얼굴이었다. 필릭스는 늪쪽으로 멀어져 가는 그의 넓은 등과 눈을 둥그렇게 뜨고 놀라는 꽃들 사이에 그의 발이 헤쳐 놓은 발자국을 지켜보았다. 그것이 마지막으로 본 조지 래터리의 모습이었다.

제3부 이 죽음의 몸으로부터

1

나이젤 스트렌지웨이즈는 2년 전에 조지아와 결혼한 뒤 옮겨온 아파트의 팔걸이의자에 앉았다. 창문 밖에는 정연한 고전적 풍격을 갖춘 몇 안 되는 17세기 런던의 광장 하나가, 불필요한 사치품을 파는 상점들이며 백만장자의 첩 같은 무리를 대상으로 한 으리으리한 아파트 군에 아직도 점령되는 일 없이 가로놓여 있었다. 나이젤의 무릎 위에는 커다란 연분홍 쿠션이, 그 쿠션 위에는 페이지를 펼친 한 권의 책이 얹혀져 있었다. 그의 옆에는 조지아가 지난번 생일에 선물한 굉장히 의장(意匠)이 꼼꼼한 값비싼 독서대가 서 있었다. 지금은 마침 조지아가 하이드 파크에 가고 없으므로 그는 아무 거리낌 없이 옛날의 습관으로 되돌아가 무릎에 놓은 쿠션을 독서대삼아 태평스럽게 독서를 즐길 수 있는 셈이었다.

하지만 곧이어 그는 쿠션째로 책을 바닥에 내던지고 말았다. 지쳐 있으므로 씌어져 있는 글이 도무지 머리에 들어오지 않는 것이었다.

조금 납득은 잘 되지 않더라도 일단은 멋지게 해결의 막을 내린 저 기묘한 제독(提督)의 나비 컬렉션 사건 직후여서 그는 지금 녹초가 될 만큼 지치고 우울한 기분이었다. 하품을 하면서 일어서더니 그는 잠시 방 안을 서성거리며 맨틀피스 위에 놓인 조지아가 아프리카에서 가져온 목각상을 향해 얼굴을 찌푸려 보였다. 그리고 책상 위의 풀스캡 판(判) 종이 몇 장을 연필과 함께 손에 집어들고 다시 의자에 듬직하니 몸을 앉혔다.

20분 뒤 조지아가 방에 들어왔을 때, 그는 작문에 열중하고 있었다.

"무얼 쓰고 계셔요?" 하고 그녀가 물었다.

"일반 상식의 시험 문제를 만들고 있는 참이오. Favete linguis (라틴어로 조용히 하라는 뜻)."

"그것이 끝날 때까지 잠자코 앉아 있으라는 거예요, 아니면 가까이 다가가서 귀엣말로 속삭이듯이 이야기하라는 건가요?"

"앞의 말이 바람직하겠지. 지금 나는 나의 무의식 부분과 마주앉아 이야기를 하고 있는 참이오. 아주 기분이 안정돼 있어."

"담배를 피워도 괜찮아요?"

"좋도록. 편히 하구료."

5분 뒤, 나이젤은 한 장의 종이를 그녀에게 건넸다.

"당신은 이 질문에 얼마나 대답할 수 있지?" 하고 그는 말했다.

조지아는 종이를 받아 소리내어 문제를 읽었다.

1. 양방풍 나물의 맛을 좋지 않게 하기 위해서는 달콤한 말이 얼마 만큼 필요한가?

2. 그 '사자의 보모 겸 유모'란 누구를 말하는가, 또는 무엇을 가리 키는 것인가?

3. 아홉 영걸(英傑)이란 어떤 의미인가?

4. 반젤스타인 씨에 대해서 무얼 알고 있는가? 보뢰스테네스의 비

온에 관해 무엇을 모르는가?

5. bursting bullrushes에 대해 신문에 투서한 일이 있는가? 있다면 그 까닭은?

6. 실비아란 누구인가?

7. 오늘의 몇 바늘이, 내일의 열 바늘의 절약이 되는가?

8. $E\iota\nu\sigma\tau\epsilon\iota\nu$의 과거 완료 시제의 3인칭 복수는 무엇인가?

9. 줄리어스 시저의 미들네임은 무엇인가?

10. 피시볼(어육을 넣은 크로켓) 하나로 손에 들어오지 않는 것은 무엇인가?

11. 처음으로 기구(氣球)를 타고 나팔총(총구가 넓고 짧은 총)으로 결투를 한 두 사나이의 이름을 들라.

12. 다음에 드는 사람들이 기구에 타고 나팔총으로 결투를 하지 않은 이유를 대라——리델과 스코트, 소돌과 맨, 소(小) 카토와 대(大) 카토, 그대와 나.

13. 농업장관과 어업장관의 차이를 말하라.

14. 아홉 꼬리의 고양이는 생명을 몇 개 가지고 있는가?

15. 오랜 여단(旅團)의 병사들은 어디에 있는가? 약도로 대답을 제시하라.

16. 예전부터 아는 친구는 잊어야만 할 것인가?

17. '시는 나 같은 어리석은 자에 의해 만들어진다.' 반론이 있다면 설명하라.

18. 요정의 존재를 믿는가?

19. 다음의 말을 한 유명한 스포츠맨은 누구인가?

　　(a) 저 플레이보이를 또 갈기갈기 찢어 버리겠다.

　　(b) Qualis artifex pereo.

　　(c) 정원으로 들어온다. 모드.

(d) 이런 심한 모욕을 받은 것은 태어나서 처음이다.

(e) 나의 입은 봉해져 있다.

20. 스타킹과 장화를 신은 고양이의 차이를 설명하라.

21. 국교 폐지의 우주 요법을 좋아하는가, 아니면 싫어하는가?

22. Bottom은 몇 개 국어로 번역되었나? (이상 22개 항목의 원문과 답에 대해서는 책끝머리의 譯註를 참조)

조지아는 그 종이 위에서 눈을 들어, 나이젤을 향해 콧등에 주름살을 지었다.

"고전 교육의 은혜를 받았다는 건 굉장한 일인 것만은 틀림없군요" 하고 그녀는 근심스러운 얼굴로 말했다.

"그렇지."

"당신에겐 휴가가 필요한 게 아니에요?"

"글쎄."

"함께 두서너 달, 티베트에라도 가 보지 않겠어요?"

"나는 호브(이스트 서섹스의 도시)쪽이 좋아. 야크의 젖이며 외국의 땅이며 라마는 마음에 들지 않아."

"한 번도 만나 본 일이 없으면서 어떻게 라마가 싫은지 알지요?"

"만나면 더욱더 싫어지지. 벼룩이 있다, 그것의 털로 짠 코트는 남색가가 잘 입으니까 말이야."

"어머나, 당신이 말하고 있는 건 동물 라마(남아메리카 산의 동물)였군요. 나는 스님인 라마에 대해 이야기하고 있었지요."

"그래? 나도 라마에 대해서 말하고 있었지."

전화벨이 울렸다. 조지아가 받으러 갔다. 나이젤은 그녀의 움직임을 지켜보았다. 그녀의 몸놀림은 고양이처럼 재빠르고 경쾌했다. 그것을 볼 때마다 나이젤은 즐거웠다. 그녀와 같은 방에 있는 것만으로도 몸 구석구석까지 상쾌해지는 것이었다. 그리하여 슬픈 듯한 생각에 잠긴 자그마한 원숭이 얼굴은, 그녀가 언제나 불타는 듯한 빨강이며 노랑이며 초록빛 의상으로 감싸고 있는 몸의 야성에 넘친 우아함과 기묘한 대조를 이루고 있었다.

"조지아 스트렌지웨이즈입니다만……어머나, 마이클! 당신 별일 없어요? 옥스퍼드는 어때요?……네, 여기 있어요……일이라고요? 아니오, 안 돼요, 마이클……안 돼, 안 돼요. 그는 몹시 지쳐 있어요. 아주 어려운 사건이었어요……아니오, 정말이에요. 조금 머리가 어떻게 되었나 봐요. 지금도 저에게 스타킹과 장화를 신은 고양이의 차이를 설명하라고 하지 않겠어요? 그리고……네, 어차피 아주 천한 의미일 테지요, 뭐. 아무튼 우리들은 휴가를 얻어 어딘가에 가려고 생각하던 참이에요. 그러니까……생사(生死)에 대한 문제라고요? 어머나, 너무 놀라게 말씀하시면 싫어요! 네, 알았어요. 이제 본인을 바꿔 줄 테니까요."

조지아는 마지못해 수화기를 건네 주었다. 그것을 받아들고 나이젤은 길게 이야기했다. 간신히 통화가 끝나자 그는 조지아를 안아올리고 몇 번이나 빙빙 돌았다.

"이렇듯 좋아하는 것을 보니, 또 누군가가 누군가를 죽이고 당신이 그 사건에 참견하여 나서려는 거로군요?"

의자 위에 내려놓여지면서 그녀는 말했다.

"맞았어." 나이젤은 자못 기쁘다는 듯이 대답했다. "실로 기묘한 사건이야 마이클의 친구로 프랭크 케언즈라는 사나인데——탐정소설가인 필릭스 레인 같아. 이 사나이가 어떤 인물을 죽일 계획을 세웠지만 실패했는데, 상대편이 실제로 살해되고 말았다는 거야. 스트리키닌으로 말이지. 그래서 이 케언즈가 나더러 와서 자기의 죄가 없음을 증명해 달라는 것이래."

"그런 이야기는 거짓말일 게 뻔해요. 아마도 당신을 놀려 보려는 걸 거예요. 네, 당신이 굳이 우기신다면 나도 호브에 함께 가겠어요. 그 몸으로 새로운 사건에 손을 대는 건 무리예요."

"그러나 거절할 수 없다니까. 마이클은 케언즈가 좋은 사람이라고 말하고 있어. 그가 지금 아주 곤란한 입장에 놓여 있는 거야. 게다가 글로스터셔라면 기분 전환도 되겠지."

"누군가를 죽일 계획을 세울 만한 사람이 어떻게 좋은 사람이겠어요? 내버려 두세요. 네, 잊어버려요."

"그러나 동정할 만한 사정이 있어. 살해된 사나이는 케언즈의 아들을 자동차로 치어 죽였다더군. 경찰은 뺑소니 범인을 잡지 못했으므로 케언즈가 스스로 그를 추적했다는 거야. 그리하여……"

"꿈같은 이야기네요. 그런 일은 현실적으로는 있을 수 없어요. 그 케언즈라는 사람은 머리가 돈 거예요. 상대편 사나이가 다른 누군가에게 살해된 것이라면, 구태여 그런 일을 말하지 않아도 될 텐데."

"마이클의 이야기에 의하면, 그는 일기를 쓰고 있었대. 그 이야기는 기차 안에서 하겠어. 행선지는 세븐브리지야. 철도 안내서는 어디에 있지?"

조지아는 아랫입술을 깨물면서 수심에 가득 찬 눈으로 그를 지그시 지켜보았다. 이윽고 홱 등을 돌리고 책상 서랍을 열어 철도 안내서의 페이지를 넘기기 시작했다.

2

'낚시꾼 집'의 휴게실에서 그들 쪽으로 다가온 빈약한 몸집의 수염을 기른 사나이가 나이젤에게 준 첫인상은 궁지에 몰렸음에도 불구하고 이상하리만큼 태연자약한 사나이가 여기에 있구나 하는 것이었다. 그는 두 사람과 기운차게 악수를 나누고 위로하는 듯한 미소를 희미하게 떠올리며 그들 쪽을 보든가 또는 눈길을 외면하면서, 하찮은 볼일로 머나먼 곳까지 오시게 하여 참으로 죄송하다는 듯이 가볍게 눈썹을 치켜올리고 고마움을 나타냈다. 그들은 잠시 이야기를 했다.

"당신이 와 주셔서 정말 살 것만 같습니다." 이윽고 필릭스가 말했다. "사실 이 상황은……."

"어떻습니까, 그 이야기는 저녁 식사가 끝나고 나서 해주시지 않겠습니까? 집사람이 기차 여행으로 지쳐 있으니까요. 2층에 데리고 가서 쉬게 하고 싶습니다."

조지아는 그 놀랄 만큼 강인한 육체로 이제까지 사막이며 정글에서의 오랜 기간에 걸친 탐험길에 몇 번이나 견디어 왔으나――사실 그녀는 현대의 3대 여류 탐험가 가운데 한 사람으로 꼽히고 있었다――지금은 나이젤의 이 터무니없는 거짓말을 듣고서도 눈하나 깜박이지 않았다. 방에 들어가 단둘이 되자 그녀는 비로소 그의 쪽을 향해 웃으면서 말했다.

"내가 '지쳐 있다'구요? 그게 마음과 몸이 녹초가 되어 쓰러지기 직전인 남성의 입에서 나오는 말인가요? 어째서 가냘픈 여성을 그토록이나 아껴 주시지요?"

나이젤은 선명한 실크 스카프를 머리에 쓴 그녀의 생기있는 얼굴을 두 손으로 감싸쥐고 양쪽 귀를 다정하게 어루만져 주면서 키스했다.

"케언즈에게 당신이 굳센 여성이라는 인상을 주고 싶지 않았기 때문이오. 당신은 정숙한 여성이 아니면 안 돼. 마음이 착하고 남자의 뜻대로 따르는, 그가 무엇이든지 고백할 수 있는 여자로 여기게 하고 싶은 거요."

"위대하신 스트렌지웨이즈는 벌써 일에 착수하셨습니다!" 하고 그녀는 놀려댔다. "당신은 정말 알미운 편리주의자로군요. 하지만 왜 나를 끌어들이지요?"

"그를 어떻게 생각했소?" 하고 나이젤이 물었다.

"속을 알 수 없는 사람이라는 느낌이에요. 아주 예의바르지만, 몹시 신경질적이에요. 언제나 혼자 있는 일이 많은 것 같아요. 당신에게 이야기하고 있을 때에도 혼잣말로 중얼거리면서 당신 너머 뒤쪽을 보고 있었어요. 섬세한 취미와 독신의 습관을 몸에 지닌 사람, 남에게 의지하거나 친구를 사귀지 않더라도 혼자서 해 나갈 수 있다고 자부하지만, 실제로 세상의 소문이나 양심의 소리에 몹시 민감한 듯해요. 물론 지금은 아주 신경과민이 되어 있는 것 같으므로 정확한 판단은 내릴 수 없을지도 모르지만."

"신경질적이라고 생각되오? 나는 드물게 보는 침착한 사나이라는 느낌을 받았는데."

"아니에요. 그건 틀려요, 절대로. 그는 억지로 자기를 억누르고 있는 거예요. 대화가 끊기고 주춤했을 때의 그 눈을 보지 못하셨어요? 언젠가 '달의 산맥(나일강이 시작된다고 여겨지는 산맥. 지금의 루웬조리 산맥)' 아래에서 캠프를 떠나 너무 멀리 갔다가 관목을 떠나 숲속을 1시간쯤 길을 잃고 헤맨 일이 있었는데, 그날 밤 본 어떤 사나이의 눈이 그와 똑같았어요."

"로버트 영(미국의 영화배우)이 수염을 기른다면 케언즈를 닮을 것 같아. 나는 그가 범인이 아니기를 바라겠소. 아주 마음이 좋아 보이는 사나이니까. 저녁 식사 전에 정말 한잠 자도 괜찮겠소?"

"참으로 끈질기기도 하군요. 그리고 말해 두지만, 전 이 사건에 손가락 하나 까딱하지 않겠어요. 당신 수법은 잘 알고 있지만, 나는 그것이 싫어요."

"5대 3으로 내기를 해도 좋아. 당신은 이틀도 지나기 전에 이 사건에 목까지 푹 잠겨 있을 테니까. 당신은 아주 호기심이 강해서."

"그 내기, 하겠어요……"

저녁 식사 뒤에 나이젤은 약속대로 필릭스의 방을 찾아갔다. 필릭스는 커피를 따르고 담배를 권하면서 방문자를 자세히 관찰했다. 30대 초의 마르고 뼈가 앙상한 젊은이로서, 주름살투성이인 양복과 흐트러진 아마색 머리털이 방금 역 대합실에서 갑갑한 잠으로부터 깨어난 사람이라고 할 만한 느낌이었다. 얼굴은 창백하고 탄력이 없는데 기묘하게도 어린아이 같은 그 얼굴 생김을 지적인 파란 눈이 살려 주고 있었다. 그 눈으로 필릭스가 당혹하리만큼 말끄러미 그를 쳐다보았고, 마치 세상의 온갖 일에 대한 판단을 빈틈없이 확보하고 있기나 한 듯한 인상을 주었다. 나이젤 스트렌지웨이즈의 태도에도——그것은 예의바르고 동정심이 있고 보호자 같기조차 했지만——순간 필릭스에게 무어라 형용키 어려운 불길한 느낌을 주는 무언가가 있었다. 그것은 실험 대상을 대하는 과학자의 태도일지도 모른다고 그는 생각했다. 관심은 깊고 열심이었지만 한꺼풀 벗기면 객관적으로 사물을 보는 비정한 눈이 번뜩이고 있다. 나이젤은 자기 자신의 잘못마저 주저하지 않고 증명하는 종류의 드물게 보는 인간이었다.

필릭스는 이 짧은 시간 동안에 자기가 이 손님에 대해 많은 것을 알아차린 일을 깨닫고 얼마쯤 놀라고 있었다. 그가 현재 놓여져 있는 위험한 입장이 모든 능력을 날카롭게 만들고 있는 것이 분명했다. 그는 곁눈질로 애매한 미소를 떠올리며 말했다.

"이 죽음의 몸으로부터 나를 구할 자 그 누구인가(로마서 제 7장 제 24절)?"

"성 바울이지요? 내 기억에 틀림이 없다면. 사정을 자세히 말씀해 주십시오."

그래서 필릭스는 일기에 쓴 내용의 요점을 그에게 이야기했다. 마티의 죽음, 자기가 복수 계획에 몰두한 일, 추리와 요행의 결부에 의해 조지 래터리를 알아낸 일, 조지를 요트로 꾀어 내어 빠뜨리려는 계획이 끄트머리에 이르러 형세가 역전한 일 등등. 그때까지 구두코를 응시하면서 조용히 앉아 있던 나이젤이 거기서 이야기를 가로막았다.

"그는 당신의 계획을 모두 꿰뚫어보고 있으면서 왜 그때까지 가만히 있었지요?"

"나로서도 잘 모르겠습니다." 잠깐 사이를 두고 필릭스가 대답했다. "아마 고양이가 쥐를 희롱하는 듯한 심정으로 있었던 게 아닐까요. 그는 누가 보아도 사디스트니까요. 그리고 그는 내가 진심으로 그 계획을 해낼지 어떨지를 확인하고 싶었겠지요. 즉 그로서도 사고로 마티를 죽인 죄를 처벌받고 싶지 않았기 때문에 이 일을 밖으로 드러낼 생각이 없었겠지요. 참된 사실에 대해서는 나도 모릅니다. 아무튼 그는 요트에서 나를 협박하기까지 했지요. 나에게 일기를 도로 사 가라고 하면서. 내가 경찰에 일기를 넘겨 줄 수 없을 거라고 말했더니 그는 완전히 허점을 찔린 듯했지요."

"으음, 그래서 어떻게 되었습니까?"

"나는 곧장 이곳으로, 이 '낚시꾼 집'으로 혼자서 왔습니다. 조지가 내 짐을 이곳으로 보내 주게 되어 있었던 겁니다. 이젠 그의 집에는 한 걸음도 발을 들여놓지 말아 달라는 것이었는데, 그런 말을 했던 것도 아무튼 무리는 아닙니다. 이것은 모두 어제 일어났던 일입니다. 그리고 나서 10시 30분쯤 조지가 죽었다는 것을 리나가 전화로 알려 주었습니다. 이 일에는 나도 놀랐지요. 그는 저녁 식사 뒤 상태가 나빠졌다고 합니다. 리나에게 들은 증세로 판단해 보건대 스트리키닌이 틀림없다고 생각했습니다. 나는 곧 래터리네로 달려갔습니다. 아직 의사가 있었는데, 역시 스트리키닌이라고 하더군요. 나는 궁지에 빠지고 만 셈입니다. 내 일기가 그의 변호사 손에 있고, 그가 죽으면 열어 보기로 되어 있으니, 내가 조지를 죽일 계획을 세우고 있었던 일이 경찰에 알려지게 됩니다. 그리하여 경찰에 있어서는, 조지가 실제로 살해되었다고 하는 간단 명료한 사건이지요."

필릭스의 어색한 자세와 불안에 넘친 파고드는 듯한 눈초리가 침착하고 거의 무관심하다고도 할 수 있는 말투를 배신하고 있었다.

"나는 차라리 강에 몸을 던질까 하는 생각마저 들었습니다. 아무리 생각해도 절망적이었던 겁니다. 그러자 마이클 에번즈가 비슷한 입장에서 당신의 구원을 받았던 이야기를 생각해 냈습니다. 그래서 그에게 전화하여 당신을 소개해 달라고 부탁했습니다. 그리하여 지금 이렇게 만나 뵙게 된 거지요."

"경찰에는 아직 그 일기에 대해 말씀하지 않았겠군요?"

"네, 그전에 우선……."

"당장 이야기를 해야 합니다. 제가 이야기하는 편이 좋겠지요."

"좋으시다면 그렇게 해주십시오. 나는 오히려……."

"그리고 이 점을 분명히 해 둘 필요가 있습니다." 나이젤은 살피는 듯한, 감정을 섞지 않은 눈으로 상대의 눈을 지켜보았다. "당신 이야기를 듣고 있노라니 조지 래터리를 죽인 것이 당신이라고는 아무래도 생각되지 않습니다. 그러므로 나는 당신의 결백을 증명하기 위해 할 수 있는 모든 일을 할 작정입니다. 그러나 당신이 가령 범인이어서 수사 결과 내가 그렇게 확신하게 된다면, 물론 나는 그 일을 숨기지 않겠습니다."

"당연한 말씀입니다." 필릭스는 머뭇거리듯이 웃었다. "나도 아마추어 탐정을 소설에 많이 써 왔습니다만, 실제의 활동 솜씨를 보는 것도 매우 흥미가 있지요, 그렇기는 하나 정말 무서운 일입니다." 그는 별안간 말투를 바꾸어 말했다. "이 6개월 동안 나는 머리가 어떻게 되어 있었던 게 틀림없습니다. 가엾은 마티……나는 정말로 조지를 강에 빠뜨려 죽게 할 것인가 어쩔 것인가로 날이면 날마다 밤이면 밤마다 생각해 왔습니다. 만일 그가……."

"그런 일은 이제 좋습니다. 당신은 그를 죽이지 않았습니다. 중요한 건 그 점이지요, 한 번 엎질러진 물은 다시 퍼담을 수 없다고 하지 않습니까."

나이젤의 냉정하고 엄격하면서도 동정심이 없지 않은 말투는 어떤 동정보다도 더욱 필릭스를 진정시키는 데 효과가 있었다.

"옳은 말씀입니다" 하고 그는 말했다. "가령 조지를 죽였다 하더라도 양심의 가책을 느끼지는 않습니다. 그는 더할 나위 없이 비열한 인간이었으니까요."

"그런데 자살이 아니라는 것은 어떻게 알았습니까?" 하고 나이젤이 물었다.

필릭스는 자못 뜻밖이라는 얼굴이었다.

"자살이라구요? 그건 생각지도 않았습니다. 다시 말해서 나는 오랫동안 조지를 죽일 일만 생각하고 있었기 때문에 자살의 가능성은 도무지 머리에 없었지요. 아니, 역시 자살이라고는 생각할 수 없어요. 그렇듯 둔감하고 자기 만족에 젖어 있는 사나이가 자살 같은 걸 할 까닭이 없지요. 그리고 그가 자살해야만 할 이유가 어디 있습니까?"

"그럼, 누가 죽였다고 생각하시지요? 누군가 특별히 짐작가는 인물이라도 있습니까?"

"스트렌지웨이즈 씨. 가장 유력한 용의자더러 누구에게 진흙을 던지라는 겁니까?" 필릭스는 불안한 듯이 말했다.

"퀸즈베리 규칙(복싱에서 글러브와 라운드에 대한 규칙)은 여기서 통용되지 않지요. 나에게 기사도 정신을 보여도 헛일입니다. 너무나 많은 것이 걸려 있으니까요."

"그렇다면 조지와 관련 있었던 사람은 하나도 남김없이 모두 그를 죽일 가능성이 있었다고 말하지 않을 수 없습니다. 그는 아내와 아들 필을 몹시도 괴롭히고 있었지요. 게다가 그 사나이는 바람둥이여서 그에게 괴로움을 당하지 않았던 여자란 어머니뿐이었습니다. 이 어머니라는 이가 또한 녹녹지 않은 할머니지요. 래터리네 사람들 이야기를 모조리 할까요?"

"아니, 아직은 당신에게서 듣기 전에 나 스스로 그 인상을 확인해 보고 싶습니다. 그럼, 오늘밤은 이쯤 해 두고 집사람에게로 이야기나 하러 가시지 않겠습니까?"

"한 가지만 더 이야기해 둘 것이 있습니다. 필이라는 소년 말인데, 나이는 12살이며 아주 좋은 아이입니다. 만일 할 수만 있다면, 그 아이를 그 집에서 데리고 나오고 싶습니다. 몹시 신경질적인 아이이므로 이번 사건으로 성질이 나빠질지도 모릅니다. 그러나 바이올렛이 나에 대해 알게 된다면, 내 입으로 그녀에게 부탁하기는 어렵습니다. 혹시 당신 부인을 통해서라도 부탁할 수 있다면……."

"그 일은 어떻게 잘 되겠지요. 내가 내일 래터리 부인에게 말해 보겠습니다."

3

이튿날 아침 나이젤이 래터리의 집에 닿자, 한 경관이 문 위로 몸을 내밀고 거리 건너편 거의 비어 있는 주차장에서 차를 몰고 나가려고 애쓰고 있는 사나이의 당황한 모습을 쌀쌀히 지켜보고 있었다.

"안녕하시오, 나는……"

나이젤이 말했다.

"정말이지 애처롭기만 합니다. 그렇지 않습니까?"

경관은 뜻밖의 말을 했다.

나이젤은 상대편이 이 집에서 일어난 최근의 사건이 아닌 주차장에 있는 사나이의 서투르기 짝이 없는 운전 솜씨에 대해 이야기하고 있다는 것을 깨닫기까지 조금 시간이 걸렸다. 세븐브리지는 벌써 그 평판 그대로, 촌스러운 우직함으로써 그 무신경한 얼굴을 보이기 시작하고 있었다. 순경은 엄지손가락으로 주차장을 가리켰다.

"저렇게 되면 비창(悲愴)이로군요."

확실히 그 광경에는 일종의 비창감이 있었다. 나이젤은 래터리 부인에게 볼일이 있어 왔는데, 들어가도 좋으냐고 물었다.

"래터리 부인 말씀입니까?"

"그렇소, 여기는 래터리 댁일 테지요?"

"그건 그렇습니다만, 무서운 비극이라고 생각되지 않습니까? 이 읍의 명사가 말입니다. 바로 요전번 목요일에도 저에게 인사말을 건네 주며……."

"그래, 확실히 무서운 비극이오. 실은 그 일로 래터리 부인을 뵙고 싶은데."

"이 댁 가족의 친구 분이십니까?"

순경은 여전히 문에 그 커다란 몸집을 기대고서 물었다.

"친구는 아니지만, 그러나……."

"신문기자로군. 아무래도 수상쩍다고 생각했지. 좀더 기다려 주어야겠는걸, 보이."

경관의 태도가 확 바뀌었다.

"브랜트 경감의 명령이야. 그래서 이렇게 감시하고 있는 거지."

"브랜트 경감이라구? 그라면 내 친구요."

"그것이 신문기자가 흔히 쓰는 수법이지."

경관의 목소리는 부드러웠으나 비관적이었다.

"경감에게 전해 주시오. 나이젤 스트렌지웨이즈가 아니, 이 명함을 가져다 주시오. 그는 틀림없이 곧 만나 줄 거요. 뭣하면 7대 1로 내기를 해도 좋소."

"나는 내기는 하지 않아. 첫째, 도박은 규칙 위반이니까. 누구에게 들리더라도 좋아, 내기 같은 것은 어리석은 자나 하는 짓이지. 그야 나도 더비(런던에서 매년 실시되는 3살짜리 말의 특별 레이스)에는 조금 건 일이 있지만, 그러나 이것은……"

다시 5분쯤 소극적인 저항을 보인 뒤, 경관은 나이젤의 명함을 브랜트 경감에게 전해 줄 것을 승낙했다. 이런 사람이 런던 경시청을 불러내는 데는 제법 기민한 모양이라고 나이젤은 기다리면서 생각했다. 그러나 여기서 또 브랜트 경감과 만나다니, 재미있다.

온화한 얼굴을 하고는 있지만 돌멩이처럼 굳은 마음을 가진 이 스코틀랜드인과의 첫 만남을 그는 착잡한 심정으로 생각해 냈다. 그때 나이젤은 조지아인 안드로메다를 구출한 페르세우스였고, 브랜트는 하마터면 바다의 괴물 역할을 맡을 뻔했었다. 또 전설적인 비행가 퍼거스 오브라이언이 나이젤에게 최대의 난문(難問)을 들이댄 것도 채트콤에서였었다.

전보다 얼마쯤 말수가 적어진 경관에게 안내되어 나이젤이 집 안으로 들어가자, 브랜트는——나이젤이 가장 선명히 기억하고 있었던 것은 그 모습이었다——초과 인출 문제에 대해 이제부터 예금자와 이야기하려 하는 은행 지배인처럼 책상 앞에 의젓하게 앉아 있었다. 대머리, 금테 코안경, 붙임성있는 얼굴, 수수한 검은 색 양복 등이 여유와 빈틈없음과 관록의 정도를 보여 주고 있었다. 나이젤이 잘 알고 있는 가차없는 범죄 추적자라는 이미지와는 도무지 우스꽝스러울 만큼 동떨어진 인상이었다. 다행히 그에게는 유머가 있었다——번즈 나이트(술 이름) 같은 유머가 아닌 톡 쏘는 세리 주 같은 유머가.

"오오, 이거 뜻하지 않은 곳에서 뵙게 되었군요, 스트렌지웨이즈 씨." 그는 교황의 알현처럼 일어나며 손을 내밀었다. "부인은 안녕하십니까?"

"네, 고맙습니다. 실은 그녀도 함께 왔지요, 일족의 재회라고나 할까요? 아니면 독수리들의 모임이라 할까요?"

"독수리? 설마 스트렌지웨이즈 씨, 당신은 또 범죄에 휩쓸린 것은 아니실 테지요?"

"그런데 아무래도 그런 것 같습니다."

"하하하, 과연! 또 나를 깜짝 놀라게 해주려는 속셈이겠지요? 얼굴에 그렇게 씌어져 있습니다."

나이젤은 시간을 끄는 작전으로 나갔다. 속셈을 드러내는 일을 부끄럽게 생각하지는 않았지만, 알맞은 계기가 있을 때에는 그쪽에서부터 서서히 이야기를 끌어 가는 편이 바람직했다.

"그렇다면 사건은 범죄입니까? 즉 흔해 빠진 자살이 아니라 살인이란 말이로군요?" 하고 그는 말했다.

"일반적으로 자살자는 독약과 함께 병까지 삼키지는 않는 법이지요." 브랜트가 격언 비슷하게 말했다.

"다시 말해 용기(容器)라고 할까, 그것까지 사라지고 말았습니까? 좋으시다면 그것에 대해 말씀해 주시지 않겠습니까? 저는 아직 래터리 씨의 죽음에 대해 아무것도 모르니까요, 여기 살고 있었던 필릭스 레인이란 사나이가——당신도 알고 계시리라 생각하지만 그의 본명은 프랭크 케언즈라고 합니다. 그러나 모두들 '필릭스'

라고 부르는 데 익숙해 있으므로 우리들도 이제부터 필릭스 케언즈라고 부르는 편이 좋겠지요. 어쨌든 이 사나이가 조지 래터리를 죽이려 하고 있었던 일을 제외하고서 말입니다. 그러나 본인의 이야기를 들으면 그의 계획은 실패했다고 하니까, 누군가 다른 사람이 죽인 게 틀림없겠지요."

브랜트 경감은 이 폭탄 선언을 나폴레옹의 친위대에 필적하는 태연자약한 태도로 받아 냈다. 그는 천천히 코안경을 벗고 렌즈에 입김을 불어 깨끗이 닦아 다시 코에 걸쳤다. 이윽고 그는 말했다.

"필릭스 케언즈라고요? 네, 알고 있습니다. 수염을 기른 몸집이 작은 사나이 말이지요. 탐정소설을 쓰고 있다고 하던가요? 아니, 이거 매우 재미있군요."

그는 나이젤에게로 잔잔한 눈길을 보냈다.

"선공후방을 동전으로 정할까요?" 하고 나이젤이 말했다.

"당신은 케언즈 씨의 대리를 맡고 계십니까?"

브랜트 경감의 수사는 신중하고 확고한 것이었다.

"그렇습니다. 물론 그의 유죄가 뚜렷하다면 그만두겠지만."

"흐음, 과연 그러면 당신은 그의 결백을 확신하고 계시구면요? 그렇다면 당신 쪽에서 가지고 계신 트럼프를 내보이는 편이 좋겠군요."

그래서 나이젤은 필릭스가 그에게 한 고백의 요점을 간추려 브랜트에게 설명했다. 꼭 한 번, 조지 래터리를 익사시키려는 필릭스의 계획에 이르렀을 때 브랜트는 흥분을 감출 수 없는 눈치를 보였다.

"죽은 사나이의 변호사에게서 방금 전화가 있었던 참입니다. 우리들이 관심을 가질 만한 어떤 것을 가지고 있다면서 말입니다. 아마 그게 당신이 말하는 일기이겠지요. 당신의 의뢰인에게는 뼈아픈 타격이로군요, 스트렌지웨이즈 씨."

"읽어 볼 때까지는 그렇다고도 할 수 없지요. 그 일기가 오히려 그를 구해 주게 될지도 모르니까요."

"어쨌든 심부름꾼에게 들려서 보내겠다고 했으니까 이제 곧 볼 수 있을 겁니다."

"지금 현재로서는 그다지 반대하지 않겠습니다. 이번에는 당신 쪽의 이야기를 들려주십시오."

브랜트 경감은 책상에서 제도용 자를 집어들고서 한쪽 눈을 감고 그것을 겨냥했다. 그리고 별안간 똑바로 고쳐 앉더니 굉장히 활달한 말투로 이야기하기 시작했다.

"조지 래터리는 스트리키닌으로 독살되었습니다. 그렇지만 정오에 끝날 예정인 검시가 끝날 때까지는 확실한 말을 할 수 없습니다. 래터리, 래터리 부인, 리나 로슨, 래터리 노부인, 그리고 아들 필이 모두 함께 모여 저녁 식사를 들었다고 합니다. 먹은 것은 모두 똑같습니다. 고인(故人)과 그의 어머니는 식사 때에 위스키를 마시고 다른 이는 물을 마셨습니다. 그밖에는 아무도 이상이 있었던 사람은 없습니다. 그들은 8시 15분쯤에 식탁에서 일어섰지요. 여자들이 앞서 나가고 고인은 1분쯤 있다가 나갔다고 합니다. 필 소년 말고는 모두 객실로 들어갔지요. 조지 래터리가 10분인가 15분 뒤에 몹시 괴로워하기 시작했습니다. 여자들은 가엾게도 어떻게 하면 좋을지 몰랐던 모양입니다. 양귀비로 만든 토하는 약을 주었으나 도리어 발작이 악화되었습니다. 물론 심상치 않은 증세였지요. 제일 먼저 전화한 단골 의사는 교통 사고가 난 현장에 달려가고 없었습니다. 그래서 간신히 다른 의사를 불러왔을 때에는 벌써 때가 늦었던 겁니다. 클러크슨 의사는 10시 조금 전에 와 닿아——그도 출산을 도우러 가 있었던 겁니다——관례적인 클로로포름 요법을 실시했습니다. 그러나 래터리는 이미 살 가망이 없었어요. 죽은 것은 그로부터 5분인가 10분 뒤라고 합니다. 자세한 것은 생략합니다다만, 독물은 저녁 식사 요리나 마실 것과 함께 입에 들어간 것은 아니라고 나는 확신하고 있습니다. 게다가 스트리키닌 중독의 징후는 대부분의 경우 1시간 이내에 나타납니다. 가족이 식탁에 앉은 것은 7시 15분이 지나서였습니다. 따라서 래터리가 식사 전에 독물을 모르고 먹었다고는 생각할 수 없습니다. 남는 것은 다른 이들이 식당을 나가고 나서 래터리가 모두들이 있는 객실로 오기까지의 1분 동안뿐입니다."

"커피? 아니면 포트 와인일까? 아니, 포트 와인일 까닭이 없습니다. 포트 와인을 벌컥벌컥 물 마시듯이 마시는 사람은 없으니까요. 게다가 스트리키닌은 몹시 쓰지요. 애당초 쓴 음식에 섞이지 않았다면 누구든 곧 토하고 말 겁니다."

"그렇습니다. 그리고 래터리는 토요일 밤에는 커피를 마시지 않았습니다……하녀가 퍼컬레이터(여과 장치를 한 커피 끓이는 기구)를 고장내었던 겁니다."

"그렇다면 나는 자살이 분명하다고 생각되는데요."

브랜트 경감의 얼굴에 희미한 짜증이 나타났다.

"그러나 말입니다, 스트렌지웨이즈 씨" 하고 그는 말했다. "자살자가 독약을 마시고 나서 가족들이 있는 객실로 어슬렁어슬렁 나타날까요? 그런 짓을 한다면 독약이 효과를 나타내는 광경을 모두에게 보이고 말게 됩니다. 둘째로 콜즈비──이 읍의 주재 경찰관입니다──는 그가 어떻게 독약을 먹었는지 전혀 흔적이 없다고 했습니다."

"저녁 식사의 뒷설거지는 끝나 있었습니까?"

"유리 그릇과 은그릇은 깨끗이 씻겨져 있었습니다. 그러나 식기류 모두가 씻겨 있었던 건 아닙니다. 콜즈비의 관찰력 부족도 생각될

수는 있지만. 내가 이곳에 와 닿은 것은 오늘 아침 일찍인데, 그러
나……."

"케언즈는 어제 오후 일찍 이 집을 나가고 나서 한 번도 여기로 돌
아오지 않았습니다. 이것을 알고 계실 테지요?"

"그럴까요? 무슨 증거라도?"

"아니, 그런 건 없습니다." 나이젤은 허점을 찔려 대답했다. "지금
으로서는 말입니다. 케언즈의 이야기에 의하면 요트에서의 대결이 있
은 뒤 래터리는 짐을 챙기러 그가 돌아오는 것을 거절한다고 말했다
고 합니다. 어쨌든 이것은 곧 입증할 수 있겠지요."

"어쩌면 말입니다" 하고 브랜트는 조심스럽게 말했다. 그는 손가
락 끝으로 책상을 툭툭 두드렸다. "어떨까요, 다시 한 번 식당을 살
펴볼까요?"

4

식당은 빅토리아 왕조 시대의 호두나무 가구류——테이블, 의자,
찬장 등——가 비좁게 가득 들어찬 어둡고 음산한 방이었다. 이들
가구들은 분명 좀더 큰 방을 위해 만들어졌던 모양으로, 포식(飽食)
과 비비꼬는 대화를 연상시키는 불쾌감을 물씬 풍기고 있었다. 이 기
름지고 이것저것 많기만 하면 좋다는 식의 촌스러움은 다시 검은 자
줏빛 플라세이(plassey ; 인도 벵골의 지명. 또는 거기서 나는 옷감)
커튼이며, 빛이 바래기는 했지만 오싹하는 듯한 검붉은 빛깔의 벽지
며, 저마다 창자의 반은 비어져 나와 토끼를 굶주린 듯이 먹어대는
(아주 사실적이다) 여우며, 대리석 널 위에 늘어놓아진 아무래도 기
묘하게 짝 지워진 어류——새우·게·뱀장어·대구·연어 등——

며, 뇌일혈이나 미식(美食) 탓으로 죽었다고밖에 생각되지 않는 조상인 듯싶은 인물을 그린 벽의 유화에 이르기까지 일관되게 이어져 있었다.

"'평안 속에서 대식(大食)을 생각하다'로군" 하고 나이젤은 본능적으로 주위를 둘러보면서 소화제 약병을 찾으며 중얼거렸다. 브랜트 경감은 찬장 뒤를 들여다보듯이 서서 노란 표면을 손가락으로 문질러 대면서 생각에 잠겨 있었다.

"이것을 보시오, 스트렌지웨이즈 씨" 하고 그는 말했다. 그의 손가락은 끈끈한 동그라미——약병의 액체가 병 바닥에 흘러떨어져 생긴 것처럼 생각되는——를 가리키고 있었다. 브랜트는 손가락을 핥아 보았다.

"아니, 이건……."

그는 신중히 흰 비단 손수건을 꺼내어 손가락을 닦고 초인종을 울렸다. 곧 하녀인 듯한 여자가 나타났다. 풀을 먹인 커프스에 시대에 뒤떨어진 높다란 흰 머릿수건을 쓰고 자못 형식적이고 융통성이 없어 보이는 인상의 여자였다.

"부르셨습니까?"

"그렇소, 한 가지 묻겠는데, 애니……."

"메리트예요."

그녀의 오므린 얇은 입술은 자기와 친한 듯이 세례명으로 부르는 경관에게 반감을 나타내고 있었다.

"메리트라? 그럼, 메리트 양, 이 동그라미는 무슨 자국이지?"

여자는 수녀처럼 얌전히 내리깐 눈을 들지 않고 대답했다.

"나리의……돌아가신 나리님의 강장제입니다."

"흐음, 과연……그런데 그 약병은 어디로 갔지?"

"모릅니다."

거듭 물어 본 결과 메리트가 마지막으로 그 약병을 본 것은 토요일 점심 식사 뒤임을 알았다. 저녁 식사 뒤 뒷설거지할 때에 약병이 있었는지 어떤지는 모른다고 했다.

"그는 글라스와 스푼의 어느 쪽으로 그 약을 먹었나?"

"스푼입니다."

"그럼, 토요일 저녁 식사 뒤 당신은 그 스푼을 다른 것과 함께 씻었겠군?"

메리트는 좀 시무룩해진 얼굴이 되었다.

"설거지는 제 일이 아니예요" 하고 그녀는 무뚝뚝하게 강조했다.

"저는 그릇들을 받쳐 들고 있을 뿐이에요."

"그럼, 나리가 강장제를 잡수실 때 사용하는 스푼을 갖다 드렸었나?" 브랜트는 참을성 있게 물었다.

"인정사정없는 프랑스어로군요" 하며 나이젤이 웃었다.

"네, 갖다 드렸습니다."

"그리고서 누군가가 그것을 씻었단 말이지?"

"그렇습니다."

"그거 참 유감천만인걸. 그건 그렇고, 마님에게 이리 와 주십사고 전해 주지 않겠나?"

"노마님은 몸이 편찮으신 것 같습니다."

"아니, 나는——그렇지, 그편이 좋을지도 몰라——로슨 양에게 잠깐 시간을 내주실 수 없겠는지 물어 봐 줘요."

하녀가 나가자 "이 집에서 실권을 쥐고 있는 게 누구인지 간단히 알 수 있군요" 하고 나이젤이 말했다.

"굉장히 재미있군. 이 약은 전에 내가 복용하고 있었던 강장제와 비슷한 맛이 나는 나크스 바미카(스트리키닌과 블르틴으로 된 알칼로이드를 함유한 약용 식물의 종자)가 든 것이오."

"나크스 바미카라고요?" 나이젤은 휘파람을 불었다. "그로써 그가 쓴맛을 깨닫지 못했던 이유가 설명될 수 있지 않겠습니까? 더구나 그는 다른 사람들이 나간 뒤 1분 동안만 식당에 남아 있었습니다. 아무래도 당신은 단서를 잡은 것 같군요."

브랜트는 재빠르게 그를 보았다.

"여전히 자살설입니까, 스트렌지웨이즈 씨?"

"만일 약병이 정말로 독약의 매체라고 한다면, 아무래도 불리한 것 같군요. 그러나 범인이 약병을 치워 버린 것은 이상하지 않습니까? 자살로 꾸며 보이는 기회를 스스로 없애 버린 것이 되니까요."

"살인자란 아주 묘한 짓을 하는 법입니다. 그것은 당신도 부정하시지 않겠지요?"

"하지만 이로써 필릭스 케언즈는 용의자에서 벗어나는 것 같군요. 만일……."

나이젤은 문 밖의 발소리를 듣고 별안간 입을 다물었다. 식당으로 들어온 여자는 뜻밖이기는 하나 독방에 비스듬히 드리워지는 햇빛처럼 이 어두운 방에는 전혀 어울리지 않는 것도 아니었다. 잿빛이 어린 블론드 머리, 흰 린네르 옷, 그리고 생기발랄한 화장은 이 방이 뜻하는 모든 것——생명 있는 것과 죽은 것 모두 통틀어——에 대한 도전이었다. 비록 필릭스에게서 듣지 않았다 하더라도 그녀가 문을 열고 들어오며 한순간 멈추어선 몸짓이며, 브랜트 경감이 권한 의자에 앉을 때의 유난스럽게 의식하는 자연스러움 등으로 나이젤은 그녀가 여배우임을 곧 꿰뚫어보았을 것이다. 브랜트는 나이젤과 자기를 소개하고 로슨 양과 그녀의 언니에 대해 조의를 나타냈다. 리나는 조금 형식적으로 머리를 숙여 그것을 받았다. 그녀 역시 브랜트 경감 못지않게 빨리 핵심으로 들어가고 싶어하는 것 같았다. 그것을 강렬히 바라는 한편 겁을 내고 있다고 나이젤은 생각했다. 차분하지 못하게 코트 단추를 만지작거리는 손가락과 솔직함을 꾸민 눈빛이 그것을 나타내고 있었다.

브랜트는 사건에 대해 이것저것 이야기하면서 조용히 묻고 있었다. 마치 환부를 알아내려고 환자의 온몸을 손으로 더듬어 진찰하는 의사와도 같았다.

"네, 그가 최초의 경련을 일으켰을 때 저는 같은 방에 있었습니다. 아니오, 다행히 필은 거기에 있지 않았어요. 아마 저녁 식사가 끝나자 곧장 2층 방으로 올라가 있었겠지요. 모두 함께 식당을 나오고 나서 제가 무엇을 했느냐고요? 글쎄요, 조지의 경련이 시작되기까지 모두 함께 있었지요. 그리고 그의 어머니가 양귀비와 물을 가져오라고 일렀어요. 네, 그렇게 말한 것이 그의 어머니였던 것을 분명히 기억하고 있어요. 그리고 그 뒤로 의사를 찾아내려고 전화 옆에서 떠나지를 않았어요. 조지는 고통의 발작 사이에 어째서 그렇게 되었는지 아무 말도 하지 않았어요······죽은 듯이 누워 있을 뿐, 한두 번 잠이 들었던 것 같아요."

"발작하는 동안은 어떠했습니까?"

리나의 속눈썹이 눈을 가렸으나 거기에 떠오른 공포의 빛을 숨기기에는 너무 늦어 버렸다.

"몹시 괴로워하며 신음하고 있었어요. 아주 무서웠어요. 바닥에 눕혀져 있었는데, 새우처럼 몸을 꺾으며······저는 전에 차로 고양이를 친 일이 있는데 아아, 이젠 싫어요, 참을 수 없어요!"

그녀는 두 손으로 얼굴을 가리고 울기 시작했다. 브랜트는 아버지처럼 부드럽게 어깨를 쓰다듬어 주었지만, 그녀가 침착을 되찾자 또 조용한 어조로 질문을 계속했다.

"그래, 발작의 사이에 그는 이를테면 누군가의 이름 같은 것을 입에 올리지 않았습니까?"

"저는, 저는 거의 방에 있지 않았어요."

"자, 로슨 양. 당신 말고도 두 사람이 더 듣고 있었던 일을 숨겨도 소용없습니다. 당신은 그 사실을 깨닫고 있지 않으신 모양이지만. 고통스러운 나머지 헛소리처럼 말한 것은 좀더 확실한 증거가 없는 이상 아무도 죄에 빠뜨릴 수는 없는 것이지요."

"그럼, 이야기하겠어요." 여자는 성난 듯이 말을 씹어뱉었다. "그는 필릭스 레인 씨에 대해 뭐라고 말했습니다. "레인이란 놈이야. 전에도 날 죽이려고 했어"라는 말을 했어요. 그리고 레인 씨의 욕을 마구 했습니다. 하지만 그것은 아무런 의미가 없어요. 그는 처음부터 필릭스를 싫어하고 있었으니까요. 고통스러운 나머지 제 정신이 아니었던 거예요. 그러니까……"

"흥분하지 마십시오, 로슨 양, 그 점에 대해서 여기에 있는 스트렌지웨이즈 씨가 아마 당신의 불안을 제거해 줄 겁니다." 브랜트 경감은 턱을 어루만지고 자신 있는 듯이 말했다. "그런데 혹시 래터리 씨가 자살을 할 만한 이유는 생각나지 않습니까? 금전 문제라든가 아니면 건강상의 이유로? 그는 강장제를 복용하고 있었다면서요?"

리나는 몸을 굳히며 꼼짝 않고 그를 지켜보았다. 비극의 가면과도 같은 무표정한 광채를 담은 눈이었다. 1초인가 2초 동안, 그녀는 아무 말도 하지 못했다. 이윽고 급히 말했다.

"자살이라고요? 한순간 가슴이 섬칫했어요. 모두들 무언가 나쁜 것이라도 먹었을 게 틀림없다고 믿고 있었던 참이라서. 네, 그렇게 듣고 보니 틀림없이 자살이에요. 이유는 모르겠지만……"

나이젤은 왠지 그녀를 이토록 놀라게 한 것은 '자살'이라는 말은 아니라고 느꼈다. 그의 직감이 옳았다는 것을 곧 알 수 있었다.

"그가 복용하고 있었던 그 강장제인데 거기에는 나크스 바미카가 들어 있었겠지요?" 하고 브랜트가 말했다.

"그런 건 모르겠어요."

"그렇습니까. 그는 점심 식사 뒤에도 여느 때처럼 한 숟가락 먹었습니까?"

여자는 눈살을 찌푸렸다.

"똑똑히 기억하고 있지는 않아요. 하지만 언제나 먹고 있기 때문에 만일 점심 식사 뒤에 먹지 않았다면 곧 알았으리라고 생각돼요."

"말씀하시는 대로입니다, 그렇지요. 실례지만 꽤 날카로운 관찰력을 가지고 계십니다." 하고 브랜트는 그녀를 추켜세웠다. 그는 코안경을 벗고 느릿느릿 그것을 만지작거렸다. "실은 말입니다, 로슨양, 나는 그 약병에 대해서 생각하고 있었던 참입니다. 약병이 사라지고 말았습니다. 우리들은——이것은 한낱 추측입니다만——어쩌면 그 약병이 그의 죽음과 연관이 있을지도 모른다고 생각하고 있으므로, 크게 난처한 입장에 빠졌지요. 나크스 바미카는 알고 계시다시피 스트리키닌 류의 독물로서, 래터리 씨가 만일 자살을 바랐다고 한다면 언제나의 약에 이 독을 좀더 많이 첨가했을지도 모릅니다. 그러나 비록 그렇다 하더라도 병까지 없애 버렸다고는 생각하기가 어렵지요."

브랜트의 억누른 흥분이 거의 그림자조차 남기지 않은 그의 글래스고 사투리를 되살아나게 만들어 '병까지(버틀 투)'라고 하는 대목이 '버울 추'로 들렸다. 이번에는 리나도 표정을 조절할 수 있었는지 혹은 아무것도 숨길 일이 없었던 모양인지, 그녀는 망설이듯이 대답했다.

"그러면, 만일 조지가 죽은 뒤에 그 병이 찬장 위에서 발견되었다고 한다면, 그의 자살이 증명된다는 거예요?"

"아니지요, 그렇게 되지는 않습니다, 로슨 양."

브랜트는 부드럽게 말했다. 이윽고 그의 입술은 부드러움을 잃고, 몸을 내밀며 냉정하고도 신중히 말했다.

"제가 말하고 싶은 것은 그 병이 없어졌기 때문에 타살로 생각된다는 겁니다."

"아아" 하고 여자는 한숨을 지었다. 그것은 이 무서운 말을 기다리는 동안의 서스펜스가 이제 겨우 끝나고, 이미 더 이상 나쁜 일에 맞닥뜨릴 걱정은 없다고 생각한 안도의 한숨과도 같았다.

"놀라시지 않습니까?" 하고 브랜트가 여자의 평정함에 조금 기분이 상했는지 날카로운 말투로 물었다.

"저에게 어떻게 하라는 거지요? 당신의 어깨에 얼굴을 파묻고 와락 울음이라도 터뜨리라는 건가요? 아니면 테이블 다리라도 물어뜯으라는……."

나이젤은 브랜트의 당혹한 눈길을 마주보며 그거 보라는 듯한 얼굴이 되었다. 브랜트의 당황하는 얼굴을 보는 것은 유쾌한 일이었다.

"한 가지만 묻고 싶은 일이 있습니다, 로슨 양" 하고 나이젤이 말했다. "이것은 좀 대답하기 어려운 질문일지도 모릅니다만, 제가 필릭스 씨를 돕기 위해 왔다는 건 그에게서 들었으리라고 생각합니다. 당신을 괴롭힐 마음은 없습니다. 그러나 필릭스 씨가 내내 조지 래터리를 죽일 생각이었던 것을 당신은 알고 계셨습니까?"

"아니오! 설마! 그건 거짓말이에요! 그에게는 그런 생각 같은 건 없었어요!"

리나는 흡사 나이젤의 질문을 털어 버리기라도 하듯이 얼굴 앞으로 두 손을 가져갔다. 이윽고 그 표정이 풍부한 얼굴에서 일종의 당혹감이 공허한 표정으로 바뀌었다.

"내내라고요?" 하고 그녀는 천천히 말했다. "'내내'라니, 어떤 의미지요 ? ”

“당신이 처음으로 그를 만났을 때부터, 그가 이곳에 오기 전부터이 지요”라고 나이젤 역시 마찬가지로 당혹해하며 대답했다.

“아니오, 그는 물론 그런 일은 생각도 하지 않았어요.” 여자의 대답에는 분명 진실의 울림이 있었다. 그녀는 입술을 깨물었다. “정말이에요” 하고 그녀는 외쳤다. “그는 조지를 죽이지 않았어요, 나는 알고 있어요.”

“올해 1월 조지 래터리의 차가 마티 케언즈라는 남자아이를 치어죽였을 때 당신은 그 차에 함께 타고 있었지요 ? ”

브랜트 경감이 동정 어린 말투로 물었다.

“아아, 하느님 마침내 드러나고 말았군요” 하고 리나는 작은 목소리로 말했다.

그녀는 별로 부끄러워하는 기색도 없이 그들을 응시했다.

“그건 내 탓이 아니에요, 나는 말리려 했지만, 그가 말을 듣지 않았던 거예요. 나는 그 일을 몇 달이나 꿈에 보았어요. 정말 무서웠어요. 하지만 모르겠어요, 왜……. ”

“이제 로슨 양을 해방시켜 드려도 좋지 않습니까, 브랜트 경감 ? ” 하고 나이젤이 재빨리 끼어들었다.

경감은 턱을 쓱 쓰다듬었다.

“네, 그러나 또 한 가지 묻고 싶은 일이 있습니다. 래터리 씨에게 적이 있다고 생각하십니까 ? ”

“있었을지도 몰라요. 적을 만들 만한 사람이었으니까요. 하지만 저는 모르겠어요.”

여자가 나가자 브랜트가 말했다.

“그것은 아주 암시적이었습니다. 그녀는 행방불명된 병에 대해 틀림없이 무언가 알고 있어요. 그리고 케언즈 씨의 짓이 아닐까 걱정하고 있습니다. 그러나 아직 필릭스 레인과 조지 래터리가 죽인 어린이의 아버지를 결부시키는 데까지는 이르지 못한 모양입니다. 그녀는 꽤 미인이로군요. 사실대로 말해 주지 않는 건 유감이지만 머지않아 사실이 명백히 드러나겠지요. 그런데 필릭스가 래터리를 죽일 속셈이었다는 것을 알고 있었느냐고 그녀에게 물은 것은, 대체 어떤 생각에서입니까? 그 비밀을 말해 주기는 아직 좀 이르다고 생각되었는데."

나이젤은 피우던 담배를 창문 밖으로 튕겨 버렸다.

"그건 이러합니다. 만일 필릭스가 래터리를 죽이지 않았다면, 우리들은 터무니없는 우연——즉 필릭스가 그를 죽이려다가 실패한 그날에 누군가 다른 사람이 같은 계획을 실행하여 성공했다는 우연에 맞닥뜨리게 됩니다."

"과연 터무니없는 우연이군요"라고 대답은 했지만, 브랜트의 말투는 회의적이었다.

"아니, 잠깐 기다려 주십시오. 나는 이 우연을 있을 수 없는 일로 여겨 버릴 생각은 없습니다. 숱한 수효의 원숭이가 몇 세기나 되는 동안 타이프라이터를 쳐댄다면 셰익스피어의 소네트를 모두 찍어 내지 못한다고는 할 수 없으니까요. 이것은 어디까지나 하나의 우연이지만, 과학적으로 타당한 일인 것입니다. 그러나 만일 조지의 독살이 우연이 아니고 더구나 필릭스가 범인이 아니라고 한다면, 당연히 누군지 제3자가 스스로 일기를 직접 읽었거나 또는 조지에게서 그 일을 귀띔받아 필릭스의 의도를 알고 있었다는 것이 됩니다."

"당신이 무얼 생각하고 있는지 알았습니다."

브랜트는 안경 속에서 눈을 번뜩이며 말했다.

"가령 일기의 존재를 알고 있고, 더구나 '조지의 죽음을 바라고 있었던' 제3자가 있었다고 가정합시다. 필릭스의 계획이 실패했을 때, 이 제3자가 나타나 조지에게 독약을 먹였습니다. 아마도 강장제에 섞든가 했겠지요. 일기가 있기 때문에 혐의가 필릭스에게 돌아가리라는 것을 미리 계산하고 있었지요. 그러나 '그'는 신속히 행동하지 않으면 안 되었습니다. 필릭스가 하룻밤 이상 세븐브리지에 머무르는 일은 기대할 수 없었기 때문입니다. 그렇게 되면 제1의 용의자는 리나입니다. 조지가 일기의 내용에 대해 털어놓는다면 우선 맨 먼저 그녀에게 이야기하겠지요. 일기에 의해 폭로된 마티 케언즈 살해에는 둘 다 관계가 있었으니까요. 그러나 내가 보기에는, 필릭스 레인과 마티 소년을 결부시키지 못하고 있었던 그녀가 거짓말을 했다고는 생각되지 않습니다. 그러므로 그녀는 일기에 대해서는 모르는 거지요. 그렇다면 살인 미수와 실제로 행해진 살인이 우연이 아닌 한 그녀를 용의자 리스트에서 빼어도 좋은 셈입니다."

"그러나 만일 로슨이 일기에 대해 몰랐다면, 케언즈가 래터리를 독살한 것이 아닐까, 또는 우리들이 그렇게 생각하는 게 아닐까 하고 그녀가 걱정하고 있었던 것은 대체 어째서였을까요?"

"이 집의 일을 좀더 잘 알게 될 때까지는 그 물음에 대답할 수가 없을 것 같군요. 필릭스가 내내 조지를 죽일 계획이었다는 것을 알고 있었느냐고 내가 물었을 때 그녀가 떠올린 의아한 표정을 기억하고 계십니까? 그것은 아무리 보아도 연극이 아닙니다.

그러므로 그녀는 일기에 대해서는 아무것도 몰랐던 것입니다. 다만 필릭스에게 조지를 죽일 만한 다른 동기가 있는 줄 알고 있었겠지요. 두 사나이가 만난 뒤로 생긴 무언가의 반목 같은 것이……."

"그렇지요. 그것은 가능성이 크지요. 이렇게 되면 가족 한 사람 한 사람과 만나 필릭스——필릭스 레인이라고 부르는 편이 좋겠군요——를 의심한 일이 있는지 어떤지 묻고 그 반응을 관찰할 필요가 있습니다. 만일 누군가가 그를 꼭두각시로 이용하려 했다면, 곧 그 꼬리가 밟히겠지요."

"그거 좋은 생각입니다. 그런데 저 필이라는 소년 말입니다만, 며칠 동안 호텔에 데리고 가 있으면 안 되겠습니까? 아내에게 돌봐 주라고 하겠습니다. 지금으로서는 이곳이 상처받기 쉬운 영혼에게 있어 별로 건전한 환경이라고 할 수 없으니까요."

"동감입니다. 좋고말고요. 그 소년에게도 두서너 가지 질문할 일이 있지만, 그것은 나중에 해도 좋겠지요."

"그럼, 래터리 부인에게 양해를 얻어 보겠습니다."

5

나이젤이 방으로 안내되었을 때 바이올렛 래터리는 책상을 대하고 앉아 무엇을 쓰고 있었다. 리나도 거기에 있었다.

나이젤은 자기 소개를 하고 나서 용건을 설명했다.

"물론 댁에서도 생각이 있으시겠지만 필 소년과 레인 씨는 아주 사이가 좋은 것 같고, 저의 집사람도 기꺼이 도와 드릴 것입니다."

"네, 알았습니다. 고마워요. 정말 친절하시군요" 하고 바이올렛이 애매한 말투로 대답했다. 그녀는 어떻게 해야 좋을지 모르겠다는 태도로 창문에서 드리워지는 햇빛의 분류를 향해 서 있는 리나 쪽을 돌아보았다.

"넌 어떻게 생각하니? 괜찮을까?"

"물론이에요. 어째서 안 되지요? 필을 더 이상 이 집에 두어서는 안 돼요"라고 리나는 여전히 아래쪽 거리를 굽어보면서 흥이 나지 않는 투로 말했다.

"물론 그건 알고 있어. 다만 에셀이 뭐라고 할지 몰라서⋯⋯."

리나는 홱 돌아섰다. 싱싱한 입가에 경멸을 띠고서 "언니는!" 하고 외쳤다.

"슬슬 자기를 위해 모든 일을 생각해도 좋을 때예요. 도대체 필은 누구의 자식이지요? 누구든 언니를 하녀인 줄 생각할 거예요. 그런 식으로 조지의 어머니에게 혹사당하고 있는 걸 본다면, 정말이지, 잔소리 많은 할망구예요. 그녀와 조지가 언니의 생활을 엉망으로 만들지 않았어요? 아니, 나에게 무서운 얼굴을 해보았자 소용없어요. 이제 슬슬 나서는 일은 그만둬 달라고 똑똑히 말해 줄 테예요. 자기 자식을 위해서 일어설 용기도 없다면 언니 역시 독을 마시고 죽어 버리는 게 나을 거예요."

바이올렛의 짙은 화장을 한 우유부단한 얼굴이 꿈틀꿈틀 떨렸다. 나이젤은 그녀가 히스테리를 일으키지 않을까 걱정했다. 그는 바이올렛의 마음 속에 일고 있는, 오랜 동안에 걸친 인종(忍從)의 습관과 리나의 의식적인 비난에 의해 잠깨워진 참된 여성성과의 싸움을 보았다. 잠시 있으려니까 그녀의 핏기 없는 입술이 오므라지고 생기 없는 눈에 한 가닥의 빛이 비쳤다.

그녀는 말했다. 저도 모르게 턱을 얼마쯤 내밀 듯이 하고서.

"알았어요, 그렇게 하지요. 당신에게 뭐라고 감사해야 좋을지 모르겠어요, 스트렌지웨이즈 씨."

흡사 이 말없는 도전에 대답하기라도 하듯 문이 열렸다. 상복을 걸친 노부인이 노크도 하지 않고 들어왔다. 창문에서 흘러드는 햇빛도 그녀의 발 밑에서 우뚝 멈추는 것처럼 보였다. 마치 그녀가 빛을 죽여 버리기라도 한 것처럼.

"이야기 소리가 들리는 것 같아서⋯⋯"

노파는 무뚝뚝하게 말했다.

"그래요, 이야기를 하고 있었어요" 하고 리나가 대답했다.

그녀의 건방진 대답은 완전히 무시되었다. 노파는 한순간 커다란 몸으로 문간을 가로막으면서 서 있었다. 이윽고 아장아장 창문 쪽으로 걸어갔을 때, 별안간 당당한 위엄이 반으로 줄어들었다. 그 걸음걸이가 작은 동산만한 허리 밑의 지나치게 짧은 다리를 드러나게 했기 때문이었다. 그녀는 블라인드를 내렸다. 햇빛이 그녀에게 저항하고 있는 것 같다고 나이젤은 생각했다. 방 안이 어둠침침해지자 또다시 그녀의 위엄이 되살아났다.

"너도 딱한 사람이로구나, 바이올렛. 남편이 옆방에 죽어 누워 있건만 블라인드를 내려놓을 만한 경의도 표할 수가 없니?" 그녀는 말했다.

"하지만 어머님."

"제가 블라인드를 올렸어요"라고 리나가 끼어 들었다. "이런 불행이 있은 뒤, 아직도 어두운 곳에 앉아 있어야만 하다니."

"닥쳐요!"

"아니, 가만히 있지 않겠어요. 당신이 조지와 함께 이 15년 동안 해 온 것처럼 계속 바이올렛을 괴롭히고 싶다면, 부디 마음대로 하시지요. 하지만 당신은 이 집의 여주인이 아니니까 당신의 명령에 따를 생각은 조금도 없어요. 자기의 방에서라면 무엇을 하든 좋겠지만, 징글맞은 바퀴벌레처럼 졸졸 나서지 말아 주세요!"

(빛 대 어둠, 오마즈드 대 알리만——조로아스터교의 선신 대 악신)라고 나이젤은 생각했다. 젊은 아가씨는 날씬한 어깨를 앞으로 내밀고 목을 터키의 반월도처럼 젖히고서 방 한복판에 검은 기둥처럼 서 있는 노파와 맞섰다. 과연 이 빛의 대표는 본바탕을 드러낸 모양이다. 그러나 속되기는 할지라도 불건강하지는 않거니와 불결하지도 않다. 반대쪽의 상복을 입은 처참한 생물처럼, 좀약이나 곰팡이 서린

예의범절이나 구역질나는 권력의 악취로 이 방의 공기를 흐려 놓고 있지는 않다. 그러나 여기서 중재를 자청하고 나서는 편이 좋을 것 같다. 나이젤은 모나지 않게 말했다.

"래터리 부인, 실은 지금 젊은 마님에게도 권하고 있었던 참입니다 만, 사건이 처리되기까지 며칠 동안 우리들——즉 집사람과 제가 필을 맡는 게 어떨까 하고 의논했습니다."

"이 젊은 분은 누구지?" 노부인은 리나의 공격에 조금도 동요하지 않는 위압적인 태도로 힐문했다. 그 뒤에 변명이 이어졌다. "래터리 집안 사람은 달아나거나 하지 않습니다. 거절합니다, 필은 이 집에 남겨 두겠습니다."

리나가 뭐라고 말하려 했으나 나이젤이 몸짓으로 그것을 제지했다. 바이올렛은 지금 말하지 않는다면 영원히 침묵을 강요당하게 된다. 그녀는 애원하듯이 동생을 쳐다보면서 두 손으로 무의미한 움직임을 나타내고 있었다. 이윽고 힘없이 늘어뜨리고 있던 어깨를 쭉 펴더니 밝지 못한 표정에 대체되는 참된 용기라고도 할 만한 표정을 띠고 그녀는 말했다.

"저는 필을 스트렌지웨이즈 씨에게 맡기기로 결심했어요. 그 아이를 이 집에 두는 것은 가엾어요. 아직 너무 어리니까요."

래터리 노부인의 패배를 인정하는 태도에는 어떠한 폭력 행위보다도 더 무시무시한 것이 있었다. 그녀는 한순간 꼼짝도 않고 바이올렛을 노려보면서 서 있었다. 그러더니 이윽고 문 쪽으로 걸어갔다.

"나에 대해서 무언가 음모를 꾸미고 있는 것 같구나" 하고 그녀는 무거운 목소리로 말했다. "너의 태도에 실망했다. 바이올렛. 네 동생은 어차피 생선 장수 여자 따위나 다름없다고 전부터 실망하고 있었지만, 이제 적어도 너만은 조지가 주워 올려 주었을 때 개천의 더러움이 깨끗이 씻겨졌으리라고 생각했었는데."

문이 쾅 소리내며 닫혔다. 리나가 그것을 향해 버릇없는 몸짓을 해보였다. 바이올렛은 일어섰던 의자에 반쯤 주저앉듯이 앉았다. 장뇌 냄새가 방 안에 감돌고 있었다. 나이젤은 코끝을 내려다보면서 지금 일어났던 광경을 무의식중 기억에 새기고 있었다. 자기가 래터리 노부인의 무시무시한 노기 찬 태도에 진심으로 오싹했던 것을 얼버무리기에는 그는 너무나도 자기 비판 정신이 강했다.

'정말이지, 이런 가정이 있을까!' 하고 그는 생각했다. 민감한 어린이에게 있어 얼마나 좋지 않은 환경인가! 부모는 쉴새없이 서로 으르렁거리고 저 할멈은 늘 어머니에게서 어린아이를 떼어놓으며 그의 마음을 사로잡으려 꾀하고 있었을 게 틀림없다. 그런 생각을 하고 있는 동안 그는 머리 위에서 발소리가 들리는 것을 알았다. 래터리 노부인의 아장아장 걷는 발소리였다.

"필은 어디 있습니까?" 하고 그는 날카롭게 물었다.

"자기 방에 있으리라고 생각돼요"라고 바이올렛이 대답했다. "이 방 바로 위에요. 아니, 벌써? ──"

그러나 나이젤은 이미 방에서 뛰어나가고 있었다. 그는 발소리를 죽이며 층계를 뛰어 올라갔다. 오른쪽 방에서 누군가가 이야기하고 있었다. 절대로 잘못 들을 리가 없는 저 무겁고 억눌린 듯한 목소리, 그러나 지금은 그 밑바닥에 애원의 울림이 깃들어 있었다.

"나를 두고 가고 싶지는 않을 테지, 필? 네 할아버지라면 달아나지 않을 거야. 겁쟁이가 아니니까. 가엾은 아버지가 죽어 버린 지금은 네가 이 집에서 오직 하나뿐인 남자란다."

"저리 가요! 저리 가라니까! 할머니는 싫어!"

그 목소리에는 약하디 약한, 겁먹은 듯한 허세가 느껴졌다. 조그만 어린아이가 너무 가까이 온 커다란 동물을 무서워하며 꾸짖고 있는 듯한 목소리라고 나이젤은 생각했다. 그는 방에 뛰어들어가고 싶은 충동을 누르는 데 상당한 노력이 필요했다.

"너는 지쳐 있는 거야, 필. 그렇지 않다면 가엾은 할머니에게 그런 말버릇을 쓸 리가 없지. 자아, 들어 봐라, 필. 혼자 된 어머니의 곁에 있어 주지 않아도 괜찮겠니? 어머니는 이제부터가 쓰라린 때란다. 너의 아버지가 독살되었으니까 말이야. 독살이야, 알겠니?"

클로로포름처럼 무겁고 효과가 막대한 달콤한 말투로 환심을 사려 하고 있던 래터리 노부인의 목소리가 한순간 뚝 그쳤다. 방 안에서 울음소리가 들려왔다. 소년이 필사적으로 마취약과 싸우고 있는 목소리였다. 나이젤의 등 뒤에서 발소리가 났다.

"어머니에게는 모두들의 도움이 필요하단다. 경찰은 어머니가 지난 주일에 아버지와 싸운 일이며, 그때 어머니가 한 말 같은 걸 조사하여 어쩌면……."

"이건 너무하군" 하고 나이젤은 문 손잡이에 손을 대면서 중얼거렸다. 하지만 바이올렛이 폭풍처럼 그의 옆을 빠져서 방으로 뛰어들었다. 래터리 노부인은 필 앞에 꿇어앉아 소년의 가냘픈 팔을 손가락이 파고들만큼 세게 움켜잡고 있었다. 바이올렛은 그 어깨에 달려들어 소년에게서 떼어 내려 했지만, 현무암 덩어리를 움직이려 하는 것과도 비슷한 헛된 시도였다. 그녀는 재빨리 노파의 팔을 풀어 젖히고 노파와 필 사이를 가로막았다.

"부끄럽게도 이런 짓을! 참, 잘도 어린애를 데리고 이런 짓을! 이제 됐어, 필. 울지 마라. 이제 두 번 다시 할머니를 네 곁에 얼씬도 못하게 할 테니까. 이제 아무 걱정도 없어."

소년은 어머니를 물끄러미 쳐다보았다. 멍청한, 믿어지지 않는다는 눈초리였다. 나이젤은 방의 살풍경함을 깨달았다. 양탄자도 없고 값싼 쇠침대와 부엌용 테이블이 있을 뿐이었다. 아마 이것이 아버지의 아들을 '단련시키는' 수단이었으리라. 테이블 위에는 우표 앨범이 펼

처진 채 있었다. 그 뒷페이지는 손때로 더러워지고 눈물 자국마저 묻어 있었다. 어지간한 나이젤도 오랜만에 울화통이 터질 뻔했다. 그러나 아직 래터리 노부인을 적으로 돌릴 수는 없다고 생각하며 참았다. 그녀는 아직도 바닥에 무릎을 꿇고 있었다.

"손을 빌려 주시겠습니까, 스트렌지웨이즈 씨?" 하고 그녀는 말했다. 이 같은 구원 없는 처지에 있으면서도 그녀는 어떤 종류의 위엄을 잃지 않고 있었다. 정말이지 별 여자가 다 있다고 그녀를 부축해 일으키면서 나이젤은 생각했다. '아무래도 매우 재미있는 일이 될 것 같은데······.'

6

그리고 5시간 뒤에 나이젤은 브랜트 경감과 이야기를 하고 있었다. 필 래터리는 무사히 '낚시꾼 집'으로 데려와 맛있는 음식이 많은 3시의 차 마시는 시간도 끝나갈 무렵, 조지아와 극지 탐험 이야기를 하고 있는 참이었다.

"스트리키닌이 틀림없었습니다"라고 브랜트가 말했다.

"그러나 그것이 어디서 났을까요? 오다가다 약국에 들어가 스트리키닌을 살 수는 없지요."

"그건 그렇소. 그러나 쥐약이라면 살 수 있습니다. 어떤 쥐약 속에는 상당량의 스트리키닌이 들어 있지요. 하긴 범인이 쥐약을 살 필요가 있었다고는 생각되지 않지만."

"참으로 재미있군요. 그럼, 범인은 쥐 잡기 관리의 형제이거나 아니면 자매라는 말이겠군요. '쥐 소리를 닮은 소리는 모두 나의 가슴을 두근거리게 한다' 브라우닝의 말이지요."

"그렇지는 않습니다. 그러나 콜즈비가 래터리 앤드 카팩스 수리 공장을 조사했는데 말입니다, 공장이 강 옆에 있어 쥐가 들끓고 있었다고 합니다. 그는 마침 사무실에서 쥐약 통을 두 개 발견했습니다. 누구든——물론 가족이지만——쉽사리 사무실에 들어가 쥐약을 손에 넣을 수가 있었던 셈이지요."

나이젤은 그 말의 의미를 되씹어 보았다.

"콜즈비는 최근에 필릭스 케언즈가 공장에 나타났는지 어떤지를 물었습니까?"

"그렇습니다. 그는 한두 번 거기에 간 일이 있었습니다" 브랜트가 조금 마음내키지 않는 태도로 대답했다.

"그러나 살인이 있었던 그 날은 가지 않았겠지요?"

"그 날은 공장에서 그의 '모습을 본' 사람이 없습니다."

"여보십시오, 경감. 케언즈를 범인이라고 단정해 버려서는 안 됩니다. 모든 일을 공정하게 보아야지⋯⋯."

"한 사나이가 살해되고 또 한 사나이가 그를 죽일 계획을 분명히 써서 남기고 있을 때, 사물을 아무리 공정하게 보려고 해도 무리겠지요."

브랜트는 눈앞의 책상에 놓여진 풀스캡 판 노트의 표지를 툭툭 두드리면서 말했다.

"제 생각으로는 케언즈는 용의자에서 빼도 좋을 것 같습니다."

"그 근거는?"

"래터리를 익사시킬 작정이었다는 그의 진술을 의심할 이유는 아무 것도 없습니다. 이 계획이 실패했을 때, 그는 곧장 '낚시꾼 집'으로 돌아왔던 것입니다. 나는 그 호텔에 물어 보았습니다. 급사가 5시에 휴게실에 있는 그에게 차를 가져다 준 일을 기억하고 있습니다. 이것은 그가 선창에서 요트를 내린 지 약 4분 뒤이지요. 차를 마신 뒤 그는 6시 30분까지 호텔 잔디에 앉아 책을 읽고 있었습니다. 이에 대해서도 몇 사람의 증언이 있습니다. 그리고 6시 30분에 바에 가서 저녁 식사 때까지 술을 마시고 있었지요. 그동안 래터리네에 갈 시간은 없었을 게 아닙니까?"

"그 알리바이는 확인해 볼 필요가 있겠군요."

브랜트는 조심스럽게 말했다.

"바라신다면 롤러에 걸어 쥐어짜도 좋지만, 아무것도 나오지 않을 겁니다. 만일 그가 래터리의 강장제에 독약을 넣었다면, 그것은 래터리가 점심 식사 뒤 약을 먹고 나서 그 자신이 강에 가기까지의 동안이 아니면 안 됩니다. 하긴 조사하면 그 동안에 그가 독약을 넣을 기회가 있었다는 것을 알게 될지도 모릅니다. 그러나 그는 어째서 그런 짓을 해야만 되었을까요? 요트의 '사고'가 실패한다고 생각하지 않으면 안 될 이유는 아직 아무것도 없지 않았습니까? 만일 제2의 수단을 준비해 두려고 생각했다 하더라도 독약을 선택하지는 않았겠지요. 요는 계획을 보면 그의 머리가 좋다는 것을 알 수 있습니다. 그 따위 쥐약을 쓰고 약병을 숨긴다는 빤한 방법이 아니라 역시 사고로 여겨지는 무슨 방법을 생각하지 않을까요?"

"약병이라……."

"그렇습니다, 약병입니다. 약병을 숨기면 살인이라는 것이 한눈에 드러납니다. 당신이 필릭스 케언즈라는 사나이를 어떻게 생각하고 있는지 모르지만, 자기가 저지른 살인에 그 같은 일로 주의를 끌게 할 만큼 얼간이가 아닌 것만은 확실합니다. 어쨌든 래터리가 죽고 나서 잠시 지날 때까지, 그가 래터리에게 가까이 가지 않았다는 걸 증명하는 것은 아주 간단하다고 생각되는데요."

"그가 래터리네에 접근하지 않았다는 건 나도 알고 있습니다"라고 브랜트는 뜻밖의 말을 했다. "그 점은 이미 조사가 진행되고 있습니다. 래터리가 죽은 바로 뒤에 클러크슨 의사가 경찰에 전화로 알렸으므로, 10시 15분 이후 그 집은 출입 금지가 되어 있었던 겁니다. 저녁 식사 때부터 10시 15분까지의 케언즈의 소재에 대해서는 숱한 증언이 있습니다——즉 그의 where-about(고처)는 here-about(이 근처)가 아니었던 겁니다"라고 브랜트는 우습지도 않은 결말을 입을 일그러뜨리며 덧붙여 이야기했다.

"그럼 만일 케언즈가 살인을 하는 일이 불가능했다면, 어째서……." 나이젤이 진절머리난다는 듯이 말했다.

"그렇게는 말하지 않았습니다. 다만 그는 약병을 가져갈 수가 없었을 거라고 말한 것뿐입니다. 그런데 당신의 견해는 매우 재미있군요." 브랜트는 학생의 작문에서 흠을 찾는 교사와도 같은 말투로 계속했다. "매우 재미있지만, 유감스럽게도 바탕이 잘못되어 있습니다. 당신은 똑같은 한 사람이 약병에 독을 넣고 나중에 그 병을 가져간 것으로 가정하고 계십니다. 그러나 케언즈가 점심 식사 뒤에 독을 넣어, 만일 요트 사고가 실패할 경우 저녁 식사 때에 그것이 효과를 발휘하도록 꾸몄다면 어떨까요? 일이 끝난 뒤 가져갈 의도는 털끝만큼도 없으며, 래터리가 자살한 것으로 꾸밀 속셈이었다면 어떻겠습니까? 그런데 래터리의 증세가 나빠진 뒤 제3자——케언즈가 래터리에게 살의를 품고 있는 걸 알고 있었든가, 또는 그렇지 않을까 의심하고 있었던 제3자가 나타났습니다. 이 제3자가 케언즈를 두둔하려고 약병과 독살을 결부시켜——그를 도와 주려는 마음에서 앞뒤 생각 없이 필사적으로——약병을 처리해 버리고 말았을 것도 충분히 생각될 수 있는 일입니다."

"과연……. 리나 로슨입니까? 그러나 어째서?" 나이젤은 오랜 침묵 뒤에 말했다.

"그것은 그녀가 케언즈를 사랑하고 있기 때문이지요."

"놀랐는걸요. 어떻게 그걸 알고 계십니까?"

"나의 심리적 통찰입니다." 경감은 나이젤이 즐겨하는 말을 서투르게 흉내내며 말했다. "게다가 하인들에게 물어 보았습니다. 두 사람 사이는 거의 공인되어 있었던 것 같습니다."

"그렇다면 이곳에서의 내 일은 아직 끝나지 않은 것 같군요. 이 사건에 있어서의 내 역할은 아주 간단하리라고 생각했었는데." 나이젤은 이 예기치 않은 빈틈없는 일격으로 머리가 어찔해지면서 말했다.

"그리고 또 한 가지, 작은 일이지만 당신이 너무 자신만만해 있으면 곤란하므로 말씀드립니다. 아마 당신은 그런 것은——뭐라고 했더라, 참 그랬지——터무니없는 우연이라고 말씀하실 테지만, 당신의 의뢰인은 그 일기 속에서 스트리키닌에 대하여 쓰고 있습니다. 시간이 없으므로 조금밖에 읽지 못했지만, 이 대목을 잠깐 읽어보십시오."

브랜트는 풀스캡 판 노트를 내밀고 문제의 구절을 손가락으로 가리켰다. 나이젤은 그것을 읽어보았다.

나는 그를 괴롭히고 고통을 느끼게 하는 만족을 줄 것을 나 자신에게 약속했다. 순간적인 죽음은 그에게 너무나도 호강스럽다. 천천히 시간을 들여서 야금야금 태워 죽이거나, 개미떼가 벌거벗은 몸뚱이를 물어뜯는 것을 바라보고 싶다. 아니면 고통으로 몸을 빳빳이 만들고 새우처럼 꼬부리게 하는 스트리키닌이 있다. 아아, 나는 그를 지옥 속으로 떨어뜨리고 싶은 것이다.

읽고 나서 나이젤은 잠시 말이 없었다. 이윽고 그는 타조처럼 성큼성큼 왔다갔다하기 시작했다.

"이건 곤란합니다, 브랜트 경감." 그는 일찍이 없었으리만큼 진지한 얼굴로 말했다. "모르시겠습니까? 이 문장도 나의 추리를 뒷받침해 주고 있습니다. 즉 제3자가 이 일기를 읽고 거기서 얻은 지식을 케언즈에게 혐의가 두어지는 형태로 이용한 것입니다. 그러나 그 일은 우선 접어 두고, 최초의 계획이 실패한 경우에 대비하여 제2의 살인 방법을 준비해 둘 만큼 냉혹하고 계산 빠른 사람이 있다는 일이 인간성의 여러 모로 미루어 보아 있을 수 있는 일이라고 당신은 생각하십니까? 하물며 케언즈가 그렇다고 인정하는 데 있어서 말입니다. 그는 래터리가 준 아물기 어려운 타격을 빼놓고는 아주 보편적인 좋은 사람입니다. 저는 그렇게 생각하지 않습니다. 당신도 역시 그렇게 생각하고 있지는 않을 겁니다."

"그러나 마음에 금이 가면 정상 궤도를 벗어난 행동을 하는 법입니다"라고 브랜트도 지지 않고 진지한 표정으로 말했다.

"정신의 균형을 잃은 인간이 살인 계획을 세우면, 반드시라고 해도 좋을 만큼 지나치게 자신만만한 나머지 잘못을 저지르는 법입니다. 그 점은 인정하시겠지요?"

"일반적인 논리로서라면."

"그렇다면 당신은 거의 완벽하다고도 할 수 있는 살인 계획을 세운 케언즈가 자기 자신을 신뢰하고 있지 않았다고 말하고 싶은 겁니까? 그것은 말이 되지 않습니다."

"아무튼 좋을 대로 하십시오, 나는 내 방식으로 하겠습니다. 나도 엉뚱한 사람을 체포하고 싶지는 않으니까요."

"좋겠지요. 언젠가 그 일기를 읽게 해주시겠습니까?"

"먼저 내가 읽고 나서 오늘밤에 보내 드리지요."

7

따뜻한 밤이었다. 저물고 난 뒤 햇빛은 '낚시꾼 집'으로부터 강가에 걸쳐서 비스듬한 비탈을 이루고 있는 잔디밭에 엷은 살구빛과 부드러운 분홍빛이 뒤섞인 저녁놀을 드리우고 있었다. 세 개의 들판을 사이에 둔 곳에서 소가 새김질을 하는 소리까지 들리는 듯한 느낌이 드는 이상하리만큼 조용한 초저녁이라고 조지아는 생각했다. 바 겸 파알러 (호텔의 특별실)의 한구석에는 낚시꾼들이 모여 있다. 허름한 트위드 (거칠게 짠 무명옷으로 스코치와 같음) 재킷을 입고 평범한 턱수염을 기른 빼빼 마른 사나이들. 그 가운데 한 사람이 요란스러운 몸짓으로 낚다 놓친 물고기인지 아니면 실제로 낚아올린 물고기인지의 크기를 설명하고 있다. 만일 이 사나이들이 살고 움직이고 생활하고 있는 물의 세계에 살인 사건 소문이 알려졌다 하더라도 그들 세계와는 동떨어진 이야기로써 냉대를 받으리라. 하물며 파알러 밖의 테이블을 둘러싸고 앉아 진과 진저 맥주를 마시고 있는 다른 그룹의 일 같은 것에는 그들은 전혀 관심을 기울이지 않았다.

"낚싯대란 한 끝에는 낚시 바늘, 다른 한 끝에는 어리석은 자가 딸린 막대기를 말함." 나이젤은 목소리를 그다지 낮추지도 않고서 말했다.

"쉬이, 들려요, 나이젤. 저는 소동에 휩쓸리는 것이 질색이니까요. 저 사람들은 성미가 거칠 것 같아요. 우리들을 낚아 버릴지도 몰라요." 조지아가 작은 목소리로 말했다.

필릭스와 나란히 등받이가 높은 의자에 앉아 그에게 몸을 기대고 있는 리나가 안절부절못하는 태도를 보였다.

"뜰로 나가요, 필릭스" 하고 그녀는 말했다.

이 말은 분명히 그 한 사람에게로 향한 것이었다. 그러나 그는 이렇게 대답했다.

"그러지. 당신들 두 사람도 어서 글라스를 비우십시오, 모두들 뜰로 나가 클러크 골프(원주의 12지점에서 배팅으로 볼을 컵에 집어넣는 골프 게임의 하나)라도 합시다."

리나가 입술을 깨물며 느닷없이 일어섰다. 조지아가 나이젤에게 재빠른 눈짓을 보내자 그는 그 의미를 옳게 읽었다. '모두 함께 나가는 편이 좋아요, 저 사람에게는 섣부른 구실이 통하지 않아요, 그렇긴 하지만 왜 그는 단둘이 있고 싶어하지 않을까'라는 의미를.

'정말 어째서일까?' 하고 나이젤은 생각했다. 만일 브랜트의 말대로 리나가 '필릭스가 래터리를 죽인 게 아닐까' 하고 의심하고 있는 거라면, 그녀가 그와 단둘이 있게 되는 것을 꺼려하는 심정은 알 만하다. 본인의 입으로 의혹이 뒷받침되는 것을 겁내는 마음이 있을 게 틀림없기 때문이다. 그러나 사실은 그 반대로, 필릭스 쪽이 그녀를 피하고 있다. 저녁 식사 자리에서도 그는 리나를 일정한 거리 이내로 가깝게 하지 않으려 하고 있는 듯한 느낌이었다. 대화에도, 특히 그녀에게 이야기하는 말에는 이 이상 다가오면 상처를 입는다고 경고라도 하는 듯한 일종의 가시가 있었다. 아무래도 이해하기 어려운 태도여서 필릭스가 꽤 복잡한 인간이라는 것이 그에게도 납득되기 시작했다. 이쯤해서 몇 장인가의 카드를 테이블에 내던지고, 그들이 노골적인 말에 어떠한 반응을 나타내는지 보는 것도 나쁘지는 않으리라.

그래서 클러크 골프를 한 라운드 치고서 어둡게 빛나는 강가에 이웃한 정원용 의자에 앉아 있을 때, 나이젤은 사건 이야기를 시작했다.

"불리한 증거 서류는 현재 경찰의 손아귀에 있습니다. 이 말을 들으면 당신도 한시름 놓겠지요, 브랜트가 오늘밤에 보내 주기로 했습니다."

"허어, 그러나 그들에게 가장 입장 난처한 일이 알려지는 것은 오히려 바람직한 일이 아닐까요?" 하고 필릭스는 선뜻 말했다. 그의 표정에는 수줍음과 자기 만족이 기묘하게 뒤섞여 있었다. 그는 말을 이었다. "이제 변장은 무의미하니까, 수염은 깎아 버리는 편이 좋겠지요. 아무래도 이 수염이 마음에 들지 않아서——음식에 털이 들어가는 게 싫어요——신경질이 나니까요."

조지아는 손가락을 깍지끼었다가는 푸는 일을 되풀이하고 있었다. 필릭스의 능청스러운 태도가 마음에 거슬렸던 것이다. 그에게 호감을 갖고 있는지 어떤지 자기 자신도 잘 알지 못했다. 리나가 말했다.

"무슨 이야기인지, 여자가 질문해도 괜찮을까요? 대체 그 '불리한 증거 서류'란 무엇이지요?"

"필릭스의 일기입니다. 알고 계시겠지요?" 하고 나이젤이 재빨리 말했다.

"일기? 하지만 왜? 모르겠네요."

리나는 구원을 청하듯이 필릭스 쪽을 보았지만 그는 눈길을 돌렸다. 그녀는 무슨 이야기인지 도무지 모르는 말투였다. 물론 여배우이니까 이것은 연기일지도 모른다고 나이젤은 생각했다. 그러나 그녀가 일기에 대해 지금 처음 들었다는 편에다 돈을 걸어도 좋다고 생각하며 그는 계속해서 낚시 바늘을 넣어 보았다.

"필릭스 씨, 서로 겨냥이 어긋나는 속셈의 탐색전은 의미가 없습니다. 로슨 양은 당신의 일기에 대해, 그리고 다른 일에 대해서도 전혀 모릅니까? 그렇다면 그녀에게 이야기해 주지 않으면 안 되지 않을까요?"

나이젤은 이 물결치는 수면에 낚싯줄을 드리우면서도, 무엇이 낚아 올려질지 예상도 되지 않았다. 그런데 도무지 예기치도 못했던 일이 일어났다. 필릭스가 정원용 의자에서 일어나 친근함과 비꼼과 허세와 어떤 종류의 쌀쌀한 경멸——그녀에 대한 것인지 자기 자신에 대한 것인지 알 수 없었지만——이 뒤섞인 눈길로 지그시 리나를 지켜보면서 마티의 일, 조지를 찾은 일, 래터리네 객실의 헐거워진 마룻바닥 밑에 숨겨 두었던 일기, 그리고 강에서의 살인 미수 등을 남김없이 털어놓았다.

"이제 당신도 내가 어떤 사람인지 알았을 테지. 나는 조지를 죽이려다 실패했을 뿐, 다른 일은 모두 실제로 해치웠던 거요." 그는 단호하게 말했다.

그의 목소리는 아주 차분했고 객관적이었다. 그러나 나이젤의 눈에는 그의 온몸이 가늘게 떨린다기보다도 오히려 오랜 시간 얼음물에 잠긴 뒤처럼 경련하고 있는 것을 잘 알 수 있었다. 이야기하고 난 뒤의 침묵은 끝없이 이어지는 것처럼 생각되었다. 강물이 기슭으로 찰싹찰싹 밀어닥치고 흰 눈썹 뜸부기가 요란스러운 울음소리를 내고, 호텔의 라디오가 중국의 무방비 도시들에 대한 폭격은 순전한 자기 방위라는 일본의 주장을 무감동하게 되풀이하고 있었다. 그러나 잔디밭의 네 사람 사이에는 그대로 드러난 신경과 같은 침묵이 펼쳐져 있었다. 리나의 두 손이 의자의 나무 부분을 단단히 움켜잡고 있었다. 그녀는 필릭스가 다음에 이야기하는 것을 맞추려는 것처럼, 또는 그가 그것을 입에 올리는 것을 도와 주려는 것처럼 이따금 입술을 벌리는 일 말고는 처음 그대로의 자세로 꼼짝 않고 앉아 있었다. 이제 간신히 그녀의 굳어진 자세가 무너지고 커다란 입이 와들와들 떨리며 온몸이 자꾸만 줄어들어 없어질 것만 같은 생각 속에서 그녀는 외쳤다.

"필릭스! 왜 좀더 일찍 이야기해 주지 않았지요? 왜 그랬지요?"

그녀는 여전히 긴장한 채 아무런 표정도 나타내지 않는 그의 얼굴을 말끄러미 들여다보았다. 나이젤과 조지아는 거기에 없는 거나 다름없었으리라. 필릭스는 그녀를 절대로 접근시키지 않으려고 결심하고 있기라도 한 것처럼 한 마디도 하지 않았다. 그녀는 일어서더니 울면서 호텔 쪽으로 달려갔다. 필릭스는 뒤쫓아가려고도 하지 않았다.

"당신의 비밀 외교에 참으로 마음이 조마조마했어요. 진심으로 그 비극 장면을 연출할 셈이었나요?" 1시간 뒤 방에 돌아왔을 때, 조지아는 말했다.

"그것에는 나도 마음이 꺼림칙해. 일이 그렇게 될 줄은 꿈에도 생각지 못했거든. 그러나 이로써 리나가 래터리를 죽이지 않았다는 것이 확실히 증명되었소. 그녀는 일기에 대해 아무것도 몰랐던 모양이고, 필릭스를 사랑하고 있다는 것도 알았지. 그러므로 그녀가 조지를 독살하고 필릭스에게 죄를 뒤집어씌우기에는 두 가지의 장애가 있소. 물론 이것은 우연이라고 하더라도."

그는 반쯤 자기에게 들려주는 듯한 말투로 계속했다.

"왜 좀더 일찍 이야기해 주지 않았지요?"라고 말했을 때의 그녀의 태도도 이로써 설명이 되지. 그렇다면……."

"바보 같은 소리 말아요"라고 조지아가 위세 있게 말했다. "나는 그 아가씨가 마음에 들어요. 그녀는 용기가 있어요. 독약은 여자의 무기는 아니라고 흔히들 말하잖아요. 그것은 겁쟁이의 무기예요. 리나는 그런 것을 사용하기에는 지나치게 용기가 많아요. 만일 래터리를 죽이려 한다면 그의 머리통을 날려 버리거나 나이프로 찌르거나 하는 방법을 택할 거라고 생각돼요. 그녀가 사람을 죽이는 것은 격정에 사로잡혔을 때뿐이에요. 이것은 믿어도 틀림없을 거예요."

"아마 당신 말대로겠지. 겸해서 또 한 가지 묻고 싶은 일이 있소. 필릭스는 그녀를 왜 그런 식으로 냉정하게 다루는 것일까? 래터리가 살해된 바로 뒤에 일기에 대해 이야기하지 않았던 것은 어째서일까?

도대체 무엇 때문에 우리들이 있는 곳에서 그런 이야기를 꺼냈을까?"

조지아는 이마 위로 흘러내린 검은 머리를 걷어올렸다. 머리가 좋은 원숭이가 무엇인지 걱정거리를 안고 있는 듯한 얼굴이었다.

"이중 삼중의 안전책이 아닐까요?" 하고 그녀는 말했다. "그는 비밀을 털어놓으면, 자기가 저지를 속셈이었던 살인의 아무것도 모르는 공범자로서 그녀를 이용했을 뿐이라는——글쎄, 처음에는 그랬잖아요——것을 그녀가 알게 되는 걸 겁내어 고백을 질질 끌고 있었던 거예요. 그는 보다시피 그렇듯 민감한 사람이잖아요. 그러므로 그녀가 얼마나 깊이 자기를 사랑하고 있는지를 깨닫고, 그녀를 이용하고 있었을 뿐이었던 것을 눈치채게 함으로써 그녀의 마음을 상하게 하는 것이 무서웠던 거예요, 틀림없어요. 아마도 그는 다른 사람의 감정을 상하게 하기보다는 자기가 양심의 가책에 괴로워하는 편이 더 무서워서 남을 성나게 하기 싫은 겁쟁이가 아닐까요. 그는 떨떠름한 감정의 폭발이 싫은 거예요. 그러므로 리나에게 모든 걸 이야기하는 데 있어 우리들이 함께 있을 때 비난, 변명, 안도감과 같은 것을 피할 수가 있었으니까요."

"당신은 그가 리나를 사랑하지 않는다고 생각해요?"

"그건 몰라요. 사랑하지 않는다는 것을 그녀에게 또는 자기 자신에게 납득시키려 하고 있는 것 같긴 했지만, 나라면 그와 같은 사람을 좋아하고 싶지 않아요" 하고 조지아는 엉뚱한 말을 덧붙였다.

"어째서이지?"

"그가 필에게 굉장히 친절한 것을 눈치챘어요? 그 아이를 진심으로 귀여워하고 있는 것 같고, 필도 '위대한 백인의 아버지(인디언이 미국 대통령을 부르는 이름)'처럼 그를 존경하고 있어요. 그것만 없다면……."

"당신은 펠릭스를 양심도 없는 최저의 인간이라고 생각하고 싶겠지?"라고 나이젤이 그 말을 받았다.

"하지도 않은 말을 내 입에서 끌어 내지 말아요. 마치 요술쟁이가 금시계를 끌어내듯이." 그녀가 항의했다.

"당신은 재미있는 사람이오. 당신은 다정하고 나는 당신을 사랑하고 있지만, 나에게 이렇듯 심한 거짓말을 한 것은 아마도 처음일 테지?"

"아니에요."

"그래, 그럼 처음이 아니란 말이지?"

"거짓말 같은 건 한 번도 하지 않았어요."

"알았어. 거짓말이 아니었다고 하지. 그런데 당신의 목 언저리를 조금 간지럽혀 주는 것은 어때?"

"좋아요, 하지만 그런 일보다 먼저 해야 할 일이 있잖아요?"

"그렇지, 일기가 있어. 그것을 오늘 밤 안으로 읽지 않으면 안 되오. 전등에 갓을 씌우고 당신이 침대에 들고 나서 읽기로 하겠어. 그런데 당신에게 언제 래터리 노부인을 만나 달라고 부탁해야겠는데. 100퍼센트, 글랜 기니올 타입의 무서운 할머니지. 그녀에게서 조지를 독살할 동기라도 발견되는 편이 나로서는 훨씬 기쁠 텐데 말이야."

"어머니 살해란 말을 들은 일이 있지만, 아들 살해라는 건 드물지 않을까요?"

나이젤이 중얼거리듯이 말했다.

"오오, 그에게 독약이 먹여졌는지도 모른다, 랜들 경, 내 아들이여! 오오, 그에게 분명히 독약이 먹여졌던 거요, 내 아름답고 젊은 아들이여!"

"그렇습니다! 저에게 독약을 먹였지요, 어머님. 곧 나의 자리를 펴 주세요.

가슴이 찢어질 것 같이 괴롭고, 저는 한시라도 빨리 눕고 싶습니다."(영국의 옛 민요 '랜들 경'의 1절)

"하지만 독약을 먹인 것은 랜들 경의 젊은 아내였을 거예요, 확실히"라고 조지아가 말했다.

"'그는' 그렇게 믿고 있었던 거야." 나이젤은 '그는'이라는 말에 불길한 강조를 하며 말했다.

8

"그 약병만 발견되면 좋겠는데 말입니다" 하고 이튿날 아침 나이젤과 더불어 수리 공장으로 향할 때, 브랜트 경감이 말했다. "이 집안 사람이 숨긴 것이라면 반드시 가까이에 있을 겁니다. 래터리의 증세가 나빠지고 나서 누구 한 사람도 5분 이상 다른 사람들의 눈 앞에서 떠나지 않았으니까요."

"로슨 양은 어떻습니까? 그녀는 꽤 오랜 시간 동안 전화 앞에서 버티고 있었다고 말했지 않습니까. 그것은 확인해 보셨나요?"

"네, 저녁 식사 뒤부터 읍의 경찰이 불려와 래터리네 사람들이 감시 아래 놓여질 때까지의 온 가족의 행동을 일람표로 만들고, 저마다의 진술을 다른 사람의 그것과 대조해 보았지요. 그 결과 서둘러 식당으로 가서 병을 가지고 나올 시간은 누구에게나 있었지만, 멀리까지 가져가 숨길 시간은 아무에게도 없었다는 것이 밝혀졌습니다. 콜즈비의 부하가 반지름 수백 야드 안의 집이며, 뜰이며 근처를 샅샅이 수색했습니다. 그러나 병은 발견되지 않았지요."

"그러나 래터리는 강장제를 늘 먹고 있지 않았습니까? 그 빈 병은 어떻게 되었습니까?"

"지난 주일 중간쯤에 넝마장수가 걷어 갔다더군요."

"이거 꽤 어려운 문제인데" 하고 나이젤이 기쁜 듯이 말했다.

"으음" 브랜트는 모자를 벗고 번들번들 윤이 나는 대머리의 땀을 닦은 다음 다시 꼼꼼하게 모자를 고쳐 썼다.

"차라리 리나에게 병을 어디다 숨겼느냐고 똑바로 들이대어 물으면 수고가 덜어질 게 아닙니까?"

"나는 증인을 괴롭히지 않는 주의라서요."

"그렇다고 벌을 받지 않는다고 할 수 있을까요? 좀더 속이 들여다보이는 거짓말이!"

"그 일기는 벌써 다 읽으셨습니까?"

"네. 몇 가지인가 도움이 되는 힌트가 있었다고 생각되는데, 어떻습니까?"

"글쎄요, 아마도 어쩌면 래터리는 가족들 사이에서 그다지 좋게 여겨지지 않았던 것 같고, 이제부터 만나러 가는 그 카팩스라는 사나이의 아내와 불미한 관계가 있었던 것 같더군요. 그러나 케언즈는 남에게 혐의를 돌리기 위해 일기 속에서 그와 같은 점을 유난스레 강조해 두었는지도 모르지요."

"'강조'라는 말은 적당치가 않겠지요. 그냥 덧붙여서 써 두었을 뿐일 겁니다."

"그 사나이는 머리가 좋으니까요. 부자연스러울 만큼 과장은 하지 않지요."

"어쨌든 그의 관찰이 옳다는 건 간단히 증명할 수 있습니다. 사실 래터리는 횡포한 주인이었다는 증거가 얼마든지 있습니다. 그와 저

오싹해지는 듯한 할머니는 리나 로슨을 뺀 모든 사람을 기진맥진케 하고 있었던 것 같으니까요."

"그 점은 인정합니다. 그런데 당신은 그가 아내에게 독살되었다는 겁니까? 아니면 하녀 가운데 한 사람에게라도?"

"그런 뜻으로 말한 건 아닙니다. 필릭스는 래터리에 대해 있는 그대로의 진실만을 일기에 쓰고 있었다고 말하고 싶었을 뿐이지요." 나이젤은 조금 짜증스럽게 대답했다.

그리고 나서 그들은 수리 공장에 닿을 때까지 입을 열지 않았다. 세븐브리지의 거리는 한낮의 햇볕 속에 잠자고 있었다. 그림 엽서와 같은 이 도시의 유서 깊고 지저분한 골목 입구에서 쑥덕거리고 있는 사람들이 그들의 눈앞을 빠른 걸음으로 지나가는 훌륭한 신사가 런던 경시청의 제일가는 민완 경감이라고 알고 있었다 할지라도 그들은 아무 어려움 없이 그 호기심을 숨기고 있었을 것이다. 나이젤 스트렌지웨이즈가 '체비 체이스의 발라드(노덤벌랜드 북부, 스코틀랜드 국경 연변의 수렵 지대 체비에 전하는 옛 민요)'를 큰 목소리로 노래하기 시작했을 때에도 그들은 아무 반응을 나타내지 않았다. 다만 브랜트 경감만은 그것을 듣고 마음 속이 편하지 못한 모양으로 쫓기는 짐승처럼 걸음을 재촉했다. 세븐브리지는 브랜트 경감과는 달리 번화가에 울려 퍼지는 엉뚱한 노랫소리에 익숙해져 있었다. 하긴 이렇듯 이른 시간부터 고함치듯 노래하는 사람은 과연 신기했지만, 버밍엄에서 대형 유람 버스를 타고 줄줄 잇달아 찾아오는 관광객들이 해마다 여름이 되면 주말마다 세븐브리지가 '장미 전쟁' 이래 좀처럼 경험한 일이 없을 만큼 대소동을 펼치며 그 주된 역할을 맡고 있는 것이었다.

"그 가공할 만한 소음을 그만둘 수는 없습니까?"

마침내 견디다 못한 브랜트가 말했다.

"설마 저의 이 훌륭한 노랫소리에 대해서."

"그것일 게 뻔하지 않습니까!"

"허허! 아니, 뭐, 신경쓸 것은 없어요. 나머지는 58절 뿐이니까."

"맙소사!"

브랜트는 눈물겨울 만큼 참을성을 발휘하여 죄가 될 말을 꿀꺽 삼
켰다. 나이젤은 다시 노래하기 시작했다.

　　이윽고 짐승은 숲을 빠져 달아나고
　　사냥개 무리는 나무 사이로 빠져나가
　　사냥감인 사슴에 따라붙었네.

"겨우 다 왔군" 하고 브랜트가 말하며 수리 공장 안으로 서둘러 도
망쳤다.

두 사람의 수리공이 '금연'이라고 써 붙인 종이 아래에서 불이 붙은
담배를 꼬나물고 말다툼하고 있었다. 브랜트가 경영자와의 면회를 청
하자, 그와 나이젤은 사무실로 안내되었다. 경감이 설명을 늘어놓고
있는 동안 나이젤은 카팩스를 관찰했다. 몸치장이 말쑥한 작은 몸집
의 사나이로, 전체적으로 보아 이렇다할 특징은 없었으며, 윤기가 도
는 햇볕에 그을린 얼굴은 프로 크리켓 선수에게서 볼 수 있는 겸손한
장난꾸러기 기질과 개방적이며 서글서글한 성격을 느끼게 했다. 정력
가이지만 야심가는 아닌 것 같다고 나이젤은 생각했다. 평범한 인간
이라는 데 만족하고 있기는 하지만 조심스럽고 취미에 열중하며, 남
에게는 알려져 있지 않지만 뜻하지 않은 분야의 엑스퍼트(숙련공이
나 전문가)이고 남편으로서나 아버지로서도 이상적인 인물. 그가 격
정에 사로잡히는 광경은 한순간도 상상할 수 없다. 그러나 이 같은
인간이야말로 겉보기만으로는 믿을 수 없으며, 본성을 잘못 판단할
위험이 크다. '작은 사나이'들은 성나면 몽구스처럼 냉정하고 격렬한

용기를 보인다. 작은 사나이의 가정은 그의 성(城)이라고 옛날부터 말하지 않는가. 그 성을 지키기 위해서는 놀랄 만한 인내력과 과감함을 발휘한다. 다음으로 로더라는 아내인데, 과연…….

브랜트 경감이 말을 꺼냈다. "실은 우리들은 이 가까이 있는 모든 약국에 알아보았는데, 고인의 가족 가운데에는 어떤 형태의 스트리키닌도 산 분이 없다는 것이 밝혀졌습니다. 물론 좀더 먼 곳에서 샀으리라는 것도 예상되므로, 그 방면의 수사는 앞으로 계속할 작정입니다. 우선 우리들로서는 범인이 이 공장의 쥐약을 가져갔다고 생각할 수밖에 없습니다."

"범인? 그럼, 자살 또는 사고의 가능성은 완전히 없어졌습니까?" 하고 카팩스가 물었다.

"당신의 공동 경영자가 자살을 할 만한 무슨 짐작되는 원인이라도 있습니까?"

"아니오, 그런 뜻으로 말한 건 아닙니다. 잠깐 그렇게 생각해 보았을 뿐이지요."

"이를테면 경제상의 문제 같은 건 없었겠지요?"

"네, 저희 공장 경영은 순조롭습니다. 어쨌든 사업이 만일 실패했을 경우는 내 편이 래터리보다 훨씬 큰 손해를 입습니다. 이 공장을 사들였을 때, 그 돈의 전액을 내가 냈으니까요."

"그렇습니까?"

약간 얼이 빠진 얼굴로 담배 끝을 지켜보면서 느닷없이 나이젤이 물었다.

"당신은 래터리를 좋아하셨습니까?"

브랜트 경감이 그런 건 물을 필요가 없다는 듯이 한 손을 들어 나무라는 손짓을 해보였다. 카팩스 쪽은 그다지 꺼려하는 눈치도 없었다.

"어째서 그와 손을 잡았는지 궁금하시겠지요?" 하고 그는 말했다. "실은 전쟁중에 그가 목숨을 구해준 일이 있습니다. 그 뒤 다시 만났을 때——7년쯤 전이었는데——그는 경제적으로 곤란을 받고 있었습니다. 어머니가 재산을 없애 버려서 말이지요. 나로서는 그를 돕는 것이 그나마 은혜를 갚는 일이었습니다."

나이젤의 물음에 직접 대답은 하지 않았으나, 카팩스는 자기와 래터리의 관계가 우정이 아니라 신세를 갚는 것뿐이었음을 명백히 했다. 브랜트가 늘 하는 식으로 이야기를 되돌렸다. 물론 이것은 단순한 수사상의 질문이지만, 당신이 토요일 오후에 무엇을 했는지 물을 필요가 있다고 그는 말했다. 카팩스는 희미한 비웃음의 빛을 눈에 떠올리고 대답했다.

"네, 그렇겠지요. 정해진 질문이겠지요. 그러니까 3시 15분전쯤 나는 래터리네에 갔습니다."

나이젤의 입에서 담배가 떨어졌다. 그는 급히 허리를 구부려 그것을 주워 올렸다. 브랜트는 그의 방문 이야기를 듣는 게 처음이 아닌 듯한 얼굴로 애교 있게 말을 계속했다.

"개인적인 방문이었습니까?"

"그렇습니다. 래터리 노부인을 만나러 갔었지요."

"그렇습니까" 하고 브랜트는 조용히 말했다. "나는 몰랐었군요. 하인들은——그들에게 질문을 했습니다만——그 날 오후에 당신이 래터리네를 방문한 일에 대해 아무 말도 없었지요."

카팩스는 눈도 깜박거리지 않았으며, 도마뱀처럼 마음 속을 보이지 않았다. 그는 말했다.

"그랬을 겁니다. 아무 말도 하지 않았을 테지요. 나는 곧장 노부인의 방으로 갔으니까요. 방문 약속을 했을 때, 그렇게 해 달라는 그녀의 부탁을 받았던 겁니다."

"약속? 그러면 무언가 사무적인 이야기라도 있었습니까?"

"그렇습니다."

카팩스의 목소리는 얼마쯤 엄격함이 더해 가고 있었다.

"우리가 다루고 있는 사건과 무슨 관계가 있는 이야기였나요?"

"아니오, 하긴 조금쯤은 관련이 있다고 생각할 사람이 있을지도 모르지만."

"관련이 있는지 어떤지는 우리 쪽에서 판단하지요, 카팩스 씨. 좀 더 자세히 이야기해 주시는 편이……."

"네, 알고 있습니다." 카팩스는 안타깝다는 듯이 말했다. "다만 곤란하게도 이것에는 제3자가 얽혀 있답니다."

그는 잠시 생각하고 나서 말했다.

"어떻겠습니까, 이야기를 두 분의 가슴에만 간직해 두겠다고 약속해 주시겠습니까? 만일에 사건과 아무런 관계도 없다고 판단하셨을 때에는……."

나이젤이 옆에서 입을 열었다.

"그 점은 염려 마십시오. 어쨌든 필릭스 레인의 일기에 모두 씌어져 있는 것이니까."

그렇게 말하고 그는 카팩스의 반응을 지그시 지켜보았다. 상대는 무슨 이야기인지 전혀 모르겠다는 얼굴을 하였다. 그것이 만일 연기라고 한다면, 참으로 완벽한 연기였다.

"필릭스 레인의 일기라니요? 그가 대체 무엇을……."

나이젤은 브랜트의 험악한 눈길을 무시하고 계속 말했다.

"레인은 래터리가——어떻게 말하면 좋을까?——당신 부인의 찬미자였음을 알고 있었지요."

나이젤은 카팩스를 성나게 만들고 방심케 하려고 미묘한 가시를 품은 표현법을 썼다. 그렇지만 카팩스는 이 한 번의 찌름에도 태연하기만 했다.

"아무래도 당신네들 쪽이 우세한 것 같군요" 하고 그는 말했다.

"좋습니다. 되도록 간단히 사실만을 이야기하지요. 거기서 제멋대로 결론을 끌어내지는 말도록 부탁하겠습니다. 조지 래터리는 얼마 전부터 아내에게 구애하고 있었습니다. 집사람은 그것을 재미있어하고 호기심을 자극 받아 만족스러워하고 있었던 모양입니다. 여자란 누구나 그런 거니까요. 조지는 꽤 핸섬한 사나이였습니다. 집사람은 그와 죄 없는 불장난을 즐기고 있었다고 할 수 있을지도 모릅니다. 나는 집사람에게 충고 같은 건 하지도 않았지요. 아내를 신뢰할 수 없는 사나이는 결혼할 자격 따윈 없으니까요. 다른 사람은 어쨌든 나는 그런 의견이었지요."

'원, 이 사나이는 눈뜬 장님인가, 사랑할 만한 돈키호테인가, 아니면 가장 음흉스럽고 그럴 듯한 얼굴을 한 위선자인가' 하고 나이젤은 생각했다. 물론 필릭스가 일기 속에서 래터리와 로더 카팩스의 관계를 과장하고 있었으리라고도 생각되지만, 카팩스는 인감도장으로 쓰는 반지를 빙글빙글 돌리며 그 눈부신 빛이라도 보듯이 눈길을 좁히면서 이야기를 이어 나갔다.

"최근에 이르러 조지의 지나친 행동이 조금 눈에 거슬릴 정도가 되었습니다. 이왕 말이 나왔으니 말입니다만, 작년에는 전혀 흥미가 없는 것처럼 보였습니다. 그 무렵에는 처제와 관계가 있었던 겁니다. 적어도 그런 소문이었지요." 카팩스는 변명 비슷한 혐오의 표정을 떠올리며 입가를 일그러뜨렸다. "아무래도 소문이라 신경이 쓰이지만 말입니다. 그리고 1월에 그와 리나 로슨은 분명 싸움을 한 모양이었습니다. 조지가 전보다도 더 집사람에게 허튼 웃음을 짓기 시작한 것은 그 뒤의 일입니다. 그런데도 나는 잠자코 지켜보고 있었습니다. 만일 로더가 나보다 그를 좋아한다면——이것은 긴 안목으로 보아서의 일이지만——내가 그 일로 떠들어댄들 무익하다고 생각했기 때문입니다. 그런데 불행하게도 이 단계에서 조지의 어머니가 끼어들었습니다. 그녀가 토요일 오후 나와 이야기하려 했던 것은 그 일이었던 겁니다. 그녀는 로더가 조지의 정부인 체한다면서 나를 몹시 나무래며, 대체 어떻게 할 셈이냐고 따져 물었습니다. 그래서 나는 지금 당장은 어떻게 할 작정도 없다고 대답했습니다. 그러나 만일 로더가 이혼을 바란다면 물론 그에 응할 생각이라고 말했지요. 그러자 노부인은——그 할머니도 꽤나 만만치 않아서 나는 아무래도 질색입니다만 ——심한 말을 늘어놓지 않겠습니까. 나를 가리켜 아내 단속도 못하는 멍청이라고 욕하는가 하면 로더의 욕을 늘어놓으며 그녀가 조지를 유혹했다느니——아무래도 이것은 너무하다고 생각했지요——그 밖의 온갖 말을 했습니다. 그리고 마지막에 이르러 명령조로 이런 일은 빨리 끝나게 해 달라는 것이었습니다. 로더가 가정에 틀어박혀 이 일이 수습되는 것이 관계자 모두에게 있어 가장 바람직한 일이다, 그녀는 그녀대로 조지가 앞으로 얌전히 굴도록 감시하겠다는 것이었습니다. 그것은 일종의 최후 통첩이었습니다만, 나는 이 최후 통첩이라는 게 싫었습니다. 특히 거드름을 피우는 할머니로부터의 그것이 말입니다. 그래서 나도, 조지가 집사람을 유혹하는 것은 그의 자유이고, 집사람이 진심으로 그와 함께 살고 싶다고 바란다면 이혼에 응하겠다고 단호한 어조로 되풀이 말해 주었습니다. 그랬더니 래터리 노부인은 세상 체면이 어떠니, 가문의 명예가 어떠니 하며 오랫동안 지껄여 댔습니다. 나는 이미 진절머리가 나서 이야기 도중 방에서 뛰어나와 돌아와 버리고 말았지요."

카팩스는 점점 나이젤을 향해 말하게끔 되었고, 나이젤 쪽에서도 이야기 요소요소에서 열심히 고개를 끄덕이고 있었다. 브랜트는 자기만 제쳐져 혼자 버려진 것 같은 느낌이 들었다. 그 때문에 그가 입을 열었을 때에는 목소리에 가시가 돋쳐 있었다.

"굉장히 재미있는 이야기로군요, 카팩스 씨. 그러나 솔직히 말해서 당신의 행동은 조금 저어, 뭐라고 할까, 색다른 데가 있군요."

"그럴지도 모르지요."

카팩스는 대수롭지 않다는 듯 대답했다.

"그리고 나서 당신은 곧장 그 집에서 뛰어나왔다고 하셨지요?"

이 '곧장'이라는 말에는 도전적인 강조가 깃들어 있었다. 브랜트의 눈이 코안경 속에서 싸늘하게 빛났다.

"그 질문이 래터리의 강장제에 스트리키닌을 넣기 위해 지체하지 않았느냐는 의미라면 대답은 '노'입니다."

브랜트가 재빨리 공세로 나갔다.

"강장제에 독이 넣어졌던 일을 어떻게 알고 계십니까?"

유감스럽게도 카팩스는 이 공격에 꿈쩍도 하지 않았다.

"소문이지요. 하녀란 본디 수다스러우니까요. 래터리네 하녀가 우리 집 요리사에게 경찰이 없어진 강장제 병 때문에 큰 소동을 벌이고 있다고 떠벌렸다는 말을 듣고 내가 아주 간단한 더하기 셈을 했을 뿐입니다. 이런 간단한 계산이라면 경감님이 아니라도 할 수 있으니까요."

카팩스는 매콤한 비꼼까지 곁들여 가며 말했다.

브랜트가 무겁게 형식을 차린 태도로 말했다.

"지금의 당신 이야기는 조사해 볼 필요가 있겠군요, 카팩스 씨."

"그것보다는 조금 수고가 덜어질지 모르니"라고 놀랍게도 카팩스가 말했다. "제가 두 가지의 일을 말씀드리지요. 이미 눈치채셨을지도 모르지만요. 한 가지는 제가 래터리와 집사람의 일에 대해 취한 태도가 당신에게는 잘 이해되지 않는다 하더라도, 나는 결코 거짓말을 하고 있는 게 아니라는 점입니다. 그 일에 관한 저의 뭐라고 할까 진술에 대해서는 래터리 노부인이 확인해 줄 겁니다. 또 한 가지는 당신은 이것이 내 진짜 마음을 감추기 위한, 조지와 로더의 관계에 끝장을 내게 하려는 나의 의도를 숨기기 위한 속임수라고 생각하실지도 모릅니다. 그러나 나로서는 조지를 죽인다는 거친 수단을 취할 필요 같은 건 없다는 것에 부디 눈을 돌려주십시오. 수리 공장의 자금을 댄 것은 바로 나입니다. 만일 제가 조지의 숨통을 끊어주려고 마음만 먹는다면 로더에게서 손을 떼든가 공동 경영에서 손을 떼든가, 둘 중 하나를 선택하게 하는 것만으로도 됩니다. 요컨대 돈이냐 여자냐, 하는 셈이지요."

이렇게 브랜트의 공세를 멋들어지게 막고 나더니 카팩스는 기분이 좋은 듯 상대를 지켜보면서 의자 등받이에 몸을 벌렁 젖혔다. 브랜트는 반격을 시도했지만, 모든 전선에서 시종일관 변함 없는 쌀쌀한 솔직성과 보다 싸늘한 논리에 부딪쳐 격파되었다. 카팩스는 이 응수를 즐기고 있는 것 같기도 했다. 브랜트가 끌어 낸 유일한 새로운 증언은 카팩스에게는 그가 래터리네를 나오고 나서 살인이 행해지는 동안에 움직일 수 없는 알리바이가 있다는 것뿐이었다.

수리 공장에서 나올 때 나이젤이 말했다.

"정말 놀랐소, 가공할 만한 브랜트 경감의 좋은 적수가 나타났다고 나 할까요. 카팩스는 우리들을 싸움터에서 몰아내고 말았군요."

"참으로 냉정한 사람이오. 하나에서 열까지 앞뒤가 꼭꼭 들어맞고 있소. 지나치게 들어맞는 느낌이 들 정도로. 당신도 깨달았으리라 생각됩니다만, 케언즈는 일기 속에 어느 날 카팩스가 수리 공장에서 독물에 대해 물어 왔다고 쓰고 있지요. 아무래도 그 점이 수상쩍소……." 브랜트가 신음하듯이 말했다.

"그렇다면 필릭스 케언즈의 일은 이미 당신 염두에서 없어졌군요?"

"나는 공평하게 사물을 보고 있을 뿐이오, 스트렌지웨이즈 씨."

9

브랜트가 카팩스에게 일시적인 제동(制動)의 일격을 당하고 있는 동안, 조지아와 리나는 래터리네의 테니스 코트 옆에 앉아 있었다. 조지아는 바이올렛 래터리를 위해 무언가 도와 줄 일이라도 없을까 하여 래터리네를 찾았던 것이다. 그런데 바이올렛은 하루인가 이틀 동안에 깜짝 놀랄 만큼 자신감과 위엄에 넘친 여자로 바뀌어 있었다. 주위 정세가 그녀에게 들이대는 어떠한 요구도 훌륭히 처리할 것만 같았다. 한편 래터리 노부인의 권한은 바야흐로 그녀의 방으로 밀어 넣어진 것처럼 보였다. 그 점에 대해 리나도 말했다.

"이런 말을 해서는 안 될지도 모르지만, 조지의 죽음이 바이를 다른 사람으로 만들었어요. 우리 영어 선생이 '아주 잔잔한 인품'이라는 말을 곧잘 하곤 했었는데, 마치 그런 인간이 되어 버린 듯싶어요. 그렇긴 하지만 얼마나 얄미운 표현이겠어요! 하지만 바이는 ──사실 그녀가 이 15년 동안 현관의 구두 닦는 헝겊과 같은 존재였었다고 생각하는 사람은 없을 거예요──언제나 "네, 조지" "아니오, 조지" "어머나, 조지" "부탁이니까 그런 일은" 하는 식이었으니까요. 그런데 지금은 조지가 누군가에게 독살되었으니, 경찰이 미망인에게 눈독을 들일지도 모르잖아요."

"설마, 아무리……"

"그럴까요? 우리들 모두가 의심받을 게 틀림없어요. 이 집 사람들은 모두. 게다가 필릭스는 교수형을 당하고 싶어 열심이었던 것 같아요. 물론 나는 그가 죽였다고는 생각지 않지만. 네, 어젯밤 그가 우리들에게 이야기한 일이지만" 리나는 한숨 돌리고 나서 작은 목소리로 다시 말을 이었다. "대체 무슨 속셈으로……아아, 이런 일은 아무래도 좋아요. 필은 잘 있나요?"

"내가 나올 때에는 필릭스와 버질(베르길리우스, 로마의 시인)을 읽고 있었어요., 아주 원기있어 보이더군요. 하긴 나는 어린아이에 대해 잘 모르지만. 그 애는 이따금 몹시 신경질적이 되고, 그리고 는 아무런 까닭도 없이 화난 것처럼 입을 다물고 마는 일이 있어 요."

"버질을 읽고 있다고요? 대체 어쩔 셈일까. 나는 도저히 따라가지 못할 거예요."

"하지만 그 애의 마음을 사건에서 떼어놓으려고 하는 것은 좋은 일 이라고 생각해요."

리나는 대답하지 않았다. 조지아는 머리 위를 흘러 지나가는 구름 을 올려다보았다. 이윽고 그녀는 곁에서 나는 요란한 소리로 제정신 이 들었다. 재빨리 소리나는 쪽으로 눈을 돌렸더니 리나가 햇볕에 그 을린 날씬한 손으로 풀을 뿌리째 잡아 뽑아 그것을 쥐어뜯어 한 움큼 씩 잔디에 뿌리고 있었다.

"어머나, 당신이었군요. 나는 한순간 잔디에 소가 들어왔나 싶었어 요." 조지아가 말했다.

"이런 꼴을 당하게 되면 풀이라도 먹고 싶어져요. 아아, 나는 미칠 것만 같아!"

그녀는 아무것도 없는 곳에서 극적인 상황을 만들어 내려는 것 같 은 저 충동에 찬 어깨의 움직임을 나타내며 조지아 쪽을 향했다. 그 눈은 이글이글 불타고 있었다.

"나의 어디가 나쁘지요? 네, 가르쳐 주세요. 나의 어디가 나쁘지 요? 나의 체취가 싫으세요? 아니면 가장 친한 친구라도 그것만은 말할 수 없는 건가요?"

"당신에게는 나쁜 데가 하나도 없어요. 대체 그건 어떤 뜻이지 요?"

"그렇다면 어째서 모두들 나를 피하지요?" 리나는 자신을 히스테리 상태에 몰아넣고 있었다. "필릭스 말이에요, 그리고 필도. 필과 나는 사이가 좋았어요. 그런데 지금은 그 애가 내 앞에서 달아나며 숨고 있지요. 하지만 필은 아무래도 좋아요. 문제는 필릭스예요. 대체 무엇 때문에 나는 그를 좋아하게 되었을까요? 내가 사랑을 한 것은 어째서일까요? 이 나라에만도 몇 백만이나 되는 남자가 있건만, 나를 죽은 사람에의 소개장 대용물로 삼았던, 그나마 나와는 아무 상관도 없었던 사나이가 좋아지다니⋯⋯아니에요, 그건 거짓말이에요. 필릭스는 나를 사랑하고 있었어요. 이런 일로 사람을 속이지는 못해. 여자라면 또 몰라도 남자로서는 할 수 없어요. 아아, 내가 필릭스의 목적에 의심을 갖기 시작했다고 해서⋯⋯ 우리들은 아주 행복했어요. 나는 그런 일에는 신경을 쓰지도 않았어요. 그 밖의 일에는 눈을 감고 싶었던 거예요."

여느 때에는 조금 바보스럽고 그냥 수수한 미모인 리나가 격정에 사로잡혀 냉정함과 가장된 포즈와 영화스타 수업으로 몸에 지닌 주의 깊은 '몸놀림'을 잃었을 때, 참된 아름다움이 나타났다. 그녀는 조지아의 두 손을 움켜잡고──그것은 충동적이고 안타깝도록 가슴을 울려 주는 몸짓이었다──다그치는 말투로 말했다.

"어젯밤 제가 뜰로 나가자고 했을 때, 그가 단둘이서 가는 것을 싫어한 걸 당신도 눈치채셨겠지요. 나는 나중에 생각했어요. '그것은 일기 탓일 거야, 처음에 나를 속이고 있었던 일이 알려지는 게 두려워서 그랬을 거야'라고요. 하지만 그러고 나서 그가 우리들에게 일기에 대해 말했잖아요? 즉 우리들 사이에 이제는 비밀이 없다고 생각하고 있었던 거지요. 그런데 오늘 아침 내가 전화를 걸어서, 그 일을 아무렇지도 않게 생각하며 그를 사랑하고 있으니 함께 있으면서 도와 주고 싶다고 말했더니 글쎄, 그가 태연하게 마치 예의

바른 하느님과 같은 말투로 필요한 때 말고는 만나지 않는 편이 서로를 위해서 좋겠다고 하지 않겠어요. 어째서 그럴까요? 그렇듯 분한 일은 없었어요, 조지아. 난 내 자신에 대해서 자존심이 강한 여자라고 생각하고 있었는데, 마치 순례자처럼 무릎을 꿇고 그 남자에게 애걸하고 있는 거예요."

"이해가 가요. 당신 쪽에서 볼 때 정말 분한 일이겠지요. 하지만 자존심이라고요? 나라면 그런 것엔 상관 않겠어요. 자존심 같은 건 아주 짐스러운 감정이에요. 그런 건 한시라도 빨리 버리는 게 좋아요."

"물론 그런 일에 신경 쓰고 있는 건 아니에요. 필릭스가 걱정되는 거예요. 그가 조지를 죽였든 죽이지 않았든 그런 건 상관없지만, 나까지 죽이지는 말아 달라고 하고 싶어요. 경찰은 그를 체포할까요? 언제 그가 체포되고, 이제 두 번 다시 만나지 못하게 될지도 모르는데, 이렇듯 서로 떨어져 시간을 낭비하고 있다고 생각하니 난 미칠 것만 같아요."

리나는 소리내어 울기 시작했다. 조지아는 그녀의 마음이 가라앉기를 기다려 다정스럽게 말했다.

"그가 범인이라고는 생각되지 않아요. 나이젤도 역시 같은 의견이지요. 우리들 둘이서 그를 도와 줍시다. 하지만 도와 주려면 진상을 완전히 알 필요가 있어요. 그에게는 지금 당신과 만나고 싶지 않은 특별한 이유가 있을지도 모르고, 엉뚱한 기사도 정신을 발휘하고 있는 건지도 몰라요. 즉 당신을 이 사건에 끌어들이고 싶지 않아서인지도 모르지요. 그러니 당신도 숨기는 일이 있어서는 안 돼요. 그것도 역시 잘못된 기사도 정신이니까요."

리나는 무릎 위에서 두 손을 굳게 움켜잡았다. 그리고 똑바로 앞을 노려보며 말했다. "곤란하군요. 나 외의 사람을 끌어들이게 되거든요, 증거를 감추든가 하면 교도소에 보내지는 게 아니에요?"

"그럼요, 만일 당신이 이른바 사후(事後) 공범에 해당된다면요, 하지만 위험을 무릅쓰고 할 만한 가치가 있지 않을까요? 그 없어진 약병에 대해 말하는 거지요?"

"저어, 당신 남편 아닌 누구에게도 이야기하지 않겠다고 약속해 주시겠어요? 그리고 남편께서 이 일을 다른 사람에게 이야기할 때는 그전에 나한테 양해를 얻도록 부탁해 주시겠어요?"

"그럼, 이야기하겠어요. 지금까지 비밀로 해 둔 것은 필이 휩쓸려 들지도 모르기 때문이었어요. 난 필을 좋아하거든요."

리나 로슨의 고백이 시작되었다. 이야기의 시작은 래터리네 저녁 식사 자리에서의 대화였다. 죽을 권리라는 게 화제로 올랐을 때, 필릭스가 사회적 해독——주위 사람들의 생활을 견디기 어려운 것으로 만드는 인간——을 제거하는 일은 용서받아 마땅하다는 소신을 명백히 했다. 리나는 그때 그 말을 곧이곧대로 받아들이지 않았다. 그러나 조지가 괴로워하기 시작하며 필릭스의 이름을 입에 올렸을 때, 문득 그녀는 그 일을 생각해 냈다. 그녀가 가만히 있을 수 없게 되어 식당으로 가 보았더니 테이블 위에 강장제 병이 있었다. 실제로 조지는 옆방에서 신음하며 괴로워하고 있었다. 그래서 그녀는 순간적으로 머릿속에서 약병과 필릭스의 말을 이 사태에 결부시키고 말았다. 정말 이치에 맞지 않는 일이지만, 그녀는 순간 필릭스가 조지에게 독약을 먹인 거라고 믿어 버렸던 것이었다. 그렇게 되자, 그녀는 병을 숨기는 일밖에 생각나지 않았다. 그런 짓을 하면 조지의 죽음이 자살임을 입증할지도 모르는 유일한 증거가 없어지고 만다고는 꿈에도 생각지 못했다. 그녀는 나무 덤불에라도 병을 던져 버리려고 본능적으로 창가로 걸어갔다. 그녀가 창문 유리에 코를 밀어붙이고 자기를 지켜보고 있는 필을 깨달은 것은 바로 그때였다. 동시에 객실에서 그녀를 부르는 래터리 노부인의 목소리가 들려 왔다. 그녀는 창문을 열고 필에게 병을 건네며 어딘가에 숨기도록 일렀다. 까닭을 설명할 틈은 없었다. 필이 그것을 어디에 숨겼는지는 지금까지 모른다. 그녀가 단둘이서 이야기하려고 할 때마다 필이 그것을 피하는 태도를 보인다는 것이다.

"그것은 그다지 이상하게 여겨지지 않지만" 하고 조지아가 말했다.

"그다지 이상하지 않다고요?"

"당신이 필에게 병을 숨겨 달라고 부탁했을 때, 그때 필의 눈에는 당신이 몹시 당황하고 있는 것처럼 보였던 거예요. 그리고 아버지가 독살되고 경찰이 그 병을 찾고 있다는 것을 들었을 테지요. 그 애가 거기서 어떤 결론을 끌어내리라고 생각해요?"

리나는 파고드는 듯한 눈으로 그녀를 지켜보았다. 이윽고 미친 듯이 웃으면서 외쳤다.

"어머나! 그것은 정말 너무해요! 필이 내가 독약을 넣었다고 생각한다는 거지요? 내가, 오오, 그건 너무해요!"

조지아는 재빨리 일어나 리나 위로 몸을 구부렸다. 그녀의 어깨를 단단히 움켜쥐고 사정없이 흔들고 있는 동안 리나의 금발이 물결처럼 한쪽 눈 위에 내리덮이고, 간신히 히스테리컬한 웃음이 그쳤다. 가슴에 담담히 끌어안은 리나의 머리를 바라보고 그녀 몸의 경련하는 듯한 떨림을 느끼면서, 조지아는 2층 창문에서 자기들을 내려다보고 있는 하나의 얼굴을 깨달았다. 나이 먹은 여자의 얼굴. 엄격하고 음산하고 귀족적인 얼굴 생김. 입가에는 이 조용한 집의 둘레에서 솟아오른 난데없는 웃음소리를 나무라고 있을 뿐인지, 혹은 복수의 신——무릎 위에 피의 제물을 가로 눕힌 석상(石像)과도 같은 차가우면서도 만족스러운 승리의 표적은 잔뜩 비뚤어진 표정이 얼어붙어 있었다.

10

점심 식사 전에 호텔로 돌아왔을 때 조지아는 나이젤에게 이 이야기를 했다.

"그렇다면 이야기가 통하는군" 하고 그는 말했다. "나도 병을 처분한 것은 리나가 틀림없다고 추측하고 있었는데, 병이 없어진들 필릭스에 대한 의심이 사라지는 건 아니라고 깨달은 다음에도 왜 그녀가 그 일을 내내 숨기고 있었는지 까닭을 몰랐었지. 아무래도 조지는 자살이 아닌 것 같아. 이렇게 되면 필 소년과 이야기해 볼 필요가 있구먼."

"필을 그 집에서 데리고 나오길 잘했어요. 오늘 아침 래터리 노부인이라는 사람을 보았어요. 2층 창문에서 우리들을 내려다보고 있었는데, 마치 이제벨(이스라엘왕 아합의 간악한 아내. 구약 열왕기하에 예언자 에히우를 창문에서 굽어보는 대목이 있음)과 같았어요. 아니, 이제벨이라기보다도 제가 보르네오에서 언젠가 본 물신(物神)에 가까웠어요. 그것은 무릎에 마른 피를 잔뜩 묻히고 숲 속에 동그마니 앉아 있었지요. 아주 흥미로운 발견이었어요."

"그럴 테지." 나이젤은 희미하게 몸서리를 치면서 말했다. "나도 그 할머니에 대해서는 여러 가지로 생각하기 시작하고 있소. 만일 그녀가 그토록 안성맞춤의 인간이 아니라면──아무튼 그녀는 탐정소설가라면 누구나 독자의 주의를 범인에게서 돌리기 위해 이용하고 싶어지는 안성맞춤의 존재니까 말이오──아니, 이런 일을 말해도 소용이 없지. 만일 이것이 소설이라면, 나는 저 카팩스라는 사나이에게 걸겠어. 그는 유리처럼 매끄럽고 투명해. 그는 우리들을 거울의 마술인가 무언가로 홀리고 있는 게 아닐까 싶은 느낌마저 준다니까."

"대(大) 가브리오(프랑스의 탐정소설가) 왈 '언제나 그럴듯한 것을 의심하고 믿기 어려운 일을 먼저 믿으라'고요."

"정말로 그런 말을 했다면, 대 가브리오는 틀림없이 골이 좀 비었을 거야. 그런 값싸고 변덕스러운 역설은 들어 본 일이 없어."

"그것이 어째서 안 된다는 거지요? 도대체 살인이란 대대로 이어지는 가문과 가문의 서로 죽이는 것 같은 엄연한 룰에 지배되고 있는 것 말고는, 어느 것이나 모두 변덕스러운 것뿐이에요. 그러므로 살인 사건을 사실적인 방법으로 해결하려 해봤자 소용없어요. 리얼리스트인 살인자란 있지도 않거든요. 리얼리스트라면 사람을 죽이든가 하지 않아요. 당신이 이 직업에서 성공하고 있는 것만 해도, 당신의 머리 나사가 어딘지 조금은 빠져 있기 때문이에요."

"그 찬사는 얼핏보아 자연스럽지만, 그다지 환영하고 싶지는 않은 걸. 그런데 오늘 아침 바이올렛 래터리를 만났소?"

"겨우 1분 내지 2분 동안요."

"지난 주일 그 부부 사이에서 싸움이 벌어졌을 때, 그녀가 조지에게 어떤 말을 했는지 궁금해서 말이오. 어제 아침 우리들이 조지의 어머니 손에서 필을 구해 냈을 때, 그녀는 무언지 수수께끼 같은 말을 하고 있었지. 그래서 이 점에 또 한 번 여성의 손을 빌릴까 해."

조지아는 얼굴을 찌푸렸다.

"대체 언제까지나 나를 간첩으로 부려먹을 작정이지요?"

"여간첩이라고 해주기 바라오. 당신은 멋있어. 겉보기는 완고하지만, 알맹이는 놀랄 만큼 선정적이야. 어째서인지는 상상도 되지 않지만."

"여자의 영역은 부엌이에요. 앞으로 나는 부엌에서 한 걸음도 나오지 않을 거예요. 당신의 음흉스러운 수법은 이제 진저리가 났어요.

남의 가슴에 독사를 풀어 놓고 싶다면, 때로는 기분 전환으로 자기의 가슴에 풀어놓는 게 어때요?"

"이것은 반란이오?"

"그래요, 어쨌다는 거지요?"

"아니, 잠깐 물어 보았을 뿐이오, 부엌이라면 아래층이지. 먼저 왼쪽으로 꼬부라졌다가 다음은 오른쪽으로 꼬부라지면……."

점심 식사 뒤에 나이젤은 필을 뜰로 불러냈다. 매우 예의바른 소년이었으나 나이젤이 이야기하고 있는 동안 내내 방심 상태에 빠져 있었다. 창백한 얼굴빛, 애처로울 만큼 가냘픈 다리와 팔, 게다가 이따금 보이는 겁먹은 듯한 눈길이 나이젤을 머뭇거리게 하여 예정한 화제를 좀처럼 꺼낼 수가 없었다. 그러나 소년의 침착함과 신경질적인 입의 굳음——약간 고양이를 연상시켰다——이 나이젤의 전의(戰意)를 북돋웠다. 마침내 그는 생각보다 무뚝뚝한 말투로 말했다.

"그 약병 말인데, 저 강장제 병 말이야, 필. 넌 그것을 어디에다 숨겼니?"

필은 거의 공격적이라고 해도 좋으리만큼 티 없는 표정으로 그의 눈을 똑바로 응시했다.

"저는 병 같은 건 숨기지 않았어요."

나이젤은 이 대답을 그대로 믿으려 했으나, 문득 학교 선생으로 있는 친구 마이클 에번즈의 말을 생각해 냈다.

'공부를 잘하는 머리 좋은 학생은 무언가 중대한 거짓말을 할 때 으레 교사의 눈을 똑바로 보는 법이라네.'

나이젤은 마음을 강하게 먹고 말했다.

"그러나 리나가 너에게 병을 주며, 그것을 숨겨 달라고 부탁했다던데?"

"그녀가 그렇게 말했나요? 하지만 그럼, 그녀가 아닙니까?" 필은 거북스러운 듯이 말을 이었다. "우리 아버지에게 독을 먹인 것은?"

"물론 아니지."

소년의 무서운 긴장에 넘친 진지한 얼굴을 보고 있으려니까, 나이젤은 누구든 이 아이에게 이런 생각을 할 원인을 만들어 준 인간을 잡아내고 싶었다. 필은 곧잘 어른 같은 말을 하고 있지만 정말 괴롭힘을 받으면 어쩔 줄 모르는 어린아이에 지나지 않는다는 것을 생각해 내게 하기 위해, 나이젤은 줄곧 소년의 얼굴에서 눈을 떼어서는 안 되었다.

"뻔하지 않니. 그녀를 두둔해 주려고 한 너의 용기에는 감탄하지만, 이제 그럴 필요는 없단다."

"하지만 그녀가 하지 않았다면 어째서 저에게 병을 숨기게 했을까요?"라고 필은 애처롭게 눈살을 찌푸리며 물었다.

"나라면 그런 일에는 신경 쓰지 않겠다"

나이젤은 불쑥 말했다.

"신경 쓰지 말라니, 무리한 일이에요. 저는 이제 조그만 어린아이가 아닙니다. 부탁이니 그 까닭을 말씀해 주세요."

나이젤은 소년의 명민하긴 하지만 경험이 적은 두뇌가 벌써 이 문제와 엎치락뒤치락 격투를 벌이기 시작하고 있음을 알았다.

그는 사실대로 이야기해 주리라고 결심했다.

이 결심이 예상 밖의 결과를 낳게 되었지만, 나이젤은 아직 거기까지는 깨닫지 못하고 있었다.

"이야기가 좀 복잡하단다. 실은 리나는 다른 사람을 두둔하려고 그랬던 거야." 그는 말했다.

"누구를?"

"필릭스지."

필의 밝은 얼굴이 마치 맑은 호수 수면에 구름이 지나간 것처럼 싹 흐려졌다.

'어린이에게 의심을 가르치는 자는 썩은 무덤에서 나오는 일이 없어라' 하고 그는 마음 속으로 되풀이 말하고 있었다.

필은 그의 소매에 매달려 왔다.

"거짓말이지요, 네? 그건 거짓말이죠, 난 알고 있어!"

"그렇고 말고, 나도 필릭스가 했다고는 생각지 않아."

"경찰은 우선 모든 사람을 의심하며 시작하지. 게다가 필릭스는 조금 부주의했거든."

"하지만 경찰은?"

"경찰에게 그를 괴롭히지 않도록 해줘요. 약속해 주세요."

필의 천진난만하게 온몸으로 표현되는 호소의 솔직성은 한순간 그를 이상하게도 여자아이처럼 보이게 했다.

"그의 일은 우리들에게 맡기도록 해라" 하고 나이젤은 말했다.

"너는 아무것도 걱정하지 않아도 좋아. 우선 문제의 병을 찾아내야 해."

"병이라면 지붕 위에 있어요."

"지붕 위?"

"네, 제가 안내하겠어요. 오세요."

이제 가만히 있을 수 없게 된 필은 나이젤의 손을 끌어 의자에서 일어나게 한 뒤 앞장서서 래터리네 집까지 내내 뛰어서 갔다. 필에게 재촉 받으며 두 개의 층계와 사다리를 오르고 지붕 밑 다락방의 창문에서 비탈이 진 지붕을 굽어보았을 때, 나이젤은 가쁜 숨을 몰아쉬고 있었다. 필이 손가락질하며 말했다.

"저기 저 홈통 속이에요. 내가 내려가서 가져오겠어요."

"그런 일을 해서는 안 돼. 목뼈가 부러질 거야. 사다리를 가져가서 벽에 세우자."

"염려 없어요, 정말 지붕에 올라간 일이 몇 번이나 있는 걸요. 신발만 벗으면 간단하고, 밧줄도 있어요."

"너는 토요일 밤에 지붕으로 내려가서 병을 홈통에 숨겼다는 거니? 어두운 곳에서?"

"캄캄하지는 않았어요. 병에 끈을 달아 미끄러뜨리려고 생각했지만, 그러면 끈을 놓아주어야만 했고, 끈이 홈통 아래의 벽에 매달려 있는 게 누군가에게 발견된다면 곤란하잖아요?"

필은 이미 지붕 밑 다락방의 낡아빠진 가죽 여행 가방에서 꺼낸 밧줄을 허리에 감아 묶기 시작하고 있었다.

"참으로 숨기기 좋은 장소를 생각해 냈구나. 어떻게 여기를 생각했지?"

"언젠가 여기서 공을 잃어버린 일이 있었어요. 파파와 함께 잔디밭에서 테니스 공을 사용하여 크리켓을 하고 있었을 때 파파가 공을 세게 때려 지붕으로 올라갔는데, 홈통에 걸리고 말았던 거예요. 파파는 이 창문으로 지붕에 올라가 공을 꺼냈지요. 마마가 몹시 걱정하며 손에 땀을 쥐고 있었어요. 파파가 지붕에서 떨어지리라고 생각했던 모양이지요. 하지만 파파는 등산 솜씨가 아주 뛰어났어요. 옛날엔 알프스에게 자일을 사용하여 곧잘 오르곤 했었으니까요."

무언가가 나이젤의 마음의 문을 세게 두들기며 열어 달라고 졸랐으나, 그 문에는 쇠가 채워져 있고, 공교롭게도 그는 열쇠를 둔 장소를 잊어버리고 있었다. 그러나 이윽고 그는 그것을 생각해 내게 되리라. 아무튼 그는 남다른 기억력의 소유자로서 얼핏보기에는 아무 관련도 없어 보이는 사건의 사소한 사항까지도 꼼꼼히 정리하여 머릿속에 간직되어 있었으며, 단 한 번도 그의 기대에 어긋난 일이 없었다. 그러나 지금은 두 개의 박공(博栱) 사이로 난 움푹한 곳에 미끄러져 내려가 밧줄의 한끝을 굴뚝 뿌리에 붙들어 매고 또 하나의 박공을 기어올라가 그 꼭대기를 넘어 저편 쪽으로 사라져 가는 필의 모습을 아슬아슬하게 지켜보고 있었던 것이다.

밧줄이 끊어지지 않았으면 좋겠는데. 아니, 염려 없어. 허리에 감아 묶고 있으니까 절대 안전하다. 그러나 과연 꼭 붙들어매어져 있는 것일까? 굉장히 시간이 걸리는군. 그렇긴 하지만 참으로 이상한 아이다. 저 정도라면 묘한 생각을 일으켜 밧줄을 풀고 지붕에서 뛰어내리는 일쯤은 할 수 있을지도 모르겠는걸.

그때 '앗' 하는 외침 소리가 들리고 견디기 어려운 정적에 이어——나이젤이 온 신경을 옴츠려 가며 기다리고 있었던 퍽 하는 소리가 아니라——쨍그렁 물건 깨지는 작은 소리가 났다. 숯검댕투성이가 된 필의 얼굴과 손이 박공 위에 나타났을 때 마음이 놓인 나머지 나이젤은 저도 모르게 소년을 꾸짖었다.

"너는 바보야! 병을 떨어뜨리고 말았으니 어떻게 할 셈이냐? 그러니까 사다리를 쓰자고 했는데, 용감한 모습을 뽐내고 싶어서였지?"

필은 새까만 얼굴에 변명 비슷한 웃음을 떠올렸다.

"죄송해요. 병이 미끄러워 손에서 떨어진 거예요. 거의 다 온 곳에서……."

"알았다. 이젠 됐어. 할 수 없지, 아래로 내려가 조각을 주워야지. 그런데 병은 비어 있었니?"

"아니오, 반쯤 남아 있었어요."

"그렇다면 큰일이군! 근처에 개나 고양이는 없니?"

나이젤이 달려 내려가려고 했을 때 필의 슬픈 듯한 목소리가 그를 불러 세웠다. 허리와 굴뚝의 밧줄 매듭이 세게 당겨졌기 때문에 풀리지 않게 되고 말았던 것이다. 나이젤은 급히 창문으로 나가 필을 밧줄에서 해방시켜 주느라고 귀중한 시간을 1, 2분 낭비했다. 집 안에서 뜰로 나갈 무렵에는 크게 화를 내고 있었다. 그리고 적잖이 걱정하고 있었다. 약으로서 대여섯 번쯤 뿌릴 수 있는 정도의 스트리키닌이 잔디에 뿌려졌다고 하면, 한가로이 안심하고 있을 수는 없었다. 그러나 그런 걱정은 필요없었다. 뛰어서 집의 한 모퉁이를 돌았을 때, 땅바닥에 무릎을 꿇고 여전히 제도용 자로 잰 것처럼 단정히 모자를 쓴 브랜트가 손수건을 잔디에 살그머니 밀어붙이고 있는 게 보였기 때문이었다. 옆의 작은 길에는 이미 깨어진 병 조각이 고스란히 모아져 있었다. 그는 얼굴을 들고 비난하는 듯한 투로 말했다.

"하마터면 병에 머리를 맞을 뻔했지요. 당신이 저 아이와 둘이서 무얼 하고 있었는지 모르지만, 그러나……."

나이젤의 뒤에서 헐떡이는 듯한 목소리가 났다. 이윽고 필이 일진(一陣)의 열풍처럼 그의 옆을 빠져나가 브랜트에게 덤벼들었고, 젖은 손수건을 빼앗으려고 발길질을 하고 할퀴기 시작했다. 소년의 눈에는 노여움이 불타고 있었다. 얼굴도 몸 전체도 마치 심술궂은 작은 마귀를 연상시켰다. 브랜트의 모자가 기우뚱해지고 코안경이 끈에 매달려 흔들리고 있었다. 그렇지만 소년의 두 팔을 움켜쥐고 그다지 거칠게 다루지 않으며 나이젤 쪽으로 향한 그의 얼굴에는 흥분한 빛이 없었다.

"집 안에 들여보내 손을 씻게 하는 게 좋겠군요. 병의 액체가 손에 묻어 있을지도 모릅니다. 이 다음에는 같은 나이 또래의 아이에게 덤벼들어야 해, 도련님. 그럼 나이젤 씨, 이 아이의 시중이 끝나고 나면 잠깐 이야기할 일이 있습니다. 잠시 어머니에게 맡기는 게 어떻습니까."

필은 얌전히 집 안으로 끌려 들어갔다. 자못 풀이 죽은 발걸음으로, 나쁜 꿈을 꾼 것처럼 벌벌 떨고 있었다. 나이젤은 뭐라고 말해야 좋을지 몰랐다. 깨어진 것은 병뿐만이 아니다. 그것을 이어 맞추어 본디대로 하는 건 더 큰일이라고 그는 생각했다.

11

나이젤이 다시 집에서 나오자 브랜트가 더러워진 손수건과 병 조각을 경관에게 건네주고 있는 참이었다. 병의 액체는 손수건과 헝겊에 스며들게 하여 세수대야에 쥐어짜여 있었다.

"땅바닥이 굳어 있어 다행이었지요"라고 브랜트가 말했다. "아니면 스며들 뻔했습니다. 그렇게 되면 잔디를 파내지 않으면 안 되지요. 그렇습니다, 이것이 틀림없습니다."

그는 조심스럽게 손수건을 혀끝으로 가져갔다.

"쓴맛이 있어요. 아직 남아 있습니다. 이것을 발견한 것은 큰 공로이지만, 하필이면 내 머리 위로 떨어뜨릴 것까지는 없지 않습니까. 급하면 돌아가라는 말이 있지요, 스트렌지웨이즈 씨, 그런데 그 아이는 어째서 내게 덤벼들었을까요?"

"네, 필은 조금 흥분하고 있었거든요."

"그런 것 같더군요" 하고 브랜트는 비꼬는 말투로 말했다.

"병에 대해서는 정말 죄송합니다. 필이 지붕의 홈통에 숨겼다고 하길래 내가 부주의하게도 지붕을 올라가 가져오도록 허락했던 것입니다. 밧줄로 굴뚝과 몸을 붙들어 매고 말이지요. 그런데 그의 손에서 미끄러져 떨어진 겁니다. 굴뚝이 아니라 병이 말입니다."

"그건 틀립니다." 브랜트는 답답하리만큼 천천히 시간을 들여가며 바지의 먼지를 털고 코안경을 고쳐 쓰면서 병이 떨어진 곳으로 나이젤을 데리고 갔다. "보십시오, 그냥 떨어진 것이라면 이곳 화단에 떨어져 있었을 겁니다. 그런데 실제로는 좀더 먼, 잔디 가장자리에 떨어졌어요. 그러니까 그는 일부러 내던진 게 분명합니다. 만일 바쁘시지 않다면 집 안에서 엿들을 염려가 없는 저기쯤에 앉아서 자초지종을 들려주실까요."

나이젤은 리나의 고백과 토요일 밤 필이 지붕 위로 올라간 일을 브랜트에게 이야기했다.

"필은 여러 가지 점에서 참으로 두뇌 회전이 빠른 아이입니다. 병이 발견되면 필릭스가 의심받는다고 믿었을 게 틀림없어요. 아무튼 조지아도 말하듯이 그는 필릭스를 신처럼 존경하고 있으니까요. 그런데 이미 병이 있는 것을 나에게 말했으니, 필릭스를 구하기 위해서는 그것을 깨뜨려 버릴 수밖에 없었겠지요. 즉 지붕에서 내던진 뒤 밧줄이 풀리지 않는다고 나를 붙들어 두면, 내가 뜰에 내려갔을 무렵에는 액체가 완전히 흙에 스며들리라는 계산이었지요. 어린아이가 생각한 일로는 너무나 논리적이고 약삭빠릅니다. 외아들에게 흔히 있는 일이지만, 열렬한 영웅 숭배에 빠지기 쉬운 반면, 낯선 사람에게는 심한 불신감을 가지고 있습니다. 나는 병이 발견되었다고 해서 반드시 필릭스에게 불리하게 되지는 않는다고 말했지만, 그 말이 곧 믿어지지 않았던 겁니다. 어쩌면 아버지를 독살한 게 필릭스라고 믿고 있었을지도 모릅니다. 그러나 그가 두둔하려 했던 것은 필릭스였지요. 그러므로 자기의 계획이 실패였음을 알자 그렇게 당신에게 덤벼들었던 겁니다."

"하긴 있을 수 있는 일로 생각되는군요. 그렇지만 그 꼬마에게는 용기가 있어요. 생각해 보십시오, 저 가파른 박공 위를 올라갔으니까요! 밧줄이 있든 없든 나라면 엄두도 못 낼 일이지요. 나는 높은 곳은 질색입니다. 현기증이 나거든요."

"현기증이라…… 어차피 곧 생각나리라고 알고 있었지! 이로써 가까스로 잡았는걸!" 나이젤이 돌연 눈을 빛내며 외쳤다.

"무엇을 말입니까?"

"조지 래터리는 현기증을 일으키는 버릇이 있다고 했는데, 그것은 거짓말이었소. 그는 채석장 벼랑의 가장자리를 무서워했지만, 알프스는 무서워하지 않았던 겁니다."

"수수께끼라면……."

"수수께끼가 아니오. 수수께끼의 해답이지요. 아니면 해답의 시작이랄까. 잠깐 이야기를 그만두고, 나이젤 아저씨로 하여금 그의 이른바 사색에 잠기도록 해주십시오. 필릭스 케언즈가 일기 속에서, 코츠월드에서 채석장을 발견하고 사고를 꾸밀 준비를 했지만 정작 조지 래터리가 현기증이 난다면서 벼랑 가장자리로 다가오지 않았다고 씌어 있었던 것을 기억하시겠지요?"

"네, 잘 기억하고 있습니다."

"그런데 방금 필과 함께 지붕 밑 다락방에 있을 때, 어째서 병을 숨기는 장소로 이런 곳을 생각했느냐고 물어 보았지요. 그러자 필이 말하기를 언젠가 조지가 공을 너무 세게 쳐서 지붕의 홈통에 걸렸는데, 그가 스스로 지붕에 올라가 그것을 꺼내 왔다고 했습니다. 그뿐 아니라 파파는 알프스 등산가였다고 그 애는 말하고 있었어요. 이것은 대체 무엇을 말하는 걸까요?"

브랜트는 붙임성 있는 입을 한일자로 꽉 다물고 번쩍 눈을 빛냈다.

"다시 말해 필릭스 케언즈가 무슨 까닭으로 일기에 거짓말을 썼다는 것이로군요."

"그러나 왜 거짓말 같은 것을 썼을까요?"

"그 점은 본인에게 곧 물어 보겠습니다."

"그러나 대체 그 동기가 무엇이었을까요? 일기는 애당초 나에게 읽힐 속셈으로 쓴 것이 아닙니다. 대체 무슨 까닭으로 자기에게 거짓말을 하지 않으면 안 되었을까요?"

"하지만 스트렌지웨이즈 씨, 이것은 역시 거짓말이라고 인정하지 않을 수 없지 않습니까. 래터리가 현기증에 시달리고 있었다는 글은."

"물론 그것을 인정합니다. 납득이 가지 않는 것은 필릭스가 그렇게 썼다는 점이지요."

"그러나 유감스럽게도 이것은 사실입니다. 명백히 그렇게 씌어져 있었거든요. 달리 생각할 점이 있겠습니까?"

"나는 '거짓말을 한 것은 조지 래터리 쪽이다'라고 생각해 보고 싶습니다."

브랜트는 멍해지고 말았다. 한순간 어딘가의 훌륭한 은행 지배인이 몬터규 노만(영국의 은행가 1920~44년의 잉글랜드 은행 총재)이 밸런스 시트(대차 대조표)의 숫자를 조작하고 있었다고 들었을 때 틀림없이 지을 듯한 그런 표정을 떠올렸다.

"글쎄, 진정하십시오, 스트렌지웨이즈 씨. 설마 진심으로 그런 걸 믿으라고 말씀하시는 것은 아니겠지요?"

"진심입니다, 브랜트 경감. 나는 처음부터 래터리가 필릭스에게 의심을 품고 이 의혹을 누군지 제3자에게 이야기하였으며, 그 인물이 래터리를 죽인 다음 자칭 살인자의 그늘에 숨어 몸의 안전을 도모했다는 설이었거든요.

그러니 래터리는 코츠월드에 피크닉 갔던 날, 막연하나마 필릭스를 의심하고 있었다고 가정해 봅시다. 그가 채석장에 대해 그전부터 알고 있었을 가능성은 매우 큽니다. 지방에 오래 살고 있는 사람은 같은 장소에 몇 번이나 피크닉 가는 경향이 있으니까요.

그런데 필릭스가 벼랑 가장자리에 서서 그리로 와서 어떤 것을 보지 않겠느냐고 조지에게 말했을 때 조지는 필릭스의 목소리나 태도에서 어떤 심상치 않은 기미를 느낍니다. 의혹의 불길은 거기서 크게 불타올랐겠지요. 필릭스는 자기를 벼랑에서 밀어 떨어뜨릴 작정인지도 모른다고 그는 생각합니다. 또는 필릭스가 일기에도 썼던 것처럼, 아무 생각 없이 그 일을 말하지 않았더라면 조지는 그때까지 그곳에 채석장이 있는 줄 몰랐던 것인지도 모릅니다.

어쨌든 조지는 그 자리에서 필릭스에 대한 자기의 의혹을 털어놓을 수는 없었습니다. 아직 어떤 증거도 쥐고 있지 않았기 때문입니다. 그래서 그는 필릭스가 살인을 계획하고 있다는 확실한 증거를 잡을 때까지는 아무것도 모르는 피해자로 가면을 쓰고 있으려고 생각했습니다. 동시에 그는 벼랑 가장자리에는 그 이상 다가가지 않았지요. 그러기 위해서는 필릭스에게 의심을 품지 않게 하는 그럴듯한 구실이 필요했습니다. 그래서 순간적으로 "나는 싫소, 사양하겠소. 높은 곳은 질색이니까, 현기증이 나거든……"이라는 경험이 풍부한 등산가라면 제일 먼저 생각해 낼 만한 변명을 했던 거지요."

긴 침묵이 있은 뒤, 브랜트가 말했다.

"그 추리가 꽤 잘 되어 있다는 건 부정하지 않겠소. 그러나 어차피 거미의 집입니다. 아름답게 짜여져 있기는 하지만 물이 새지요."

"거미의 집은 물을 긷기 위한 것이 아니니까요. 그것은 파리를 잡는 것이지요. 때로는 핏자국이나 맥주의 조끼 속을 조사하는 일을 쉬고 자연 관찰을 해보십시오. 그러면 당신도 알게 될 겁니다."

나이젤이 엄격히 대답했다.

"그럼, 당신의 그 거미집은 어떠한 파리를 잡았는지 한 번 듣고 싶군요." 하고 브랜트는 의심스러운 듯이 눈을 빛내면서 말했다.

"저의 필릭스 케언즈 옹호론은 제3자가 그의 계획을 알고 있었거나 또는 적어도 그의 의도를 알고 있었다는 생각에 바탕을 두고 있습니다. 이 제3자는 혼자서 그것을 알았을지도 모르지만, 아무래도 그렇게는 생각하기 어렵겠지요. 필릭스는 일기를 엄중하게 숨겨 두고 있었으니까요. 그러나 조지가 처음부터 자기의 의혹을 이 제3자에게 털어놓고 있었다고 합시다. 그 경우, 그가 우선 선택할 만한 상대는 누구일까요 ? "

"억측에는 돈이 들지 않겠지요 ? "

"억측을 해 달라는 건 아닙니다. 당신의 커다란 이마 속에 있는 기계를 사용해 달라는 거지요. "

"글쎄요, 부인에게는 털어놓지 않았을 테지요. 우리들이 아는 한 부인에 대해서는 몹시 경멸하고 있었던 것 같으니까요. 게다가 리나도 제외하는 게 좋겠지요. 카팩스가 한 말이 정말이라면, 그들은 서로 의가 상해 있었을 테니까요. 카팩스에게라면 털어놓았을지도 모릅니다. 아니, 역시 가장 가망이 있는 것은 어머니이겠지요. 그 모자는 매우 사이가 좋았던 것 같으니까. "

"한 사람, 잊고 있습니다. "

나이젤이 장난꾸러기처럼 말했다.

"누구이지요 ? 설마 그 아이는……. "

"아니오. 로더 카팩스입니다. 그녀와 조지는……"

"카팩스 부인 ? 농담은 말아 주십시오. 어째서 그녀가 래터리를 죽여야만 하지요 ? 어쨌든 남편은 그녀가 한 번도 공장에 가까이 온 일이 없다고 말하고 있으니 쥐약을 가지고 나올 수는 없었을 겁니다. "

"남편의 증언이니, 믿을 수 없습니다. "

"그런데 나는 확실한 증거를 쥐고 있습니다. 물론 그녀가 밤을 틈타 공장에 숨어 들어가 쥐약을 가지고 왔을 가능성은 있습니다. 그러나 때마침 그녀에게는 토요일 오후의 알리바이가 있어요. 약병에 독을 넣는 일은 불가능했던 겁니다. "

"아무래도 당신에게는 명탐정의 소질이 있는 모양이라고 이따금 생각되는 일이 있습니다. 그러면 당신 역시 로더에게 눈독을 들이고 있었군요?"

"아니, 이건 정해진 수사 방법의 한 부분일 따름이지요."

브랜트는 당황하면서 대답했다.

"아무튼 그런 건 좋습니다. 저의 과녁도 로더는 아니니까. 말씀대로 가장 수상쩍은 건 래터리 노부인입니다."

"나는 그렇게 말하고 있는 게 아닙니다. 필릭스 케언즈가 있지요. 내가 말한 것은……." 브랜트는 단호하게 말했다.

"좋습니다. 당신의 항의는 받아들여지고 충분히 고려되겠지요. 그러나 지금 얼마 동안은 에셀 래터리에게로 이야기를 압축시켜 봅시다. 당신도 케언즈의 일기를 읽으셨지요. 그 속에 그녀의 동기가 될 만한 무엇이 씌어져 있었습니까?"

브랜트 경감은 좀더 편한 자세로 고쳐 앉았다. 그는 파이프를 꺼내더니 불을 붙이지 않고 생각에 잠기며 그것을 손으로 닦기 시작했다.

"노부인은 가문의 이름에 몹시 구애받고 있는 것 같더군요. 케언즈의 일기에 의하면, '사람을 죽여도 명예에 관련될 때에는 살인이라고 하지 않는다'라고 있습니다. 게다가 케언즈는 그녀가 소년을 향해 '무슨 일이 생기든' 가문의 이름에 먹칠을 해서는 안 된다고 이야기하는 걸 들었다고 했습니다. 그러나 이것만으로는 증거로서 약하지요."

"허어, 그것만으로는 말입니까? 그러나 그녀에게는 기회가 있습니다. 토요일 오후 조지가 강에서 돌아올 때까지 집에 있었던 건 그녀와 바이올렛 두 사람뿐이었다는 사실, 게다가 우리들이 알고 있는 그 일을 그녀도 알고 있습니다. 조지와 로더의 관계를 합쳐 생각한다면 반드시 그렇다고만은 할 수 없지 않을까요?"

"그럼, 어떻게 설명할 수 있겠습니까?"

"우리들은 그 날 오후 그녀가 카팩스를 집에 불러 로더의 고삐를 바짝 당기고 스캔들을 수습하도록 부탁한 일을 알고 있습니다. 만일 로더가 바란다면 이혼에 응해도 좋다고 카팩스가 대답했을 때, 그녀는 노발대발 성을 냈습니다. 만일 그것이 저 할머니의 마지막 부탁이었다고 한다면, 그 부탁이 실패하여 아들의 정사에 대한 추문이 퍼져 유서있는 가문에 상처가 날 정도라면 오히려 자신의 손으로 조지를 죽여 버리려고 결심하고 카팩스와의 이야기에 임한 것이라고 한다면 어떨까요? 그녀는 조지에게 로더와 손을 끊으라고 충고하고, 카팩스에게는 로더에 대해서 강경한 태도를 취하라고 부탁했으나 두 쪽 다 잘 되지 않았습니다. 그래서 최후의 수단으로써 스트리키닌을 썼으리라는 것을 당신은 어떻게 생각하십니까?"

"솔직히 말해서 나도 그것을 전혀 생각하지 않았던 건 아닙니다. 그러나 그것에는 두 가지의 커다란 장애가 있습니다."

"그 두 가지 장애란?"

"첫째로 가문의 이름을 지키기 위해 어머니가 아들을 독살할 수 있을까요? 이건 상식에서 벗어난 일입니다. 나는 도무지 마음에 들지 않아요."

"일반론으로서라면 나 역시 동감입니다. 그러나 에셀 래터리는 고대 로마의 부인, 그것도 열부(烈婦) 타입이지요. 게다가 좀 여느 궤도를 벗어난 데가 있습니다. 그녀에게는 여느 어머니로서의 행동을 기대할 수가 없어요. 그녀는 철저한 독재자로서 가문의 명예라면 앞뒤 분간도 할 수 없게 되고, 빅토리아 시대의 인간답게 성적인 스캔들을 최대의 불명예로 알고 있습니다. 이 세 가지를 결부시킨다면, 훌륭히 살인도 사양치 않을 여성상이 완성되지요. 그런데 두 번째의 장애는 무엇입니까?"

"조지가 필릭스에 대한 의혹을 어머니에게 털어놓았다는 것이 당신의 의견이었지요. 범인은 요트의 계획을 알고 있고, 독약은 필릭스의 계획이 실패했을 경우의 제2차 공격 수단에 지나지 않았다고 당신은 말씀하셨습니다. 그런데 말입니다. 만일 래터리 노부인이 카팩스에의 호소가 실패했을 경우에만 아들을 독살할 속셈이었다면, 좀더 일찍 카팩스와 이야기를 나누고 있었을 게 아닙니까? 그런데 실제로는 카팩스에 대한 그녀의 설득은 성공했으나, 그 동안에 조지는 강에서 빠져 죽고 만다는 사태도 생길 뻔하였다면 이치에 들어맞지 않잖습니까?"

"당신은 두 가지 중 어느 쪽 하나라는 나의 추리를 함께 뒤범벅으로 만들고 계시군요. 나는 조지뿐만 아니라 래터리 노부인도 필릭스의 일기에 씌어진 요트 계획을 알고 있었다고 생각하고 있는 겁니다. 그리고 동시에 그들은 둘이서 그 계획에 대해 이야기를 나누고 조지가 어머니에게 필릭스의 꿍꿍이속이 똑똑히 파악될 때까지는 피해자 역할을 해내다가 끝판에 가서 일기가 변호사의 손에 건네어져 있다는 것을 필릭스에게 알려서 형세를 역전시킬 작정이라고 이야기했을 게 틀림없다고 보고 있는 것입니다. 실은 조지는 빠져 죽을 생각 같은 건 눈꼽만큼도 없었고, '어머니도 그걸 알고 있었던 거지요.' 그러니 그녀는 만일 카팩스에의 호소가 실패한다면 아들에게 독약을 먹일 결의를 굳히고 있었다는 셈이지요."

"그래요? 그것은 물론 있을 수 있는 일입니다. 으음…… 그러나 어딘지 기묘한 사건이군요, 이것은. 래터리 노부인, 바이올렛 래터리, 카팩스에다 케언즈――어느 누구나 조지 래터리를 죽일 기회와 동기가 있었습니다. 그리고 리나 로슨, 그녀에게도 기회는 있었지만 동기에 있어서는 좀처럼 짐작이 가지 않습니다. 이들 누구 한 사람도 알리바이가 없는 것 역시 이상합니다. 썹으면 달콤한 국물이 듬뿍 나오는 알리바이가 있다면 나도 기쁘겠는데."

"그럼, 로더 카팩스의 알리바이는 어떻습니까?"

"이것은 이미 나무랄 데가 없습니다. 그녀는 오전 10시 30분부터 오후 6시까지 첼트넘에서 테니스 시합을 하고 있었습니다. 그 뒤 친구들과 '쟁기 집'에서 저녁 식사를 하고, 이곳으로 돌아온 것은 9시가 지나서였습니다. 물론 우리들은 지금 그 방증을 수집하고 있는 중이지만, 그녀가 그날 오후 어느 때에 아무에게도 들키지 않고 이곳으로 돌아왔다는 증거는 전혀 없는 셈입니다. 그다지 큰 시합도 아니었고, 게임을 하지 않고 있을 때에는 심판을 보든가 아는 사람과 이야기를 하고 있었다는군요."

"흐음, 그러면 그녀는 빼놓아도 좋을 것 같군요. 그런데 이제부터 어떻게 하시겠습니까?"

"나는 다시 한 번 래터리 노부인을 만나야만 합니다. 당신이 내 머리에 그 병을 떨어뜨렸을 때 마침 그녀를 만나러 가는 참이었지요."

"저도 함께 가도 좋습니까?"

"좋고말고요. 다만 이야기에 참견하지 않도록 부탁하겠습니다."

12

나이젤이 여유를 가지고 조지의 어머니를 차분히 관찰할 수 있었던 것은 이것이 처음이었다. 오전에 바이올렛의 방에서 만났을 때는 모두들 몹시 흥분되어 있었으므로 찬찬히 관찰할 수가 없었다. 지금 방의 한복판에 서서 풍신한 상복을 너풀거리면서 나이젤 쪽으로 한 손을 내밀고 있는 에셀 래터리는 사신(死神)의 사자상(使者像)을 위해

포즈를 잡고 있는 모델과도 같았다. 그녀의 조잡하고 둥글둥글한 얼굴은 의례적인 애도의 표정을 담고는 있지만, 한 꺼풀 벗기면 슬픔도 후회도 가엾음도 공포도 전혀 느끼고 있지 않는 것처럼 보였다. 모델이라기보다는 조상(彫像)과도 같았다. 그녀의 마음 속 밑바닥에는 생명없는 돌멩이의 핵이나 또는 반생명(半生命)의 원리가 존재하고 있으리라고 나이젤은 생각했다. 그녀의 손이 자기 손에 닿았을 때, 그는 상대편의 팔뚝에 커다란 점이 있고 거기에 긴 털이 몇 가닥 나 있는 것을 흘끗 보았다. 보기에도 불쾌한 모습이었지만, 지금으로서는 그것만이 그녀의 인간다운 표시였다. 이윽고 브랜트 쪽으로 꾸벅 머리를 숙이더니 그녀는 의자 쪽으로 걸어가서 앉았다. 그러자 환각이 사라졌다. 그녀는 이제 사신의 사자도 흑단의 기둥도 아니며, 몸에 비해 기묘하리만큼 짧고도 작은 안짱다리를 가진 꼴불견의 노파에 지나지 않았다. 그렇지만 나이젤은 그녀의 첫말에 섬뜩하여 몽상에서 깨어났다. 등받이가 높은 의자에 허리를 꼿꼿이 하고 앉아 커다란 무릎 위에 손바닥을 위로 젖혀 두 손을 얹고서 그녀는 브랜트한테 이렇게 말했던 것이다.

"경감님, 저는 이 슬픈 사건을 사고로 여기기로 작정했습니다. 관계자 모두들에게 있어 그것이 가장 좋은 일이에요, 사고로 해치우는 게 말입니다. 그러므로 이제 당신은 수사를 계속하지 않으셔도 좋습니다. 언제쯤 제 집에서 부하분들을 철수시켜 주시겠습니까?"

브랜트는 성격상으로나 경험으로 인해서나 쉽사리 놀라는 사나이가 아니었다. 비록 마음 속으로 놀라고 있을 때라도 그것을 얼굴에 나타내는 사나이는 아니었다. 하지만 어지간한 브랜트도 이때만은 한순간 멍하니 래터리 노부인의 얼굴을 지켜보았다. 나이젤은 담배를 한 개비 꺼냈지만, 허둥지둥 다시 집어넣었다. '미쳤군, 정말이지 미치광이의 짓이라고밖에 생각할 도리가 없구나' 하고 그는 생각했다. 브랜트는 겨우 입을 열 만큼의 침착성을 되찾았다.

"무엇으로 사고라고 생각하십니까, 부인?"

그는 정중하게 물었다.

"아들에게는 적이 없었기 때문이지요, 래터리 집안 사람은 자살 같은 건 하지 않습니다. 그렇다면 생각되는 것은 사고뿐이지요."

"그럼, 아드님은 자기의 약병에 '잘못'하여 상당량의 쥐약을 넣고 그것을 마셨다고 말씀하시는 겁니까? 그러나 그런 일은 뭐라고 할까요, 생각할 수 없는 일이라고 여겨지지 않습니까? 왜 그런 터무니없는 일이 생겼다고 생각하시지요?"

"저는 경찰관이 아니니까요, 경감님." 노부인은 태연자약하게 대답했다. "사고의 진상을 밝히는 것은 당신의 할 일이겠지요, 저는 되도록 빨리 그렇게 해주십사고 당신에게 부탁드리고 있는 겁니다. 집안 여기저기에 경찰관이 있다면 나로서도 더할 데 없이 불편하니까요."

조지아에게 이 이야기를 해준다면 그녀는 믿지 않으리라고 나이젤은 생각했다. 어딘지 기묘한 대화이건만, 왠지 그렇게 잘라 말할 수만은 없는 점이 있었다. 브랜트는 꿍꿍이 속셈이 있는 정중한 말투로 묻고 있었다.

"그러나 부인, 당신은 이것이 사고라고 나에게 믿게 하고 자신도 역시 믿으려고 애쓰고 계신데, 대체 그것은 어째서입니까?"

"물론 래터리 집안의 평판을 손상시키고 싶지 않기 때문이지요."

"그러면 당신에게 있어서는 정의보다도 평판 쪽이 더 걱정스럽단 말씀입니까?"

브랜트가 의식적으로 말투를 거칠게 하며 물었다.

"참으로 실례되는 질문을 하시는군요."

"경찰에게 사건의 취급에 대해 이것저것 지시하는 당신 쪽이 오히려 실례라고 생각할 사람이 있을지도 모릅니다."

나이젤은 브랜트 경감에게 박수를 보내고 싶은 느낌이 들었다. '끈질긴 맹약자정신(國民盟約者精神)——영국 왕 찰스 1세의 국교 정책에 저항하여 장로파 교회 옹호를 위해 많은 스코틀랜드인이 서명한 맹약. 스코틀랜드인 저항 정신의 상징)이 여기 있도다' 라고 할 만한 것이었다. 노부인은 이 뜻하지 않은 반격에 조금 얼굴을 붉히고 살찐 손가락에 파고든 결혼 반지에 눈길을 떨구었다.

"지금 정의라고 말씀하셨지요, 경감님?"

"아드님이 살해되었음을 증명할 수 있다면, 당신도 살인자가 체포되기를 바라시겠지요?"

"살해되었다고요? 당신들이 그것을 증명할 수 있다고요?"

래터리 노부인이 납덩어리처럼 무감동한 목소리로 말했다. 이윽고 그 목소리가 흐물흐물 녹은 납처럼 되었다.

"죽인 게 누구지요?"

"거기까지는 아직 모릅니다. 당신이 협력해 주신다면 올바른 해답에 이를 수 있을지도 모릅니다."

브랜트는 그녀를 상대로 하여 토요일 밤의 사건을 되풀이하여 늘어놓기 시작했다. 나이젤은 오른쪽에 있는 타원형 테이블 위의 사진에 문득 눈길이 갔다. 그것은 꼼꼼하게 장식한 황금 액자 속에 들어 있고, 양쪽에는 훈장이 장식되었으며, 앞에는 시들지 않는 꽃이 가득 꽂힌 화병, 뒤에는 장미를 꽂은 화병이 놓여져 있었다. 그 장미로 말한다면 아무렇게나 꽂아 놓은 것으로써, 게다가 꽃잎이 흩어지기 시작하고 있었다. 그렇지만 나이젤의 관심을 끈 것은 이들 기념품들이 아니라 사진 속 남자 얼굴이었다. 군복 차림의 젊은 사나이로, 아마도 래터리 노부인의 남편이라고 추측되었다. 더부룩한 턱수염과 긴

볼수염도 그 얼굴 생김의 특징을 감출 수는 없었다. 섬세하고 우유부단하며 지나치게 민감한, 군인이라기보다는 90년대의 시인과도 같은 얼굴이었다. 필 래터리의 얼굴 생김과 거의 같다고 하리만큼 닮아 있었다. '그렇구나' 하고 나이젤은 사진을 보며 마음 속으로 중얼거렸다. '만일 남아프리카에서 총탄을 맞아 죽는 것과 에셀 래터리와의 긴 일생 중 어느 쪽을 고르겠느냐고 질문 받는다면, 나 역시 주저 않고 단숨에 죽는 편을 택했을 것이다. 그렇긴 하나 참으로 기묘한 눈이다. 광기는 곧잘 한 대를 뛰어넘어 손자의 대에 나타난다고 하지만, 당신과 에셀의 손자인 필이 그토록 신경질적인 아이가 된 것도 생각해 보면 당연할지도 모르겠는걸. 가엾은 필, 한 번 이 집안 역사를 좀더 자세히 조사해 볼 필요가 있을 것 같은데.'

브랜트 경감의 목소리가 들리고 있었다.

"당신은 토요일 저녁에 카팩스 씨와 만나셨지요?"

노부인의 얼굴에 한순간 그늘이 드리워진 것처럼 보였다. 나이젤은 저도 모르게 고개를 들었다. 태양이 구름에 가리워진 것이라고 생각했지만 방의 창문 블라인드는 모두 내려져 있었다.

"네, 만났어요. 하지만 그것은 당신에게는 관계없는 일입니다." 그녀는 대답했다.

"그 판단은 내가 하겠습니다. 그때의 이야기 내용을 말씀해 주지 않겠습니까?" 브랜트는 차갑게 말했다.

"네, 절대로."

"그럼, 카팩스 씨에게 그의 부인과 당신 아드님 사이를 갈라놓도록 부탁한 일을 부정하시는 겁니까? 우리는 당신이 그에게 두 사람의 관계를 보고도 못 본 척하고 있다고 비난한 일이며, 아내가 바라면 이혼에 응할 작정이라고 그가 대답했을 때 당신이 불쾌한 말로 그를 욕한 일도 다 알고 있습니다."

브랜트의 이야기를 듣고 있는 동안 래터리 노부인의 붉은 얼굴이 자주빛이 되어 와들와들 떨기 시작했다. 나이젤은 그녀가 당장이라도 울음을 터뜨릴 것으로 생각했으나 그녀는 놀라움과 노여움이 섞인 목소리로 외쳤다.

"그 사나이는 뚜쟁이나 다름없어요. 나는 그렇게 말해 주었지요. 그 스캔들만으로도 용서할 수 없는데, 게다가 그것을 부추기는 데 이르러서는……."

"그토록 화나실 일이라면 어째서 아드님에게 말씀하시지 않았습니까?"

"아들에게도 이야기했지요. 그러나 조지는 매우 고집이 세어…… 그 점은 외갓집 핏줄을 닮았나 봐요."

그녀는 빈틈없는 자기 만족이 어린 투로 말했다.

"이 일에 대해 카팩스 씨가 아드님을 향한 적의를 숨기고 있다는 인상을 받지는 않으셨습니까?"

"아니오." 래터리 노부인은 도중에서 말을 멈추었다. 다시 저 빈틈없는 눈빛이 되었다. "적어도 나는 깨닫지 못했어요. 나는 꽤 흥분하고 있었으니까요. 그러고 보니 확실히 이상했어요, 그의 태도는."

독기 서린 말이라고 나이젤은 생각했다.

"카팩스 씨는 이야기하는 도중 일어나 이 집에서 곧장 나갔다면서요?" 브랜트는 카팩스와 이야기했을 때와 마찬가지로 이 '곧장'이라는 말을 조금 강조했다.

이러면 유도 질문이 되는 것이라고 나이젤은 마음 속으로 재미있어 하며 중얼거렸다. 래터리 노부인이 대답했다.

"네, 그렇다고 생각돼요. 아니, 그러고 보니 생각났지만 그는 곧장 나가지 않았어요. 나는 마침 이 창가에 있었는데, 그가 포치를 걸어가는 모습이 보일 때까지 1, 2분은 걸렸다고 생각됩니다."

"아드님은 물론 필릭스 레인의 일기에 대해 당신에게 이야기했을 테지요?"

브랜트는 상대편이 다른 일에 주의를 돌리고 있는 틈을 노려서 결정적인 질문을 퍼붓는다는 흔한 방법을 썼다. 그의 전술은 눈으로 보기에는 아무 효과도 없었지만, 래터리 노부인이 그 말을 받아 냈을 때의 쌀쌀하고도 교만스러움은 의심스럽다고 할 수 있었다.

"레인 씨의 일기? 대체 무슨 이야기지요?"

"아드님은 레인 씨가 자기를 죽일 속셈인 줄 깨달은 일을 당신에게 이야기했을 텐데요."

"그렇게 닦아세우듯이 말하지 말아요, 경감님. 나는 그 같은 말대꾸에 익숙하지가 못하니까요. 그 일기인지 뭔지 하는 것 말인데……."

"그것은 정말입니까, 부인?"

"그렇다면 이런 불유쾌한 이야기는 이제 그만두고 빨리 레인 씨를 체포하시는 편이 좋지 않겠어요?"

"일을 하나씩 해결합시다, 부인. 당신은 아드님과 레인 씨 사이의 적의를 눈치채셨습니까? 레인 씨의 이 집에 있어서의 입장을 이상하다고 여기신 일이 있습니까?" 브랜트는 여전히 쌀쌀한 말투로 말했다.

"레인 씨가 이 집에 있었던 것은 저 망나니 같은 리나라는 여자 때문이라는 것쯤은 잘 알고 있었지요. 그 일에 대해서는 그다지 이야기하고 싶지 않군요."

조지와 필릭스의 알력은 리나가 원인인 줄로 알고 있는 모양이라고 나이젤은 해석했다. 그는 콧잔등을 내려다보며 말했다.

"지난 주일 바이올렛이 아드님과 싸움을 했을 때, 그녀가 뭐라고 말하던가요?"

"무슨 소리요, 스트렌지웨이즈 씨! 그런 식으로 집안의 작은 사건을 일일이 들춰내야만 합니까? 그런 사건은 부끄러운 일이에요, 불필요한 일이지요."

"사건? 불필요? 그것을 보잘 것 없는 일이라고 생각하신다면, 요전번 필에게 '어머니에게는 모두들의 도움이 필요하단다. 경찰은 어머니가 지난 주일에 아버지와 싸운 일이며 그때 어머니가 한 말 같은 걸 조사하여 어쩌면'이라고 말씀하신 것은 어째서입니까? 어쩌면 경찰이 어떻게 한다는 말씀이었습니까?"

"그 일이라면 며느리에게 묻는 편이 좋겠지요."

노부인은 말꼬리가 잡힐 것을 경계하며 그 이상 아무것도 말하려 하지 않았다. 브랜트는 다시 두서너 가지 질문을 거듭하고 나서 일어섰다. 나이젤은 무의식적인 태도를 꾸미며 타원형 테이블로 어슬렁어슬렁 다가가 사진의 위 끝을 손가락으로 만지며 말했다.

"이 사진은 당신의 주인이시겠지요, 래터리 부인? 아마 남아프리카에서 전사하셨나보지요, 그것은 무슨 전투였습니까?"

이 아무것도 아닌 질문의 효과는 그야말로 굉장했다. 래터리 노부인은 벌떡 일어나서 마치 곤충과도 같은 재빠른 움직임으로 다가왔다. 다리가 50개나 있는 듯한 느낌이었다. 그리하여 장뇌 냄새를 풍기면서 나이젤과 사진 사이를 비집고 들어왔다.

"손을 치우세요! 대체 언제까지나 남의 집에서 미주알고주알 캐묻고 다닐 작정이에요!"

그녀는 숨을 헐떡이면서 브랜트 쪽을 향했다.

"당신 옆에 초인종이 있습니다, 경감님. 수고스럽지만 그것을 울려 주시면 하녀가 현관까지 배웅해 드릴 겁니다."

"배웅해 주지 않아도 괜찮습니다, 부인."

나이젤은 브랜트 경감을 따라 아래층으로 내려가 뜰로 나왔다. 브랜트는 입술을 내밀면서 이마의 땀을 닦았다.

"흐음, 정말 굉장한 할머니야. 솔직히 말해서 가슴이 메슥거렸습니다."

"그보다 당신은 정말 대담하게 대항하셨습니다. 그런데 이제부터 어떻게 하실 작정입니까?"

"도무지 진전이 없어요. 그녀는 우리들에게 이 사건을 사고로 믿게 하려 했습니다. 그러면서도——이것은 조금 속이 들여다보이는 일이라 생각되지만——카펙스가 했을지도 모른다는 나의 암시에 걸려들었습니다. 카펙스가 집에서 곧장 나갔다는 미끼에 넙죽 물려 왔던 것입니다. 이 점은 어느 쪽의 말이 옳은지 조사해 볼 필요가 있지만, 뭐 간단히 설명이 될 것 같군요. 한편 그녀는 필릭스 케언즈의 이야기에도 바이올렛 래터리의 이야기에도 경계하며 걸려들지 않았습니다. 케언즈의 일기에 대해서는 정말로 모르고 있는 것 같더군요——적어도 나는 그런 인상을 받았습니다. 이것은 당신의 설에 있어 얼마쯤 타격이 크겠군요. 그녀는 래터리 집안의 위신이라는 것에 몹시 집착하고 있는데, 이것은 전부터 알고 있었던 일입니다. 카펙스에 대한 은근한 욕은 그를 싫어하고 있기 때문에 입에서 나왔을 뿐인지도 모릅니다. 아니, 만일 그녀가 조지를 죽였다 하더라도 지금은 그것에 대해서 아무 말도 하지 않았지요. 이로써 또다시 출발점으로 되돌아가게 됩니다. 그렇다면 당신이 마음에 들든 들지 않든 또 필릭스 케언즈로 향할 수밖에 없겠군요."

"그러나 한 가지 주목할 만한 점이 있었습니다."

"조지와 그 부인과의 싸움 말입니까?"

"아닙니다. 아마 거기에서는 아무것도 나오지 않겠지요. 바이올렛은 히스테리 상태에 빠져 위협적인 말을 한두 마디 했을지는 모릅니다. 그러나 15년 동안 남편에게 갖은 학대를 받아 온 아내가 별안간 들고 일어나 남편을 죽인다는 일은 생각할 수 없지요. 그런 것은 이치에 닿지 않습니다. 그게 아니라 내가 말하는 것은, 와트슨 선생(셜록 홈즈의 단짝인 의사)이라면 '노부인과 사진의 기묘한 에피소드'라고나 쓸 문제지요."

13

나이젤은 바이올렛 래터리와 이야기하고 싶다는 브랜트와 헤어져 호텔로 돌아갔다. 호텔에 이르자 조지아와 필릭스 케언즈가 뜰에서 차를 마시고 있었다.

"필은 어디 있습니까?"

그의 얼굴을 보자마자 필릭스가 물었다.

"집에 있지요. 아마 어머니가 나중에 데려올 겁니다. 조그마한 사건이 있어서요."

나이젤은 필의 지붕 위에서의 활약과 그리고 증거인 병을 깨뜨리려고 했던 일을 이야기했다. 이야기를 듣는 동안 필릭스는 차츰 침착성을 잃고, 마침내 참을 수 없게 되어 말했다.

"정말, 너무하군요!" 하고 그는 외쳤다. "필을 이 사건에 휩쓸리지 않도록 할 수는 없습니까? 언어도단이오. 그런 어린아이에게 귀찮게 따라붙는다는 건. 아니, 당신을 말하는 게 아니라, 저 브랜트라는 사나이 말입니다. 이런 일이 신경과민인 어린아이에게 얼마나 큰 부담을 주는지, 그는 도무지 모르는 겁니다."

나이젤은 필릭스 케언즈가 얼마나 신경질적으로 되어 있는지, 그때까지 깨닫지 못하고 있었다. 그는 뜰을 산책하든가, 필과 함께 책을 읽든가, 조지아와 정치 이야기를 하는 필릭스의 한 면밖에 보고 있지 않았던 것이다. 선천적으로 말이 적은 사이사이 때때로 갑자기 자신감과 아이러니컬한 유머의 번뜩임을 보이는 잔잔하고도 붙임성이 있는 사나이라는 인상이었다. 아마 함께 사는 상대로서는 꽤 까다롭겠지만, 가까이하기 어려운 기분인 때라도 호감은 가질 수 있는 사나이. 나이젤은 필릭스가 이렇듯 갑자기 감정을 드러낸 일로 말미암아 그의 마음에 의혹의 검은 구름이 얼마나 묵직하게 깃들어 있었는가를 새삼스레 절감했다. 그는 부드럽게 말했다.

"브랜트는 좋은 사람입니다. 인간애도 있고, 적어도 공정한 사나이지요. 필에게 좋지 않은 생각을 품게 한 것은 오히려 내 책임이라고 여기고 있습니다. 이따금 그가 아직 어린아이라고는 아무래도 생각되지 않는 일이 있습니다. 그만 나와 똑같은 연배의 사람 같은 태도로 대하고 마는 거지요. 게다가 나를 지붕으로 끌어올린 것은 필 쪽이었으니까요."

그 뒤에 이어진 침묵은 어색한 것이 아니었다. 조지아가 언제나 가지고 다니는 담배케이스에서 담배를 한 개비 꺼냈다. 맞은편의 동그란 화단에 피어 있는 달리아 사이에서 벌이 윙윙거리고 있었다. 멀리서 거룻배가 수문지기에게 수문에 다가온 것을 알리는 구슬픈 기적이 길게 꼬리를 끌며 울렸다.

"내가 조지 래터리의 모습을 마지막으로 본 것은" 하고 필릭스는 반쯤 자신에게 말하듯 이야기했다. "저기 저 수문지기 오두막의 뜰을 지나 꽃을 짓밟으며 걸어갔을 때였습니다. 그는 몹시 화를 내고 있었지요. 아마 자기가 지나는 길에 있는 것은 무엇이든지 짓밟고 싶은 심정이었을 겁니다."

"그런 사람에 대해서는 무슨 수단을 강구할 필요가 있지요."

조지아가 동정하듯이 말했다.

"그렇습니다, 그에 대해서 무슨 수단이 강구되었어야 했던 겁니다."

필릭스의 입술이 매섭게 일직선으로 다물어졌다.

"정세는 어떻게 되어 가고 있어요, 나이젤?" 하고 조지아가 물었다. 남편의 창백한 얼굴빛, 잔뜩 찌푸린 이마에 어린아이처럼 흘러내린 한 움큼의 머리털과 내밀어진 아랫입술. 그것들 모두가 견디기 어려울 만큼 그녀의 마음을 잡아 흔들었다.

'그는 지쳐 있어. 역시 이 사건은 맡지 말아야만 했어.'

그녀는 브랜트도, 래터리네 사람들도, 리나도, 필릭스도, 그리고 필마저도 바닷속에 가라앉아 버렸으면 좋겠다고 생각했다. 그러나 목소리는 애써 차분하게 무표정함을 꾸몄다. 나이젤은 위로해 주는 것을 좋아하지 않았기 때문이다. 게다가 아내에 이어 외아들마저 잃고만 필릭스 케언즈의 앞인 것이다. 조지아는 필릭스가 이미 받을 도리 없는 애정을 자기의 목소리로 그에게 느끼도록 해서는 안 된다고 생각했다.

"정세라고? 좋지 않아. 아무래도 이건 누구 한 사람도 알리바이가 없고, 모두에게 범행의 기회가 있었다고 하는 골치 아프기 이를 데 없는 사건인 것 같아. 그러나 브랜트식으로 말하면, 우리들은 어차피 범인을 가려내게 될 거요. 그런데 필릭스 씨, 당신은 조지 래터리가 현기증 같은 건 전연 느끼지 않는다는 사실을 알고 있습니까?"

필릭스 케언즈는 눈을 깜박였다. 곁눈으로 무슨 움직임을 지그시 지켜보는 개똥지빠귀처럼 한쪽으로 고개를 갸우뚱하고 있었다.

"현기증을 느끼지 않는다고요? 누가 현기증에 대해서 말했습니까? 아아, 그렇군. 잊고 있었습니다. 그 채석장에서의 사건 말이로군요. 그러나 그렇다면 어째서 그가 그런 말을 했을까? 나로서는 모르겠는걸요. 그게 정말입니까?"

"정말입니다. 그것이 무엇을 의미하는지 알겠습니까?"

"아마 당신은 내가 일기에 거짓말을 적었다고 말씀하고 싶겠지요."

필릭스는 어떤 종류의 조심스럽고 소심한 솔직함으로 상대를 지켜 보면서 말했다.

"또 한 가지 가능성도 있습니다. 즉 조지가 이미 당신의 의도를 눈치채고 있었든가 또는 그때 의심을 갖기 시작하여, 그것을 당신에게 눈치채이는 일 없이 당신 곁에서 떨어져 있을 구실로써 높은 곳은 질색이라고 말했는지도 모른다는 것이지요."

필릭스는 조지아를 향해 말했다.

"당신은 무슨 일인지 모르시겠지요. 이 이야기는 제가 조지를 채석장의 벼랑 끝에서 밀어 떨어뜨리려고 마음먹고, 마침내 행하려 할 때 그가 다가오지 않았던 일을 말하는 거랍니다. 정말이지 아까운 노릇이었지요. 그때 그를 밀어 떨어뜨렸다면 이런 수고는 고스란히 덜 수 있었을 텐데."

그의 경박스러운 말투가 조지아의 신경에 거슬렸다. 하지만 가엾게도 이 사람 역시 모든 일이 짜증스럽기만 하여 이런 말을 하지 않을 수 없을 거라고 그녀는 생각했다. 일찍이 자기도 그와 비슷한 괴로운 처지에 놓인 적이 있었던 일을 생생하게 떠올렸다. 그때 나이젤이 구해 주었던 것이다. 만일 누군가 필릭스를 구해 낼 수가 있다면, 역시 나이젤 말고는 달리 없으리라. 그녀는 남편 쪽을 흘끗 보았다. 그는 조금 흥분된 모습으로 콧잔등을 내려다보고 있었다. 그것은 그의 두뇌가 가장 뛰어난 능력을 발휘하고 있는 증거였다. '멋진 나이젤!' 하고 그녀는 마음 속으로 중얼거렸다. 아주 멋들어진 사나이 나이젤.

"래터리 노부인의 남편에 대해 무언가 알고 있습니까?"

나이젤이 필릭스에게 물었다.

"아니오, 군인이었다는 것밖에 모릅니다. 남아 전쟁(南阿戰爭)에서 전사했다고 하더군요. 에셀 래터리로부터 해방되어 아마도 마음 편했겠지요."

"정말입니다. 그에 대해 조사하려면 어디로 가야 좋겠습니까? 나에게는 제대 군인 친지가 없어서요. 그렇지, 당신의 친지인 그 사람은 어떨까요? 왜, 일기의 첫머리에 이름이 나온 치프넘이라던가, 슐리벨렘이던가 참, 슐리버넘 장군 말입니다."

"그러나 그건 '당신은 오스트레일리아 분입니까? 오스트레일리아에 있는 내 친구 브라운이라는 사나이를 만난 일이 있습니까?'라는 물음과 같은 것이 아닐까요" 하고 필릭스는 농담투로 말했다. "슐리버넘이 시릴 래터리에 대해서 알고 있으리라고는 생각되지 않는데요."

"그러나 물어 볼 수는 있지 않습니까."

"하지만 왜? 당신의 목적이 나로서는 이해되지 않는군요."

"왠지 래터리 집안의 역사를 조사해 보는 것도 무익하지는 않을 듯한 느낌이 드는군요. 오늘 오후, 래터리 노부인에게 그녀의 남편에 대해 별것도 아닌 질문을 했을 때 왜 그녀가 그토록 당황했는지 알고 싶은 겁니다."

"정말이지, 당신은 남의 집안 비밀에 지나치게 파고드시는군요. 나는 마치 협박자를 남편으로 둔 것 같아요."

조지아가 말했다.

"당신이 꼭 정보를 손에 넣고 싶다면" 하고 필릭스가 말했다. "육군성에 기록을 조사해 줄 만한 친지가 있소."

이 친절한 제안에 대한 나이젤의 대답은 아무리 좋게 해석한다 해도 참으로 엉뚱했다. 친근하기는 하나 아주 진지한 말투로 말했다.

"여보시오, 필릭스 씨, 당신은 어째 슐리버넘 장군과 나를 만나게 하기 싫어하오?"

"바보 같은 소리하지 마시오. 당신이 장군을 만나는 일에 반대하고 있는 게 아니오. 다만 당신이 필요로 하는 정보를 손에 넣는 데는 좀더 실제적인 방법이 있다고 말하고 있을 뿐이오."

"알았습니다. 미안하오. 다른 뜻은 없으니까 노엽게 생각하지 마시오."

어색한 침묵이 흘렀다. 나이젤은 분명히 납득하고 있지 않았으며, 필릭스가 그것을 눈치채고 있다는 것도 알고 있었다. 얼마쯤 있다가 필릭스는 미소를 떠올렸다.

"그렇겠지요. 사실대로 말한다면, 나는 그 노인이 아주 좋습니다. 아마도 나는 무의식중에 내가 실제로 이러한 인간이라는 것을 그에게 알리고 싶지 않다고 생각했나 봅니다." 필릭스는 쓸쓸하게 웃었다. "아무튼 나는 계획을 실행 못한 살인자니까요."

"그러나 그 일은 늦든 빠르든 알려지고 말 겁니다" 하고 나이젤이 말했다. "하기야 아직 슐리버넘 노인에게 알리고 싶지 않다면, 당신 이야기를 꺼내지 않고 시릴 래터리에 대해 묻는 일은 간단하지요. 노인에게 나를 소개해 주는 것만으로 좋습니다."

"좋겠지요. 언제쯤 찾아가면 좋겠습니까?"

"내일이라도 어떨까 싶은데."

다시 긴 침묵이 찾아왔다. 뇌우(雷雨)의 내습이 예상되었으나 일단은 쏟아지지 않고 머리 위를 지나갔다가 다시 되돌아왔을 때처럼 불온한 정적이 공기를 묵직하게 누르고 있었다. 조지아는 필릭스의 온몸이 떨고 있음을 알았다. 딱할 만큼 얼굴이 벌겋게 되어 마침내 간신히 사랑을 고백할 결심이 선 연인처럼 이상하게 들뜬 목소리로 그는 말했다.

"브랜트는 저를 체포할까요? 나는 이미 이 긴장을 더 이상 견디어 낼 것 같지 않습니다." 그는 의자 옆으로 늘어뜨린 두 손의 손가락을 쥐었다 폈다 했다. "이대로라면 빨리 이 고통을 끝내도록 하기 위해 자백이든 무엇이든 해 버리고 말 것만 같소."

"그건 나쁘지 않은 생각입니다. 당신이 자백을 합니다. 그러면 실제로는 죽이지 않았으니까 브랜트는 당신의 자백을 꼼꼼히 분석해 본 다음 결국 당신이 범인이 아니라는 것을 납득하겠지요." 나이젤은 명상적인 목소리로 말했다.

"나이젤, 그런 심한 말은 그만두세요!"

조지아가 날카롭게 외쳤다.

"그에게는 한낱 게임에 지나지 않습니다. 숫자 모으기 놀이처럼 말이지요." 필릭스는 웃으면서 말했다. 겨우 본디의 침착성을 되찾은 모양이었다.

나이젤은 얼마쯤 자신을 부끄럽게 여겼다. 머릿속에서 생각한 일을 그만 입에 올리고 마는 이 버릇을 고쳐야만 되겠다고 자신에게 타일렀다. 그는 말했다.

"브랜트는 아직 체포하려고까지는 생각하고 있지 않습니다. 그는 매우 꼼꼼하여 자기의 발판을 단단히 굳힌 다음 덤비는 사나이니까요. 경찰관은 사람을 잘못 체포했을 경우, 그것을 쉽게 잊어버리지 못합니다. 큰 오점이 되고 말지요."

"참, 그렇군. 그가 드디어 체포할 생각이 되었을 때에는 베리식 발광 신호(發光信號)인지 뭔가로 신호해 주십시오. 그러면 나는 수염을 깎아 버리고 절름발이 흉내를 내면서 경찰의 수사망을 빠져나가 남미행 배를 탈 테니까요. 탐정소설에서 도망치는 범인은 모두 그렇게 하지요."

조지아는 눈물이 나올 것만 같았다. 필릭스가 자신이 놓인 곤경을 우스갯소리로 돌리려 하는 태도에는 무언가 견디기 어려우리만큼 비통한 느낌이 있었다. 그러나 동시에 그것은 불쾌하기도 했다. 확실히 그에게는 용기가 있었다. 그러나 이런 농담을 말하는 데 필요한 용기는 아니었다. 이 농담은 너무나도 심각했으며, 그 자신도 그렇게 느끼고 있다는 것을 그 태도로 미루어 알 수 있었다. 그는 명백히 위로를 필요로 하고 있었다. 나이젤은 왜 그것을 주려고 하지 않을까? 그다지 힘든 일도 아닐 텐데. 이것저것 생각한 끝에 조지아는 말했다.

"필릭스 씨, 오늘밤쯤 리나를 부르시는 게 어때요? 저는 오늘 그녀와 여러 가지 이야기를 했는데 그녀는 당신을 믿고 있어요. 더욱이 당신을 사랑하고 있고, 어떻게 해서든지 당신을 도와 드리고 싶다고 안절부절못하고 있었어요."

"살인 용의자로 있는 동안은 그녀와 관련을 가질 수가 없습니다. 그런 짓을 했다가는 그녀에게 불리하지요."

필릭스는 얼마쯤 고집스럽고 냉담하게 대답했다.

"하지만 그건 그녀 쪽에서 판단할 일이에요. 그녀는 당신이 비록 조지를 정말로 죽였다 해도 아무 상관없으며, 다만 당신과 함께 있고 싶을 뿐이라고 말했어요. 솔직히 말해서 당신은 그녀의 마음을 몹시 상하게 하고 있는 거예요. 그녀가 바라고 있는 건 당신의 기사도 정신이 아니라 바로 당신이니까요."

그녀가 이야기하고 있는 동안에 필릭스의 얼굴이 양옆으로 비틀어졌다. 흡사 몸이 의자에 단단히 고정되어 그녀의 말이라는 돌멩이를 얼굴에 맞고 있는 것만 같았다. 그러나 그는 그 고통의 깊이를 인정하려 들지 않았다.

"그 이야기는 이제 하고 싶지 않습니다." 그는 옹고집으로 이렇게 말하면서 막무가내였다.

조지아는 나이젤에게로 애원하는 듯한 눈길을 보냈다. 그러나 마침 그때 자갈길에서 발소리가 들렸으므로 세 사람은 마음 속으로 한숨 돌리며 고개를 들었다. 브랜트 경감이 필을 데리고 오는 참이었다. 조지아는 마음 속으로 중얼거렸다. '필이 와 주어서 잘 됐다. 저 애는 이곳에 있는 사울(이스라엘 왕. 다윗에게 왕위를 물려 줌)의 비위를 맞추어 주는 다윗일 거야.'

나이젤은 또 생각했다. '브랜트는 왜 필을 데리고 왔을까? 바이올렛 래터리에게 맡긴다고 말했었는데. 그러면 브랜트는 바이올렛에 대해 무언가 발견한 것일까?'

그리고 필릭스는 이렇게 생각했다. '필, 저 경관은 그를 어떻게 하려는 걸까? 설마 필을 체포한 것은 아닐테지. 물론 그럴 리는 없을 거야. 바보 같은 생각이지. 체포했다면 이곳으로 데려올 리가 없잖은가. 그러나 저 두 사람이 함께 있는 것을 보기만 해도…… 이런 일이 오래 계속된다면 나는 미치고 말 것 같다.'

14

"래터리 부인과 굉장히 흥미로운 이야기를 하고 왔습니다." 브랜트는 나이젤과 둘만이 되자 말했다.

"바이올렛과? 그녀가 무슨 말을 했습니까?"

"우선 처음에 그 부부 싸움에 대해 물었습니다. 그녀는 모든 걸 숨기지 않고 이야기해 주더군요. 적어도 나는 그런 인상을 받았습니다. 부부 싸움의 원인은 카팩스 부인 때문이었던 모양입니다."

브랜트는 극적 효과를 돋우기 위하여 일부러 말을 끊었다. 나이젤은 자기의 담배 끝을 지그시 쏘아보고 있었다.

"래터리 부인은 남편에게 로더 카팩스와 손을 끊어 달라고 부탁했던 겁니다. 그녀의 설명에 의하면 자기의 심정이야 어떻든 필에게 나쁜 영향을 준다는 점을 강조했다고 합니다. 필은 그 의미를 완전히 이해하지는 못한다 하더라도, 아버지와 로더 카팩스의 일을 알고 있었던 것 같아요. 그러자 래터리는 느닷없이 이혼하고 싶으냐고 되물었답니다. 마침 래터리 부인은 부모가 이혼한 두 어린이를 묘사한 소설을 읽고 있었던 참이었다는군요. 그녀는 소설 속의 꾸민 이야기를 진짜로 받아들이는 성질인 듯합니다. 왜 흔히 그런 사람이 있잖습니까. 어쨌든 어린이들은——그 소설에 등장하는 어린이들이지만——부모가 이혼한 결과 아주 깊은 정신적 타격을 받았던 겁니다. 하나는 작은 남자아이였는데, 그것이 그녀에게 필을 연상시켰겠지요. 그래서 그녀는 어떤 일이 있더라도 이혼에는 응하지 않겠다고 남편에게 말했다는 겁니다."

브랜트는 깊숙이 숨을 들이마셨다. 나이젤은 참을성 있게 기다렸다. 브랜트는 자못 스코틀랜드인답게 상대의 상상력에 맡기는 듯한 화법은 일체 쓰지 않는다는 것을 나이젤은 지나칠 만큼 잘 알고 있었다.

"이같은 래터리 부인의 태도가 남편을 몹시 성나게 만들었습니다. 특히 필의 일이 신경에 거슬렸던 모양이오. 아마 소년의 애정이 어머니에게로 치우쳐져 있었던 일이 그는 마음에 들지 않았던 것이겠지요. 그러나 나는 그 이상으로 그를 성나게 한 것은 필이 자기와 전혀 닮지 않았다는 점이 아닐까 생각합니다. 이를테면 필의 인간됨됨이가 아버지보다 훨씬 섬세하니까요. 그는 바이올렛을 괴롭히려 했는데, 그러려면 필을 통해서 하는 게 가장 효과적임을 알았습니다. 그래서 필을 퍼블릭 스쿨에 넣는 것은 그만두겠다, 의무 교육이 끝나는 대로 공장에서 일을 시키겠다고 말했던 겁니다. 래터리가 진심으로 그랬는지 어떤지는 모릅니다. 그러나 부인은 진심으로 받아들였지요. 그래서 부부 싸움이 거기서부터 정말로 시작된 셈입니다. 그녀는 필의 장래가 짓밟힐 정도라면 그전에 남편을 죽여 버리겠다고 말했습니다. 아마 이 말을 래터리 노부인이 엿들었던 것이겠지요. 어쨌든 한바탕 울고불고 한 다음에 래터리가 발끈하여 부인을 때리기 시작했습니다. 필이 그녀의 울음소리를 듣고 방에 뛰어들어가 아버지를 말리려고 했다더군요. 이런 소동이 한바탕 있었답니다."

브랜트는 아무런 감동도 나타내지 않고 마무리를 지었다.

"그럼, 바이올렛은 여전히 용의자 가운데 한 사람인 셈입니까?"

"그런데 그렇지가 않아요. 실은 이렇습니다. 그 소동이 있은 뒤, 그녀는 래터리 노부인에게 조지를 설득하여 필을 공장에서 일 시키려는 계획을 그만두게 해 달라고 부탁했던 겁니다. 아마 당신도 눈치를 채셨겠지만, 그 할머니는 굉장한 속물이므로 이때만은 바이올렛과 의견이 일치되었던 셈이지요. 내가 직접 본인에게 물어 보았는데, 조지에게 필의 교육을 계속시키도록 약속 받았다고 하더군요. 그러므로 바이올렛에게는 남편을 죽일 동기가 없어지고 만 셈입니다."

"더욱이 카팩스 부인에 대한 질투에서 죽였다고도 생각되지 않는군요. 만일 그렇다면 조지가 아닌 여자 쪽을 독살했을 테니까요."

"그 말에 납득이 갑니다. 물론 단순한 가설이지만." 브랜트는 묵직한 말투로 계속했다. "바이올렛 래터리와의 이야기 사이에 또 한 가지 정보가 손에 들어왔습니다. 토요일 오후의 일을 물었을 때입니다. 카팩스는 노부인과 이야기한 뒤 그녀와도 두 서너 마디 이야기를 나누었던 모양입니다. 그녀가 카팩스를 현관까지 배웅했다더군요. 그러므로 카팩스로서는 그때 래터리의 강장제에 독을 넣을 기회가 없었던 셈입니다."

"그러나 그가 그 집에서 곧장 돌아갔다고 우리들에게 필요 없는 거짓말을 한 것은 어째서일까요?"

"반드시 거짓말을 한 셈은 아니지요. 그는 이렇게 대답했으니까요. '래터리의 강장제에 스트리키닌을 넣기 위해 지체하지 않았느냐는 의미라면 대답은 노입니다.'라고 말이오."

"그러나 그것은 터무니없는 이치가 아닙니까."

"그 점은 나도 동감입니다. 그러나 그는 바이올렛 래터리와 말을 나눈 일을 숨기기 위해 그런 엉터리 이치를 내세웠던 게 아닐까요."

나이젤은 귀를 바짝 기울였다. 무언지 어렴풋이 서광이 보인 듯한 느낌이었다.

"그 대화의 내용은 어떤 것이었습니까?" 하고 그는 물었다.

브랜트는 대답하기 전에 강력히 인상지으려는 듯 사이를 두었다. 이윽고 판사와도 같은 엄숙한 얼굴로 말했다.

"아동 복지에 대해서였답니다."

"즉 필의 행복에 대해서 말입니까?"

나이젤이 도무지 영문을 모르겠다는 얼굴로 물었다.

"아니, 액면 그대로 아동 복지입니다."

브랜트의 눈이 번쩍 빛났다. 그는 나이젤을 놀려 댈 기회가 그리 자주 없기 때문에 어쩌다가 그것이 찾아오면 되도록 철저하게 이용하고 싶어했다.

"바이올렛 래터리에 의하면——그렇다고 그녀의 말을 믿지 않을 이유는 아무것도 없지만——이곳에 아동 복지 센터를 만들 계획이 있었나 봅니다. 지방 당국에서 보조금이 나오고 부족한 것은 개인의 기부에 의해 염출될 예정이랍니다. 래터리 부인은 이 기부금 모으기를 위해 설립된 위원회의 회원이었으므로, 카팩스는 익명으로 상당액의 기부를 하고 싶다고 그녀에게 제안했지요. 그는 오른손이 하는 일을 왼손에 알리지 않는 사나이였어요. 그러므로 바이올렛 래터리와의 짧은 대화에 대해서도 숨기고 있었던 겁니다.”

“아니, 그럼 ‘때묻지 않은 정신의 유쾌한 대화’란 말씀이군요. 그렇다면 카팩스도 빼놓지 않으면 안 되는 셈인데요. 아니면 그가 래터리 노부인의 방으로 가는 도중 식당에 숨어들었다고는 생각할 수 없을까요?”

“그 가능성도 없어졌습니다. 이곳에 오는 도중 필과 이야기했는데, 그는 카팩스가 집으로 들어왔을 때 마침 식당에 있었다고 하더군요. 문이 열려 있었으므로 카팩스가 홀을 지나 곧장 2층으로 올라가는 것을 보고 있었답니다.”

“그럼, 남는 것은 래터리 노부인뿐이겠군요”

나이젤이 말했다.

그들은 강기슭에 면한 호텔 뜰을 왔다갔다 하고 있었다. 왼쪽으로 12, 3야드 앞쪽 언저리에 월계수가 있었다. 문득 나이젤은 바람도 없는데 덤불이 희미하니 흔들리고 있는 것을 알았다. ‘아마 개일 테지’ 하고 그는 생각했다. 만일 그가 그 움직임을 살펴보러 갔었다면 몇 사람의 운명이 크게 바뀌었을지도 모른다. 그러나 그는 살펴보러 가지 않았다. 브랜트가 조금 이론을 휘두르며 목소리를 높이고 있었다.

“당신도 꽤나 고집스럽군요, 스트렌지웨이즈 씨. 그러나 지금으로서는 온갖 증거가 필릭스 케언즈를 가리키고 있다는 것을 나에게 잊게 하려 해도 그렇게 되지는 않을 겁니다. 래터리 노부인을 범인으로 보는 견해도 확실히 있을 수는 있습니다. 하지만 그것은 너무 가정적(假定的)인 부분이 많고 지나치게 기발합니다.”

“그럼, 필릭스를 체포할 작정이시군요?” 하고 나이젤이 말했다.

그들은 뒤로 돌아 다시 월계수가 있는 곳에 이르고 있었다.

“어쩔 수 없습니다. 그에게는 기회가 있었고, 에셀 래터리보다도 훨씬 강한 동기가 있었습니다. 그 자신이 스스로 자기의 유죄를 말하고 있다 해도 좋을 만큼이니까요. 물론 아직 조사해야 할 일은 많이 있습니다. 나는 그가 수리 공장에서 쥐약을 가지고 나오는 것을 누군가 목격한 사람이 있으리라는 바람을 아직도 버리지 않았으며, 래터리네에 있는 그의 방에서 아주 적은 양의 쥐약이 검출되지 않는다고도 할 수 없습니다. 이것은 지금까지는 성공하고 있지 못합니다만. 그리고 깨어진 병 조각에서 지문이 나올지도 모릅니다. 하긴 홈통 속에서 비를 맞았다면 이것도 무리한 일일는지 모르고, 더욱이 탐정소설가가 지문을 남긴다는 일은 거의 생각할 수 없지요. 그러므로 지금 당장 케언즈를 체포할 생각은 없습니다. 그러나 감시는 계속할 겁니다. 아시다시피 범죄자가 곧잘 중대한 잘못을 저지르는 것은 범행 전이 아니라 살인을 한 뒤이니까요."

"확실히 그럴지도 모릅니다. 그러나 나는 내일 슐리버넘 장군이라는 사람을 만나러 갑니다. 물론 아무 수확도 얻지 못하리라 각오하고 말입니다. 당신은 또 뒤통수를 얻어맞아 당황하지 않도록 마음의 준비를 해 두는 편이 좋을지도 모릅니다. 나는 이 문제의 해답은 역시 필릭스 케언즈의 일기 속에 있다고 확신하고 있습니다. 요는 일기의 어디를 어떻게 찾느냐에 달렸지요. 아무래도 나는 처음부터 해답 쪽이 우리들을 응시하고 있는 게 아닐까 하는 느낌이 드는군요. 그렇기 때문에 래터리 집안의 역사를 좀더 자세히 알고 싶은 겁니다. 그러면 이제까지 알지 못한 일기 속의 무언가가 스포트라이트에 비쳐져 떠올라 올지도 모르니까요."

15

그날 밤, 조지아는 이미 침대에 들어가 있었다. 나이젤이 심한 허탈 상태에 빠져 마치 유리 조각처럼 그녀를 투시하는 듯한 눈초리를 지을 때는 살며시 내버려두는 게 가장 좋다고 여기고 있었기 때문이었다. 그러나 처음부터 여기에 오지 않았으면 좋았을 거라고 그녀는 생각했다. 그는 기진맥진 지쳐 있고, 조심을 하지 않으면 이제 곧 신경이 모조리 닳아빠질 것이다.

나이젤은 호텔의 글 쓰는 방에서 책상을 마주 대하고 앉아 있었다. 호텔의 집필실에 있을 때 두뇌의 활동이 아주 능률적이 된다는 것은 참으로 묘한 그의 버릇 가운데 하나였다. 눈 앞에 몇 장인가의 메모 용지가 있었다. 그는 천천히 쓰기 시작했다.

리나 로슨.
독약을 손에 넣을 기회는? ──있다.
강장제에 독약을 넣을 기회는? ──있다.
살인의 동기는? ①바이올렛과 필에의 애정, 이 두 사람의 생활을 파괴하려 하고 있는 조지 래터리를 없애 버리려는 것. 불충분. ②G R에 대한 그녀 자신의 증오, 그와의 지난 날의 관계 및 또는 마티 케언즈 살해에 대한 충격. 아니다, 이것은 우습다. 리나는 필릭스와 함께 있는 것만으로도 충분히 행복했다. ③돈. 그러나 G R은 재산을 아내와 어머니에게 똑같이 남겼다. 그리고 어쨌든 재산은 대단한 것이 못된다. 따라서 L은 명백히 용의자 리스트에서 제외되어도 좋다.

바이올렛 래터리.
독약을 손에 넣을 기회는? ──있다.
강장제에 독약을 넣을 기회는? ──있다.
살인 동기는? (조지에게 싫증이 나 있었다.) ①로더의 일로, ② 필의 일로, 그러나 필의 문제는 이미 해결되어 있었으며, V는 15년 동안 G와의 생활을 견디어 왔다. 그러므로 이제 새삼스레 별안간 생각이 바뀐다는 일은 있을 수 없다. 로더에 대한 질투가 동기라고 한다면 G가 아니라 그녀를 독살했으리라. 그러므로 V R도 제외.

제임스 해리슨 카팩스.

독약을 손에 넣을 기회는? ——있다(다른 어느 사람보다도 훨씬 많다).

강장제에 독약을 넣을 기회는? ——명백히 없음. 토요일에는 곧장 에셀 래터리의 방에 갔다. 필의 증언. 2층에서 내려와 바이올렛과 말을 나누고 그녀의 배웅을 받으며 밖으로 나갔다. 바이올렛의 증언. 그 이후로는 확고한 알리바이가 있다, 콜즈비의 수사에 의한.

살인 동기는? ——질투. 그러나 그 자신이 우리들에게 지적한 것처럼, G와 로더에게 손을 끊도록 할 작정이라면 경제적으로 유리한 입장에 있는 그가 G와의 공동 경영관계를 끊겠다고 협박함으로써 목적을 이룰 수가 있었을 것이다. C는 제외해야만 된다고 생각한다.

에셀 래터리.

독약을 손에 넣을 기회는? ——있다(다른 사람에 비해 공장에 드나드는 횟수는 훨씬 적었지만).

강장제에 독약을 넣을 기회는? ——있다.

살인 동기는? ——광기에 가까운 가문의 자랑. 조지와 로더의 스캔들에 종지부를 찍기 위해서라면, 특히 이혼 스캔들을 막기 위해서라면 어떤 일이라도 할 가능성이 있다. 카팩스에게 단호한 태도를 취하도록 부탁했지만, 그것에 대해 C는 로더가 바라면 이혼도 하겠다고 대답한 바 있다. 바이올렛과 필에 대한 그녀의 태도로 볼 때 얼마든지 냉혹해질 수 있는 성격, 힘이야말로 정의라는 독재자의 면모가 엿보인다.

나이젤은 메모 용지를 한 장씩 꼼꼼히 읽고 나서 잘게 찢었다. 어떤 생각이 떠올랐던 것이다. 그는 새로운 종이에 쓰기 시작했다…….

우리들은 바이올렛과 카팩스를 결부시켜서 생각할 가능성을 그냥 지나쳐 버리고 있었던 게 아닐까? 흥미롭게 이 두 사람은 어느 정도까지 알리바이──실제적인 것과 심리적인 것을 포함해서──를 서로 주고받고 있다. 카팩스는 네 사람 가운데 가장 쉽게 쥐약을 가지고 나올 입장에 있었고, 바이올렛은 그것을 강장제에 넣는 일이 가능했다. 두 사람이 저마다의 아내와 남편의 태도에 정나미가 떨어져 서로 마음을 의지했으리라는 것도 생각할 수 있다. 그러나 그렇다면 함께 도망친다는 수단이 있지 않은가. 조지를 독살한다는 거친 수단에 호소할 필요는 없으리라.

생각되는 해답──바이올렛이 조지가 이혼하는 것을 거부하고, 마찬가지로 로더는 카팩스와의 이혼을 거부했다. 함께 도망치면 필을 조지와 에셀 래터리의 손에 맡겨야 되는데, 바이올렛으로서는 이것이 견딜 수 없는 일이었을 게 틀림없다. 그것은 있을 수 있는 일이다. V와 C의 관계를 좀더 엄밀히 알아 낼 필요가 있다. 그러나 독살이 필릭스의 살인미수와 같은 날에 감행되었던 일이 우연이 아니라면(이것은 도대체 생각할 수도 없는 일이지만), 범인은 조지의 은밀한 이야기를 들었거나 또는 조지와는 관계없이 일기를 발견하여 필릭스의 계획을 미리 알고 있었던 것이 된다. 바이올렛과 카팩스의 경우, 전자는 거의 생각될 수 없다. 그러나 V는 일기를 발견하고 있었을지도 모른다.

결론──카팩스와 바이올렛의 공범 가능성을 아주 무시할 수는 없다. 덧붙여 말하면, 내가 래터리네를 방문했을 때 카팩스가 한 번도 거기에 있었던 적이 없었다는 일은 주목할 만한 가치가 있다. 조지의 공동 경영자로서 카팩스는 이것저것 뒷바라지를 해주고, 바이올렛에게 가능한 한 원조와 위로를 해주는 게 당연하리라. 그의 그와 같은 봉사를 볼 수 없었다는 것은, 우리들에게 바이올렛과의 공범 관계를 의심케하는 실마리를 제공하고 싶지 않았다는 걸 의미하고 있을지도 모른다. 한편 브랜트의 질문을 받았을 때의 카팩스의 태도는 아주 개방적이며 솔직함으로 시종일관되어 있고 동시에 믿어 주기를 억지로 강요하는 듯한 이상스러움이 있었다. 범인에게 있어, 자기가 손을 댄지 얼마 안 되는 피해자에 대하여 시종일관 거짓 태도를 취하기란 곤란한 일이다. 그것은 미리 준비해 둔 계획(알리바이, 동기의 은폐 등)의 실행보다 훨씬 곤란하다. 그러므로 우선은 카팩스의 결백을 믿고 싶다.

남는 것은 에셀 래터리와 필릭스이다. 표면적으로는 필릭스 쪽이 훨씬 의심스럽다. 수단, 동기, 어느 것을 보더라도 그러하며 게다가 그는 살의를 느끼고 있었다는 고백까지 하고 있다. 그러나 일기는 거기까지로 끝나고 있다. 필릭스가 요트 계획의 실패에 대비하여 제2의 무기(다시 말해서 독약)를 준비해 두었을 가능성도 아주 조금이긴 하지만 없지 않은 것은 아니다. 그러나 실제 문제로서, 나는 필릭스가 그렇듯 복잡한 전술을 생각해 낼 만큼 냉혹한 인간이거나 미친 인간이라고는 생각되지 않는다. 그런데도 어쨌든 그가 범인이라고 가정해 보자. 그 경우 절대로 이치에 맞지 않는 것은 요트 속에서 형세가 180도 역전되어 일기가 변호사의 손에 건네어져 있고 만일 조지가 죽으면 일기가 공개되게 되어 있다고 선언받은 뒤, 그런데도 필릭스가 스트리키닌 계획을 실행에 옮겼다는 점이다.

그런 짓을 하면 목을 매는 밧줄에 스스로 목을 들이밀고 허공으로 뛰어내리는 거나 같다. 만일 필릭스가 강장제에 독약을 넣었다면 당연히——조지의 죽음은 자기 몸의 파멸을 뜻한다고 안 이상——조지에게 독약에 대해서 고백하거나 또는 저녁 식사 전 래터리 집에 숨어들어가 약병을 가지고 나왔으리라. 이것은 물론 마티를 죽인 조지 때문에 반미치광이가 되어 있고, 조지를 죽이는 목적만 이루면 도중에서 자살적인 행위를 저질러도 상관없다는 자포자기의 심정이 필릭스에게 없었던 경우의 이야기지만. 그러나 만일 필릭스가 자기 목숨을 아끼지 않았다고 한다면, 왜 살인 계획을 세우고 그것을 사고로 꾸며 보이는 귀찮은 일을 생각했을까? 또 왜 자기의 목숨을 구하기 위해 일부러 나를 불렀을까? 그렇다면 생각되는 유일한 해답은, 역시 필릭스는 강장제에 독을 넣지 않았다는 것이다. 결국 조지 래터리를 죽인 것은 필릭스가 아니라고 나는 믿는다. 그것은 온갖 가능성이며 논리에 어긋나기 때문이다.

그렇다면 남는 것은 에셀 래터리뿐이다. 정말이지 불유쾌한 여자인데, 과연 자기의 아들을 죽였을까? 만일 죽였다 하더라도 그것을 입증할 방법이 있을까? 조지 살해는 에셀 래터리라면 과연 있음직하다고 생각되는 자기 본위의 횡포성을 전형적으로 보여주고 있다. 다른 곳으로 주의를 돌리려는 의도는 전혀 발견되지 않는다. 하기야 의혹이 모두 케언즈에게 집중되는 줄 알고 있다면, 그럴 필요도 없었던 셈이다. 강장제 병에 독약이 넣어진 토요일 오후를 위해서 알리바이를 만들려고 했던 흔적도 없다.

강장제에 독약을 넣고 남은 일은 조지가 그것을 먹을 때까지 묵묵히 앉아서 지켜보고 있는 것일 뿐이다. 그리고 이 사건은 사고로 처리하는 편이 좋겠다고 브랜트를 향해 말했다. '최고 절대의 심판자' 역을 스스로 맡고 있다고 생각하는 모양이다. 조지의 독살에는 에셀 래터리의 성격과 일치하는 거의 공격적이라고 해도 좋을 무신경함이 느껴진다. 그러나 동기는 충분한 것일까? 아무리 입으로는 '사람을 죽이더라도 명예에 관련된 때에는 살인이라고 하지 않는다'라고 했다 하더라도, 막상 그러한 사태에 이르렀을 때 과연 신조대로 행동할 수 있는 것일까? 슐리버넘이나 그 동료에게서 그 점을 판단할 재료가 얻어질지도 모른다. 우선은······.

　나이젤은 지칠 대로 지쳐 문득 한숨을 내쉬었다. 지금 자기가 쓴 메모를 대충 읽어보고 얼굴을 찌푸리며, 성냥으로 메모 용지에 불을 붙였다. 바깥 홀의 큰 시계가 기관지염에 걸린 듯한 긴 소리를 내며 12시를 쳤다. 나이젤은 필릭스의 일기 복사가 들어 있는 종이 파일을 손에 들었다. 펼쳐진 채로 있는 페이지의 어떤 부분이 그의 주의를 끌었다. 별안간 온몸이 긴장되고 지친 두뇌가 섬뜩 잠을 깼다. 그는 페이지를 훌훌 넘기면서 관련이 있는 사항을 찾았다. 엄청난 생각이 머릿속에서 형체를 갖추기 시작했다.

　너무나도 논리적이라 정연하고 설득력이 있으므로 오히려 믿어지지 않을 정도였다. 꿈결인 상태로 지어낸 희한한 시가 현실적인 아침 햇볕 속에서 다시 읽어 보았을 때는 평범하고도 공허한 미치광이의 잠꼬대 같은 시로 보이는 그 느낌과도 비슷했다. 나이젤은 그것을 아침까지 버려 두기로 작정했다. 지금은 그 옳고 그름을 확인하고 싶은 기분이 아니었다. 거기에 포함된 가혹한 의미가 그로 하여금 꽁무니를 빼게 하였다. 그는 하품을 하며 일어나서 종이 파일을 옆구리에 낀 채 집필실의 문 쪽으로 갔다.

　그는 방의 불을 끄고 문을 열었다. 바깥의 홀은 캄캄했다. 나이젤은 한 손으로 현관의 문을 잡으면서 반대쪽 벽에 있는 전기 스위치를 찾아 손으로 더듬으며 홀을 가로질렀다. 조지아는 벌써 잠들었을까, 하고 그는 생각했다. 그 순간 어둠 속에서 휙 공기를 잡아 찢는 듯한 소리가 나며 어둠으로부터 뛰어나온 무언가가 그의 앞이마를 쳤다……
.

암흑. 검은 비로드 커튼에 고통에 넘친 불빛이 깜빡이며 춤추다 떨면서 사라졌다. 불꽃 장치의 무용. 그는 아무런 흥미도 없이 그것을 지켜보았다. 그들 불빛이 움직이며 돌아다니는 것이 그쳐 주기를 바랐다. 검은 커튼을 열고 싶은데, 그것을 방해하고 있었기 때문이다. 이윽고 불빛이 움직이지 않았다. 검은 커튼만이 뒤에 남았다. 이제 앞으로 나아가서 커튼을 열 수가 있었다. 하지만 그전에 먼저 등허리에 붙들어매어져 있는 듯한 이 단단한 널을 떼어 내지 않으면 안 된다. 어째서 등허리에 널 따위가 들러붙어 있는 것일까? 나는 샌드위치맨인 모양이지. 그는 자기의 훌륭한 추리에 만족하며 잠시 꼼짝 않고 있었다.

이윽고 검은 커튼 쪽으로 걷기 시작했다. 홀연 눈이 핑핑 도는 듯한 고통이 머릿속을 달려 지나갔고, 다시 그 불꽃 장치의 무용이 격렬하게 시작되었다. 그는 무용이 끝날 때까지 가만히 기다리고 있었다. 간신히 그것이 끝나자 가만가만 머리를 활동시켜 생각하기 시작했다. 너무 갑자기 클러치를 넣으면 이 보잘 것 없는 장치가 박살이 날 염려가 있다.

나는 저 아름다운 검은 커튼까지 걸어갈 수가 없다. 왜냐하면 나는 자신의 발로 서 있지 않고, 등허리에 붙들어매어진 이 널빤지는 정말은 널빤지가 아니라 마룻바닥이기 때문이다. 그러나 마룻바닥을 등허리에 붙들어맨 인간이 있을 턱이 없다. 그렇다, 그것은 아주 건전한 사고방식이라고 해야만 하리라. 나는 마룻바닥에 누워 있는 것이다. 마룻바닥에 누워 있다.

원, 제기랄. 무엇 때문에 마룻바닥 같은 곳에 누워 있는 걸까? 그것은, 그것은, 그것은——그렇다, 생각났다. 검은 커튼 저쪽에서 무엇이 튀어나와 나를 때렸기 때문이다. 무서운 일격. 농담이다. 그렇다고 한다면 나는 죽어 있는 것이다. 그것을 뭐라고 부를까 하는 문제는 해결했다. 내세의 문제. 사후(死後)의 삶. 나는 죽어 있지만 존재는 의식하고 있다.

나는 생각한다, 고로 나는 존재한다. 그러므로 나는 사후의 세계에 살아 있는 것이다. 나는 죽은 사람 세계의 일원이 된 것이다. 정말 그럴까? 어쩌면 죽어 있지 않을지도? 죽은 사람이 심한 두통으로 괴로워할 리가 없다. 그런 일은 계약에 없을 것이다. 그렇다고 하면 나는 살아 있다. 나는 명백한 논리에 의해 그것을 증명했던 것이다. 제기랄, 사람 놀라게 하지 마라.

나이젤은 이마에 한 손을 대어 보았다. 끈끈했다. 피다. 천천히 일어나 손어림으로 벽 쪽으로 나아가서 불을 켰다. 강렬한 불빛에 또 한순간 아찔했다. 간신히 눈을 뜰 수 있게 되어, 홀을 둘러보았다. 사람 그림자 하나 없었다. 낡아빠진 골프채가 하나, 일기가 복사된 종이가 바닥에 떨어져 있을 뿐이었다. 나이젤은 으슬으슬 추웠다. 셔츠 단추가 남김없이 벗겨져 있었다. 그는 단추를 채우고 고통을 참으면서 앞으로 허리를 굽혀 골프채와 일기를 주워 올려 그것을 들고 비틀거리며 2층으로 올라갔다.

조지아가 침대에서 졸린 눈을 비비며 그를 쳐다봤다.

"이제 오세요, 여보. 골프는 즐거웠어요?"

"아니, 사실을 말한다면 즐겁지 않았어. 이걸로 나를 해치운 놈이 있어. 정말이지 비겁한 녀석이야. 골프 이야기가 아니오, 내 머리를 때렸어."

나이젤은 바보처럼 조지아에게 웃음 짓더니 그다지 보기 좋지도 않은 모습으로 바닥에 쓰러졌다.

16

"설마 일어나시려는 것은 아니겠지요, 여보?"

"일어나고말고, 오전중에 슐리버넘 노인을 만나야만 돼."

"머리에 구멍이 뚫려 있는데 일어나시면 안 돼요."

"구멍이 뚫려 있건 말건 슐리버넘 노인을 만나러 가겠어. 아침 식사를 방으로 가져오라고 해주오. 10시에 차가 마중하러 올 거요. 괜찮다면 당신도 함께 가서 내가 착란 상태에 빠져 붕대를 잡아뜯든가 하지 않도록 감시해 주겠소?"

조지아의 목소리가 떨리고 있었다.

"아아, 당신에게 머리털을 짧게 자르라고 재촉했던 일을 생각하니 정말 오싹해져요. 그 더부룩한 머리털 덕분에 목숨을 건졌는걸요. 게다가 돌대가리 덕분이에요. 아무튼 아직 일어나서는 안 돼요."

"조지아, 나는 당신을 무척 사랑하고 있지만, 무슨 일이 있어도 일어나겠어. 어젯밤 그 녀석에게 골프채로 얻어맞기 전에 광명이 보이기 시작하고 있었던 거요. 슐리버넘 노인에게 이야기를 들으면 어떤──첫째, 두서너 시간 군인의 보호 아래 몸을 맡긴다는 것이 뭐가 나쁜지?"

"어머나! 또 습격을 받으리라고 생각하시는 건 아니지요? 대체 누구였지요?"

"알게 뭐야. 그러나 또 습격 받으리라고는 생각하지 않아. 낮 동안은 염려 없어. 게다가 나의 셔츠 단추가 끌러져 있었어."

"나이젤, 당신 정신은 똑똑해요?"

"물론이지."

나이젤이 아침 식사를 들고 있는 동안 브랜트 경감이 안내되어 들어왔다. 경감은 몹시 걱정스러워하는 얼굴이었다.

"부인의 이야기로는 무슨 일이 있어도 일어나겠다고 고집을 부리신다면서요. 정말 괜찮겠습니까?"

"아아, 염려없소. 저는 골프채로 이마를 얻어맞으면 기운이 나는 성질이라서. 그런데 골프채에서 지문이 나왔습니까?"

"아니오, 손잡이 가죽 표면이 거칠거칠해서 소용없었습니다. 그러나 기묘한 걸 발견했지요."

"무엇입니까?"

"이곳 식당의 프랑스식 창문(프랑스식 창문은 크고 넓다)에 쇠가 채워져 있지 않았습니다. 그러나 급사는 어젯밤 11시에 틀림없이 문단속을 했다고 하더군요."

"무엇이 이상합니까? 나를 때린 녀석은 어차피 밖에서 침입하여 나를 때려눕히고 다시 나갔을 게 틀림없을 텐데."

"쇠가 잠겨 있는데 어떻게 숨어들지요? 그 녀석에게 공범자라도 있었다는 겁니까?"

"10시 전에 숨어 들어와 어딘가에 숨어 있었던 게 아닐까요?"

"그렇게도 생각할 수 있지요. 그러나 외부 사람이 어떻게 당신이 그 시간까지——홀의 불이 모두 꺼지고 남의 눈에 띄지 않고 당신을 습격할 수 있게 되기까지 일어나 있으리라는 걸 알았을까요?"

"과연 그러고 보니 확실히 그렇군요." 나이젤은 천천히 말했다.

"필릭스 케언즈에게는 그다지 유리한 이야기가 아닐 것 같군요."

"그러면 당신은 필릭스가 값비싼 탐정을 고용하여 일부러 내 머리를 골프채로 후려갈겼다는 겁니까?" 나이젤은 토스트의 구워진 정도를 살피면서 말했다. "그것은 얼마쯤 천한 표현법을 쓴다면 자기가 자기의 둥지를 더럽히는 거나 같지 않을까요?"

"어쩌면 이것은 단순한 짐작이지만 그에게는 아침 현재, 당신을 움직일 수 없게 해 두고 싶은 이유가 있을지도 모르지요."

"아마 나의——아니오——범인의 머릿속에는 무엇인가 그 같은 생각이 있었을 게 틀림없습니다. 왜냐하면 다시 말해서 범인은 홀에서 골프 연습을 하고 있었던 건 아니라는 거지요."

나이젤은 경감을 놀렸다. 그러나 마음 속으로는 그러고 보니 필릭스는 그가 슐리버넘 장군을 방문하는 일에 대해 얼마쯤 싫은 태도를 보였다는 생각을 하고 있었다. 브랜트는 아직도 납득하기 어려운 듯한 표정으로 말했다.

"그러나 정말로 묘한 일이란 따로 있답니다. 알겠습니까, 스트렌지웨이즈 씨. 프랑스식 창의 열쇠와 안쪽의 손잡이에서 지문이 발견되었습니다. 게다가 바깥쪽 손잡이와 창문 유리에서도요. 그렇다면 누군가가 한 손을 창유리에 대고 또 한쪽 손으로 손잡이를 잡아 창문을 닫았다고 밖에 생각할 수 없지요."

"그런 일은 그다지 이상할 게 없다고 생각되는데요."

"잠깐 기다려 주시오. 지문은 호텔 종업원의 것도 아니고, 이제까지 나타난 사건 관계자의 것도 아닙니다. 더구나 숙박객은 지금 현재로서는 당신네들 밖에 없습니다……."

나이젤은 별안간 고쳐 앉았다. 순간 날카로운 아픔이 머리를 뚫고 지나갔다.

"그럼, 결국 나를 때린 것은 필릭스가 아니란 말이로군요?"

"그 점이지요, 묘한 것은. 케언즈였다면 당신을 때려눕히고 나서 프랑스식 창을 열쇠로 열어——열쇠를 돌릴 때에는 손수건을 써서 말이지요——당신을 습격한 것이 외부로부터 침입한 사람이라고 여기게 했겠지요. 그건 그렇고, 창문 바깥쪽에 지문을 남긴 건 누구일까요?"

"이거 참, 너무 하군" 하고 나이젤은 비명을 올렸다. "이제 와서 정체불명의 수수께끼 인물을 사건에 끌어들이다니. 그렇지, 그건 당신에게 맡기겠소, 내가 슐리버넘 장군을 만나러 가 있을 동안의 시간 보내기로 꼭 알맞겠지요."

그리고 30분 뒤에 나이젤과 조지아는 렌터카의 뒷좌석에 올라타 있었다. 바로 그 무렵, 이른 아침부터 시작된 브랜트의 수사 덕분에 일이 늦어진 하녀가 필 래터리의 침실에 들어갔다……

11시 조금 전에 나이젤이 탄 자동차가 슐리버넘 장군의 집 앞에서 멎었다. 현관의 문이 열리고, 그들은 넓은 담화실 겸 홀로 들어갔다. 실내는 벽과 바닥이 온통 호랑이 껍질이며 그밖의 사냥 기념품으로 뒤덮여 있었다. 사방의 벽으로부터 흰 송곳니를 드러내고 육박해 오는 사나운 야수의 목에는 어지간한 조지아도 그만 주춤했다.

"하인이 매일 아침 이빨을 닦아주고 있는 게 아닐까요?" 하고 그녀는 속삭였다.

"그럴 가능성이 크지. 눈이 핑핑 돌 정도로군. 모두 젊었을 때 죽었을 거야."

하녀가 홀의 왼쪽 문을 열었다. 그러자 희미하게 흐느껴 우는 듯한 아련하고 아름다운 클라비코드(clavichord——피아노의 전신) 소리가 들려왔다. 더욱이 능숙하지도 서툴지도 않은 솜씨로 누군가 바하의 C장조 전주곡을 연주하고 있는 것이었다. 그 희미하고도 우아한 소리는 홀에 장식된 호랑이들의 소리 없는 포효에 의해서 지워져버리는 것처럼 여겨졌다. 전주곡은 길게 꼬리를 끌며 떨리는 소리와 더불어 끝나고, 모습 없는 연주는 쉴 사이도 없이 푸가(fuga)로 나아갔다. 조지아와 나이젤은 그 소리에 매혹되어 우뚝 서 있었다. 이윽고 음악이 끝났다. 그러자 어떤 목소리가 그들의 귀에 들려 왔다.

"누구시라고? 뭐? 오오, 왜 안내해 드리지 않았지? 복도에 세워 두다니, 실례가 아니냐."

니커보커즈(무릎 아래에서 졸라매게 되어 있는 느슨한 반바지)에

노퍽 코트(허리에 벨트가 달린 헐거운 남자용 자켓)을 입고 머리에는 스코치 줄무늬의 낚시꾼 모자를 쓴 노인이 문가에 모습을 나타냈다. 그는 두 사람을 향해 빛깔이 엷어진 파란 눈을 천천히 깜박였다.

"나의 사냥 기념품을 바라보고 계시오?"

"네, 그리고 음악도 잘 들었습니다" 그토록 아름다운 전주곡은 처음 들었습니다." 나이젤이 말했다.

"참으로 기쁜 말을 해주시는구료, 나도 동감이지만. 아무튼 나로 말하자면 음악에는 도통 소양이 없어서 말이오, 음치나 다름없지요. 사실을 말하면 아직도 연주법을 배우고 있는 중이라오. 악기도 몇 달 전에 겨우 샀지요. 클라비코드는 참으로 아름다운 악기요. 요정이 추는 춤의 반주에 알맞은 소리를 내거든요. 공기의 정(精)이지요. 그런데 이름이 뭐라고 하셨더라?"

"스트렌지웨이즈, 나이젤 스트렌지웨이즈입니다. 그리고 이쪽은 아내입니다."

장군은 두 사람과 악수를 나누면서 이상하게도 들뜬 눈초리로 조지아를 바라보았다. 조지아는 이 매력적인 노신사를 향해 당신은 바하를 연주할 때 언제나 스코치 줄무늬의 낚시꾼 모자를 쓰십니까 하고 묻고 싶어 견딜 수 없는 충동을 억누르며 그에게 미소를 보냈다. 그녀에 의하면, 이토록 잘 어울리는 모자는 달리 없었다.

"저희들은 프랭크 케언즈의 소개장을 가지고 있습니다."

"케언즈? 참, 가엾은 사나이요. 아들이 자동차에 치어 죽었지요. 무서운 비극이었소. 그는 설마 미쳐 있지는 않을 테지요?"

"아니오. 어째서 그런 말씀을 하시지요?"

"요전번에 기묘한 일이 있었거든요. 정말이지 묘한 일이었소. 첼트넘에서의 일인데, 나는 매주 목요일 그 읍에 가서 버너즈라는 가게에서 차를 마시기로 하고 있지요. 먼저 영화를 보고 그리고 차를 마시는데, 버너즈의 초콜렛은 영국 제일이오. 당신들도 한 번 먹어 보구료. 아마도 싫증내지 않고 얼마든지 먹을 수 있을 거요. 그건 어쨌든 내가 버너즈에 들어갔더니, 분명 케언즈가 한구석의 테이블에 앉아 있었소. 그런데 턱수염을 기르고 있더구먼. 케언즈는 두 달쯤 전에 이 마을에서 나갔는데, 확실히 그전부터 수염을 기르기 시작하고 있었던 것 같은 느낌이 드오. 나는 턱수염을 싫어해서 말이오, 해군 녀석들이 곧잘 턱수염을 기르고 있지만——해군은 트라팔가르(넬슨이 스페인의 무적함대를 무찌른 해전) 이래 전쟁에서 이긴 일이 없소. 해군의 어디가 나쁜지는 모르지만, 지금의 지중해를 보시오. 참, 무슨 이야기였더라? 옳아, 케언즈의 이야기였지. 내가 케언즈라고 생각한 사나이는 아무튼 옆으로 다가가 말을 걸었더니 담비처럼 재빨리 달아나 버렸다오. 그와 또 한 사람, 함께 앉아 있었던 사나이가 있었지요. 그는 콧수염을 기른 몸집이 큰 사나이였는데, 나에게는 벼락 출세한 사람처럼 보였지. 나는 케언즈의 이름을 불렀지만, 그는 돌아보지도 않았소. 그래서 그 사나이는 케언즈가 아니었나 보다고 생각했었지요. 그러나 나중에 생각해 보니 역시 그것은 케언즈였으며, 그는 기억을 상실해 버렸을지도 모른다는 느낌이 들었다오. 예의 BBC 녀석들처럼 말이오. 당신들도 SOS의 연락을 알고 있을 테지요. 당신에게 케언즈가 제정신이냐고 물은 것은 그러한 까닭에서요. 전부터 이상한 데가 있는 사나이라서 말이오. 그러나 제정신을 가졌다면 버너즈에서 본 그 따위 벼락 출세한 것 같은 사나이와 함께 다니는 케언즈의 속을 모르겠는걸."

"그것이 언제의 일인지 기억하고 계십니까?"

"기다려 주시오. 그 일은……" 장군은 포켓 일기를 들춰보았다.

"보시오, 이 날이었소. 8월 12일이로구먼."

나이젤은 장군과 이야기할 때 래터리의 사건을 끄집어 내지 않겠다고 필릭스에게 약속하고 있었다. 그러나 장군은 그런 줄도 모르고 사건의 중심에 와 닿아 버렸다. 우선 나이젤은 퇴역 군인이 클라비코드를 연주하고, 머리에 붕대를 감은 낯선 사람이 유명한 아내를 데리고 찾아온 것을 아주 당연한 일로 받아들이는 이 매력적이고도 이상한 나라의 앨리스적인 분위기 속에서 천천히 쉬고 싶은 듯한 기분이었다. 슐리버넘 장군은 이미 조지아를 상대로 대화에 열중하여, 북버마 계곡에 사는 조류(鳥類)에 대해 이야기를 나누고 있었다. 나이젤은 의자 등받이에 몸을 기대고, 버너즈 찻집에서 장군의 몸에 생긴 기묘한 작은 사건을 자기의 가설 속에 적용시켜 보려고 고심하고 있었다. 그의 사고는 이윽고 장군의 목소리에 의해 깨어졌다.

"당신의 남편은 아주 최근에 부상을 입은 모양이구려 ?"

"그렇습니다" 나이젤이 머리의 붕대를 살며시 쓰다듬으며 대답했다. "실은 저의 머리를 골프채로 때린 녀석이 있었지요."

"골프채 ? 그러나 나는 놀라지 않소. 요즘 골프 코스에는 돼먹지 않은 하류 계층의 인간들이 우글거리고 있으니까. 애당초 골프란 건 대단치 않은 게임이오. 정지되어 있는 공을 때리다니 나뭇가지에 앉아 있는 새를 쏘는 거나 같지. 어차피 신사의 스포츠라고는 할 수 없다오, 그것은. 스코틀랜드인을 보시오. 그들이 골프를 들여왔는데 유럽에서 가장 야만스러운 인종이지요. 예술도 음악도 시도 무엇 하나 볼 만한 것이 없소. 물론 번스(스코틀랜드의 시인. 향토색 짙은 시로 세기말 낭만파의 선구를 이룸)만은 별도이지만. 게다가 녀석들의 음식이란——하기스(양의 내장을 오트밀 등과 함께 위장에 넣어 끓인 스코틀랜드 요리)라든가 에든버러 로크(딴딴한 사탕 과자의 일종)라든가. 음식을 보기만 해도 그 국민성을 알 수 있는 법이지. 하기야 폴로(polo——말을 타고 하는 球技)

만은 그렇지 않지. 나도 옛날엔 인도에서 폴로를 했었소. 골프란 건 폴로에서 어려움과 재미를 전부 빼앗아 버린 것, 폴로를 바꾸어 산문적으로 만든 거요. 그야말로 스코틀랜드인이 할 만한 일이잖 소. 그들은 온갖 것을 자기네의 산문적 수준까지 끌어내리고 만다 오. 시편까지 산문으로 바꿔 쓰는 그런 녀석들이니까 말이오. 야만 인이지. 아마 당신의 머리를 골프채로 때린 사나이에게도 스코틀랜 드인의 피가 흐르고 있었을 거요. 다만 군인으로서는 훌륭하지. 스 코틀랜드인에게서 취할 점이란 그것뿐일 거요."

나이젤은 본의 아니게 장군의 탁견을 가로막고 찾아온 목적을 설명 했다.

"저는 래터리 살인 사건에 관계하고 있으며, 래터리 집안의 역사를 좀더 자세히 알고 싶습니다. 살해된 사나이의 아버지는 육군에 복 무했던 시릴 래터리라는 사람으로, 남아 전쟁에서 전사했다고 들었 습니다. 그래서 장군께 묻습니다만, 누군가 시릴 래터리를 알고 있 는 사람을 모르십니까?"

"래터리라고? 그렇지, 역시 그 사나이였군. 신문에서 이 사건을 보았을 때, 혹시 살해된 사나이가 시릴 래터리와 관계가 있는 게 아닐까 생각했었지. 역시 그의 아들이었단 말이지요? 어쨌든 그리 이상할 것은 없소. 그 집안에는 나쁜 피가 흐르고 있다오. 그런데 셰리는 어떻소. 한 잔 들면서 내가 알고 있는 일을 말하는 게 좋지 않겠소? 아니, 아무것도 귀찮을 건 없소. 나는 언제나 오전 동안 셰리를 한 잔 마시고 비스킷을 먹기로 하고 있으니까."

장군은 방에서 나가더니 셰리 술병과 비스킷 접시를 가지고 돌아왔 다. 가벼운 식사가 끝나자 장군은 먼 옛날의 추억을 그리워하듯이 눈 을 빛내면서 이야기하기 시작했다.

"시릴 래터리에 얽힌 스캔들은 그 당시 세상을 떠들썩하게 만들었지요. 이번 사건에 즈음하여 신문이 그것을 들쑤셔내지 않은 게 이상할 정도요. 아마 그 무렵 이런 종류의 사건으로는 이례적이라 할 만큼 잘 마무리되었던 게 틀림없소. 그도 개전(開戰) 당초에는 꽤 용감히 싸웠던 모양이오. 그런데 우리 쪽이 우세하기 시작했을 무렵, 그는 신용을 잃고 말았던 거요. 그와 같은 허세를 꾸미는 인간이 왜 흔히 있잖소. 속마음은 모두들과 마찬가지로 굉장히 무서우면서도 자기로서는 그것을 인정하려 하지 않아 어느 날 별안간 머리가 이상해지는 친구 말이오. 나는 보어인에게 호되게 당하던 서전(緖戰) 무렵, 시릴 래터리와 한두 번 만난 일이 있소. 보어인들은 용감한 녀석들이었소. 나는 애당초부터 군인이므로, 어딘가 색다른 사람은 가려낼 수가 있소. 바로 시릴 래터리가 그런 친구였소. 군인이 되기에는 아까운 사람으로서 시인이라도 되는 편이 좋았을 거요. 그러나 그는 그 무렵에 이미 조금——지금이라면 어떤 식으로 말할지 모르지만——신경병 증세가 있었소. 거기에 또 양심! 그는 얼마쯤 양심이 지나치게 많았던 거요. 케언즈도 그와 비슷한 타입이지만, 이것은 뭐 관계없는 이야기요. 마침내 한계가 찾아온 것은 시릴 래터리가 분견대의 대장으로서 몇 개의 농장을 불살라 버리는 임무를 띠고 파견되었을 때였소. 나는 자세한 일은 모르지만, 그들이 처음 가 닿은 농장은 아직 사람들이 모두 피해 있지 않았던 모양이오. 가벼운 저항이 있어 래터리의 부하가 한두 사람 죽었소. 그래서 남은 이들이 길길이 날뛰며 적을 소탕하고 난 뒤 아직 사람이 남아 있는지 어떤지 잘 확인도 하지 않고 건물에 불을 질렀지요. 마침 거기에는 병든 어린이를 안은 부인이 하나 남아 있었소. 물론 두 사람 다 불타서 죽었지요. 전쟁 북새통에는 흔히 있는 일이지만, 나 자신은 그러한 일을 즐기지 않소. 너무나도 참혹하오. 오늘날은 당연한 일인 것처럼 비전투원에게 폭격을 가하고 있지만, 나는 고맙게도 그러한 일에 관련을 갖기에는 너무 나이가 들었소. 어쨌든 이 사건이 시릴 래터리를 완전히 망치고 말았소. 그는 다른 농장을 불태우는 일을 거부하고, 부하를 거느리고 돌아와 버리고 말았던 거요. 물론 이것은 명령 위반이오. 그는 이 사건으로 인해 파면되고 계급이 박탈되었소. 가엾게도 그것으로 그의 일생은 끝났던 거요."

"그러나 래터리 미망인의 이야기로는 그가 전투중에 세상을 떠난 듯한 인상을 받았는데요."

"천만에! 농장의 사건과 계급 박탈에 덧붙여——그는 고지식한 군인이었으니까요……. 전쟁이 진행됨에 따라 더욱더 불안정해졌을 것이 틀림없는 그의 정신 상태는 마침내 미치고 말았던 거요. 아마 몇 년 뒤 정신병원에서 죽었다고 생각되는데."

그들은 그 뒤에도 얼마 동안 이야기를 나누었다. 이윽고 나이젤과 조지아는 장군과 마지못해 작별을 고하고 차에 올랐다. 코츠월드의 밋밋하게 비탈진 언덕을 빠져나와 돌아오는 도중 나이젤은 내내 침묵을 지키고 있었다. 바야흐로 사건의 전모가 뚜렷하게 눈앞에 떠올라 왔으나, 될 수만 있다면 그것을 보고 싶지 않은 기분이었다. 차라리 운전수에게 명하여 이대로 곧장 런던으로 차를 달려 이 슬프고도 뒷맛이 개운치 않은 사건에서 손을 떼고 싶었다. 그러나 유감스럽게도 이미 때는 늦었다.

그들은 세븐브리지로 돌아와서 '낚시꾼 집' 포치의 자갈을 밟으며 현관으로 다가갔다. 이 한적한 호텔에는 여느 때에 없는 부산한 공기가 감돌고 있었다. 문 옆에 경관이 한 사람 서 있었고 잔디밭에도 한 무리의 사람들이 모여 있었다. 그들의 차가 다가가자 이 작은 사람 무리에서 한 여자가 뛰어나왔다. 리나 로슨이었다. 차 쪽으로 달려오는 그녀의 잿빛 어린 금발이 바람에 나부끼고, 눈은 불안으로 열을 띠어 빛나고 있었다.

"아아, 잘 되었어요, 돌아와 주셔서!" 하고 그녀는 외쳤다.

"왜 그러십니까?"

나이젤이 물었다.

"혹시 필릭스가?"

"필이에요, 그 애가 행방불명됐어요."

제4부 죄는 드러나고 만다

브랜트 경감은 나이젤이 돌아오는 대로 경찰서로 와 달라는 전언을 남기고 있었다. 차로 경찰서에 가는 동안, 그는 리나와 필릭스 케언즈의 두서 없는 보고에 의해 조립한 필의 실종을 다시 한번 처음부터 검토해 보았다. 어젯밤 나이젤이 습격 받은 사건 뒤의 혼란 속에서 필이 호텔의 아침 식사시간에 모습을 나타내지 않은 일을 아무도 깨닫지 못했다. 필릭스는 자기가 내려오기 전에 필이 아침 식사를 끝낸 것으로 생각했다. 조지아는 나이젤의 시중을 드느라고 정신이 팔려 필이 없는 것을 깨닫지 못했다. 호텔의 급사는 소년이 어머니의 집으로 아침 식사를 하러 간 줄로만 알고 있었다. 그런 셈이라 하녀가 오전 10시에 필의 침실로 가서 지난 밤 침대에서 잠을 잔 흔적이 없음을 발견하기까지는 누구 한 사람 그의 실종을 눈치채지 못했다. 게다가 하녀는 옷장 위에서 브랜트 경감에게로 보내는 편지를 발견했다. 이 봉함 편지의 내용을 브랜트 경감은 아직 밝히고 있지 않았지만, 나이젤은 묻지 않고도 정확히 알아맞힐 수 있을 듯한 느낌이 들었다.

필릭스 케언즈는 걱정스러운 나머지 미칠 것만 같아 보였다. 나이젤은 그러한 그를 지금처럼 애처롭게 생각한 일은 없었다. 되도록 이 뒤에 이어서 생길 비극으로 그에게 다시 타격을 주고 싶지는 않았으나 지금에 와서는 그것도 피하기 어려운 일이었다. 일단 움직이기 시작한 일을 멎게 하는 것은, 산사태를 멈추든가 이미 버튼이 눌러진 대형선의 진수를 멈추게 할 수 없는 것과 마찬가지로 불가능한 일이었다. 비극은 조지 래터리가 시골길에서 마티 케언즈를 치어 죽였을 때 이미 시작되고 있었던 것이다. 아니, 그것은 필 래터리가 태어나기 전부터 시작되고 있었다고 할 수 있을는지도 모른다. 최근에 있었던 일련의 사건들은 모두 그 비극의 클라이맥스에 지나지 않았던 것이다. 나머지는 에필로그가 남아 있는 데 불과하다. 그것이 끝나는 것은 필릭스 케언즈며 바이올렛이며 리나며 필에게 남겨진 삶이 끝날 때이다.

나이젤이 경찰서에 이르자 브랜트 경감은 겸손한 승리자와도 같은 태도로 그를 맞았다. 그는 필의 행방을 찾기 위해 취한 수단을 나이젤에게 설명했다. 철도역이며 버스 정류장이 감시되고, 자동차 협회원에게는 통보가 내려졌으며, 트럭 운전수들에게는 검문이 행해지고 있다는 것이었다. 그러므로 발견은 시간 문제라고 했다.

"단——" 브랜트는 정색을 하며 덧붙였다. "강바닥을 훑어보게 될지도 모르겠군요."

"아니, 설마 그 아이가 그런 짓을."

경감은 어깨를 옴츠렸다. 나이젤로서는 침묵이 견딜 수 없게 되었다. 그는 조금 흥분된 어조로 말했다.

"이것은 필이 마지막으로 기사도 정신을 흉내내는 거라고나 할 제스처이지요. 그게 틀림없습니다. 실은 어제 당신과 함께 잔디밭을 거닐고 있을 때 나무 덤불 속에서 무언가 움직인 듯한 느낌이 들었는데, 그것은 아마도 필이었을 겁니다. 그는 필릭스를 체포한다는 당신의 말을 듣고 있었던 거예요. 그는 필릭스를 몹시 따르고 있었지요. 그래서 자기가 이곳에서 달아남으로써 필릭스에 대한 혐의를 자기에게 돌리려고 한 겁니다. 그렇게 생각하고 그는 행방을 감춘 것이오."

브랜트는 천천히 고개를 저으면서 그를 지그시 지켜보았다.

"나도 그렇게 생각하고 싶지만, 스트렌지웨이즈 씨. 하지만 그것은 이미 틀렸습니다. '조지 래터리를 독살한 것은 필인 것으로 밝혀졌으니까요'. 정말이지, 가엾은 아이입니다."

나이젤이 무어라고 말하려 했으나 브랜트 경감이 그것을 가로막고 말을 이었다.

"이 사건을 해결하는 열쇠는 케언즈 씨의 일기 어딘가에 있을 거라고 당신은 말씀하셨지요? 그래서 어젯밤 일기를 다시 읽어보았는데, 어떤 생각이 번쩍 떠올랐지요. 더구나 그 뒤에 일어나고 있는 일들이 그것을 증명하고 있는 셈입니다. 몇 가지 단서를 생각나는 순서로 늘어놓아 봅시다. 우선 첫째로 필은 어머니에 대한 아버지의 심한 학대로 몹시 마음이 동요돼 있었습니다. 조지 래터리는 늘 그녀를 괴롭히든가 트집을 잡고 있었으니까요. 필은 어느 때인가 그 일을 케언즈 씨에게 호소했지만, 물론 케언즈 씨로서도 어쩔 수 없었지요. 여기서 그가 일기에 쓰고 있는 디너 파티에 대해 생각해 주시기 바랍니다. 그들은 죽일 권리에 대해 서로 이야기했습니다. 케언즈 씨는 주위에 있는 사람 모두를 불행에 빠뜨리는 인간은 죽어도 상관없다는 의견을 말하고 있습니다. 그리하여 알겠습니까, 이것도 일기에 씌어져 있는 일인데, 필이 어떤 것을 묻고 있습니다. 그것을 케언즈 씨는 일기에 다음과 같이 쓰고 있습니다. '우리들은 모두 필이 있다는 걸 잊고 있었던 것이다. 그는 아주 최근에 와서야 겨우 어른들과 함께 늦은 저녁 식사를 할 수 있게 되어 있었다'고 말입니다. 우리들도 소년이 그 자리에 있었던 일을 처음부터 잊고 있었던 것 같군요. 나는 필의 지문마저 채취하지 않았을 정도였으니까요. 그런데 여기서 한 가지 생각해 주십사 하는 것은, 사회적인 해독을 제거하는 일에 대한 케언즈 씨의 무심한 발언이 다감하고 신경질적인 한 어린이의 마음에 어떤 영향을 미쳤을까 하는 점입니다. 필이 어머니에 대한 아버지의 무정한 태도에 가슴아파하고 있었던 때에, 그것도 필이 이 세상에서 가장 존경하는 인물의 입에서 남을 불행케 하는 그런 인간은 죽여도 상관없다는 말이 공공연하게 나왔으니까요. 케언즈에 대한 필의 절대적인 신뢰를 생각해 보십시오. 그렇듯 존경하고 있는 사람이 인정하고 있는 일이라면, 소년은 어떤 일이라도 저지르지 않겠습니까. 게다가 필은 케언즈에게 그 일을 어떻게든 좀 해 달라고 호소했지만, 아무런 효과도 없었던 사실이 있습니다. 필이 자라난 환경에서는 어떤 어린이라도 정신의 균형을 잃고 말리라고 당신도 몇 번이나 말씀하시지 않았습니까. 즉 거기에 당신이 필요로 하는 동기가 있고 정신 상태가 있는 것이지요."

"오늘 아침 슐리버넘 장군에게서 들었는데, 필의 할아버지 즉 에셀 래터리의 남편은 정신병원에서 죽었다고 하더군요." 라고 나이젤은 조용히 중얼거렸다.

"바로 그겁니다. 래터리네의 혈통인 겁니다. 과연 알 만합니다. 그럼 다음은 방법의 문제인데, 소년이 자주 공장에 갔었으리라는 건 쉽게 상상할 수 있고, 케언즈의 일기로도 그 일은 뒷받침됩니다. 필이 공장의 쓰레기장 쥐를 공기총으로 줄곧 쏘곤 했다는 것을 조지 래터리에게서 들었다고 쓰고 있으니까요. 그러므로 소년이 공장에서 쥐약을 가지고 나오는 일은 아주 쉬웠을 겁니다. 그런데 지난 주일 조지와 바이올렛 사이에 여느 때에 없었던 심한 부부 싸움이 벌어졌습니다. 필은 어머니가 학대받는 걸 보고 그녀를 지켜 주리라 생각했던 겁니다. 이 사건이 그 가엾은 어린이에게 마지막 결의를 굳히도록 만든 거지요. 또는 그것이 계기가 되어, 머리가 이상해지고 말았을 게 틀림없습니다. 어떻게 해석할 것인가는 당신의 자유이지만 말입니다."

"그러나 필이 하필이면 조지 래터리를 죽이는 날을 케언즈의 계획과 똑같은 날로 골랐다는 터무니없는 우연이 여전히 남습니다."

나이젤이 항의했다.

"아니, 부모의 격렬한 부부 싸움이 일어난 지 겨우 이틀밖에 지나지 않다는 걸 생각하면 그다지 터무니없는 우연도 아니겠지요. 더구나 이것은 우연이 아니었을지도 모릅니다. 일기는 케언즈의 방 마룻바닥 옆에 숨겨져 있었고 필은 줄곧 그 방에 드나들고 있었으니까요. 언제나 거기서 공부하고 있었으니까 헐거워진 마룻바닥이라면 그야말로 곧 어린이의 관심을 끌게 되거나, 또는 전부터 알고 있었을 만한 것이 아닐까요. 어린이다운 비밀스러운 보물을 거기에 숨겨 두고 있었던 일조차 있을지도 모르지요."

"그러나 필이 그렇게 필릭스를 존경하고 있었다면, 필릭스가 조지 래터리 살해를 계획한 것과 똑같은 날 아버지를 독살하여, 아무리 보아도 필릭스가 범인이라고 여겨질 그 같은 일은 당연히 피했을 텐데요."

"당신은 너무 복잡하게 생각하고 있습니다, 스트렌지웨이즈 씨. 상대는 아직 어린 소년이란 말입니다. 내 생각은 이렇습니다. 만일 이것이 우연이 아니라면 필은 케언즈의 일기를 보고 케언즈가 조지를 익사시킬 작정임을 알았으며, 이윽고 아버지가 팔팔하게 강에서 살아 돌아온 것을 보았을 때 자기 손으로 강장제에 독약을 넣었던 겁니다. 조지 역시 일기를 발견하여 이미 그것을 변호사에게 맡기고 있으리라는 일 같은 걸 필은 알 까닭이 없으므로, 의심이 필릭스에게 두어지리라고는 생각도 하지 않았습니다. 문제는 바로 이겁니다. 그러므로 나도, 전체적으로 보아 두 개의 살인 계획이 같은 날 감행된 것은 완전한 우연이었다고 생각하고 싶을 정도이지요."

"하긴 당신 말씀이 확실히 이치에 맞는군요."

"또 몇 가지의 근거가 있습니다. 토요일 저녁 식사 뒤에 래터리가 괴로워하기 시작했을 때, 리나 로슨이 식당에 가서 테이블 위에 있는 강장제 병을 보았습니다. 그녀는 순간적으로 필릭스가 독약을 넣은 줄 지레짐작을 하고 앞뒤 생각도 없이 우선 병을 없애 버리려고 생각했습니다. 그래서 그것을 창문으로 내던지려고 했을 때, '창유리에 밀어붙여진 필의 얼굴을 비로소 발견했습니다.' 그는 거기서 무엇을 하고 있었을까요? 만일 그가 한 짓이 아니고 더구나 아버지가 괴로워하고 있는 걸 알고 있었다면, 심부름을 하며 뛰어다니든가 필요한 것을 가져와 도와 주고 있었을 게 아닙니까."

"그런 성격의 어린이인만큼 오히려 될 수 있는 대로 멀리 달아나려고 하지 않았을까요. 무서운 광경을 머릿속에서 몰아내려고 아마도 자기 방에 틀어박히겠지요. 어쨌든 사건에서 도망치기 위해서 말입니다."

"그럴지도 모르겠군요. 어쨌든 식당 창문으로 들여다보고 있는 필 소년의 모습을 상상해 보십시오. 자기 스스로 병에 독약을 넣고, 아무도 없는 걸 확인한 뒤 식당에 들어와 병을 가지고 나와서 어딘가에 숨기려고 말입니다. 어린이일지라도 자기가 무언가 나쁜 일을 한 줄 알면, 당연히 그 증거를 감추려 하겠지요. 사실 그는 나중에 당신에게 병을 숨긴 장소를 이야기하고 그것을 꺼내 오기 위해 지붕으로 올라갔으니 말입니다."

"자기 스스로 병에 독약을 넣고 이번에는 자신을 지키기 위해 그것을 숨겼다면, 어째서 일부러 나에게 숨긴 장소를 가르쳐 주었을까요?"

"리나가 그에게 병을 건네 주었다고 당신에게 이야기한 것을 알았기 때문이지요. 더 이상 병에 대해 아무것도 모르는 척할 수가 없게 되었던 겁니다. 그렇게 되면 이제 병을 깨뜨리는 수밖에 방법이 없습니다. 그래서 그는 할 수 있는 모든 일을 한 셈입니다. 우선 지붕에서 병을 내던져 내가 그 조각을 주워 모은 것을 알자 이번에는 정신 없이 내게 덤벼들었습니다. 그때의 흥분했던 필의 모습을 보셨잖습니까. 나는 한순간 그 소년이 미치기라도 했나 하고 생각했을 정도입니다. 그러나 이제 와서 생각하면, '사실' 그 애는 미쳐 있었습니다. 그전부터 미쳐 있었던 겁니다. 가엾게도 그의 미친 작은 머릿속에 있었던 생각은 여전히 병을 어떻게 해서든지 처분하겠다는 것이었지요. 우리들은 그 애의 기묘한 행동을 필릭스 케언즈에게로 향한 애정으로 설명하려 했습니다. 그가 두둔하려 한 것은 자기 자신이었다는 걸 생각 못했던 겁니다."

나이젤은 의자 등받이에 기댄 채 머리의 붕대를 만지작거리고 있었다. 그는 문득 어떤 일을 생각해 냈다.

"필이 범인이라면 어젯밤 내 머리를 움푹하게 만든 것이 필릭스라는 당신의 생각은 어떻게 됩니까?"

"그런데 그게 필릭스가 아니었던 모양입니다. 그것도 필의 짓이지요, 알겠습니까. 나는 다음과 같이 어젯밤의 사건을 재현시켜 보았습니다. 우선 필은 달아날 결심을 했습니다. 그래서 한밤중이 지나자 어둠 속의 계단을 내려왔지요. 다 내려왔을 때 집필실의 문이 열리는 소리를 들었습니다. 자기가 거기서 달아날 작정인 호텔 현관 문까지의 사이에 누가 있는 것을 알았습니다. 또 집필실에서 나온 사람이 누구이든 그가 홀의 전기불을 켜면 자기가 들키고 말리라는 것도 알았지요. 벽가에서 움츠리고 있을 때, 벽에 세워 놓아진 골프채가 손에 닿았습니다. 그는 참을 수 없는 공포에 사로잡혀 있었습니다. 가엾게도 덫에 걸린 거나 마찬가지였지요. 그리하여 그 골프채를 손에 잡고 어둠 속에서 마구 휘두르며 자기와 도망갈 길 사이에 가로놓인 눈에 보이지 않는 사람에게 덤벼들었습니다. 골프채는 당신을 때려 당신은 쓰러집니다. 필은 자기가 한 일이 무서워졌습니다. 무서워서 전기를 켤 수도 없고 자기와 현관문 사이에 쓰러져 있는 사람에게 다가가지도 못합니다. 그때 식당의 프랑스식 창을 생각해 내고 현관이 아닌 거기로 해서 빠져나갑니다. 프랑스식 창문에 남아 있었던 것은 바로 그의 지문이었거든요. 침실의 지문과 비교해 보고 확인했습니다. "

"필이 '무서워서 쓰러져 있는 사람에게 다가가지도 못했다'고요? "라고 나이젤은 꿈이라도 꾸고 있는 듯이 말했다. "그는 그것이 무서워서 호텔에서 달아났다고요? "

"그렇습니다. 무엇이 이상합니까? "

"아니, 별로. 그렇군요. 그 애는 아마 그랬겠지요. 만일 스코틀랜드야드(런던 경시청을 말함)는 상상력이 부족하다고 말하는 녀석이 있다면, 나는 언제라도 당신을 변호하기 위해 나서겠습니다. 덧붙여 하는 말인데, 당신도 언젠가 슐리버넘 장군을 만나 보는 게 좋을 거요. 아마 스코치에 대한 그의 의견이 달라지겠지요. "

"스코트라고 말해 주십시오. "

"그러나 당신의 추리는 매우 잘 되어 있군요. 농담이 아닙니다. 경감, 하지만 그것은 모두 추측에 지나지 않을 테지요? 필이 했다는 구체적인 증거는 하나도 없겠지요? "

"종이가 한 장 있지요. 작은 종이 조각 말입니다. 필이 나에게 써서 방에 남기고 간 것입니다. 고백 편지이지요. " 경감은 어두운 얼굴로 말했다.

그는 나이젤에게 노트에서 잡아뜯어진 종이를 건넸다. 나이젤은 그
것을 읽었다.

　브랜트 경감님

　약병에 독약을 넣은 것은 필릭스가 아니라 저입니다. 파파가 마
마를 괴롭히므로 저는 파파를 미워하고 있었습니다. 저는 먼 곳으
로 가니까 찾아도 헛일입니다.

필 래터리

"가엾게도"라고 나이젤은 중얼거렸다. "그 애의 심정을 생각하면
가슴이 아프군요. 제 딴에는 있는 지혜를 다 쥐어짰겠지." 그는 절박
한 말투로 계속했다. "필을 찾아내지 않으면 안 됩니다, 경감. 서둘
러야겠어요. 무슨 일이 생길지 모릅니다. 필이 엉뚱한 짓을 저지를
염려가 있어요."

"모든 수단은 다 동원하고 있습니다. 하기야 때늦은 일이 되는 편
이 좋을지도 모르지요. 어차피 소년원에 보내어질 테니까요. 정신
병원 행이지요. 이런 일은 생각하기도 싫지만 말입니다, 스트렌지
웨이즈 씨."

"그런 걱정은 하지 않아도 좋소. 그보다 빨리 그를 찾도록 하십시
오. 아니면 돌이킬 수 없는 일이 될 거요." 나이젤은 브랜트를 매섭
게 노려보면서 말했다.

"염려 없어요, 반드시 찾아내고 말 겁니다. 그 점은 안심하시기를.
멀리는 갈 리가 없어요. 단, 강 쪽으로 갔다면……."

브랜트는 불길한 일을 암시했다.

5분 뒤, 나이젤은 '낚시꾼 집'으로 돌아왔다. 문 있는 곳에서 필릭

죄는 드러나고 만다　271

스 케언즈가 기다리고 있었다. 그 눈은 불안으로 흐려지고 입술은 말이 되지 않는 질문으로 떨고 있었다.

"경찰은 무엇을?"

"당신 방으로 가도 괜찮겠소?" 하고 나이젤이 재빨리 가로막았다. "이야기하고 싶은 일이 산더미처럼 있는데, 여기서는 사람 눈이 너무 많소."

2층 필릭스의 방으로 들어가자, 나이젤은 의자에 앉았다. 또 머리가 아프기 시작하면서 한순간 눈앞에서 방이 흔들렸다. 필릭스는 창가에 서서, 조지 래터리와 함께 요트를 타고 나갔던 강물의 아름다운 굴곡이며 반짝이는 강 수면을 바라보고 있었다. 온몸이 막대기처럼 굳어져 있었다. 혀와 심장에 견디기 어려운 중압감이 더해져, 아침부터 죽 부풀어올라오고 있는 의문을 입에 올리기를 방해하고 있는 것처럼 느껴졌다.

"필이 고백 편지를 남기고 갔다는 걸 알고 있습니까?"

나이젤이 조용히 물었다.

필릭스는 홱 돌아보며 뒤로 돌린 손으로 창을 움켜잡았다.

"조지 래터리를 독살한 것이 자기라는 고백이었지요."

"그런 바보 같은! 그 애는 틀림없이 미친 거요. 그 애가 죽일 까닭이 없잖소. 여보시오, 브랜트는 설마 그것을 그대로 믿고 있는 건 아닐 테지요?" 필릭스는 공연히 흥분하며 외쳤다.

"브랜트는 필이 범인이라는 아주 설득력 있는 추리를 전개하고 있었는데, 그 편지가 그의 추리를 결정적인 것으로 만들었습니다."

"필의 짓이 아니오. 그 애가 그랬을 리 없소. 나는 잘 알고 있어요."

"나도 마찬가지요" 하고 나이젤은 침착한 목소리로 말했다.

필릭스의 손이 어떤 동작 도중에 딱 멈추었다. 순간, 그는 의아스러운 얼굴로 나이젤을 지켜보았다.

이윽고 그는 속삭이듯이 말했다.

"당신은 '알고 있다고요?' 어떻게 알았지요?"

"실제로 한 사람을 마침내 알아냈기 때문이지요. 내 추리의 결락(缺落) 부분을 메우기 위해서는 당신의 도움이 필요하오. 그런 뒤 어떻게 할 것인지 정하기로 합시다."

"계속해 주시오. 누가 했지요? 부탁이니 말해 주시오."

"키케로(로마의 정치가·철학가·웅변가)의 이런 말을 기억하고 있을 테지요? '의무론'의 한 구절이었다고 생각됩니다. 'In ipsa dubitatione facinus inest. 망설임 속에야말로 죄는 나타나도다.' 딱한 일이지만 필릭스 씨, 당신은 살인을 성공시키기에는 얼마쯤 사람이 너무 좋소. 오늘 아침에 슐리버넘 노인이 나에게 이야기해 준 말을 빌린다면, 당신은 지나치게 양심적인 거요."

"잘 알았소."

필릭스는 이어서 나오려던 말을 가까스로 참고, 그들 사이에 벌름 입을 벌린 무서운 침묵의 심연으로 그것을 던져 넣었다. 그리고 억지로 미소를 떠올리며 말했다.

"당신에게 여러 가지로 수고를 하게 만들어 미안하오. 나를 위해 많은 고생을 한 끝에 이런 결론에 이르고 보니, 그다지 좋은 심정은 아닐 테지요. 그러나 어떤 의미에서, 나는 모든 게 결판나서 한숨 돌리고 있습니다. 아무래도 내 계획은 필의 고백으로 틀어지고만 것 같군요. 이렇게 되었으니 내가 경찰에 자수를 해야만 될 거요. 필은 왜 그런 짓을 했을까요?"

"당신에게 심복하고 있었기 때문이겠지요. 그 애는 브랜트가 당신을 체포하겠다고 말하는 것을 엿들었어요. 필로서는 당신을 구하는 방법이 그것밖에 없었겠지요."

"아아, 이것이 만일 다른 사람이었다면……. 그를 보고 있으면 마티가 생각나오. 마티가 살아 있었다면 그랬을 거라고."

필릭스는 의자에 주저앉으며 두 손으로 얼굴을 가렸다.

"설마 그 애는 성급한 짓을 하진 않을 테지요? 그렇게 되면 나는 자신을 용서할 수 없소."

"아니, 염려 없을 거요. 그럴 걱정은 없다고 생각합니다."

필릭스는 얼굴을 들었다. 얼굴이 파리하고 긴장되어 있었으나 가장 쓰라린 고통은 이미 끝나고 있었다.

"이야기해 주시오. 어떻게 알았습니까?" 하고 그는 물었다.

"당신의 일기 때문이었소. 그것은 계산 착오였습니다. 필릭스 씨, 당신은 그것으로 꼬리가 밟히고 만 겁니다. 당신도 일기 첫머리에 쓰고 있잖습니까. '조심스럽거나 소심하거나 자부심이 강한 자도 한결같이 조롱거리로 만들어 범죄자로 하여금 그만 본의 아닌 말을 하게 하든가, 지나친 자신감을 갖도록 하든가, 불리한 증거를 남기게 하든가, 도발자의 역할을 담당케 하는 저 내면'의 엄격한 도덕적인 면이라는 녀석이지요. 당신은 일기를 일종의 양심의 안전판으로 삼을 작정이었소. 그런데 당신이 계획을 변경시켰을 때부터, '죄를 증명할 수 없는 사람은 죽일 수가 없다고 생각했을 때부터' 일기는 당신의 새로운 계획의 주요한 도구가 되었지요. 그리고 그 일이 당신에게 있어 치명상을 입혔던 겁니다."

"과연 당신은 모든 걸 알고 있는 모양이군요." 필릭스는 일그러진 미소를 떠올렸다. "아무래도 나는 당신의 두뇌를 얕보고 있었던 것 같소. 좀더 바보스러운 탐정을 부를걸 그랬나 보오. 담배 가진 거 있소? 사형수라도 마지막 한 대는 허락될 테지요."

나이젤은 그 광경을 평생 잊을 수가 없을 것이다. 필릭스 케언즈의 파리하고 수염이 더부룩한 얼굴에 햇빛이 찬란하게 비치고 담배 연기가 둥그런 고리가 되어 그 속에서 솟아오르고 있었다. 그들은 필릭스의 범죄를 차분하고도 거의 학문적이라고나 할 말투로 이야기했다. 흡사 그것이 필릭스가 쓰는 탐정소설의 구성에 지나지 않는 것처럼.

"알겠습니까? 당신이 래터리를 채석장 벼랑에서 밀어떨어뜨리는 계획이 실패하기까지는, 일기에서 마티를 죽인 것이 래터리라는 걸 증명할 수 없다는 사실에 대한 깊은 불안을 나타내고 있었습니다. 그런데 그 이후가 되자 당신은 그의 죄에 의문의 여지가 없는 것으로 작정하고 있는 것처럼 보였지요. 나의 추리를 최초로 올바른 방향으로 이끌어 준 것은 이 사고방식의 변화였습니다." 나이젤이 말했다.

"과연!"

"우리들은 채석장에서의 당신 계획의 실패는 래터리가 당신의 의도를 눈치챘기 때문이라고 생각했었습니다. 그는 왜 현기증이 난다고 거짓말을 했을까? 그것은 그가 어렴풋하나마 당신에게 의심을 품고 시간을 벌고 싶었기 때문이라고 우리들은 판단했지요. 그러나 어젯밤 당신의 일기를 다시 읽어보았을 때, 거짓말을 하고 있었던 건 당신 쪽이 아닐까 하는 의문이 문득 떠올라왔습니다. 어쩌면 당신은 래터리를 벼랑 끝까지 오도록 꾀는 데 성공하여 발이 걸린 것처럼 꾸며 보이며 그의 쪽으로 쓰러져 벼랑에서 밀어뜨리려던 그 순간, 아무래도 그렇게 할 수가 없었습니다. 그가 당신 아들을 죽였다는 현실적인 증거가 전혀 없는 것을 깨달았기 때문이 아니었을까요? 사실은 그렇지 않았었나요?"

"맞았소. 당신 말대로요. 나는 마음이 지나치게 약했던 거요."

"그것은 반드시 부끄러워할 성격만도 아니지요. 그러나 그 성격이 당신의 목을 죄게 한 것만은 확실합니다. 더욱이 그것은, 그 뒤 당신이 이제 리나와 관련을 갖고 싶지 않다고 말했을 때 또다시 당신의 본마음을 폭로했습니다. 아무튼 당신은 그날 밤 이미 호텔 뜰에서 일기와 조지를 향한 증오에 대해 우리들에게 이야기한 뒤였으니까요. 다시 말해서 당신이 그녀와 손을 끊기를 바랐던 것은 그녀에게 그 이상 살인범과 연관을 갖게 하고 싶지 않다고 생각했기 때문입니다. 우스꽝스러운 기사도 흉내는 필만이 하고 있었던 게 아닌 셈이지요."

"리나 이야기는 이제 그만둡시다. 그 일만은 나도 부끄럽소. 나는 그녀를 몹시 사랑하고 있었으니까 말이오. 그러면서도 그녀를 장기의 '졸(卒)'로써 이용했소. 진부한 말이라고 생각되지만."

"이야기를 원점으로 돌립시다. 나는 채석장에서의 일로부터 당신의 모든 행동을——그 첫째 목적은 조지의 입에서 진상을 끌어내는 일이었소——만일 그가 마티를 죽인 일을 자백하면 그때 비로소 그를 죽일 작정이었다는 가정에 맞추어 재검토해 보았습니다. 어쩌면 죄 없는 인간을 죽일지도 모른다는 망설임 속에 죄는 나타나 있었던 거지요. 당신은 조지에게 대놓고 마티를 죽였느냐고 물을 수가 없었습니다. 상대편에게 죽이지 않았다는 대답을 듣고 그 집에서 쫓겨난다면 그만이니까 말입니다. 그래서 당신은 일부러 그에게 자기를 의심케 만들고 이것저것 캐묻게 했으며 은근한 방법으로 그에게 당신의 살의를 말했던 겁니다."

"어떻게 그런 일까지 알았소?"

"첫째로, 당신이 래터리에게 초대받게끔 꾸몄기 때문입니다. 그 바로 조금 전까지는 어떤 일이 있어도 그와 한집에 살 생각은 없다고 했으며, 또 함께 살게 됨으로써 일기가 발견될 위험이 커질 것인데도 불구하고 말입니다. 하지만 당신의 새로운 계획의 핵심 부분이 다름 아닌 '일기를 조지에게 발견시키는' 일이라면 어떨까요? 더구나 당신 자신의 설명에 의하면, 당신은 짐짓 그 일기를 찾게 만들려고 그를 부채질하기까지 했습니다. 카펙스 부부가 참석한 런치

파티 때, 당신은 지금 탐정소설을 쓰고 있다고 그들에게 이야기했습니다. 그리하여 누군가 그 일부를 읽어서 들려 달라고 말했을 때, 당신은 굉장히 곤란하다는 시늉을 했지요. 교묘하게도 그 소설에 조지의 일을 쓰고 있는 것처럼 그로 하여금 믿도록 만들었습니다. 그것을 들었다면 조지 같은 타입의 사나이는 원고를 훔쳐보지 않고는 못 견디겠지요. 하물며 그 며칠 전에 당신의 본명이 필릭스 레인이 아닌 것을 교묘하게 그에게 알리고 있었으니 만큼 더욱 그렇지요."

필릭스는 믿어지지 않는다는 표정으로 잠시 그를 지켜보았다. 이윽고 그 얼굴에 납득이 간 듯한 표정이 떠올랐다.

"슐리버넘 장군이 오늘 아침, 8월 12일 목요일에 첼트넘의 찻집에서 당신을 또는 당신인 듯싶은 인물을 보았다고 이야기해 주었습니다. 당신은 짙은 콧수염을 기른 몸집이 큰 사나이와 함께 있었다고 하더군요. 장군은 벼락 출세한 자처럼 보였다고 멋진 표현을 하고 있었지만 말입니다. 그것이 래터리였겠지요. 그런데 슐리버넘은 매주 목요일 오후면 빼놓지 않고 그 찻집에 가는 모양입니다. 당신은 그의 친구이므로 아마 그 일을 알고 있었을 테지요. 그러므로 목요일 오후에 래터리와 함께 그 찻집에 가는 그런 행동은 하지 않았을 겁니다. 만일 장군에게 모습을 보이고 '케언즈'라고 불리기를 바라고 있었다면 이야기는 또 다르지만. 그런데 실제로 그런 일이 생겼습니다. 조지 래터리는 장군이 당신의 뒷모습에다 대고 '케언즈'라고 부르는 것을 듣고 곧 자기가 자동차로 친 마티 케언즈와 관계가 있는 게 아닐까 생각하기 시작했었습니다. 슐리버넘에게서 그 이야기를 듣자마자——미리 말해 두지만, 그는 자기 쪽에서 먼저 이이야기를 꺼냈답니다. 당신이 나를 노인과 만나게 하고 싶어하지 않았던 까닭이 문득 떠올랐지요."

"당신의 머리를 후려쳐서 정말로 미안하오. 어제 나는 머리가 몹시 혼란스러웠던 거요. 당신이 슐리버넘과 만나는 것을 좀더 나중으로 미루려고 했던 것은 무익한 시도였소. 아무튼 그는 말 많은 영감쟁이니까 말이오. 당신에게 찻집에서의 사건을 이야기하지 않을까 몹시 걱정했었지요. 그러나 정직하게 말해서 너무 세게 때리지 않도록 조심했답니다."

"괜찮소. 이 세상에는 즐거움도 있거니와 고생도 있다고 생각하니까. 브랜트는 필이 어젯밤 이곳에서 달아날 때 나를 때린 것이라고 잔뜩 믿고 있지요. 그의 추리는 꽤나 잘 되어 있었지만, 내가 의식을 되찾았을 때 왜 셔츠 단추가 끌러져 있었느냐는 점은 설명을 못 하더군요. 너무 세게 때리지 않았을까 걱정이 된 사람이 아니고는 자기가 때려 놓고서 심장이 움직이는지 확인하기 위해 셔츠 단추를 끄르는 이는 없으니까 말이오. 필이었다면 무서워서 쓰러져 있는 내 옆에 오지도 못했을 겁니다. 그 점은 브랜트 자신도 인정하고 있었지요. 게다가 만일 조지를 죽인 것이 당신 아닌 누군가로서, 내가 이제 곧 그 진상을 밝힐지도 모른다는 위험을 느꼈다면 그는 나를 때려 죽였을 것이므로 셔츠 단추를 끄르고 아직 심장이 움직이고 있는 줄 알았다면 다시금 숨이 끊어질 때까지 때렸을 겁니다."

"따라서 당신의 심장의 고동을 확인한 것은 나라는 셈이군요. 즉 내가 래터리 살해 범인이기도 한 거지요. 그렇소, 저 골프채의 원 스트라이크는 확실히 내 실수였소."

나이젤은 필릭스에게 담배를 권하고 성냥으로 불을 붙여 주었다. 그의 손이 필릭스의 손보다도 훨씬 심하게 떨리고 있었다. 이 대화는 가공의 범죄에 관한 학문적인 토론이라고 생각하지 않는 한, 끝까지 계속될 수 있을 것 같지 않았다. 그는 서로가 속속들이 알고 있는 사실을 남김없이 쌓아올려 가며 이야기를 계속함으로써 자기와 필릭스가 다음의——그리하여 마지막의——한 걸음을 결정하지 않으면 안될 불가피한 순간을 조금이라도 뒤로 미루려 하고 있었다.

"8월 12일은 당신이 찻집에서 슐리버넘과 만난 날이었습니다. 당신의 일기에는 그 만남에 관해 아무것도 씌어져 있지 않습니다. 오후에 강으로 나가 즐거운 시간을 보냈다고만 씌어 있을 뿐이지요. 당신이 일기에 거짓말을 썼다는 것이 냉랭한 표현일지도 모르지만, 내 흥미를 끌었습니다. 어쨌든 조지에게 일기를 읽힐 작정이므로 이 거짓말은 곧 들통날 것이 뻔합니다. 게다가 첼트넘에 가지 않았던 척하는 건, 이윽고 경찰이 당신의 행동을 탐색하기 시작하여 이 어긋남에 눈치를 채었을 때에는 위험하기조차 했지요."

"그것을 쓴 날 밤은 흥분하여 제정신이 아니었소. 찻집에서의 일은 조지에 대한 내 새로운 작전의 첫 포석이었고, 당신도 알다시피 위태로운 수였소. 그러므로 나의 판단이 흐려져 있었을 겁니다."

"아마 그랬을 테지요. 8월 12일의 일기를, 나는 그전부터 흐름이 좀 이상하다고 느끼고 있었습니다. 당신은 햄릿의 우유부단에 대해 어떤 가설을 설정하고 있지만, 그 지나치게 과격한 주장은 어딘지 문학적인 픽션 같았어요. 그것은 당신이 가공의 독자들 눈으로부터 당신 자신의 우물거리고 망설이는 참된 이유, 즉 그 범죄를 확인하기까지는 인간을 죽일 수가 없다는 사실을 숨기고 싶어하는 걸 암시하고 있었지요. 물론 햄릿이 우물거리고 망설인 참된 이유 역시 그것이었던 겁니다. 그러나 당신은 '복수의 달콤한 기대'를 오래 끈다느니 어쩌느니 하는 이론을 생각해 냄으로써, 당신의 참된 동기가 너무나도 섬세한 양심이라는 사실에서 호기심 많은 사람의 눈을 다른 데로 돌리려 했었지요."

"거기까지 꿰뚫어보다니, 당신의 눈도 꽤 날카롭군요"

필릭스가 말했다. 그렇게 말하는 필릭스의 말투에 나이젤은 몹시 애처로운 느낌을 받았다. 마치 나이젤에게 자기 탐정소설의 결점이라도 지적된 것처럼 조용하지만 얼마쯤 낙담한 듯한 말투였기 때문이다.

"당신은 나중에 또 한 번 그 문제를 언급하고 있습니다. 아마도 이런 문장이었지요? '양심의 속삭임'이라고 독자는 생각하실지도 모른다……. 그것은 맞지 않는다. 나는 조지 래터리를 죽이는 일에 맹세코 한 조각의 양심의 가책도 느끼지 않는다.' 당신은 양심을 가지고 있지 않은 듯한 태도를 꾸몄습니다. 그러나 그것은 당신의 행동에도 일기의 행간에도 뚜렷이 나타나 있었습니다. 이런 이야기가 언제까지나 계속되는 것은 싫을 테지만, 나로서는 모든 것을 명백히 할 필요가 있습니다. 적어도 내 심정으로는 말입니다."

"좋을 대로 계속하시오" 하고 필릭스가 또 일그러진 미소를 보이며 말했다. "길면 길수록 좋지요. 셰에라자드(아라비안나이트에 나오는 여자 이름. 포악한 왕에게 죽임을 당하지 않기 위해 매일밤 이야기를 함)의 예도 있으니까."

"그렇다면, 당신이 조지에게 일기를 읽힐 작정이었다면, 요트 계획은 일종의 속임수였다는 것이 됩니다. 당신이 진심으로 조지를 물에 빠뜨릴 생각이었다면, 일기에 그 계획을 자질구레하게 써서 조지를 부추기어 그것을 읽게 하는 그런 짓을 할 리가 없을 테니까 말입니다. 그래서 나는 생각했지요. 대체 요트 계획은 왜 필요했느냐고. 대답은 조지에게서 자백을 끌어내기 위해서라고 결론지어졌습니다. 어떻습니까, 맞았소?"

"그대로요. 덧붙여 말한다면 나는 이미 조지가 미끼에 걸려들고 있다는 걸 확신하고 있었지요. 어느 날 마루 널빤지 아래에 둔 일기가 아주 조금이긴 하지만 움직여져 있는 걸 발견했기 때문이오. 조지로서는, 나의 본디 이름이 케언즈이며 그의 목숨을 노리고 있다는 걸 알았을 뿐으로는 충분치가 않잖겠습니까. 마티 살해가 폭로될지도 모른다는 위험 때문에, 목숨에 대한 문제라도 생기지 않는 한 내 정체를 폭로시킬 용기는 없을 테니까 말이오. 그러므로 나에게 꾀어져 강으로 나가 바람 불어가는 쪽을 향해 요트의 키를 잡으라고 할 때까지는 잠자코 나에게 계획을 진행하도록 버려 두었지요. 물론 출발하기 전에 일기를 변호사한테 우송해 둠으로써 자기 몸의 안전을 꾀하겠다는 속셈이었던 모양입니다. 나도 그가 틀림없이 그렇게 하리라고 생각하고 있었지요. 요트에서는 서로가 긴장하여 속셈의 탐색을 보이고 있었던 거요. 아마 조지는 내가 정말로 계획을 실행할 만큼 용기가 있는지 없는지 곰곰이 생각하고 있었겠지요. 한편 나는 나대로 과연 조지는 정말로 몸의 위험을 느끼고 끝판에 이르러 마티를 치어 죽인 것이 자기라고 자백할까 하며 안절부절못하고 있었소. 물론 바람 불어가는 쪽을 향해 키를 잡으라는 나의 제안이 받아들여진다면, 그는 일기를 읽지 않은 것이 됩니다. 그런 경우, 나는 그의 집으로 돌아가서 강장제 병의 액체를 버릴 작정이었지요."

"그러면 그는 마침내 꼬리를 밟혔다는 건가요?"

"그렇소. 요트의 방향을 바꾸고 키를 잡으라고 했을 때, 그는 몹시 당황했소. 내가 노리는 바를 제대로 알고 있었지요. 그래서 자기가 죽었을 때 개봉하도록 지시하여 변호사에게 일기를 보내 두었다고 말하면서, 일기를 도로 사라고 나를 협박하기 시작했던 거요. 그때가 나에게는 최악의 순간이었지요. 나로서는 그가 마티를 죽였다는 확신이 있었던 겁니다. 그렇지 않다면 나의 속셈을 꿰뚫어보는 데 있어 뭐 그렇게까지 기다리지 않아도 좋을 테니까 말이오. 즉 꾸물거리며 죄를 나타내게 했던 건 나뿐만이 아니었던 셈입니다. 그러나 나로서는 절대적인 증거가 없었어요. 더구나 일기에는 마티의 죽음에 대한 설명이 씌어져 있으므로 나에게 있어 위험한 것과 마찬가지로 그에게 있어서도 위험할 게 아니냐고 거절했을 때, 그는 시치미를 떼며 마티의 일 같은 건 아무것도 모른다고 주장할 수가 있었던 겁니다. 그런데 그는 꼬리를 밟혔어요. 궁지에 몰리고 만 것을 인정하고는, 그것에 의해 마티의 죽음에 대한 자기의 책임을 암암리에 인정했소. 이를테면 자기가 자기의 사형 집행 영장에 서명한 거나 같지요."

나이젤은 일어나 창가로 걸어갔다. 현기증과 심장의 아픔을 희미하게 느끼고 있었다. 이 대화를 나누는 동안 누르고 눌렀던 감정적인 중압이 이제 와서 견딜 수 없게 되었던 것이다. 그는 말했다.

"내 생각으로는, 조지를 익사시키는 계획은 속임수로서, 정말로 실행하려 했던 것이 아니었다는 견해만이 또 한 가지의 어려운 문제점을 해명해 주는 것 같습니다."

"또 한 가지의 문제점이라니요?"

"그러자면 다시 한 번 리나의 이야기를 꺼내야만 할 것 같군요. 알겠습니까? 만일 요트 사고를 실제로 일으킬 작정이었다면 만일 그것이 조지를 위한 그야말로 오직 하나의 계획이었다고 한다면 당신은 필연적으로 검시에 즈음하여 본명을 밝히지 않을 수 없게 됩니다. 그러면 리나는 당신이 마티 케언즈의 아버지임을 알고 곧 '사고'가 겉보기에 그대로 진짜였을까 어떨까를 의심하게 될 겁니다. 물론 그녀가 당신의 비밀을 꼭 폭로한다고는 할 수 없지만, 당신 입장에서 본다면 그런 형태로 그녀의 손에 자기 운명을 맡기고 싶지는 않았을 겁니다."

"나는 나에 대한 그녀의 애정을 처음부터 일부러 외면하고 있었던 것 같소" 하고 필릭스는 어두운 표정으로 말했다. "내가 처음부터 그녀를 속이고 있었던 만큼 그녀가 나를 속이고 있지 않다고는, 다시 말해서 돈을 목표로 나에게 접근한 것이 아니라고는 믿어지지 않았던 겁니다. 그 한 가지 만으로도 내가 얼마나 시시한 인간인지 알 수 있을 테지요. 내가 없어졌다고 해서 사회는——그리고 내 자신에게도 아무런 손실이 되지 않소."

"한편 만일 당신이 래터리를 독살하고 더욱이 일기가 증거품이 된다는 걸 알고 있었다면, 물론 당신이 프랭크 케언즈라는 게 모조리 드러나는 것은 각오하고 있었을 겁니다. 당신도 조지를 익사시킬 자신의 계획이 진짜였다는 것을 아무도 의심하지 않으리라 생각하며, 잔뜩 믿었습니다. 당신은 그날 오후 조지를 익사시킬 작정이었으나 뜻하지 않게도 그에게 그 계획을 간파당했기 때문에 실패했다고 한다면, 다시 그날 밤 안으로 그를 독살할 준비를 한다는 건 거의 생각할 수 없습니다. 당신은 경찰이 이렇게 추리하기를 기대했던 겁니다, 틀렸나요?"

"아니, 그대로였소."

"이것은 참으로 묘한 생각이었습니다. 나도 멋지게 걸려서 깜박 속아넘어갔으니까 말입니다. 그러나 브랜트에게는 얼마간 지나치게 교묘했지요. X는 Y를 죽일 계획을 세웠다는 것을 인정하고 있다, Y가 살해되었다, 그러므로 범인은 X인 것 같다. 브랜트의 두뇌 활동은 고작 이 정도였지요. 경찰관의 치밀함을 지나치게 높이 평가하는 것도, 그들의 상식을 얕보는 것도 모두 위험한 일입니다. 그리고 또 한 가지, 당신은 경찰에게 다른 사람이 범인이 아닐까 하는 의심의 기회를 너무 주지 않았던 겁니다."

필릭스는 얼굴을 붉혔다.

"아니, 나는 그렇게 나쁜 사람은 아니오. 당신도 역시 내가 죄 없는 사람에게 엉뚱한 죄를 뒤집어씌우는 그런 인간은 아니라고 생각할 테지요?"

"그야 그렇지요. 일부러 그런 짓은 하지 않겠지요. 그러나 당신의 일기에는, 한때 나에게 범인이 래터리 노부인일지도 모른다고 여기게끔 하는 부분이 있었소. 그리고 브랜트가 필을 범인이라고 믿었던 것도 일기의 힘이 컸었지요."

"정직히 말해서, 에셀 래터리가 교수형이 된다면 전혀 마음이 꺼림칙하지는 않소. 그녀는 필의 생활을 엉망으로 만들고 있었으니까. 그러나 내가 그녀에게 혐의를 두도록 하고 있었다고는 생각도 하지 않았소. 그리고 필의 일인데, 나는 그 애를 괴롭힐 정도라면 죽어 버리는 편이 낫다고 생각하오. 사실 말이지만" 필릭스는 작은 목소리로 말을 이었다. "조지 래터리를 죽인 것은 필이었다고 해도 좋을 정도요. 그 사나이가 하루하루 필에게 주고 있는 나쁜 영향을 이 눈으로 보지 않았다면, 나는 용기를 잃고 말든가 생각을 버리고 말았을지도 모르오. 마치 내 아들 마티가 학대받는 걸 보고 있는 듯한 느낌이 들었으니까 말이오. 아아, 하느님, 만일 내가 한 일이 모두 헛일이었다고 한다면! 만일 필이……."

"아니, 필은 걱정 없어요. 틀림없이 경솔한 짓은 않을 겁니다"

나이젤은 자신만만하게 말했으나 마음 속으로는 그다지 확신이 없었다. "그러나 대체 당신은 래터리의 죽음이 어떻게 받아들여지리라고 생각했습니까?"

"물론 자살로지요. 그러나 리나가 병을 들고 나와 필에게 감추도록 한 이것이야말로 인과응보라는 것일 테지요."

"그러나 조지에게 자살할 동기가 있었습니까?"

"그는 그 날 저녁때 몹시 흥분하여 강에서 돌아오리라고 나는 생각했소. 집안 사람들도 그 일을 눈치챌 거라고 말이오. 검시관이란 대개 이와 같은 질문을 하는 법이지요. 고인은 정상적인 정신 상태에 있었느냐고 말이오. 경찰은 그가 일종의 정신 착란 상태로 독약을 마신 거라고 판단할 거라고 나는 생각했소. 마티의 죽음에 대한 진상이 드러나는 것을 겁내어서 말이오. 게다가 그가 강에서 돌아오는 도중, 차를 가지러 공장에 들를 것이 틀림없다고 생각했소. 독약은 그때 쉽게 가지고 나올 수가 있지요. 그러나 솔직히 말해서 동기 같은 건 아무래도 좋았던 거요. 다만 그가 이 이상 필을 괴롭히기 전에 죽여 버리지 않으면 안 된다는 생각이 머리에 가득했었소." 필릭스는 한숨을 쉬고 나서 다시 말을 이었다. "이상한 일이오. 나는 요 1주일 동안 걱정이 되어 견딜 수가 없었소. 그러나 이제 달아날 수 없다고 생각하니, 지금은 참으로 담담한 심정이오."

"이렇게 되어 당신에게 미안하다고 생각합니다."

"당신 탓이 아니오. 당신은 나를 위해 무기를 너무나 많이 가졌었소. 브랜트가 슬슬 나를 체포하러 오겠지요?"

"브랜트는 아직 아무것도 모릅니다." 나이젤은 천천히 말했다.

"아직도 필이 했다고 생각하고 있지요. 그편이 오히려 다행입니다. 더욱더 필의 수색에 힘을 기울일 테니까요. 그는 자신의 평판을 상하게 하고 싶지 않을 테지요."

"브랜트가 모른다고?" 필릭스는 나이젤에게로 등을 돌리고 옷장 옆에 서 있었다. "아니오. 결국 당신의 무기는 너무 많을지도 모르오." 그는 서랍을 열고 홱 돌아섰다. 그 눈에는 열기 어린 광채가 있고, 한 손에는 권총이 들려져 있었다.

나이젤은 편한 자세로 가만히 앉아 있었다. 달리 어떻게 할 수도 없었다. 그들 사이를 가로막는 것은 아무것도 없었다.

"오늘 아침 필이 모습을 감추었을 때 나는 그를 찾으러 래터리네로 가 보았소. 필은 없었지만 이 권총이 발견되었소. 조지의 총이지요. 앞으로 도움이 될지도 모른다고 생각했었소."

나이젤은 눈을 치뜨고 재미있는 듯한, 조금 짜증스러운 표정으로 필릭스를 지켜보았다.

"설마 나를 쏘려는 건 아닐 테지요? 나를 쏜들……."

"무슨 말을 하시오, 나이젤!" 필릭스는 슬픈 듯한 미소를 떠올리며 외쳤다. "나를 그런 사나이로 생각하고 있었소? 아니오, 나는 내 형편을 생각하고 있었던 거요. 한 번 살인 사건의 재판을 방청한 일이 있소. 두 번 다시 그런 것을 보고 싶다고는 생각되지 않소. 당신은 내가 초대를 거절하고 이것을 사용하는 데 반대할 생각이오?"

그는 권총을 바라보면서 시무룩한 웃음을 떠올렸다. 나이젤은 생각했다. 그는 엄청나게 강한 의지의 힘으로 이렇게 하고 있는 것이다. 견디기 어려운 긴장 아래에서는, 사람은 모두 상황을 극적으로 표현하고 싶은 유혹에 사로잡힌다. 그렇게 함으로써 가혹한 현실을 누그러뜨리고 극한의 고통을 견딜 수 있는 것이라고. 얼마쯤 뒤 그는 말했다.

"필릭스 씨, 나는 당신을 브랜트의 손에 넘겨주고 싶지 않습니다. 조지 래터리의 죽음은 사회에 있어서 손실이 아니라고 생각하기 때문이지요. 그러나 나는 이 일을 비밀에 붙여둘 수도 없습니다. 필의 일도 생각해야 되지만, 그보다도 브랜트는 이제까지 나를 믿어주었기 때문입니다. 만일 당신이 고백서를 써서, 요점만을 쓰기 위해 내가 구술하는 편이 좋겠지요. 그것을 브랜트 앞으로 호텔의 우체통에 넣는다면, 나는 오늘만은 이대로 내 방으로 물러가 잠을 자기로 하겠습니다. 정말이지 잠을 좀 자야지, 머리가 빠개질 것만 같습니다."

"영국적 타협이로군요." 필릭스는 놀려대듯이 그를 보면서 말했다. "그 점은 당신에게 감사해야 되겠지만, 과연 나에게 고마워하는 마음이 있는 것일까……. 아니, 확실히 고마워하고 있소. 권총보다는 낫지. 권총이란 뒤가 지저분하니까. 그것보다는 자신의 전문 영역에서 싸우며 쓰러지는 편이……."

필릭스의 눈이 또다시 흥분으로 빛났다. 나이젤은 의아스러운 듯이 그를 보았다.

"라임 리지스까지 갈 수만 있다면…… 거기에는 내 요트가 있소. 내가 거기로 달아나리라고는 아무도 생각지 않을 거요."

"그러나 필릭스 씨, 그럴 가망은 거의 없소!"

"사실 가망이 있으리라고는 생각지도 않고 있소. 내 일생은 마티의 죽음과 더불어 끝났던 거요. 지금에 와서 그것을 뚜렷이 알 수가 있소. 나는 필을 구하기 위해 몇 주일 동안 되살아났을 뿐이오. 되도록 바다 위에서 죽고 싶소. 이번에는 방향을 바꾸어 깨끗한 적, 즉 바람이며 파도와 싸우면서 말이오. 하지만 경찰은 거기까지 나를 보내 줄까?"

"틀림없이 갈 수 있을 겁니다. 브랜트나 경찰은 눈이 벌개서 필의 행방을 찾고 있으니까요. 만일 당신에게 미행을 딸려 두었더라도 벌써 그를 철수시키고 말았겠지요. 더욱이 여기에는 당신의 차도 있잖습니까."

"게다가 수염을 깎아 버리는 수도 있소! 그렇군! 나는 아마 바다까지 달아날 수 있을 거요. 언젠가 수염을 깎아 버리고 경찰의 수사망을 돌파해 보이겠다고 말했었소……. 요전날 밤 이곳 뜰에 있었을 때였지요. 기억하고 있을 테지요?"

필릭스는 권총을 서랍에 던져 넣고 가위와 면도기구를 꺼내어 수염을 깎기 시작했다. 그리고 나이젤의 옆에서 고백서를 썼다. 나이젤은 층계 위까지 필릭스를 따라가 그가 봉투를 우체통에 넣는 것을 확인했다. 그리고 잠시 동안 단둘이 방에 있었다.

"바닷가에 닿기까지, 차로 3시간 반쯤 걸리겠지요."

"브랜트가 저녁때까지 이곳에 돌아오지 않는다면 염려없습니다. 리나에게는 잠자코 있도록 내가 말해 두겠습니다."

"고맙소. 당신은 정말 친절하구려. 단 한 가지, 필의 무사함을 확인하기 전에 떠나는 일만이 마음에 걸리오."

"우리들이 당신 대신 필을 돌봐 주겠습니다."

"그리고 리나에게 이렇게 하는 편이 훨씬 좋았다고 전해 주시오. 아니, 내가 안부를 전하더라고 하면 되오. 그녀는 분에 넘칠 만큼 나에게 친절히 해주었소. 그럼, 드디어 작별이군요. 오늘밤이나 내일이 나의 마지막이 될 거요. 아니면 죽은 뒤에도 무엇이 있을까? 온갖 저주스러운 일이 어째서 생기는지 그것을 아는 것도 또한 하나의 흥취이겠지요."

그는 나이젤에게 흘끗 웃는 얼굴을 지어 보였다.

"그러나 나는……."

나이젤은 차가 떠나는 소리를 들었다. 가엾은 사나이라고 그는 중얼거렸다. 바람이 불기 시작했다. 요트에 타기만 하면 기회가 있으리라고 생각하는 모양이다.

그는 리나를 찾아 방을 나섰다.

에필로그

래터리 사건에 대한 나이젤 스트렌지웨이즈의 신문 스크랩.

＊글로스터셔 이브닝 클리어로부터의 발췌

어제 오전 중 세븐브리지의 자택에서 모습을 감추었던 필 래터리 소년은 오늘 샤프네스에서 발견되었다. 본지의 인터뷰에 응하여 어머니인 바이올렛 래터리 부인은 다음과 같이 말했다.

"필은 세반 강의 거룻배에 숨어 있었어요. 오늘 아침 샤프네스에서 거룻배의 짐을 풀 때 발견되었지요. 이 장난으로 몸이 약해져 있지는 않습니다. 요즘 줄곧 아버지가 세상을 떠난 일로 마음 아파하고 있습니다."

필 래터리는 초등학생으로서 경찰이 현재 그 죽음에 대해 수사를 벌이고 있는 세븐브리지의 명사 조지 래터리의 아들이다. 이 수사의 지휘를 맡은 런던 경시청 브랜트 주임 경감은 머지 않아 범인을 체포할 수 있을 것이라고 오늘 아침 본지 기자에게 확언했다.

한편 어제 오후 세븐브리지의 '낚시꾼 집'에서 모습을 감춘 프랭크 케언즈에 대한 정보는 여전히 없다. 경찰은 조지 래터리의 죽음에 관련하여 이 인물을 취조하고 싶은 의향이다.

＊데일리 포스트로부터의 발췌

어제 오후 포틀랜드에서 시체 하나가 바닷가로 흘러왔다. 시체의 신원은 조지 래터리 사건에 관련되어 경찰이 행방을 찾고 있던 프랭크 케언즈임이 확인되었다. 케언즈의 요트 '테사 호'의 잔해가 지난 주말의 강한 남풍으로 해안에 표류되었기 때문에 경찰의 수사는 이 지방 해안을 중심으로 실시되고 있었던 것이다.

케언즈는 필릭스 레인이라는 필명의 탐정소설가로서 독서계에 널리 알려져 있었다.

연기되어 있었던 조지 래터리의 검시는 내일 세븐브리지(글로스터셔)에서 실시될 예정이다.

＊나이젤 스트렌지웨이즈의 메모

이것이 내가 취급한 가장 불행한 사건의 결말이다. 브랜트는 지금껏 나에게 의심의 눈을 보내고 있는 것 같다. 더할 데 없이 은근한 태도로 '케언즈가 그런 방법으로 우리들 손에서 빠져나가고 만 것은 참으로 유감스러운 일이었습니다'라고 비꼬면서 어떤 비난보다도 사람을 동요시키는 저 빈틈없는 쌀쌀한 눈초리로 나를 흘금흘금 노려보았는데, 나는 필릭스에게 그가 바랐던 죽음의 기회를 준 일을 지금껏 후회하고 있지 않다. 그는 이 지저분한 사건에 깨끗한 결말을 주기 바랐던 것이다.

브람스는 그 '네 개의 엄숙한 노래' 제1곡에서 전도서 제3장 제 19절을 다음과 같이 바꾸어 놓고 있다.

"짐승은 죽어야 할 운명에 있고, 사람도 또한 죽는다. 이리하여 짐승도 사람도 모두모두 죽어야 할 운명에 있다. "

이 말로 조지 래터리와 필릭스의 묘비명(墓碑銘)을 삼으리라.

＊139～141 페이지의 역주

우선 22개의 질문 원문을 다음에 소개하겠다.

1 How many fine words does it take to butter no parsnips?

2 Who or what was 'the dry wet-nurse of lions'?

3 In what sense were the Worthies?

4 What do you know about Mr. Bangelstein?

　What do you not know about Bion the Borysthenite?

5 Have you ever written a letter to the Press on the subject of bursting bullrushes? Why?

6 Who is Sylvia?

7 How many stitches in time save ten?

8 What is the 3rd person plural of the pluperfect tensor of $E\iota\nu\sigma\tau\epsilon\iota\nu$?

9 What was Julius Caesar's middle name?

10 What can't you have with one fish-ball?

11 Give the names of the first two men to fight a duel with blunderbusses in balloons.

12 Give reasons why the following have not fought duels with blunderbusses in balloons.——Liddell and Scott: Sodor and Man: Cato Younger and Cato the Elder: You and Me.

13 Distinguish between the Minister of Agriculture and Fisheries.

14 How many lives has a cat o' nine tails?

15 Where are the boys of the old brigade? Illustrate your answer

with a rough sketch-map.

16 Should auld acquaintance be forgot?

17 'Poems are made by fools like me.' Refute this statement, if you like.

18 Do you believe in fairies?

19 What celebrated sportsmen made the following remarks?

(a) I'd cut that playboy in ribbons again.

(b) Qualis artifex pereo.

(c) Come into the garden, Maud.

(d) I've never been so insulted in my life.

(e) My lips are sealed.

20 Distinguish between Stotcking and Puss-in-Boots.

21 Would you perfer Cosmo-therapy of Disestablishment?

22 Into how many languages has Bottom been translated?

본문 중에서는 형편상 우리말로 번역해 두었지만, 원문 그대로가 아니면 그 본디의 맛이 나지 않는 질문이 몇 가지인가 있어 역문(譯文)은 거의 의미가 없는 것임을 미리 말해 두겠다. 이들 질문은 나이젤 스트렌지웨이즈가 심심풀이로 생각해 낸 게임으로 질문의 형태를 취하고는 있지만 뚜렷한 대답이 나오는 그런 성질의 것은 아닌 듯싶다. 즉 진지하게 대답을 생각한다면, 그것만으로도 실격이라고나 할 일종의 '재치문답집'이라고 할 수 있는 것이다. 솔직히 말해서 역자로서도 거의 대부분 뭐가 뭔지 모르겠지만, 단서를 잡을 수 있는 것만을 대충 차례대로 적어 보겠다.

1 이것은 '입술에 발린 달콤한 말은 아무런 쓸모도 없다'는 의미의

속담. Fine Words butter no parsnips를 뒤집은 질문이다.

2, 3, 4, 5는 분명치 않음.

6 실비아는 셰익스피어의 '베로나의 두 신사'에 나오는 등장인물.
Who is sylvia? What is she, /That all our swains commend her? /
Holy, fair, and wise is she ; /The hearen such grace did lend her,/
That she might admired be.

7 A stitch in time saves nine '오늘의 한 바늘이 내일의 열 바늘'이
라는 의미의 속담을 뒤집은 것.

8 희랍 문자 부분을 로마 문자로 고치면 Einstein이 된다. 또한 동
사의 시제 tense 대신 수학 용어인 tensor를 사용하고 있는 언저
리가 함정인 듯.

9 Gaius Julius Caesar, 즉 미들 네임은 Julius.

10 조지 마티 레인이라는 하버드의 라틴어 교수가 지은 one fish-
ball이라는 시 속에, 레스토랑에 들어와 손님이 피시볼을 하나
주문하고 A piece of bread sir, if you please라고 추가하면 we
don't give bread with one fish-ball이라고 웨이터가 대답하는
대목이 있다.

11 분명치 않음.

12 어떤 게 올바른 해석인지 분명치 않지만, 리델과 스코트는 그리
이크 잉글리시 렉시콜의 공동 저자. 대 카토와 소 카토는 로마
의 정치가와 그 증손자인 역시 정치가로서, 다른 일로 관계가
있는 두 사람을 늘어놓고 있는 모양이다. 소돌과 맨은 분명치
않음. 이들이 결투자였었는지 어떤지는 모른다.

13 Minister가 단수로 되어 있는 것이 '함정'으로 영국에서는 농어
업장관이라는 하나의 관명(官名)이다.

14 cat o'nine tails란 아홉 가닥의 채찍을 말함. A cat has nine

lives라는 속담이 있는데, 이것과의 혼동을 노린 질문이다.

15 '낭시 리'며 '데니 보이' 등을 쓴 영국의 작가 F.E. 웨절리의 The old Brigade라는 시 속에 Where are the boys of the old Brigade? …… They sleep in old England's heart라는 한 구절이 있다.

16 로버트 번스의 시 Auld Lang Syne의 첫줄.

17 미국의 시인 조이스 킬머의 Trees라는 시 속에 Poems are made by fools like me,/But only God can make a tree라는 한 구절이 있다.

18 제임스 발리 경(卿)의 'Peter pan' 속에 Every time a child says 'I don't believe in fairies,' there's a little fairy Somewhere that falls down dead라는 문장이 있다.

19 이것은 어느 것은 스포츠맨의 말이 아닐는지, (b)는 로마 황제 네로의 말로 '짐이 하찮은 기예자(技藝者)로서 죽겠구나' 하는 의미. (c)는 테니슨의 시 Maud 속의 1행. 그 밖의 것은 분명치 않음.

20, 21, 분명치 않다.

22 Bottom은 셰익스피어의 《한여름밤의 꿈》에 나오는 장인(匠人). 제3막 제1장에 Bless thee, Bottom ; bless thee ; thou art translated라는 대사가 있고, translate라는 동사를 '둔갑한다'는 의미로 사용하고 있다.

또한 분명치 않은 점에 대해서는 독자 여러분들의 가르침이 있기를 바라고 싶다(역자).

TRAGEDY AT BROOKBAND COTTAGE
브룩밴드장의 비극
스미스 어네스트 브래머

브룩밴드장의 비극

"맥스!" 루이스 칼라일은 퍼킨슨이 뒤에서 문을 닫자, 맥스 캐러도스에게 말했다.

"자네가 만나기로 한 호리어 대위가 오셨어."

"이야기를 듣겠다고 했어." 캐러도스는 앞에 있는 건장하고, 어딘지 어리둥절한 듯한 낯선 남자 쪽으로 돌아앉아 미소지으면서 칼라일의 말을 정정했다.

"호리어 씨는 내가 앞을 보지 못한다는 걸 알고 계시겠지?"

"칼라일 씨한테서 들었습니다."

청년이 말했다. "그리고 캐러도스 씨, 실은 당신에 관해 전에 한 동료에게서 이야기를 들었습니다. 이반 사라토프 호의 침몰에 관련해서 말입니다."

캐러도스는 체념했다는 듯 붙임성 있게 고개를 흔들었다. 그리고

"하주(荷主)들은 비밀을 지키기로 서약했는데요" 하고 기가 막히다는 듯 말했다.

"할 수 없죠. 또 새로운 침몰 사건인가요, 호리어 씨?"

"아닙니다. 순전히 개인적인 문제입니다."

대위는 대답했다.

"저의 누님이, 결혼하고 나서는 크리크 부인이라고 부르는데요, 칼라일 씨가 저보다 더 잘 이야기해 주실 것입니다. 모든 것을 다 아시니까요."

"아닙니다. 칼라일은 그 분야의 전문가입니다. 사실대로 이야기 해 주십시오, 호리어 씨. 내 귀는 바로 내 눈과 같습니다."

"좋습니다. 당장 사실대로 말씀드릴 수 있습니다. 그런데 이야기를 다 듣고 나면, 저로서는 중대한 일이라고 생각하지만, 다른 분에게는 하찮게 생각될 것입니다."

"우리도 때로는 하찮은 일에서 중대한 의미를 발견하는 일이 있습니다."

캐러도스는 힘을 북돋우듯 말했다. "그런 염려는 마십시오."

호리어 대위의 이야기는 대략 다음과 같았다.

"저에게는 밀리센트라는 누님이 있는데 크리크라는 사람과 결혼했습니다. 누님은 지금 28살이고, 크리크는 누님보다 15살 더 많습니다. 어머니(벌써 돌아가셨습니다)와 저는 크리크에 대해서 별로 걱정하지 않았습니다. 두 사람은 나이차이가 있을 뿐, 그 사람 자체에는 특히 반대할 아무 이유가 없었습니다. 그런데 우리와 그 사이에는 공통점이 하나도 없었던 것 같습니다. 크리크는 음침한 성격에 말이 없고 무뚝뚝해서 이야기를 해도 재미가 없었습니다. 그래서 우리는 그와 별로 만나지 않았습니다."

"그건 말야, 맥스, 자네도 알아 두어야겠는데, 4, 5년 전의 일이야."

칼라일이 쓸데없이 참견을 했다.

캐러도스는 고집스럽게 침묵을 지키고 있었다. 칼라일은 코를 풀며, 자기가 기분이 좋지 않다는 뜻을 상대방에게 전하려고 했다.

호리어 대위는 이야기를 계속했다.

"누님은 아주 짧은 약혼 기간 뒤에 곧 결혼했습니다. 그야말로 음울한 결혼식이어서 마치 장례식같이 생각되었습니다. 그 남자는 친척이 없다고 했는데, 친구도, 사업상의 지인조차도 없는 것 같았습니다. 뭔지 모르지만 대리점을 하고 있고, 홀본에 사무실이 있다고 했습니다. 우리는 크리크의 개인적인 처지에 관해서는 사실상 아무것도 몰랐지만, 당시는 그 대리업으로 생활하고 있었다고 생각합니다. 그런데 그 뒤로 사업이 점점 내리막길로 들어선 것 같았습니다. 과거 수년간은 거의 얼마 안 되는 누님의 수입으로 생활해 오지 않았나 생각합니다. 이런 세세한 이야기가 필요할까요?"

"어서 계속해서 말씀하십시오." 캐러도스는 재촉했다.

"7년쯤 전, 우리 아버지가 돌아가실 때, 아버지는 3천 파운드의 돈을 남겼습니다. 그 돈은 캐나다 주식에 투자되어 있어, 일 년에 1백 파운드가 조금 넘는 수입이 있었습니다. 유언에 따라, 어머니가 살아 계실 동안에는 어머니가 그 배당을 받고, 어머니가 돌아가시면 그 자산의 5백 파운드를 저에게 일괄 지불한다는 조건으로 누님에게 가기로 돼 있었습니다. 그런데 아버지는 은밀히 저를 불러 '만약 그때 네가 그 돈이 특별히 필요하지 않을 경우에는, 필요하게 될 때까지 밀리센트에게 주었으면 좋겠다. 밀리센트의 생활이 별로 여유가 없는 것 같으니 말야' 하고 말씀하셨습니다. 아무튼, 캐러도스 씨, 저는 교육이나 출세 때문에 누님보다 훨씬 많은 돈이 들었지만 저는 급료를 받고 있었고, 또한 여자보다 자신의 일을 잘 처리할 수 있어서……."

"정말 그렇습니다."

캐러도스는 맞장구를 쳤다.

"그래서 저는 그 돈에는 손을 대지 않았습니다."

대위는 이야기를 계속했다.

"3년 전에 저는 또 한 번 누님 부부를 찾아갔지만 별로 마주 앉아 이야기하지도 않았습니다. 두 사람은 셋방에서 살고 있었습니다. 결혼 후 누님 부부를 만난 것은 그때 단 한 번뿐이고, 그 후 지난 주까지 전혀 못 만났습니다. 그 동안 어머니가 돌아가셔서 밀리센 트가 계속 배당을 받고 있었습니다. 누님은 돈을 받았을 때, 몇 번 편지를 주었습니다. 그 외에 우리는 별로 편지 왕래가 없었습니다. 그런데 일 년쯤 전에 누님은 새 주소를 알려 왔습니다. '마링 공유 지의 브룩밴드 장'이라고요. 그 집에 세 든 것이었습니다. 저는 2 개월쯤 휴가를 얻었을 때 그곳에 찾아갔습니다. 휴가의 대부분을 누님 부부와 함께 지내려고 크게 기대를 걸었는데, 일주일 있다가 적당한 핑계를 대고 도망쳐 나오고 말았습니다. 아무튼 음침해서 참을 수 없는 집이었고, 전체의 생활이나 공기가 뭐라고 말할 수 없을 정도로 침울했습니다."

대위는 본능적으로 경계하며 주위를 둘러보았다. 그리고 흥분해서 몸을 내밀고 목소리를 낮추었다.

"캐러도스 씨, 절대적인 확신을 갖고 말하는데, 크리크는 오로지 누님을 죽일 좋은 기회를 기다리고 있는 것 같았습니다."

"어서 계속하십시오." 캐러도스는 조용히 말했다. "브룩밴드 장의 침울한 환경 속에서 일주일 동안 계신 것만으로 그런 확신을 가지신 것은 아니겠지요, 호리어 씨?"

"그렇다고만은 할 수 없습니다."

호리어는 불안스럽게 말했다.

"어쩐지 괴이합니다. 그리고 저로서는 가벼운 증오의 감정이 있었 기 때문에 더했는지도 모릅니다. 그건 그렇다 하더라도, 더 결정적인 일이 있었습니다. 제가 그곳에 간 다음 날 밀리센트가 그걸 이 야기해 주었습니다. 몇달 전, 크리크는 무슨 제초약인가로, 틀림없 이 누님을 죽이려 했다는 것입니다. 누님은 그때 몹시 침울해 가지 고 그 경위를 저에게 이야기했는데, 나중에는 그 이야기를 얼버무 리며 속이고 부인하려고까지 했습니다. 그리고 누님에게 자기 남편 의 개인적인 일이나 사업적인 일에 관해 이야기를 시키기가 매우 어려웠습니다. 그 사건의 개략은 이렇습니다.

크리크는 누님이 혼자 집을 지키고 있다가 저녁 식사 때에 마시 리라고 생각한 스타우트(영국식 흑맥주) 병에 독약을 넣어 두었던 모양입니다. 누님은 틀림없이 그랬을 거라고 강한 의심을 하고 있 었습니다. 그 제초약은 상표가 똑똑히 붙어 있었는데, 그것을 맥주 병에 넣어 다른 여러 가지 음료와 함께 식기 선반에 얹어 두었습니 다. 위쪽 선반에 두기는 했었습니다만. 크리크는 목적이 빗나간 것 을 알고, 병 속의 약을 비우고 병을 깨끗이 씻은 다음 다른 병의 음료를 그 병에 넣었다는 것입니다. 제 생각으로는 크리크가 돌아 와서 누님이 죽거나, 죽으려 하는 것을 발견하면, 어두운 데서 잘 못 알고 독약을 마신 것처럼 꾸미려 했던 게 틀림없습니다. ”

“옳거니! 간단하고 안전한 방법이군요. ”

캐러도스는 맞장구를 쳤다.

“그런데 알아 두셨으면 하는 것은, 캐러도스 씨. 누님 부부는 극히 검소한 생활을 하고 있습니다. 그리고 밀리센트는 거의 남편이 시 키는 대로 하고 있습니다. 하녀 한 사람이 매일 두세 시간 와서 일 을 거들 뿐입니다. 집은 한적하고 마을에서 떨어진 곳에 있습니다. 크리크는 가끔 며칠씩 집을 비우고 외박을 합니다. 밀리센트는 자 존심 때문인지 무관심 탓인지 모르지만, 옛 친구들과는 아무런 연 락이 없고 새 친구도 없는 모양입니다. 크리크는 누님을 독살하여 시체를 뜰에 묻은 다음 남들이 누님 일을 의아하게 생각하기도 전에, 몇천 마일이나 떨어진 먼 곳으로 도망쳐 버릴지도 모릅니다. 저는 어떻게 해야 좋겠습니까, 캐러도스 씨?"

"또다시 독약을 쓸 것 같지는 않고, 뭔가 다른 방법을 택하겠지요."

캐러도스는 생각에 잠긴 것처럼 하고 말했다.

"한 번 실패했기 때문에 누님은 완전히 경계할 것입니다. 크리크는 자기 계획을 다른 사람이 알고 있다는 사실을 알아차렸을지도 모릅니다. 적어도 남이 눈치챘을지도 모르겠다고 생각하고 있겠지요. 상식적으로 말하면 당신 누님은 그 남자와 헤어지는 것이 제일 안전하겠지요, 호리어 씨. 헤어질 생각은 없답니까?"

호리어는 고개를 끄덕였다.

"헤어질 생각은 없답니다. 저도 한 번 그러기를 권했습니다만……"

청년은 한참동안 망설이고 우물거리더니, 이윽고 내뱉듯이 말했다.

"사실은 캐러도스 씨, 저는 누님의 마음을 모르겠습니다. 지금의 누님은 전과 완전히 다른 사람이 돼 버렸습니다. 크리크를 미워하면서도 묵묵히 있지만 마음 속으로는 경멸하고 있습니다. 그것이 두 사람의 생활을 산(酸)처럼 좀먹고 있습니다. 그런데도 남편에 대해 몹시 질투하여, 헤어질 바엔 차라리 죽는 편이 낫다고 생각하고 있습니다. 두 사람의 생활은 정말 참담합니다. 저는 일주일 동안 그걸 참고 있었습니다만, 크리크가 싫다는 것은 제쳐놓고라도, 그 사람은 뭔가 흉계를 꾸미고 있다고 말하지 않을 수 없습니다. 크리크가 남자답게 버럭 화라도 내고 누님을 죽이고 싶다면 또 모르지만……"

"그것은 우리와 관계가 없는 일입니다."

캐러도스는 말했다.

"이런 종류의 게임에서는 우리는 어느 쪽엔가 붙지 않으면 안 됩니다. 그리고 우리는 어느 쪽에 붙을 것인가를 이미 정해 두고 있습니다. 다음에는 우리 쪽이 이기도록 할 뿐입니다. 호리어 씨, 당신은 질투라고 하셨죠? 누님에게는 질투를 하실 진짜 근거가 있는지 짐작가는 일이 있습니까?"

"더 일찍 말씀드려 두었어야 했는데 그랬습니다." 호리어 대위는 말했다. "저는 우연히 어느 신문 기자와 알게 되었는데, 그 남자는 크리크의 사무소와 같은 구역에 근무처가 있습니다. 그래서 크리크의 이름을 꺼냈더니, 그 신문 기자는 히죽히죽 웃으며 '크리크라고? 아아, 로맨틱한 타이피스트를 고용하고 있는 사람이 아닌가' 하고 말했습니다. '그런데 그 크리크라는 사람이 내 매형이야. 그 타이피스트가 어쨌다는 거지?' 하고 저는 물었습니다. 그랬더니 그 신문 기자는 나이프처럼 입을 딱 다물어 버렸습니다. 그리고 '아냐, 그 남자가 결혼했다는 사실은 몰랐어. 나는 그런 이야기에는 관계하고 싶지 않아. 난 다만, 그 남자는 타이피스트를 쓰고 있다고 말했을 뿐이야. 그게 어쨌다는 거지? 우리도 타이피스트쯤은 쓰고 있어. 누구나 쓰고 있어' 하고 그 신문 기자는 말했습니다. 그 이상은 아무 말도 하지 않았습니다. 그러나 그 말과 히죽거리는 웃음은 의미심장했습니다. 아무튼 흔히 있는 이야기니까요, 캐러도스 씨."

캐러도스는 친구 쪽으로 돌아앉았다.

"자네는 이미 그 타이피스트에 관해서 모두 알고 있겠지, 루이스?"

"철저히 조사했어, 맥스."

칼라일은 당당한 위엄을 보이며 대답했다.

"그 여자는 결혼하지 않았는가?"

"안 했어. 사람들의 얘기에 의하면 결혼하지 않았어."

"우선 당장 중요한 것은 그것뿐이야. 호리어 씨는 그 남자가 왜 부인을 없애 버리려 하는지, 그럴듯한 이유를 세 가지 말씀하셨어. 독살을 기도했다는 견해를 받아들인다고 치고——그것에 관해서는 질투심 많은 부인의 의혹이라는 근거밖엔 없지만——우리는 크리크 씨가 소원을 다시 실행에 옮기려 한다는 결의를 덧붙일 수 있어. 그것만 알면 일을 진행시킬 수 있어. 크리크 씨의 사진을 가지고 계십니까?"

대위는 수첩을 꺼냈다.

"칼라일 씨가 한 장 필요하다고 하셨습니다. 이것이 손에 넣을 수 있는 것 중에서 제일 잘된 사진입니다."

캐러도스는 벨을 울렸다.

"퍼킨슨, 이 사진은 말야" 상대가 나타나자 캐러도스는 말했다.

"저어, 그런데 뭐였죠, 크리크 씨의 이름이?"

"오스틴입니다."

호리어가 말했다. 그는 소년처럼 흥분과 자랑스러운 감정을 감추지 못하고 일의 진척을 자세히 지켜 보았다.

"오스틴 크리크 씨의 사진이야. 잘 기억해 두었으면 좋겠어."

퍼킨슨은 그 사진을 한번 보더니 주인 손에 돌려 주었다. 그리고

"여쭈어 보겠습니다만, 이것은 그 사람의 최근의 사진입니까?"
하고 물었다.

"6년쯤 전의 것입니다."

대위는 호기심을 드러내고 이 극에 새로 등장한 배우를 찬찬히 바라보며 말했다.

"그러나 지금과 별로 다르지 않습니다."

"그렇습니까? 그 크리크 씨를 잘 기억해 두도록 노력하겠습니다."

퍼킨슨이 방에서 나간 뒤 호리어 대위는 일어났다. 아마 회견이 끝난 모양이었다.

"아, 아직 또 한 가지 이야기가 있습니다."

대위가 말했다.

"저는 브룩밴드에 있을 때, 서투른 짓을 저지르지 않았나 하여 걱정입니다. 저는 누님의 돈이 모두 조만간 크리크의 손으로 넘어갈 거라고 생각되어서, 나중에 누님을 도울 수 있다면 하는 생각만으로 저의 몫인 5백 파운드를 받아 두는 편이 좋을 것 같다고 생각했습니다. 그래서 그 이야기를 꺼내고, 지금 마침 좋은 투자처가 있어서 그 돈이 필요하다고 했습니다."

"그게 어떻다는 것입니까, 당신 생각으로는?"

"혹시 그것이 계기가 되어, 크리크가 계획보다 빨리 행동에 옮기게 될지도 모릅니다. 아니면 그 남자는 이미 원금에 손을 대고 있어 그것을 채우기 위해 몹시 곤란을 당할지도 모릅니다."

"그건 그것으로 좋습니다. 누님이 과연 살해된다면, 그 시기가 다음 주이거나, 내년이거나, 나에게는 마찬가지입니다. 난폭한 말을 했는데 용서하십시오, 호리어 씨. 그러나 나에게 이것은 의뢰받은 한 가지 사건에 불과하고, 나는 전략적으로 볼 뿐입니다. 그리고 칼라일 군의 사무소에서도, 2, 3주 동안이라면 크리크 본인의 뒷바라지를 할 수 있겠지만 영구히 할 수는 없습니다. 눈앞의 위험을 증대시킴으로써 우리는 영속적인 위험을 감쇄시킬 수 있습니다."

"잘 알았습니다." 호리어는 찬성했다. "매우 걱정스럽습니다만, 모두 당신께 맡기겠습니다."

"그럼 우리는 온갖 꾀임수를 쓰고 온갖 기회를 제공해서 크리크 씨가 일에 착수하도록 힘써 보겠습니다. 당신은 현재 어디에 묵고 계십니까?"

"지금은 두세 친구와 함께 세인트 올번즈에 있습니다."

"너무 멀군요." 무엇을 간직하고 있는지 헤아릴 수 없는 캐러도스의 눈은 그야말로 조용히 속마음을 숨기고 있었다. 그런데 그의 목소리에 새로이 나타난 높아지는 흥미의 여운에 압도된 칼라일은 억지로 위엄을 겉꾸미는 일조차 잊어버리고 있었다.

"부디 2, 3분 동안 생각하게 해 주십시오. 당신 뒤에 담배가 있습니다, 호리어 씨."

눈먼 사나이는 창가로 가서 사이프러스가 그림자를 늘어뜨리고 있는 밖의 잔디를 바라보는 것 같았다. 대위는 담배에 불을 붙이고, 칼라일은 펀치(포도주, 설탕, 레몬즙 등의 혼합 음료)를 들었다. 이윽고 캐러도스는 다시 돌아섰다.

"당신은 예정을 변경하셔도 지장 없습니까?"

캐러도스는 호리어에게 물었다.

"물론입니다."

"좋습니다. 나는 당신이 지금 곧, 여기서 곧바로 브룩밴드 장으로 가 주셨으면 합니다. 그리고 누님에게 갑자기 휴가가 끝나서 내일 출항한다고 말하십시오."

"머션 호가 말입니까?"

"아닙니다. 머션 호는 출항하지 않습니다. 가시는 도중에 배의 상황을 조사해서 내일 떠나는 배를 찾아보십시오. 그리고 누님에게는 전근되었다고 하십시오. 2, 3개월 정도 걸릴 텐데, 돌아오면 5백 파운드가 필요하니 틀림없이 마련해 두라고 하십시오. 부디 그 집에 오래 있지 않도록 해 주십시오."

"알았습니다."

"세인트 올번즈는 너무 멉니다. 어떻게든지 구실을 붙여 오늘 중으로 옮겨 주십시오. 어디건 시내에 전화 연락이 될 수 있는 곳에 묵어 주십시오. 그리고 그 거처를 칼라일 군과 나에게 알려 주십시오. 크리크와는 만나지 않도록 해야 합니다. 당신을 집 안에 가두어 두고 싶지는 않지만, 당신의 협조를 필요로 할지도 모릅니다. 뭔가 일어날 징후가 있으면 곧 알려 드리겠습니다. 그리고 아무것도 하지 않으셔도 된다면 당신을 해방시켜 드려야 하니까요."

"저는 그런 거 상관없습니다. 우선 당장에 제가 할 일은 아무것도 없습니까?"

"아무것도 없습니다. 칼라일 군한테 가신 것은 더없이 현명한 일이었습니다. 누님의 보호를 런던에서 제일 실력 있는 사람에게 부탁하신 것입니다."

이 전혀 뜻밖인 찬사의 목적이 무엇인지 당자는 약간 어리둥절해진 꼴이었다.

"저, 맥스."

단둘이 있게 되자 칼라일이 시험삼아 말했다.

"왜, 루이스?"

"그 젊은 호리어 앞에서 이런 불쾌한 이야기를 번거롭게 할 필요까지는 없었지만, 실제 문제로서 사람은 누구나 남의 목숨쯤——그건 하나뿐인데 말야——어떻게든 할 수 있어. 마음대로 할 수 있다구."

"실수를 하지 않는 한 말이지."

캐러도스는 마지못해 찬성했다.

"그건 그래."

"그리고 또 결과가 어떻게 되든 전혀 상관 않을 정도로 분별이 없는 사람이라면 말이지."

"물론."

"어느 쪽이나 꽤 어려운 조건이야. 크리크는 분명히 그 두 가지를 갖추고 있어. 자넨 만났는가?"

"아니, 아까도 말한 것처럼 나는 사람 하나를 붙여 그 사람의 시내에서의 행동을 조사하게 했어. 그리고 아무래도 이 사건이 재미있게 될 것 같아서. 맥스, 그 사람은 타이피스트와 매우 깊은 사이여서 사태가 언제 어느 때 급진전될지 모르게 돼 있어. 이틀 전에 난 직접 브룩밴드 장으로 찾아가 보았어. 집은 한적한 곳에 있는 게 틀림없지만, 전차길에 면해 있어. 자네도 알고 있겠지만, 시장에 낼 야채를 가꾸는 농원 지대 같은, 런던에서 12, 3마일 나가면 흔히 볼 수 있는 곳이야. 빨간 벽돌로 지은 집과 양배추 밭이 번갈아 늘어서 있지. 지방에서의 크리크에 관한 평판은 아주 쉽게 들을 수 있었어. 그곳에서 그는 아무와도 교제하지 않으며, 시간은 일정하지 않지만 대개 날마다 시내로 나가고, 그에게서 돈을 끌어내기란 매우 어렵다는 평판이었어. 마지막으로 우연히 브룩밴드에서 날품팔이로 정원을 손질한다는 노인과 알게 되었는데, 그 노인은 자기의 작은 집과 온실이 딸린 채마밭을 가지고 있어. 나는 용건을 달성하는 데 토마토 1파운드를 샀지."

"그래 투자한 만큼은 벌었나?"

"토마토는 '예스'였어. 그러나 정보는 '노'였어. 그 노인은 말하자면 고용주로부터 미움을 받는다는 치명적인 결점을 가지고 있었어. 수주일 전, 크리크가 '인제 넌 필요없어. 앞으로 뜰 손질은 내가 직접 하겠어'라고 했대."

"거기엔 이유가 있을 법하지 않나, 루이스?"

"크리크가 다이너마이트로 아내를 폭사시키고, 그 다이너마이트가 석탄에 섞여 있었다고 주장하지 않고, 히오스시아민(Hyoscyamin)으로 독살해서 뜰에 묻을 작정이었다면 그렇지."

"그래, 그래. 그건 그렇다치고……."

"그런데 그 수다쟁이 노인은 크리크가 하는 일이라면 뭐든지 모두 딱 잘라 결론지을 수 있는 설명을 할 수 있어. 노인의 말에 따르면 크리크는 미치광이야. 크리크가 뜰에서 뻔히 나무에 걸려 부서질 텐데도 연날리기를 하는 것을 본 일이 있다는 거야. 10살난 어린아이라도 그만한 것은 알고 있다고 노인은 말했어. 아니나 다를까 연은 부서져 버렸대. 나도 내 눈으로 연이 나뭇가지에 걸려 도로 위로 늘어져 있는 것을 보았어. 그런데 제정신을 가진 사람이라도 '장난감 놀이'를 하며 시간을 보낸다는 것이 그 사람에게는 통하지 않거든."

"최근에는 많은 어른들이 여러 가지 연을 날리고 있어."

캐러도스는 말했다. "크리크는 비행기에 흥미를 갖고 있나?"

"그렇게 말해도 될 거야. 얼마쯤 과학에 관한 지식을 가지고 있는 모양이야. 그런데 맥스, 뭐 내가 할 일이 있는가?"

"말할 것도 없지. 당연한 조건부니까 말야."

"그럼 계속 시내에서의 크리크의 행동을 부하에게 감시하게 하고, 그 보고를 자네가 받은 뒤에 이 쪽으로 알려 주었으면 좋겠어. 그리고 지금부터 여기서 함께 점심을 먹세. 자네 사무실에는 전화를 걸어 불쾌한 일로 붙들렸다고 해두고, 오후에는 수고를 위로하는 뜻으로 퍼킨슨에게 시간을 주고, 자네가 내 안내를 맡아서 마링 공유지 근처를 차로 한 바퀴 도세. 시간이 있으면 브라이튼까지 가서 배를 채우고 시원해지면 돌아오세."

"자네는 정말 친절하고 매우 운이 좋은 사람이야."

칼라일은 한숨을 짓고, 멍청히 방 안을 둘러보았다.

그러나 브라이튼 행은 그 날 여정에 포함되지 않았다. 캐러도스의 예정은 브룩밴드 장 근처까지 가서 칼라일의 설명을 들으며, 그 매우 발달한 기능을 활동시켜, 그 지방에서 얻는 직감을 가슴에 간직하고 돌아오자는 데 불과했다. 문제의 집에서 1백 야드쯤 떨어진 곳까지 가자 캐러도스는 운전사에게 속력을 최저로 낮추도록 명하고 천천히 집 앞을 지나려고 했는데, 칼라일이 무언가를 발견해서 계획이 변경되고 말았다.

"이런!" 하고 칼라일 변호사는 갑자기 소리쳤다.

"맥스, 입간판이 나붙었어. 집을 세놓겠다는 거야."

캐러도스는 전성관(傳聲管)을 집어 들었다. 두세 마디 이야기하자, 차는 뜰의 경계에서 스무 걸음쯤 앞 도로변에 섰다. 칼라일은 수첩을 꺼내어 그 복덕방 주소를 적었다.

"해리스, 자넨 후드를 올리고 엔진을 조사하는 시늉을 하고 있게."

캐러도스는 말했다. "우린 이곳에 잠시 있고 싶으니까."

"갑작스런 일이야. 호리어는 그 사람들의 이사에 대해서는 아무것도 몰랐어."

칼라일이 설명했다.

"아마 앞으로 석 달은 이사를 가지 않을 거야. 좌우간 루이스, 그 복덕방에 가서 안내서를 얻기로 하세. 나중에 도움이 될지 모르니까."

뜰과 도로 사이에는 무성한 생울타리가 있어, 저쪽에 있는 집을 사람들의 눈으로부터 완전히 가리고 있었다. 생울타리 너머로 군데군데 관목 끝이 보이고,, 차와 제일 가까운 모퉁이에 있는 한 그루의 밤나무에는 꽃이 활짝 피어 있었다. 조금 전에 지나 온 나무 문은 전에는 희었겠지만 지금은 지저분한 회색으로 변해서 건들건들했다. 도로 자체는 전차가 개통되었을 당시 그대로 아직 시골길이었다.

캐러도스는 그런 자질구레한 일을 대강 머릿속에 넣고 나니 그 밖에 별로 유의할 것이 없을 것 같았다. 그래서 해리스에게 출발 명령을 내리려고 했다. 마침 그때 희미한 소리가 귀를 사로잡았다.

"누가 집에서 나오고 있어, 루이스."

캐러도스는 친구에게 주의를 주었다. "호리어일지도 몰라. 그렇지만 그 사람은 지금쯤 돌아갔을 텐데……"

"나는 아무것도 안 들려."

칼라일은 대답했다. 그때 소리가 요란스럽게 나면서 문이 탕 열렸다. 칼라일은 급히 좌석으로 몸을 굽히고 신문으로 얼굴을 가렸다.

"크리크야."

칼라일이 좌석 너머로 속삭이는데, 한 남자가 문간에 나타났다.

"호리어의 말대로야. 조금도 변하지 않았어. 전차를 기다리는 모양이야."

크리크가 바라보고 있는 방향에서 전차가 와서, 캐러도스의 자동차 옆을 덜컹덜컹 흔들리며 지나 갔는데, 크리크는 아무 관심도 나타내지 않았다. 크리크는 1, 2분 누구를 기다리는 듯 도로를 계속 바라보고 있었다. 그리고 천천히 뜰의 자동차 도로를 걸어서 집으로 되돌아갔다.

캐러도스가 말했다.

"5분이나 10분쯤 있어 보세. 해리스는 의심받지 않도록 아주 자연스럽게 하고 있으라구."

그런데 5분까지 기다릴 것도 없이 이내 성과가 있었다. 전보 배달부가 자전거를 타고 천천히 도로로 오더니, 자전거를 문 옆에 기대어 놓고 집쪽으로 올라갔다. 분명히 회답할 필요가 없었던 듯 1분도 못 되어, 전보 배달부가 그들 옆을 자전거를 타고 돌아갔다. 이윽고 전차가 모퉁이를 돌아 요란스럽게 벨을 울리며 왔다. 그 소리에 재촉을 받은 것처럼 크리크가 다시 모습을 나타냈는데, 이번에는 작은 여행 가방을 손에 들고 있었다. 그는 뒤를 힐끔 돌아보고 급히 다음 정류장 쪽으로 가더니 속력을 늦춘 전차에 뛰어올라, 캐러도스 일행이 모르는 어디론가 가 버렸다.

"크리크 씨는 대단히 재치가 있군."

캐러도스는 자못 만족한 듯 조용히 말했다. "지금부터 허가를 받아 가지고 와서 저 사람이 없는 사이에 집에 들어가 살펴보기로 하세. 전보도 일단 보아 두는 편이 좋겠지. 도움이 될지도 모르니까."

"그럴지도 모르지."

칼라일은 찬성했는데, 약간 쌀쌀맞은 말투였다.

"그렇지만 전보는 크리크의 주머니 속에 있어. 아마 그럴 것 같은데, 어떻게 손에 넣지?"

"우체국에 가는 거야, 루이스."

"으흠. 그런데 자네는 남에게 온 전보의 부본을 보여 달라고 한 일이 있는가?"

"아직 그런 일은 없었던 것 같은데."

캐러도스는 시인했다. "자네는?"

"아마 한 번인가 두 번 그런 일을 거들어 준 일은 있어. 지극히 교묘하게 해야 하고, 상당히 돈이 드는 문제야."

"그럼 이번에는 호리어를 위해 교묘한 방법을 택하고 싶군."

칼라일은 우울한 듯이 미소짓고 '이번에는 눈감아 두고, 언젠가 시기를 보아 이 친구의 말에 보복해 주어야지' 하고 생각했다.

얼마 뒤 두 사람은 집들이 드문 하이 스트리트 입구에서 내려 마을 우체국을 찾아갔다. 그 전에 이미 복덕방을 찾아가 브룩밴드 장을 방문할 허락을 받았는데, 직원이 함께 가겠다고 해서 다소 애를 먹었다. 이유는 바로 알았다.

"실은 말입니다" 하고 그 젊은 직원은 설명했다. "현재 사는 사람에게는 집을 비우라고 통고를 했기 때문에."

"뭐, 마음이 들지 않는 일이라도?"

캐러도스가 맞장구치듯 물었다.

"그 남자는 협잡꾼이어서요" 하고 직원은 터놓고 이야기했다. "15개월 동안 집세를 한 번도 내지 않았습니다. 그래서 저희는……."

"우리는 틀림없이 정확히 내겠습니다."

캐러도스가 대답했다.

우체국은 문방구점 한쪽을 차지하고 있었다. 칼라일은 이 모험에 나서는 것을 속으로 약간 망설였다. 이에 반해서 캐러도스는 전혀 무관심한 듯했다.

"조금 전에 브룩밴드 장으로 전보를 배달해 주어서 받았는데요."

캐러도스는 안에 있는 젊은 여자에게 말했다.

"아무래도 전문에 잘못된 데가 있는 것 같습니다. 그래 한번 더 자세히 보고 다시 쳐 주었으면 합니다."

캐러도스는 지갑을 꺼냈다.

"요금은 얼맙니까?"

그 요구는 확실히 흔히 있는 일이 아니었다.

"어머!" 하고 여자는 모호하게 말했다. "잠깐 기다려 주세요."

그녀는 책상 앞에서 전보 부본더미를 뒤적거리더니, 의아하다는 듯이 위쪽에 있는 종이 위를 손가락으로 더듬어 갔다.

"잘못은 없는 것 같은데, 다시 쳐 드릴까요?"

"예, 부탁합니다."

그 정중한 어조가 상대방의 의아해하는 생각을 지웠다.

"4펜스입니다. 만약 잘못된 곳이 있다면 환불해드리겠습니다."

캐러도스는 은화를 들이밀고, 거스름을 받았다.

"시간이 걸릴까요?"

캐러도스는 아무렇지도 않게 물으며 장갑을 끼었다.

"아마 15분 안에 도착할 것입니다." 여자는 대답했다.

"자네 솜씨는 잘 보았는데 말야."

두 사람이 차 있는 곳으로 걸어 돌아오는 도중에 칼라일 씨가 말했다.

"어떻게 그 전보를 손에 넣을 셈인가, 맥스?"

"'이리 내라'고 할 뿐이야."

캐러도스는 선뜻 대답했다.

복잡한 일은 빼고 캐러도스는 '이리 내라'고 하는 말로 그 전보를 손에 넣었다. 그는 차를 적당한 도로 모퉁이에 세워 놓고, 전보 배달부가 오면 경고 신호를 하게 했다. 그는 문에 한 손을 얹고 태연한 태도를 취하고, 칼라일은 방문했다가 작별 인사를 하는 친구 같은 모양을 했다. 배달부는 자전거로 왔을 때, 두 사람이 기대했던 대로의 인상을 받았다.

"브룩밴드 장의 크리크 앞으로 온 건가?"

캐러도스는 손을 내밀며 물었다. 배달부는 생각해 볼 틈도 없이 봉투를 넘겨 주고, 선뜻 페달을 밟아 돌아갔다.

"머지않아……." 칼라일은 신경질적으로, 보이지 않는 집 쪽을 바라보며 비꼬았다.

"자네의 잔재주가 원수가 되어 꼼짝 못 하는 곤경에 몰릴 걸세."

"그때는 나의 잔재주가 다시 구해 줄 거야."

캐러도스는 보복했다.

"그럼 집 안을 살펴보기로 할까? 전보는 나중에 보면 돼."

칠칠치못한 꼴을 한 하녀가 나와 두 사람을 현관 앞에 세워 두고 안으로 들어갔다. 이윽고, 크리크 부인으로 보이는 여자가 나타났다.

"집을 보시고 싶으세요?"

여자는 전혀 관심이 없는 듯한 목소리로 말했다. 그리고 대답도 듣지 않고, 제일 가까운 문을 열었다.

"응접실예요."

여자는 옆으로 몸을 비키고 말했다.

두 사람은 세간도 드문, 눅눅한 냄새가 나는 방으로 들어가 빙 둘러보는 체했다. 그 동안 크리크 부인은 묵묵히 서 있었다.

"식당예요."

여자는 이어 말하고 좁은 홀을 가로질러 다른 문을 열었다.

칼라일 씨는 어떻게든지 상대를 대화 속으로 끌어 들이려고 쾌활하게 무던한 이야기를 걸어 보았다. 결과는 신통치 않았다. 캐러도스나 칼라일로서는 전에 한 번도 보지 못한, 어떤 의미에서는 실수를 하지 않았던들 두 사람은 틀림없이 처음부터 끝까지 똑같이 싸늘한 안내를 받으며 집의 조사를 마쳤을 것이다. 그런데 캐러도스가 홀을 가로지를 때, 융단에 발끝이 걸려 하마터면 넘어질 뻔한 것이다.

"실수를 했습니다. 용서하십시오."

캐러도스는 여자에게 말했다. "저는 불행하게도 앞을 못 봅니다. 하지만" 하고 미소를 지어 보이며 그 실수 이야기를 슬쩍 딴 데로 돌렸다.

"장님에게도 집은 필요하니까요."

눈이 보이는 칼라일 씨는 크리크 부인의 얼굴이 싹 붉어지는 것을 보고 놀랐다.

"눈이 안 보이신다구요?"

여자는 갑자기 큰 소리를 냈다.

"어머, 정말 실례했어요. 왜 진작 말씀해 주시지 않으셨어요? 하마터면 넘어지실 뻔했어요."

캐러도스는 대답했다.

"대개는 잘 헤쳐 나갑니다. 그런데 처음 오는 집이어서."

여자는 살짝 캐러도스의 팔에 손을 얹었다.

"잠깐 저에게 손을 맡기시는 게 좋겠어요."

집은 크지 않았지만, 통로와 복잡한 모퉁이가 많았다. 캐러도스는 가끔 질문을 하여, 크리크 부인이 얼굴에는 나타내지 않아도 매우 고운 마음씨를 가졌다는 사실을 알았다.

칼라일 씨는 두 사람 뒤를 따라 이방 저방 돌며, 별로 기대를 걸 수는 없어도 뭔가 도움이 될 만한 것을 알아내려고 노력했다.

"이것으로 끝입니다. 제일 큰 침실입니다" 하고 부인은 말했다. 이층에서는 두 방만이 완전히 세간이 갖추어져 있어, 크리크 부부가 사용하는 방이라는 것을 칼라일은 바로 알아차렸고, 캐러도스는 보지 않고도 그것을 알았다.

"매우 전망이 좋군요."

칼라일은 감탄해 보였다.

"네, 그렇게 말씀하셔도 될 거예요."

부인은 애매하게 말했다. 그 방에서는 푸른 나무가 무성한 뜰과 그 저쪽의 도로를 내다볼 수 있었다. 프랑스식 창이 작은 발코니를 향해 열려 있었다. 이상한 능력 때문에 언제나 빛 쪽으로 끌리는 캐러도스는 그 창이 있는 쪽으로 걸어갔다.

"어느 정도 수선할 필요가 있을 것 같군요."

캐러도스는 한참 그곳에 서 있다가 말했다.

"그럴 거라고 생각해요."

크리크 부인은 선뜻 시인했다.

"그런 말을 한 것은 여기 마루 위에 금속판이 붙어 있기 때문입니다."

캐러도스는 계속했다.

"아무튼 헌집은 주의해서 보면 여러 가지로 상한 데가 있는 법입니다."

"남편 이야기로는 창 아래로 비가 들이쳐서 그곳 마루가 썩기 시작했다고 했어요. 아주 최근에 그 금속판을 놓았어요. 저는 아무것도 몰랐지만요."

여자가 자기 남편에 관해 이야기를 한 것은 이것이 처음이었다. 캐러도스는 귀를 기울였다.

"아, 그것은 별 게 아닙니다."

캐러도스는 말했다.

"발코니에 나가 보아도 되겠습니까?"

"네, 보십시오, 원하신다면."

그녀는 캐러도스가 손잡이를 더듬는 듯하자 "제가 열어 드리지요" 했다. 그런데 그때에는 이미 창이 열려 있어, 캐러도스는 여러 방향으로 돌며 주위의 상황을 머릿속에 넣고 있었다.

"햇빛이 잘 들고 조용한 장소이군요."

캐러도스는 말했다.

"갑판 의자를 놓고 책을 읽기에는 이상적입니다."

여자는 조금 경멸하는 듯 목을 움츠리고 대답했다.

"그럴 거예요. 하지만 전 한번도 사용한 일이 없어요."

"아마, 때로는 사용하겠지요."

캐러도스는 조용히 주장했다.

"이곳은 제 마음에 드는 피난처가 될 것입니다. 그런데 그건 그렇고……."

"'저는 한 번도 그곳에 나간 일이 없어요'라고 말하려던 참이었는데, 그것은 반드시 정말은 아녜요. 그곳은 저에게 있어 두 가지 용도가 있어요. 두 가지 다 마찬가지로 좀 이상하지만…… 저는 가끔 거기서 쓰레받기의 먼지를 버려요. 그리고 남편이 밤 늦게 돌아와 현관 열쇠가 없을 때에는 저를 깨우기 때문에 저는 그곳까지 나가서 제 열쇠를 던져 주지요."

크리크의 밤 습관에 대한 그 이상의 이야기는, 칼라일 씨로서는 매우 유감이었지만, 계단 아래에서 들려오는 명백한 의미를 가진 기침 소리에 의해 중단되었다. 계단 앞에 행상인의 이륜차가 서고, 문을 노크하고 홀로 들어오는 무거운 행상인의 발소리가 들렸다.

"잠깐 실례하겠어요."

크리크 부인이 말했다.

"루이스," 단둘이 있게 되자 캐러도스가 날카로운, 그러나 낮은 목소리로 말했다. "문 옆에 서 있어 줘."

칼라일은 아주 그럴 듯한 태도로 한 장의 그림을 감상하기 시작했다. 그렇게 그림이 있는 장소에 서 있으면 문은 밀어도 몇 인치 정도밖에 열 수가 없다. 칼라일 씨가 그 장소에 서서 보고 있자, 캐러도스는 묘한 짓을 했다. 캐러도스는 침실 바닥에 무릎을 꿇고 아까부터 주의를 끌던 금속판에 족히 1분간이나 귀를 대고 있었다. 그리고 몸을 일으키더니 고개를 끄덕거리고, 바지의 먼지를 털었다. 칼라일도 수상해 보이지 않는 장소로 위치를 옮겼다.

"정말 훌륭한 장미나무가 발코니까지 뻗어 올라왔군요."

크리크 부인이 돌아오자, 캐러도스는 방 안으로 돌아 오면서 말했다.

"뜰 손질을 매우 좋아하시는 모양이지요?"

"전 아주 싫어해요." 여자는 대답했다.

"이 글로리가 정말 솜씨 있게 가지치기되어 있어서……"

"그래요?" 여자는 대답했다.

"최근 남편이 가지를 정리하는 것 같았어요."

뭔가 이상한 인연으로 캐러도스가 정말 아무 의미도 없이 한 말이, 집에 없는 크리크에게 자꾸 걸리는 모양이었다.

"뜰을 보시겠어요?"

뜰은 넓었으나 통 손질이 되어 있지 않았다. 집 뒤쪽은 주로 과수원으로 되어 있었다. 정면은 얼마쯤 정돈되고 손질이 되어 있었다. 그곳에는 잔디와 관목 숲이 있고, 아까 지나서 들어온 자동차 길이 있었다. 두 가지가 캐러도스의 관심을 끌었다. 발코니 아래의 흙과 도로 옆 모퉁이에 있는 훌륭한 밤나무였다. 캐러도스는 발코니 아래의 흙을 조사해 보고, 장미에는 특히 적합하다고 말했다.

차로 돌아오는 도중, 칼라일은 크리크의 행동에 관해서 거의 아무것도 알 수 없음을 유감으로 생각했다.

"아마 전보가 뭔가 가르쳐 줄 거야." 캐러도스는 말했다. "읽어 봐 줘, 루이스."

칼라일은 봉투를 열어 알맹이를 일단 보고, 실망했음에도 불구하고 낄낄거리는 웃음을 참을 수가 없었다.

"안됐지만, 맥스." 칼라일은 설명했다. "자네는 아무것도 아닌 일에 수고를 하고, 그 잔재주를 발휘한 거야. 크리크는 아마 2, 3일간 휴식을 취할 셈으로, 떠나기 전에 만약을 위해 기상대의 예보를 알아본 모양이야. 좌우간 들어 봐, '런던 지방 오늘 내일의 날씨는 온난하고 안정. 그 후의 예상은 약간 저온이겠으나 쾌청'이래. 젠장, 나는 4펜스로 토마토를 1파운드 샀는데, 자네는……"

"확실히 이건 자네의 승리야, 루이스."

캐러도스는 익살스럽게 감탄하고, 상대의 말을 시인했다. 그리고 "그건 그렇고" 하고 골똘히 생각하고 나서 덧붙였다.

"크리크는 주말 휴가를 언제나 런던에서 보내는 특별한 취미를 가지고 있나?"

"뭐?" 칼라일은 소리치고, 다시 한 번 전문을 바라보았다. "이건 이상한데, 맥스. 녀석은 웨스턴 슈퍼 메어로 가는데, 대체 무엇 때문에 런던의 날씨 같은 걸 알고 싶었을까?"

"나는 짐작할 수 있는데 말야. 그러나 완전히 이해하기 위해서는 다시 이곳에 오지 않으면 안 될 거야. 루이스, 다시 한 번 그 연을 봐 줘. 실이 늘어져 있지?"

"응, 늘어져 있어."

"좀 굵은 실이겠지, 연에 사용하기에는 너무 굵은……."

"그래, 어떻게 그걸 알지?"

집으로 돌아오는 도중, 캐러도스는 그 까닭을 설명했다. 칼라일은 어안이 벙벙해서, 자못 믿을 수 없다는 투로 말했다.

"어이가 없군. 맥스, 그런 일이 있을 수 있을까?"

한 시간쯤 뒤에 칼라일은 그것이 있을 수 있다는 사실을 이해했다. 사무실 사람에게 전화를 걸어서, '그'가 패딩턴 역을 4시 30분에 출발하는 기차로 웨스턴으로 향했다는 정보를 받았다.

호리어 대위가 다시 '탑의 집(캐러도스의 집)'으로 오라는 호출을 받은 것은 캐러도스를 소개받은 날로부터, 일주일 이상이나 지난 때였다. 나가 보니, 칼라일이 이미 와 있어서, 두 사람은 대위가 오기를 기다리고 있었다.

"오늘 아침에 당신한테서 연락을 받고 하루종일 죽 집에 있었습니다, 캐러도스 씨."

대위는 악수하면서 말했다. "두 번째의 연락을 받았을 때에는, 언제든지 바로 집에서 뛰어나올 수 있게 완전히 준비를 하고 있었습니다. 그래서 늦지 않도록 올 수 있었습니다. 만사가 잘 진행되고 있으면 좋겠는데요."

"두말 할 것 없습니다."

캐러도스는 대답했다.

"당신은 출발 전에 배를 채워 두는 편이 좋습니다. 아마 긴, 어쩌면 스릴 만점인 밤을 맞이할 테니까요."

"그리고 틀림없이 흠뻑 젖은 밤을……."

대위는 맞장구를 쳤다. "오는 도중, 마렁 쪽은 뇌우(雷雨)였습니다."

"그래서 당신에게 오시라고 했습니다." 캐러도스는 말했다.

"우리는 출발하기 전에 어떤 연락을 기다리고 있습니다. 당신도 우리가 어떤 일이 일어나리라고 기대하고 있는지, 알아 두시는 것이 좋겠지요. 보신 바와 같이 뇌우가 오려고 합니다. 기상대의 오늘 아침 예보로는, 조건이 그대로라면, 런던 지구 전체에 뇌우가 쏟아질 것 같습니다. 그래서 당신한테 준비를 해 주시라고 한 것입니다. 한 시간 뒤면 틀림없이 우리는 호우를 만날 것입니다. 여기저기서 나무나 건물에 피해가 생기고 사람이 다치고 죽게 되겠지요."

"그렇겠지요."

"크리크 씨의 예정으로는, 누님도 그 피해자의 한 사람이 될 것입니다."

"전 아무래도 그 말뜻을 잘 모르겠습니다."

호리어는 두 사람을 번갈아보며 말했다.

"그런 일이 일어나면, 크리크가 매우 기뻐하리라는 건 저도 충분히 인정합니다만, 만에 하나라도 그렇게 되리라고는 생각할 수 없을 것 같은데요."

"더구나 우리가 내버려 두면, 검시 재판의 배심원들은, 사실 그런 일이 일어났다고 판정을 내릴 것이 확실합니다. 당신 매형이 전기에 관해 실용적인 지식을 갖고 있는지 어떤지 아십니까, 호리어 씨?"

"모릅니다. 아무튼 그는 마음을 터놓지 않는 사람이라서, 저는 그 사람에 대해서 사실상 아무 것도 모른다고 해도 좋을 것입니다."

"그런데 1896년에 오스틴 크리크라는 이름의 인물이 미국의 〈과학계〉라는 책에 '교류 전기(交流電氣)'에 관한 논문을 기고했습니다. 그 인물은 상당히 깊은 지식을 가지고 있다고 보아도 좋을 겁니다."

"당신은 설마 그 사람이 번개를 자유자재로 다룬다고 말씀하시는 것은 아니겠지요?"

"검시를 하는 의사나 검시관에게 번개 탓이라고 생각하게 하면 됩니다. 이 폭풍우는 그 사람이 몇 주일 동안이나 기다리던 것이고, 자신의 행위를 숨기기 위한 도구에 불과합니다. 사용하려고 계획하고 있는 무기는——번개보다 힘은 다소 약하나, 훨씬 다루기는 쉬운——그 집 문 앞을 지나는 전차 선로를 흐르는 고압 전류입니다."

"오!"

호리어 대위는 그 뜻밖의 해석에 놀라 소리쳤다.

"오늘 밤 11시 즉 당신 누님이 잠드는 시간부터 새벽 1시 반, 그 시각까지는 전류 준비가 다 되기 때문입니다. 그 시간까지 사이에, 크리크는 어느 땐가 발코니의 창에 돌을 던질 것입니다. 대부분의 준비는 벌써 해 두었기 때문에, 창 손잡이에 맨 짧은 선과, 고압선에 이어지는 다른 한쪽의 긴 선을 연결하기만 하면 되는 것입니다. 그것이 끝나면 지금 내가 말한 것처럼 돌을 던져 당신 누님을 깨울 것입니다. 그리고 당신 누님이 창 손잡이를 움직이는 순간에——크리크는 절대로 틀림없이 전류가 통하도록 신중하게 만반의 준비를 해 놓았기 때문에——당신 누님은 교도소 사형실의 전기 의자에 앉은 것과 마찬가지로 확실히 감전사를 할 것입니다."

"그럼 우리는 여기서 뭣 때문에 우물쭈물하고 있는 것입니까?"

호리어는 공포 때문에 파랗게 질려서 벌떡 일어서며 소리쳤다.

"벌써 10시입니다. 무슨 일이 일어날지 모릅니다."

캐러도스는 상대를 안심시키는 것처럼 말했다.

"지당합니다, 호리어 씨. 그러나 걱정하실 필요는 없습니다. 크리크는 감시를 받고 있고, 집에는 파수꾼이 있어서, 누님께서는 오늘 밤에 윈저 궁에서 주무시는 것과 마찬가지로 안전하십니다. 무슨 일이 있어도 크리크는 절대로 그 계획을 성공시킬 수 없도록 우리가 미리 손을 써놓았습니다. 그러나 그가 마지막 단계에까지 발을 들여 놓게 하는 것이 바람직합니다. 호리어 씨, 당신의 매형은 수고를 하는 일에는 독특한 능력을 갖고 있으니까요."

"그 사람은 잔인하기 짝이 없는 악한 사람입니다. 5년 전의 누님을 생각하면……."

청년은 사납게 소리쳤다.

"그런데 그 문제에 있어, 어떤 문명 국가에서는 거치적거리는 국민을 없애는 가장 인간적인 방법은 전기 사형이라고 말하고 있습니다."

캐러도스는 조용히 한 가지 의견을 제출했다.

"크리크 씨는 확실히 발명에 재능이 있는 신사입니다. 그런데 운이 나쁘게도 자기보다 더 명석한 두뇌를 가진 칼라일 씨를 상대로 하는 운명에 처했습니다."

"아니, 무슨 소릴 하는 거야, 맥스?"

당황한 칼라일은 항의했다.

"버려진 연에 처음으로 주의를 돌린 사람이 칼라일 씨였다는 사실을 이야기하면, 호리어 씨 자신이 그 점에 관한 판단을 내리실 수 있을 겁니다."

캐러도스는 어디까지나 단호하게 주장했다.

"물론 나는 그 목적을 확실히 압니다. 사실 누구라도 알 수 있는 일이지요. 아마 10분이면 전차의 가선(架線)에서 밤나무로 전선을 늘여 놓을 수 있을 겁니다. 크리크는 여러 가지 점에서 운이 있었어요. 단지, 어쩌면 운나쁘게 전차 운전사에게 늘어진 전선이 발각될지도 모른다는 걱정은 있었겠지요. 그런데 어땠습니까? 운전사는 일주일 이상이나 나무 위에 버려진 연에서 몇 야드나 되는 실이 늘어진 것을 보고도 아무것도 깨닫지 못했습니다.

크리크는 정말 빈틈이 없는 사람입니다, 호리어 씨. 목적을 이룬 뒤에 크리크 씨가 어떤 수단으로 나올 계획인지, 그걸 알면 재미있겠지요. 내가 생각컨대 그 사람은 예술적인 멋진 수법을 반다스 정도나 소매 속에 숨겨 두고 있을 겁니다. 아니면 부인의 머리칼을 태우고, 시뻘겋게 달군 부젓가락으로 다리에 화상을 입히고 프랑스식 창 유리를 산산이 부수는 정도로 그치고, 나머지는 되어 가는 대로 맡겨 둘 작정인지도 모릅니다. 아무튼 낙뢰란 것은 여러 가지 장난을 치기 때문에 크리크가 어떻게 하든 상관이 없습니다. 시체는 낙뢰에 의한 쇼크사의 온갖 징후를 나타내고, 낙뢰 때문이라고 해석할 수밖에 없는 상태를 나타내겠지요. 동공이 확대되고, 심장이 수축되고, 혈액이 없어진 폐는 보통 무게의 3분의 1 정도가 되고 맙니다. 크리크는 자기가 꾸며 놓은 잔재주에서 두세 가지 외부적인 흔적을 없애고는, 아주 안심하고 죽은 부인을 '발견하고' 가까운 의사에게 달려가겠지요. 아니면 사람을 납득시킬 만한 알리바이를 준비해 놓고 몰래 도망쳐 나와, 발견은 다른 사람에게 맡길지도 모릅니다. 어쨌든 어떤 수를 쓸 셈인지 우리로서는 도저히 알 수 없겠지요. 실토는 안 할 테니까요."

"얼른 모두 끝나버렸으면 좋겠습니다. 저는 특별히 신경 과민은 아닙니다만, 말씀을 듣고 있으려니까 어쩐지 한기가 듭니다."

호리어는 말했다.

"앞으로 고작 세 시간만 참으면 됩니다, 대위님."

캐러도스는 쾌활하게 말했다.

"흐음, 뭔가 소식이 있는 모양입니다."

캐러도스는 전화기 있는 데로 가서 어디로부터인지 연락을 받고, 그리고 또 다른 곳으로 전화를 걸어 누군가하고 몇 분 동안 이야기를 했다. 그리고 "만사 순조롭게 진행되고 있어" 하고 통화 중간에 어깨 너머로 돌아보며 말했다.

"호리어 씨, 누님은 주무시기 시작했습니다."

그리고 그는 옥내 전화를 집어들고 여러 가지 지시를 하고 말을 맺었다.

"자아, 이제 우리도 일어서 볼까?"

이미 밀폐된 커다란 자동차가 준비되어 기다리고 있었다. 운전사 옆에 완전히 몸을 감싸서 준비를 하고 앉은 인물이 퍼킨슨 같았는데, 대위는 그것을 확인하기 위해 계단 위에서 시간을 보낼 생각은 없었다. 이미 비가 줄기차게 내리고 있어, 차도는 거품이 이는 폭포 웅덩이 같았다. 하늘은 번개가 종횡으로 번뜩이며 달리고, 그것이 지나가자 다시 번개의 번쩍이는 빛이 보이고, 천둥이 아주 짧은 사이를 두고 끊임없이 불길한 굉음을 울렸다.

"난 다른 것은 별로 보고 싶은 생각이 없지만, 이 광경만은 보이지 않는 게 유감이군. 그러나 듣기만 해도 잘 보여."

캐러도스는 침착하게 말했다.

차는 매끄럽게 문까지 내려가 도로로 나가는 움푹한 곳을 지날 때에는 조금 무거운 듯 기우뚱거리더니, 차도로 나서자 인적이 없는 고속도로를 마구 달리기 시작했다.

"곧장 가는 게 아닙니까?"

5, 6마일쯤 달렸을 때, 갑자기 호리어가 물었다. 캄캄한 밤이었지

만, 호리어는 위치에 관해서는 뱃사람다운 육감을 가지고 있었다.

"그렇습니다. 핸스컷 그린을 지나 들길을 걸어서 집 뒤쪽 과수원으로 나가는 겁니다."

캐러도스가 대답했다.

"해리스, 이 근처에 랜턴을 든 사람이 있을 테니 잘 보고 있게."

캐러도스는 전성관을 통해 명했다.

"바로 저쪽에 반짝이는 것이 보입니다"

하는 대답이 들리고, 차는 속력을 낮추고 섰다.

캐러도스가 옆의 창을 내리자 번쩍번쩍하는 방수복을 입은 사내가 덮개가 있는 작은 문 그늘에서 나타나 다가왔다.

"비델 경감입니다."

그 낯선 사내가 차 안을 들여다보며 말했다.

"됐어, 경감."

캐러도스가 대답했다.

"타게."

"부하 한 사람을 데리고 왔는데요."

"그 사람도 탈 수 있을 거야."

"우린 흠뻑 젖었습니다."

"우리도 곧 그렇게 돼."

대위가 자리를 옮기고, 두 사람의 튼튼한 사내가 나란히 앉았다. 5분도 못 되어 차는 다시 섰는데, 이번에는 풀이 무성한 시골길이었다.

"자, 우리도 할 수 없어." 캐러도스가 말했다. "경감, 안내해 주게나."

차는 빙글 한 바퀴 돌아 어둠 속으로 사라지고, 비델이 일행 앞에 서서 생울타리의 쪽문쪽으로 갔다. 밭을 둘쯤 지나자 브룩밴드의 부지 경계가 나왔다. 그곳 어두운 과수원 그늘에 사람이 서 있다가 일행의 안내인과 두세 마디 말을 나누더니, 과수원 나무 밑을 따라 일행을 데리고 집 뒤쪽으로 갔다.

"싱크대 옆 창 걸쇠 가까운 곳에 유리 깨진 데가 있을 거야."

캐러도스가 말했다.

"그렇습니다."

경감이 대답했다.

"찾았습니다. 그런데 누가 들어갑니까?"

"호리어 씨가 문을 열어 주십시오, 대위님, 신발이나 젖은 것은 모두 벗어 버리지 않으면 안 될 것 같습니다. 내부에 흔적을 하나라도 남겨두면 위험하니까요."

일동은 검은 문이 열리기를 기다리며, 각기 벗을 것은 벗고 부엌으로 들어갔다. 아직 타다 만 불이 타고 있었다. 과수원에서 나온 사내는 벗어 놓은 것을 뭉쳐 가지고 다시 사라졌다.

캐러도스는 대위를 돌아보았다.

"다음엔 좀 까다로운 일을 부탁하고 싶은데요, 호리어 씨. 누님 방으로 올라가서 누님을 흔들어 깨우고, 되도록 조용히 다른 방으로 옮겨 주셨으면 합니다. 당신이 적당하다고 생각되는 어떤 설명이라도 해 주십시오, 누님의 목숨이 혼자 계실 때 조용히 하시느냐 안 하시느냐에 달려 있다는 사실을 알아듣게 해 주셔야겠습니다."

식기 선반 위에 있는 헌 자명종 시계로 재어 10분쯤 지났을 때, 대위는 되돌아왔다.

"시간이 걸렸습니다." 대위는 신경질적으로 웃으며 보고했다. "그러나 이제 걱정 없을 것 같습니다. 누님은 객실에 있습니다."

"그럼 각기 자기 자리로 가야겠습니다. 당신과 퍼킨슨은 나와 함께 침실로 갑시다. 경감, 자네는 이미 일러 둔 일을 하게. 칼라일 씨가 같이 가네."

일동은 묵묵히 저마다 집 안에 흩어졌다. 호리어는 객실 앞을 지날 때, 불안한 듯이 문을 힐끗 바라보았다. 안은 묘지처럼 조용했다. 캐러도스 일행이 가는 방은 복도의 저쪽 끝에 있었다.

"당신은 지금부터 침대 속에 들어가 계십시오, 호리어 씨."

방으로 들어가 도어를 닫은 뒤 캐러도스가 지시했다.

"이 속에 폭 들어가 있어 주십시오. 크리크는 발코니에 기어오르지 않으면 안 될 테니까요. 창으로 들여다보겠지만 방에 들어오지는 않을 겁니다. 그리고 그 사람이 돌을 던지면, 저기 있는 누님의 실내복을 걸치십시오. 그 다음에 어떻게 하는가는 내가 말하겠습니다."

그 다음의 60분 동안은, 대위가 아는 그 때까지의 시간 중에서 가장 긴 한 시간이었다. 가끔 창문 커튼 뒤에 서 있는 두 사내의 속삭이는 소리가 들리고, 아무것도 보이지 않았다. 캐러도스가 대위 쪽을 향해 숨죽인 목소리로 주의를 주었다.

"지금 뜰에 있습니다."

뭔가가 희미하게 바깥 벽을 긁었다. 그러나 밤은 광란하는 비바람 소리로 채워지고, 집 안에서는 가구와 벽에 붙인 널빤지가 삐걱거렸다. 굴뚝 속에서 울부짖는 바람 소리, 사이사이에 번개가 번뜩이고, 비가 내리쳤다. 아무리 강한 심장을 가진 사람이라도 가슴이 두근거릴 듯한 한때였다. 마침내 중대한 순간이 닥쳤다. 갑자기 창유리를 작은 돌이 때렸다. 호리어는 느닷없이 침대에서 벌떡 일어났다.

"당황하지 말고, 서둘지 말고!"

캐러도스가 위로하듯 주의를 주었다.

"또 하나 던질 때까지 기다립시다."

캐러도스는 뭔가 건네 주었다.

"고무 장갑입니다. 전선은 끊어 놓았지만 끼어 두는 게 좋아요. 잠깐 동안 창가에 서 있으십시오. 그리고 손잡이를 움직여 창을 조금 여는 체하다가 바로 넘어지십시오. 자, 지금."

돌이 또 유리를 때려 쨍그렁 소리를 냈다. 호리어가 임무를 다하는 데는 겨우 몇 초밖에 걸리지 않았다. 캐러도스는 호리어의 실내복을 잠깐 매만져 넘어져 있는 모습에 더 잘 속을 수 있도록 했다. 그런데 뜻하지 않은, 그리고 그 때의 상황에서는 꽤 오싹할 사건이 뒤이어 일어났다. 즉, 크리크가 아무도 알 수 없었던 계획의 세목에 따라 자꾸만 작은 돌을 던졌던 것이다. 평소에는 무슨 일에도 동요하지 않는 퍼킨슨까지 와들와들 떨었다.

"대단원입니다."

돌을 던지는 일이 끝나자 캐러도스가 속삭였다.

"뒤쪽으로 돌아갔습니다. 그대로 꼼짝 말고 있어 주십시오. 다음은 이쪽에서 책임지겠습니다."

캐러도스는 창가의 커튼 칸막이 뒤에 몸을 찰싹 붙였다. 공허와 황량한 기운이 다시 한 번 쓸쓸한 집 안을 뒤덮었다.

여기저기 숨은 장소에서 긴장한 귀들이 최초의 실마리가 되는 소리를 포착하려고 기다리고 있었다. 상대는 감히 자신이 해치우기를 두려워하지 않은 참극을 앞에 두고, 아마 뭔가 이상한 불안을 느낀 모양이었다. 그는 주저주저하며 몹시 조심스럽게 움직이고 있었다. 그는 한참 침실 문 앞에 서 있더니, 이윽고 아주 조용히 문을 열고, 명멸하는 번개 빛 속에서 자기의 소원이 이루어졌음을 보았다.

"후유!" 확실한 안도의 숨소리가 들렸다. "끝났구나!"

사내는 한 발짝 내디뎠다. 그 순간 두 개의 그림자가 등뒤 양쪽에서 덤벼드는 것 같았다. 원시적인 본능에 의해 공포로 놀라는 외침소리가 사내의 입에서 튀어 나왔다. 그는 잡은 손을 뿌리치려고 필사적으로 몸부림쳤다. 그는 순간적으로 한 손을 빼어 주머니에 넣으려 했다. 그 때, 손목이 천천히 한데 합쳐지고 수갑이 채워졌다.

"비델 경감이다."

오른쪽 사내가 말했다.

"너를 밀리센트 크리크 살해 미수 혐의로 체포한다."

"정신이 돌았어요?"

비참한 사내는 필사적으로 평정을 가장하며 쏘아붙였다.

"집사람은 벼락을 맞은 겁니다."

"아냐, 넌 정말 악당이야. 누님은 벼락 같은 거 맞지 않았어." 격노한 처남이 펄쩍 뛰며 소리쳤다. "만나겠다면 만나게 해 주지."

"이것도 경고해 두겠는데……."

경감은 태연하게 계속했다.

"지금부터 네가 하는 말은 모두 너에 대한 불리한 증거로 사용될지도 모른다."

복도 맞은편 끝에서 들려 온, 깜짝 놀란 듯한 외침 소리가 일동의 주의를 싹 그쪽으로 끌었다.

"캐러도스 씨!"

호리어가 소리쳤다.

"오, 빨리 와 주십시오."

또 하나의 침실 입구에 대위가 우뚝 서 있었다. 눈은 아직도 방 안의 무엇인가를 응시한 채로, 손에는 작은 빈병을 들고 있었다.

"죽었습니다."

대위는 훌쩍거리며 비통한 소리를 냈다.

"이것이 옆에 있었습니다. 저 나쁜 놈으로부터 해방되어 자유롭게 되려는 찰나에 죽다니……."

캐러도스는 방 안으로 들어가 공기 냄새를 맡아 보고, 맥이 끊긴

심장 위에 손을 살짝 얹었다.

"그렇군요."

캐러도스는 말했다.

"호리어씨, 그런 일이란 여성이 반드시 좋아한다고 볼 수는 없습니다, 이상한 일이지만……."

계관시인 C.D. 루이스의 걸작

《야수는 죽어야 한다(The Beast must Die)》는 1938년에 발표된 작품으로, 본격 미스터리의 새로운 지평을 개척한 걸작이라고 그즈음 평판이 자자했다. 그도 그럴 것이, 지은이 니콜라스 블레이크는 필명으로, 그는 영국의 계관시인이며 옥스퍼드 대학의 시학 교수인 세실 D. 루이스였던 것이다.

1904년 태생인 블레이크는 31세 때 처녀작 《증거의 문제(A Question of Proof)》를 발표한 이래로 제2작인 《그대, 죽음의 탄피(Thou, Shell of Death)》와 제3작인 《양조(釀造)된 트러블(There's Trouble Brewing)》에 이어서 제4작으로 이 작품을 발표했다. 그리하여 모두 20여 편에 이르는 미스터리소설을 써내고 있다.

그것은 어떻든 이 작품을 읽으면 알겠지만 문학성과 미스터리소설의 요소가 아주 멋진 균형을 이루고 있다.

무릇 미스터리소설이란 오락을 위한 읽을거리이다. 거기에 아무리 흉악한 살인이나 교묘하기 이를 데 없는 범죄가 다루어지고 있더라도, 요컨대 게임으로서의 살인이고 범죄에 지나지 않는다.

그럼, 미스터리소설이란 어떤 것인가? 사람에 따라 그 정의는 여러 가지이지만 《나인 테일러스》를 쓴 영국의 도로시 세이어스(Dorothy Sayers 1893~1957)는 이렇게 말했다.

'범죄와 그 수사를 다룬 소설 중 수수께끼의 설정과 그 해결이 주로 논리적 조작에 의해서만 행해지는 것을 말한다.'

또 레지 메사크는 다음과 같이 말했다.

'무엇보다도 먼저 불가사의한 사건의 정확한 상황을 합리적인 방법으로, 이론이 정연하게 한 걸음 한 걸음 발견해 나가는 과정을 그린 이야기이다.'

이렇게 볼 때, 이들 정의로서 공통되는 것은 '범죄'와 '수수께끼'와 '논리적 해결'이라는 것을 알 수 있다. 아마 이 세 가지가 미스터리소설의 '필수 요소'라고 하겠다.

요즘에 와서 탐정소설이라고 부르지 않고 미스터리소설이라는 용어가 일반적으로 쓰인다. 그러나 이 '3요소'만 있다면 용어는 아무래도 좋다고 생각한다. 다만 미스터리소설이라고 칭하는 편이 탐정소설보다 폭이 넓고 SF, 하드보일드, 괴기, 공포, 모험소설 등을 모두 포괄하는 것 같다.

이것은 탐정소설이 전후 리얼리즘의 세례를 받고 미스터리소설이라는 용어로 바뀌어, 동기며 등장인물이며 무대 같은 소설적 부분이 중요시된 까닭이다. 즉 현대의 미스터리소설에서는 특히 살인 동기가 매우 중요시된다. 비록 기상천외한 트릭이나 뛰어난 논리가 전개되더라도 살인 동기가 빈약하면 리얼리티가 결여된 것으로 그 가치가 반으로 줄어든다. 그 이유에 대해 설명하려면 하나의 미스터리소설이 될 것이므로 생략하겠지만, 이 《야수는 죽어야 한다》는 바로 현대의 '미스터리소설'과 과거의 탐정소설에 걸친 과도적인 작품으로서 주목할 만한 고전으로 여겨진다.

그러면 이 작품이 발표된 해인 1938년이라는 시점에서 한번 생각해 보자. 그즈음 영국에는 독일 비행기의 공습으로 사이렌이 울리면, 탐정소설을 들고 지하철 구내로 피난하는 사람들이 많았다고 한다. 미국의 저널리스트 틴 르날즈의 《런던 일기》에도 나오는 이야기지만, 요컨대 그때의 탐정소설은 느릿느릿 전개되면서 얼마든지 길어도 좋았던 것이다. 마이클 이네스의 장편소설 《스톱 풀레스》를 비롯하여 그 예를 얼마든지 들 수가 있다.

탐정소설의 황금시대는 이미 마지막 단계에 이르고 있었는데, 《야수는 죽어야 한다》는 그 시기의 대표작이라고 할 수 있다.

이 작품에서 지은이는 '일기'라는 형식을 빌려 사건의 트릭을 설정하고 있다. 그리하여 일기를 있는 그대로 받아들여 생각했다가는 읽는 이가 크나큰 잘못을 범하게 된다. 따라서 일기가 이 작품의 재미를 이루는 핵심인 것이다.

이 제1부의 일기를 읽고 있노라면 엘러리 퀸의 《Y의 비극》을 읽는 듯이 여겨지기도 하고, 그보다 훨씬 뒤의 작품인 《콜렉터》를 존 파울즈가 썼을 때 뒷부분에 이르러 유혹받아 감금된 여자의 일기를 보며 이 필릭스 레인의 일기를 읽는 듯한 착각에 빠지기도 한다.

이러한 탐정소설의 비교 연구에 대해서는, 그다지 사람들의 손길이 이르러 있지 않다. 《야수는 죽어야 한다》는 탐정소설사의 한 과도기적 작품으로서 그 분야의 좋은 자료가 되지 않을까 한다. 그리하여 '복수에서 증오의 연구로'라고 제목을 붙이면 어떨까?

스미스 어네스트 브래머(1869~1942)는 홈즈식 미스터리소설의 마지막 작가이다. 그의 이력은 뚜렷하지 않고, 미국 〈20세기 저술가 사전〉의 앙케이트에도 '나는 자신을 말하기를 좋아하지 않는다. 내 작품에 관해서도 마찬가지이다'라고 했을 뿐이다.

그의 출세작은 《The Wallet of Kai Lung(1900)》인데, 이야기꾼인 중국 사람 Kai Lung를 주인공으로 하고, 한 시대 전의 중국을 무대로 삼아 '아라비안 나이트'식 우화를 엮은 것이다. 이 작품은 영·미에서 높은 평가를 받아 그 뒤 Kai Lung의 이야기를 다룬 몇 권의 작품을 더 발표했다.

그가 맹인 탐정 맥스 캐러도스를 등장시킨 단편집 《맥스 캐러도스》를 발표한 것은 1914년, 제1차 세계대전 직전이었다. 그가 창조한 아마추어 탐정은 맹인으로서 일종의 '안락의자 탐정'인데 그의 초인간적인 능력은 당시에 선풍적인 인기를 모았다.

그의 미스터리소설은 단편으로서 모두 26편인데, 영·미에서 그의 작품을 싣지 않은 앤솔러지가 없고 그 빈도가 포와 더불어 최고이다. 《브룩밴드장의 비극(1914)》은 그의 초기 작품이며 캐러도스의 진면목이 유감없이 나타나 있다.